譯註 三國演義

삼국연의

4

나관중 지음 / 박을수 역주

〈제46회 ~ 제60회〉

보고사

길잡이

1) 나관중의 삼국지는 [삼국지통속연의](三國志通俗演義)이고, 모종강 본은 [회도삼국연의](繪圖三國演義)가 원제이다. 여기서는 [삼국연의](三國演義)를 책명으로 하였다.

2) **이 책은 중국고전소설신간 [삼국연의](三國演義: 120回·臺北市 聯經出版事業公司印行)을 저본(底本)으로 하고, 여러 이본(異本)들을 참고한 완역(完譯)이다. 다만 모종강(毛宗崗) 본에 있는 '삼국지연의서'(三國志演義序·人瑞 金聖嘆氏 題)·'삼국지연의서'(三國志演義序·毛宗崗)·'독삼국지법'(讀三國志法·毛宗崗) 등과 매회 앞에 있는 '서시씨 평'(序始氏 評)과 본문 중간 중간의 ( ) 속에 있는 보충설명(이를 '夾評'·'間評'이라고도 함) 등은 번역하지 않았다. 그 이유는 이 부분이 독자들에게는 꼭 필요하지 않을 것이라고 생각했기 때문이다.**

3) 지금까지 나온 [삼국지](三國志)는 김구용·박기봉의 번역본에서부터 이문열의 평역본에 이르기까지 여러 종이 있고, 또 책마다 특장(特長)을 지니고 있다. 그러나 삼국지의 원래의 뜻을 충분히 이해하는 데는 한계가 있는 것 같아서 이를 보완하는 데 심혈을 기울였다. 그것은 각주(脚註)만도 중복되는 것이 있기는 하지만, 2천 6백여 항에 달하고 있음을 보면 이해가 될 것이다.

4) 인명(人名)·지명(地名)·관직(官職) 등은 특별한 경우가 아니면 주석하지 않았다.

5) 주석은 각주로 쉽게 하였으며 참고하기 편하도록 매 권의 끝에 '찾아보기'를 붙였다. 또 연구자들을 위해서 출전(出典)·용례(用例)·전거(典據) 등을 밝히고, 모아서 별책(別冊)으로 간행하였다.

6) 인물(人物)·지도(地圖) 김구용의 [삼국지](三國志)에서 빌려 썼다.

차 례

삼국연의

나관중 지음 / 박을수 역주

조조

제46회

기이한 계책을 써서 공명은 화살을 받고
밀계를 드려서 황개는 형벌을 받다.
　用奇謀孔明借箭
　　獻密計黃蓋受刑.

　한편, 노숙은 주유의 말대로 배안으로 가서 공명을 찾았다. 공명은
노숙을 맞아 작은 배에 들어가 대좌하였다.
　노숙이 말하기를,
　"계속되는 군무를 치르느라고 그간 가르침을 듣지 못했소이다."
하니, 공명이 대답하기를
　"저 또한 도독에게 축하의 말을 드리려 못 가고 있는데요."
한다. 노숙이 또 묻는다.
　"무슨 기쁜 일이 있습니까?"
하거늘, 공명이 말하기를
　"공근께서 선생에게 제가 알고 있는지 알아보려 보내신 거 아닙니
까? 이번 일이 또한 축하할 일 아닙니까?"
하거늘, 노숙이 속이려던 일이 드러나자 실색하며 묻기를
　"선생께서는 그 일을 어찌 아셨습니까?"
하니, 공명이 말하기를
　"이번 일은 단지 장간을 농락시키는 데 불과합니다. 조조는 비록 잠

깐 속았지만 틀림없이 곧 깨달았을 것이외다.

　그러나 그는 이 일을 잘못으로 인정하지 않을 것입니다. 지금 채모와 장윤 두 사람이 이미 죽었으니, 강동의 근심은 사라졌습니다. 어찌 축하를 하지 않을 수 있겠습니까. 나는 조조가 모개와 우금에게 수군 도독을 맡겼다고 들었습니다. 곧 저들 두 사람의 수중에 좋든 그르든 수군의 생명이 달려 있습니다.”

하였다. 노숙이 듣고 입을 열지 못하고, 한나절쯤을 사소한 말만하다가 공명과 헤어져 돌아갔다.

　공명이 부탁하며 말하기를,

　“바라건대 자경께선 공근의 면전에 대고 내가 이 일을 알고 있더라고 말하지 마세요. 공근은 마음속에 질투가 많은 분이여서, 또 저를 해하려 할까 걱정입니다.”

하니, 노숙이 응낙하고 갔다. 돌아가서 주유를 보고 이 일을 사실대로 말하였다.

　주유가 크게 놀라면서 말하기를,

　“이 사람은 결코 살려둘 수가 없군. 내 결단코 저를 없애리라.”

한다.

　노숙이 권하기를,

　“만약 공명을 죽인다면 조조의 웃음거리가 될 것입니다.”

하니, 주유가 대답하기를

　“나는 공도(公道)를 써서 없애겠소. 그러면 저가 죽더라도 원망하는 사람이 없을 것이외다.”

하거늘, 노숙이 묻기를

　“무슨 수로 공도를 써서 죽이려 하십니까?”

하니 주유가 말하기를,

"자경은 더는 묻지 마시오. 내일 보면 알 것이외다."

한다.

다음 날 여러 장수들을 막하에 모와 놓고 공명에게 의논할 일이 있다고 청했다. 공명이 기꺼이 와서 자리에 앉자, 주유가 공명에게 묻기를

"머지않아 조조의 군사들과 교전하게 될 것이고 아마 강에서 싸우게 될 것이오. 마땅히 무슨 병기를 먼저 써야 하겠소이까?"

한다.

공명이 말하기를,

"장강 위에서는 활을 먼저 쏘아야 할 것입니다."

하니, 주유가 대답하기를

"선생의 말이 꼭 내 생각과 같소이다. 다만 지금 군중에서는 쓸 수 있는 화살이 부족하니 번거로우시더라도 선생께서 10만 개의 화살을 만들어주시면, 그것으로써 적과 싸울 수 있을 것입니다. 이 일은 공적인 일이니 선생께서는 사양하지 마시오."

하거늘, 공명이 다시 묻기를

"도독께서 위임하는 일이니 내 마땅히 노력해보겠습니다. 그런데 10만 개의 화살을 언제까지 쓰려하십니까?"

하니, 주유가 말하기를

"10일 이내입니다. 만들 수 있겠습니까?"

하거든 공명이 대답하기를,

"조조군이 오늘이라도 이를 터인데, 만약 10일을 기다린다면 반드시 대사를 그르칠 것입니다."

주유가 다시 묻기를,

"선생이 생각하기에 며칠이 지나면 완비하겠습니까?"

하였다.

공명이 대답하기를,

"3일이면 넉넉합니다. 곧 10만 개의 화살을 납품하겠습니다."

한다.

이때, 주유가 말하기를,

"군중에선 농담이란 없습니다."

하매, 공명이 대답한다.

"제가 어찌 도독께 실없는 소리를 하겠나이까. 원컨대 군령장을1)
드리고 3일에 판비치2) 못하면 중벌을 달게 받겠습니다."

한다.

주유가 기뻐하며 군정사(軍政司)를 불러 면전에서 문서를 교환하고
술을 권하며,

"공적인 일을 끝내고 내 노고를 치하하리다."

한다. 공명이 말하기를,

"오늘은 이미 늦었으니 내일부터 만들겠습니다. 사흘째 되는 날이
면 5백여 명의 군사들이 강변에 와서 화살을 운반하게 해주세요."

하였다. 그리고 서너 잔 더 마시고는 돌아갔다.

노숙이 묻기를,

"이 사람이 거짓말을 하는 것이 아닐까요?"

하니, 주유가 말하기를

"저는 스스로 죽고자 하는 것이지, 내가 저를 핍박하는 것이 아닙니

---

1) **군령장(軍令狀)** : 군령을 시행하는 명령장으로 일종의 서약서임. '임무를 다
  하지 못하면 군법에 따라 처벌을 받겠다'는 뜻임. 원문에는 '**怎敢戲都督! 願納
  軍令狀**'으로 되어 있음. [東軒筆錄]「苟無異說 卽皆令具**軍令狀** 以保任之」. [書
  繼]「仍責**軍令狀** 以防遺墜漬汙」.

2) **판비(辦備)** : 마련하여 준비함.

다. 이제 명백하게 여러 장수들 앞에서 문서를 약속했으니, 저가 양어깨에 날개를 단다고 해도 날아가지 못할 것입니다. 내 이미 군내의 장인들에게 고의로 일을 지연시키게 하고, 무릇 소용되는 물건들을 모두 준비해 주지 말라고 하였습니다. 이런 여건 속에서는 기일을 결코 맞추지 못할 것이오. 그때 가서 저에게 죄를 주면 무슨 다른 말을 하겠습니까? 공은 지금 가서서 저의 허실을 탐지해 주세요. 그리고 와서 알려주십시오.”

하였다.

노숙이 명을 받고 와서 공명을 보니, 공명이 말하기를

“내 일찍이 자경에게, 공근을 만나 말을 하지 말라고 했지요, 저가 필시 나를 해치려 할 것이라고 말이오. 자경이 숨기지 않고 말을 해서 오늘 또 일이 나고 말았습니다. 3일 이내에 어떻게 화살 10만 개를 만들 수 있겠소. 자경이 나를 좀 구해주시구려.”

하니, 노숙이 묻는다.

“공이 스스로 화를 얻었으니 내가 어떻게 돕는단 말이오.”

공명이 말하기를,

“자경께서 나에게 배 20여 척만 빌려주시구려. 각 배에다 군사 30인, 배 위에는 청포장을 둘러치고 각각 마른 풀더미를 천여 개씩 싣되 청포장 옆에 벌여 주세요. 내가 특별한 묘책을 쓰겠소이다. 셋째 날이면 화살 10만 개를 마련해 놓겠소이다. 다만 다시 공근이 알게 된다면, 내 계책은 성공할 수 없소이다.”

한다. 노숙이 허락하였으나 그 뜻을 헤아리지 못하였다. 돌아가서 주유에게 보고하되 배를 빌려달라는 말은 하지 않았다. 단지 공명이 화살을 만들 대나무 깃털·아교 등 물건 등은 필요치 않고 스스로 알아서 할 방법이 있다더라고 말하였다.

주유는 크게 의아해 하며 말하기를,

"어쨌든 3일이 지나면 어떻게 하는가 두고 봅시다."

하였다.

한편, 노숙은 개인적으로 빠른 배 20여 척을 준비하고 각 배에 30여 인씩 타게 하고 아울러 청포장과 마른 풀 더미 등을 다 준비하고는 공명이 쓰기를 기다렸다. 첫째 날은 공명이 별다른 동정을 보이지 않았다. 둘째 날 또한 별 움직임이 없었다. 셋째 날이 되자 사경쯤에서 공명은 몰래 노숙을 배로 청하였다.

노숙은 묻기를,

"공께서 나를 무엇 때문에 부르셨소이까?"

하니, 공명이 대답하기를

"특히 자경을 청해 같이 화살을 구하러 갈 생각이외다."

한다. 노숙이 다시 묻는다.

"어디로 가서 취한단 말이오."

하니, 공명이 말하기를

"자경께서는 묻지 마시고 같이 가서 보시면 알 것입니다."

한다. 드디어 20여 척의 배를 긴 밧줄로 묶도록 명한 후, 곧바로 북쪽 강안으로 진발시켰다.

이날 밤 짙은 안개가 하늘을 덮었고 장강에는 더욱 짙었다. 그래서 서로 얼굴을 맞대도 볼 수 없는 상태였다. 공명이 배를 재촉하여 나가게 하니 과연 안개가 대단하였다.

옛 사람이 「큰 안개 장강에 드리우다」(大霧垂江賦)를 노래한 시가 있다.

크도다 장강이여!

서쪽으로 민산과 아산에 이어 있고

남쪽으론 삼오를 바라보며

북으론 구하를 둘렀구나

일 백의 강물을 모아서 바다로 들 제

만고로 내려오며 물결을 일으키는구나.

大哉長江!

西接岷峨

南控三吳

北帶九河

匯百川而入海

歷萬古以揚波.

용백3)과 해약4)

강비5)와 수모6)

장경은7) 길이만도 천 장이고

지네는 머리가 아홉이네

온갖 마귀 요괴들이 여기에 다 모였네

여기는 귀신들이 자리하고 사는 곳

3) **용백(龍伯)** : 용백국의 거인을 말함. [列子 湯問]「**龍伯**之國大人 舉足不盈數步
而暨五山之所」. [河圖玉版]「**龍伯國**人 長三十丈 生萬八千歲而死」.

4) **해약(海若)** : 해신(海神)·북해약(北海若)을 말함. [楚辭 遠遊篇]「使湘靈鼓瑟
兮 令**海若**舞馮夷 (注) **海若** 海神名也」. [文選 張衡 西京賦]「**海若**游於玄渚」.

5) **강비(江妃)** : 강비(江斐). 신녀(神女). [劉向 列仙傳]「**江妃二女** 游於江濱」.
[郭璞注]「天帝之二女 而處江爲神 卽列仙傳 **江妃**二女也」.

6) **수모(水母)** : 수신(水神). [神仙傳]「道士曰 此**水母**也 見長生」. [楚辭 王襄 九
懷 思忠]「玄武步兮**水母** (注) 天龜**水神**侍送余也」.

7) **장경(長鯨)** : 큰 고래. [文選 左思 吳都賦]「**長鯨**吞航 修鯢吐浪」. [陸游 長歌
行]「人生不作妄期生 醉入東海騎**長鯨**」.

여기는 영웅들이 싸우며 지키는 곳이라.

　至若龍伯海若

　江妃水母

　長鯨千丈

　天蜈九首

　鬼怪異類 咸集而有

　蓋夫鬼神之所憑依

　英雄之所戰守也.

때로는 음양이 어지러워 명암이 나뉘지 않고
만리장공은 한 빛으로 변하며
자욱한 안개 사방에 내리네
수레 위에 쌓인 섶인들 보이랴
다만 징소리 북소리만 들리네.

　時也陰陽既亂 昧爽不分

　訝長空之一色

　忽大霧之四屯

　雖輿薪而莫覩

　惟金鼓之可聞.

처음엔 몽롱하더니
남산의 표범이나 숨겨주다가
점차 짙어져서
북해 곤어의 눈을 가려 놓으며
마침내 위로 하늘에 닿고

아래로 땅에 드리우네.

　初若溟濛

　繼隱南山之豹

　漸而充塞

　欲迷北海之鯤

　然後上接高天

　下垂厚地.

어허, 아득하고 그 넓음 끝이 없구나
고래는 물 위로 나와 물결을 일으키고
교룡은 못 가운데 잠겨 기를 내뿜네.

　渺乎蒼茫　浩乎無際

　鯨鯢出水而騰波

　蛟龍潛淵而吐氣.

또 장맛비가8) 무더위를 거두고
봄 그늘이 차가운 기운을 내뿜듯
명명막막하고 호호만만하여
동쪽을 바라보나 시상의 언덕 안 보이고
남쪽을 보아도 하구의 산 간 곳 없구나.

　又如梅霖收潦

　春陰釀寒

---

8) 장맛비[梅雨] : 매림(梅霖). '매화나무 열매가 익어서 떨어질 때에 그치는
비'라는 뜻으로, 대략 6월 중순께부터 7월 상순까지 이어지는 장마. [歲華紀
麗]「四月　梅雨　(注)　梅熱時雨」. [埤雅]「江南三月爲迎梅雨　五月爲送梅雨」.

溟溟漠漠 浩浩漫漫
東失柴桑之岸
南無夏口之山.

전함 천 척이
모두가 바위 틈에 쳐박혔나
어선 한 척만이
거친 파도 속에 나타나네.
　戰船千艘
　俱沈淪於巖壑
　漁舟一葉
　驚出沒於波瀾.

심하면 창천도 빛이 없고
아침 해조차 무색하여
대낮은 황혼으로 돌아가고
단산은9) 벽수로 변하네.
　甚則穹昊無光
　朝陽失色
　返白晝爲昏黃
　變丹山爲水碧.

비록 대우의10) 슬기로도

---

9) 단산(丹山) : 적산(赤山). [水經 丹水注]「丹水南有丹崖山 山悉楨壁 霞擧若紅
　雲秀天」. [宜都記]「尋西北陸行四十里 有丹山 山開時有赤氣」.

그 심천을 헤아리지 못했거든

이루가11) 눈이 아무리 밝다 해도

제 어이 지척을 가늠하랴?

　雖大禹之智

　不能測其深淺

　離婁之明

　焉能辨乎咫尺?

어시호,

풍이는12) 물결을 잠재우고

병예는13) 공을 이루도다

그것들 때론 가뭇없고

길짐승 날짐승도 자취를 감추었네

봉래섬도14) 길이 끊기고

---

10) 대우(大禹) : 하(夏)의 우왕(禹王). 치수에 공을 세워 순(舜)의 선위를 받았
다 함. 「구년지수」(九年之水)는 9년간 홍수가 계속되었음을 이름. [詩經 唐
譜]「昔堯之末 洪水九年 下民其咨 萬國不粒」. [漢書 食貨志]「堯禹有九年之水 湯
有七年之旱 而國亡捐瘠者 以蓄積多而備先具也」.

11) 이루(離婁) : 사람의 이름. 눈이 밝아 백보 밖에서도 터럭 끝을 보았다 함.
[楚辭 懷沙]「離婁微睇兮 瞽以爲無明」. [孟子 離婁篇 上]「離婁之明 公輸子之巧」.

12) 풍이(馮夷) : 신화에 나오는 수신(水神), 하백(河伯)과 우사(雨師)를 말함.
[史記 司馬相如傳]「使靈媧鼓瑟而舞馮夷」. [廣雅 釋元]「河伯 謂之馮夷」.

13) 병예(屛翳) : 신화에 나오는 풍신(風神)・우신(雨神)・뇌신(雷神)을 말함. [山海
經 海外東經]「雨師妾在其北 (注) 雨師謂之屛翳」. [楚辭 九歌 雲中君注]「雲神 豐隆
也 一曰屛翳」.

14) 봉래섬[蓬萊島] : 봉도(蓬島)・봉호(蓬壺)・봉산(蓬山). 봉래산은 중국의 전
설에 나오는 신선이 산다는 산의 하나임. [吳筠 登北固山望海詩]「雲生蓬萊島
日出扶桑枝」. [拾遺記 高辛]「三壺則海中三山也 一曰方壺則方丈也 二曰蓬壺 則

창합궁도15) 아득하구나.

　於是
　馮夷息浪
　屛翳收功
　魚鱉遁跡
　鳥獸潛蹤
　隔斷蓬萊之島
　暗圍閶闔之宮.

아 정신이 얼떨떨하구나
바로 소낙비라도 쏟아질 듯
어수선하며 산란도 하구나
금시에 비구름이 몰려 올 듯.

　恍惚奔騰
　如驟雨之將至
　紛紜雜沓
　若寒雲之欲同.

저 속에 독사가 숨어
장기를16) 뿜는구나

蓬萊也 三曰瀛壺 則蓬洲也 形如壺器」.

15) 창합궁(閶闔宮) : 하늘에 있다는 궁궐. 궁궐의 대문. [楚辭 遠遊篇]「命天閽其
　開關兮 排閶闔而望予」. [三國志 魏志 管寧傳]「望慕閶闔」.

16) 장기[瘴癘] : 장기(瘴氣)와 여기(癘氣). 축축한 더운 땅에 생기는 독기. [後
　漢書 南蠻傳]「加有瘴氣 致亡者十必四五 (注) 瀘水有瘴氣 三月四月 經之必死 五
　月以後 行者得無害」.「장독」(瘴毒). [後漢書 楊終傳]「南方暑濕 瘴毒互生」.

저 안에 요귀가 있어

재화를 낳는구나

인간에 액운을 내리고

지경 밖에 풍진을 일으켜

소민은 몸을 상하고

대인은 쳐다보며 탄식하네.

　乃能中隱毒蛇

　因之而爲瘴癘

　內藏妖魅

　憑之而爲禍害

　降疾厄於人間

　如風塵於塞外

　小民遇之失傷

　大人觀之感慨.

네가 장차

원기를 홍황에게¹⁷⁾ 돌리고

천지를 혼돈하여

대괴를¹⁸⁾ 만들려느냐.

　蓋將

　返元氣於洪荒

---

17) 홍황(洪荒) : 천지가 아직 열리지 않은 때인 태고를 이름. [南史 謝靈運傳]「詳
觀記牒 **洪荒**莫傳」. [吳筠 逸人賦]「夫**洪荒**之際 物靡艱阻」.

18) 대괴(大塊) : 큰 덩어리. 천지를 뜻함. [莊子 齊物論篇]「子綦日 夫**大塊**噫氣
其名爲風」. [郭璞 江賦]「煥**大塊**之流形」.

混天地

爲大塊.

그날 밤 5경이 되기를 기다려 배들은 이미 조조의 수채에 접근하였다. 공명은 배들의 머리를 서쪽에 선미를 동쪽에 두게 하여, 한 줄로 벌여놓고 배 위에서 북을 치며 함성을 지르게 하였다.

노숙이 놀라 묻기를,

"만약에 조조의 군사들이 한꺼번에 나오면 어찌 하자는 게요?"

하자, 공명이 웃으면서 말하기를

"내 생각에 조조는 짙은 안개 때문에 감히 쫓아오지 못할 것이오. 우리들은 단지 술잔을 기울이고 음악을 들으면서 안개가 걷히기를 기다렸다가, 곧 돌아가면 됩니다."

하였다.

한편, 조조는 영채에서 북소리와 고함 소리를 듣고 있는데, 모개·우금 두 사람이 황망하게 나는 듯이 조조에게 알렸다.

조조는 보고를 듣고 말하기를,

"짙은 안개로 강이 덮였는데 저들이 갑자기 이르렀다면, 필시 매복이 있을 터이니 일절 경거망동하지 말아라. 수군들 중에 궁노수들을 내어서 저들을 쏘아라."

하고, 또 사람을 보내 장료와 서황을 수채로 불러 각기 궁노군 3천 명씩을 내어서, 급히 강변에 가서 활을 쏘라 일렀다. 지시가 이르자 모개와 우금은 남군들이 수채로 뛰어들까 두려워서, 이미 대비하고 있던 궁노수들에게 수채에서 활을 쏘게 하였다. 조금 있자 육지의 궁노수들이 도착하여 약 1만 정도가 되었는데, 모두가 다 강 한가운데서 활을 쏘니 화살이 마치 비 오는 듯하였다.

공명은 배를 돌리게 하여 이번에는 선두를 동쪽에 선미를 서쪽을 가리키게 했다. 그러면서 수채 가까이에 배를 붙이고 화살을 받았다. 그리고는 계속해서 북을 치고 고함을 질러댔다.

해가 높이 떠 안개가 걷히기를 기다려, 공명은 명을 내려 배를 수습해서 돌아왔다. 20여 척의 배 양편 마른 풀 더미 위에는 화살이 빈틈없이 꽂혀 있었다.

공명은 각 배 위의 군사들에게 큰 소리로,

"승상께서 화살을 주시니 감사합니다."

하고, 외치게 하였다.

조조 군사들이 수군의 영채에 소식을 알려 조조가 들었을 때에는, 저들은 배가 가볍고 물결을 급해서 이미 20여 리나 내려간 뒤여서 추적이 불가능해졌다. 조조는 깊이 후회했으나 이미 때는 늦은 뒤였다.

한편, 공명은 배를 돌려 노숙에게 말하기를,

"각 배 위의 화살이 5, 6천은 됩니다. 강동에서는 노력을 하지 않고서도 이미 10만여 개의 화살을 얻었소이다. 내일 곧 조조의 군사들을 향해 쏜다면 도리어 매우 편치 않겠소이까?"

하니, 노숙이 묻기를

"선생은 진실로 신인입니다. 어째서 오늘 이토록 안개가 낄 줄을 알았소이까?"

하거늘, 공명이 대답하기를

"장수가 되어서 천문에 통하지 못하고 지리를 알지 못하며, 기문을19) 알지 못하고 음양에 밝지 못하며 진도(陣圖)를 보지 못하고 병세

---

19) 기문(奇門) : 기문둔갑(奇門遁甲). '둔갑'은 술법을 써서 마름대로 제 몸을 감추거나 다른 것으로 변하게 함을 뜻함. 여기서는 '군사 동향의 승패와 길흉을 미리 알아서 조치를 취함'의 뜻임. [後漢書 方術前注]「**奇門**推六甲之陰而隱

(兵勢)에 밝지 못한다면, 이는 훌륭한 장수라고 할 수 없습니다.

나는 사흘 전에 이미 오늘을 계산해 보고 짙은 안개가 있을 것을 알고, 이 안개로 인해 사흘간을 기한으로 한 것이외다. 공근께서는 나에게 열흘 안에 완벽하게 만들라 하셨는데, 화살을 만들 장인들과 물품은 전혀 주지 않으면서 하라 하였으니, 아주 사소한 죄과를20) 들어서 나를 죽이려 했던 것이외다. 내 목숨이야 하늘에 매여 있는 것인데 공근이 나를 해할 수 있겠소이까?"

하자, 노숙은 탄복하였다.

배가 강기슭에 이르렀을 때에, 주유는 이미 5백여 명의 군사들을 데리고 강가에서 화살을 운반할 준비를 하고 있었다. 공명은 그들에게 배 위로 올라와서 화살을 가져가라 하니 10여만이 넘었다. 이것들을 중군의 장막 안에 들였다. 노숙이 들어가 주유를 보고 공명이 화살을 얻게 된 내용을 자세히 설명하였다.

주유가 크게 놀라며 탄식하기를,

"공명의 신기묘산(神機妙算)은 내 도저히 따를 수 없구려."

하였다.

후세 사람이 이 일을 예찬한 시가 있다.

하늘의 짙은 안개가 장강에 가득한데
원근을 가릴 수 없고 물만 망망하구나.

遁也 今書七志有**奇門經**」. [奇門遁甲 煙波釣叟歌句解上]「因命風后演成文 **遁甲奇門**從此始」.

20) 아주 사소한 죄과를[風流罪過] : 가벼운 죄. 본래는 법에 저촉되지 않는 풍류 따위의 가벼운 죄라는 뜻임. 여기서는 '죄없는 사람을 잡으려 함'의 뜻임. [北齊書 郎基傳]「基爲潁川太守 清愼無所營求 唯頗令寫書 潘子義遺之書曰 在官寫書亦是**風流罪過**」. [元曲 單鞭奪槊]「你喚尉遲恭來 尋他些**風流罪過** 則說他有二心」.

一天濃霧滿長江

遠近難分水渺茫.

빗발치듯 나는 화살 황충처럼 배에 드니

공명은 오늘 주랑의 항복 받았네.

驟雨飛蝗來戰艦

孔明今日伏周郎.

조금 있다가 공명은 영채에 들어가 주유를 만났다.

주유가 장막에서 내려와 그를 맞으며, 칭찬하기를

"선생의 신기묘산은 사람들로 하여금 경탄하게 하였소이다."

한다.

공명이 말하기를,

"속임수로써 얻은 계책인데 뭐 그리 신기합니까?"

하거늘, 주유는 공명을 청해 장막으로 들어가 술을 대접하였다.

주유가 말하기를,

"어제 주공께서 사람을 보내어 진군을 독촉하였으나 저는 아직 기이한 계책이 없습니다. 선생께서 나에게 좋은 방도를 좀 가르쳐 주시구려."

하거늘, 공명이 묻기를

"저는 한낱 녹록한 용재입니다. 어찌 묘계가 있겠습니까?"

한다.

주유가 말하기를,

"제가 어제 조조의 수채를 보았는데, 지극히 엄정하고 질서가 있어서 등한히 공격할 수 없습니다. 한 가지 계책이 생각났으나 성패를 알 수가 없소이다. 선생께서 나에게 결심할 수 있도록 해 주시면 좋겠습니다."

하거늘, 공명이 대답하기를

"도독께서는 아직 말씀하지 마십시오. 각기 손바닥에 써서 같은지 같지 않은지 보십시다."

하니, 주유가 기뻐하며 필연을 가져오게 하여 먼저 은밀히 쓰고 공명에게 붓을 보내니, 공명이 또한 은밀하게 썼다.

두 사람은 각기 다른 책상에 앉아 있으면서, 각자가 손바닥에 쓴 글자를 내어 서로 보았다. 그리고는 두 사람이 함께 웃고 말았다. 원래 주유는 손바닥 가운데에 '화(火)'자를 썼는데 공명의 손바닥에도 똑같이 '화'자가 쓰여 있었다.

주유가 당부하기를,

"이미 우리 두 사람이 생각하는 바가 똑같으니, 다시 의심할 게 없소이다. 그러나 절대로 누설하지는 맙시다."

하거늘, 공명이 말하기를

"두 사람 다 공적인 일을 하는데 어찌 누설하겠소이까? 내 생각에는 조조가 비록 두 번 우리의 계책에 빠졌으면서도, 필시 준비를 하지 않을 것입니다. 이제 도독께서는 그대로 진행하는 것이 좋을 듯합니다."

하고, 술자리가 끝나자 각기 헤어졌다.

여러 장수들은 다 그 일을 알지 못하고 있었다.

한편, 조조는 맥없이 화살 15, 6만 개를 잃고서는 마음에 우울해 하고 있었다.

그때, 순유가 계책을 드리기를,

"강동에는 주유와 제갈량 등 두 사람이 계책을 쓰고 있어서, 쉽게 파하기 어렵습니다. 염탐꾼으로 쓸만한 사람 하나를 동오로 보내서 거짓 항복하게 하소서. 그리고 그 안에서 정황을 탐지하여 우리에게 알려 주어야 도모할 수 있을 것이옵니다.”

하거늘, 조조가 말하기를

“자네 말이 내 생각과 꼭 같네. 자네 생각에는 군중에서 누가 이 계책을 쓸 수 있다고 생각하나?”

하니, 순유가 대답하기를

“채모가 죽었으나 채씨 종족이 모두 군중에 있습니다. 채모의 족제 채중(蔡中)과 채화(蔡和)가 지금 부장으로 있습니다. 승상께서 저들에게 은혜로써 대해 주시다가 동오에 가서 거짓 항복케 하면, 반드시 의심하지 않을 것입니다.”

하자, 조조가 그 말을 따랐다.

그날 밤 은밀히 두 사람은 불러 당부하기를,

“너희 두 사람은 약간 명의 군사들을 이끌고 동오에 가서 거짓 항복을 하라. 그리고 저들의 동정을 알아서 보고하면, 일이 성사된 후에는 후한 상을 줄 것이니 절대 두 마음을 품어서는 안 된다!”

하니, 두 사람이 말하기를

“우리의 처자들이 다 형주에 있는데, 어찌 두 마음을 품겠습니까. 승상께서는 의심치 마십시오. 저희 두 사람이 주유와 제갈량의 목을 취해 폐하께 바치겠나이다.”

하였다. 조조는 저들에게 후한 상을 주었다.

다음 날 두 사람은 5백 명의 군사들을 이끌고, 여러 척의 배를 타고 순풍을 따라 남쪽 강안을 바라고 왔다.

이때, 주유는 바로 진병할 일을 의논하고 있었는데, 문득 강북에서 배가 항구에 왔다는 소식이 들어왔다. 그리고 저들이 채모의 동생 채화와 채중이라 하며, 특히 항복하려고 왔다 하였다. 주유는 불러들이게 하였다.

두 사람이 울며 절하면서 말하기를,

"제 형이 죄 없이 조적에게 죽었는 바, 저희 두 사람은 형의 원수를 갚기 위해 항복하러 왔습니다. 저희들의 항복을 받아주시옵고 선봉이 되게 하여 주시기 바랍니다."

한다. 주유는 크게 기뻐하며 두 사람을 중상하고 즉시 감녕에게 선봉을 삼으라고 명하였다. 두 사람이 배사하며 저희들의 계책에 든 줄 알았다.

주유는 감녕을 불러 분부하기를,

"이 두 사람이 가솔을 데리고 오지 않았으니 진정으로 항복하러 온 것이 아니고, 조조가 보낸 세작들일 것이오. 내가 이제 장계취계해서,21) 저들에게 통보할 소식을 알려주려 하오. 그대는 은근하고 후하게 대접하며 속으로 방비를 잘 해 주게나. 출병일이 되면 먼저 저들 두 놈은 죽여 기제를22) 지낼 것이오. 그대는 모름지기 조심 또 조심해서 잘못되는 일이 없게 해 주시오."

하였다. 감녕은 명을 받고 돌아갔다.

노숙이 들어와 주유를 보고 말하기를,

"채중과 채화가 투항했다 하는데 거짓일 공산이 큽니다. 저들을 받아들여서는 안 됩니다."

하거늘, 주유가 꾸짖으며 말하기를

---

21) **장계취계(將計就計)**: 상대편의 계책을 역이용하는 계책. [中文辭典]「謂就人之計以行之也」. [中國成語]「謂故意依照敵人的計劃來設計 引誘敵人入自己的圈套」.

22) **기제(旗祭)**: 출정에 앞서 모든 깃발을 세워놓고 거행하던 제례 의식용 깃발.

"저들은 조조에게 형을 잃었소이다. 그래서 원수를 갚기 위해 투항하였는데, 어찌 거짓이 있을 수 있소이까? 당신이 만약에 이렇게 의심이 많으면 어찌 천하의 선비들을 받아들이겠소이까?"

하였다.

노숙이 말없이 물러나와 공명에게로 갔다. 공명은 듣고도 웃기만 할 뿐 말이 없었다.

노숙이 묻기를,

"공명은 왜 웃기만 하시오?"

하니, 공명이 대답한다.

"내가 웃는 것은 자경이 공근의 용계(用計)를 알지 못하고 있기 때문이외다. 장강은 멀고 세작들이 오가기가 매우 어렵습니다. 조조가 채중과 채화를 거짓 항복하게 하여 우리 군중의 일을 몰래 탐지한다면, 공근은 계책에 계책으로 맞서 저들로 하여금 소식을 알게 하려는 것입니다. '병법에서는 거짓을 싫어하지 않는 법'이니,23) 공근의 계책이 바로 이것입니다."

하였다. 노숙은 그제서야 겨우 알아차렸다.

한편, 주유가 밤에 장중에 앉아 있는데, 문득 황개가 몰래 중군에 들어와서 주유를 만났다.

주유가 말하기를,

"공이 밤중에 왔으니 필시 나에게 말해 줄 좋은 계책이 있소 그려."

---

23) 병법에서는 거짓을 싫어하지 않는 법[兵不厭詐] : 싸움에선 어쩔 수 없이 적을 속이게 됨. 전쟁에선 적의 속임수를 이용하므로, 거짓이라고 해도 싫어하지 않는다는 뜻임. [韓非子 難一]「舅犯曰 臣聞之 繁禮君子 不厭忠信 兵陣之閒**不厭詐僞**」. [陸以湉 冷廬雜識 論王文成公精於用兵]「凡此皆出奇制勝 所謂**兵不厭詐** 非小儒所能知也」.

하자, 황개가 묻기를

"저들의 군사는 많고 저희는 그 수가 아주 적습니다. 아마도 오래 버티지 못할 것입니다. 왜 화공의 전술을 쓰지 않으십니까?"

한다.

주유가 묻기를,

"누가 공에게 이 계책을 말합디까?"

하자, 황개가 말하기를

"제 생각으로 누가 나에게 가르쳐 준 것이 아닙니다."

하매, 주유가 대답하기를

"내 생각 또한 그러하외다. 그러나 채중과 채화처럼 거짓 항복한 자를 머물게 하여 소식을 조조에게 전하고자 했던 것입니다. 다만 나의 사항계(詐降計)를 써줄 사람이 없어 한탄하고 있소이다."

하니, 황개가 묻기를

"제가 이 계책을 쓰면 어떻겠습니까?"

하거늘, 주유가 대답하기를

"고통을 받지 않고서는 저들이 어찌 믿겠소?"

한다.

황개가 다시 말하기를,

"저는 손장군에게서 두터운 은혜를 받아왔습니다. 비록 간뇌도지하더라도 후회하지 않을 것입니다."

하거늘, 주유가 사례하며 말하기를

"당신이 고육지계를24) 써 주기만 한다면, 강동으로서는 더 이상 다

---

24) **고육지계(苦肉之計)** : 「고육지책」(苦肉之策). 제 몸을 괴롭힘으로써 적을 속이는 계책. 「고육책」(苦肉策)은 곧 「고육계」임. [中文辭典]「毒打自己人員 使其降敵 以探軍情之計也」.

행한 일이 없을 것입니다."

한다.

황개가 대답하기를

"저는 죽어도 여한이 없습니다."

하며, 사례하고 물러갔다.

다음 날 주유는 북을 쳐서 모든 장수들을 장막 아래에 다 모이게 하였다. 공명도 자리에 있었다.

주유가 말하기를,

"조조가 백만의 대군을 이끌고 3백여 리에 걸쳐 영채를 쳐 놓았으니 하루 아침에 무너뜨릴 수가 없게 되었소이다. 그래서 모든 제장들에게 영을 내리니, 각각 3개월 동안의 양초를 줄 터이니 이를 가지고 적을 막아낼 준비를 하시오."

하고 말을 마치자, 황개가 나서며 대답하기를

"3개월을 말할 것도 없고 30개월 간의 양초를 가지고 있다 해도, 일은 되지 않을 것입니다. 만약에 3개월 안에 저들을 무너뜨릴 수 있다면 곧 깨뜨리는 것이지만, 만약에 3개월 안에 깨뜨릴 수 없다면 장자포의 말대로 갑옷을 벗고 창을 거꾸로 잡아 북쪽을 향해 항복하는 것뿐이외다."

하거늘, 주유가 안색이 변하여 크게 노하며

"내가 주공의 명을 받들어 조조의 군사를 깨뜨리도록 독려하고 있는데, 어디 감히 항복을 말하시오. 다시 그런 말을 했다가는 참할 것이외다. 이제 양쪽이 서로 버티고 있는데 이런 말을 하여, 우리의 군심을 해이하게 하였으니 장군을 참수할 수밖에 없소. 그렇지 않으면 여러 군사들을 복종시킬 수 없소이다."

하고, 좌우를 꾸짖어 황개를 참하고 보고하라 하였다.

황개 또한 노하며 말하기를,

"나는 파로장군을 따라 동남을 종횡한 지 이미 삼 대가 지났소. 그때 자네는 어디 있었습니까?"

한다. 주유가 크게 노하여 속히 참하라고 꾸짖었다.

감녕이 앞으로 나서며 아뢰기를,

"공복은 동오의 구신(舊臣)이오니 너그러이 저를 용서해주소서"

하였으나, 주유가 꾸짖기를

"자네가 어찌 말이 많아 내 법도를 어지럽히려하오!"

하고, 먼저 좌우를 꾸짖어 감녕을 끌어내어 매우 치게 하였다.

여러 관원들이 무릎을 꿇고 말하기를,

"황개의 죄는 진실로 죽어 마땅하오나 군중에게 이롭지 못하니, 바라건대 도독께서 용서해 주시고 저의 죄를 기록해 두었다가 조조를 무너뜨린 후에 참하여도 늦지 않을 것입니다."

한다. 그래도 주유는 노여움을 그치지 않았다. 여러 관리들이 힘써 빌었다.25)

주유가 말하기를,

"여러 관리들의 얼굴을 보지 않는다면 목을 벨 것이로되, 이제 저의 목숨을 살려두겠소!"

하고, 좌우에게 명하여 끌어내어 땅에 엎드리게 하고는

"척장26) 50도를 쳐서 그 죄를 다스리겠다."

하매, 여러 관리들이 빌고 또 빌었다.

---

25) 여러 관리들이 힘써 빌었다[苦苦告求] : 줄을 서서 용서를 구함. 「고고」는 애태우고 힘쓰는 모양.

26) 척장(脊杖) : 등을 때리는 장형(杖刑). [隋書 刑法志]「五日 杖有三十 二十 十之差 凡三等」. [唐律 名例]「杖刑五 六十 七十 八十 九十 一百」.

주유는 안상[案桌]을 밀어내며, 여러 관리들을 꾸짖고 장형을 시행하라 하였다. 황개의 옷을 벗기고 땅에 엎어놓고 척장을 쳤다.

이때, 여러 관리들이 또다시 빌고 빌자, 주유가 자리에서 일어나 황개를 가리키며 말하기를

"네가 감히 나를 능멸하려는 게냐. 50도로 기록해 두어라! 이제 또다시 태만하게 굴면 두 가지 죄를 함께 다스리겠다!"

고 벼르며, 장중으로 들어가 버렸다.

여러 관리들이 황개를 부축하여 일으키니, 척장으로 인하여 살갗이 터지고 살점이 드러나 피가 낭자하였다. 겨우 부축하여 영채로 돌아가니 여러 차례나 혼절하여, 위문 온 사람이 눈물을 흘리지 않는 이가 없었다.

노숙이 와서 보고 공명의 배에 가서 묻기를,

"오늘 공근이 노해 공복을 심하게 꾸짖은 것을 보고도, 우리가 모두 저의 부하이기 때문에 감히 나서서 간하지 못하였소이다. 선생은 손님으로서 어찌하여 이를 수수방관하며[27] 한 마디도 하지 않으셨소이까?"

하거늘, 공명이 웃으며 말하기를

"자경이 나를 속이고 있습니다 그려."

하거늘, 노숙이 묻는다.

"나와 선생이 강을 건너온 후로 일찍이 한 가지 일도 서로 속인 적이 없습니다. 이제 어찌하여 나에게 그런 말을 하시는 게요?"

한다.

공명이 대답하기를,

---

27) 수수방관(袖手旁觀) : 팔짱을 끼고 보고만 있다는 뜻으로, '직접 손을 내밀어 돕지 않고 그대로 버려둠'을 이름. [韓愈 祭柳子厚文]「不善爲斲 血指汗顔 巧匠旁觀 縮手袖閒」. [紅樓夢 第七十二回]「我反倒袖手旁觀不成」.

"자경은 정말로 공근이 오늘 황공복을 독하게 친 이유를 알지 못하십니까. 이것은 그의 계교입니다. 어찌하여 나에게 저를 말리라고 권하는 겝니까?"

하자, 노숙은 그제서야 겨우 깨닫게 되었다.

공명이 묻기를,

"고육지책을 쓰지 않고는 어찌 조조를 속일 수 있습니까? 이제 필시 황공복으로 하여금 조조에게 가서 거짓 항복하게 할 것입니다. 그리고 채중과 채화가 이 일들을 보고하게 될 것입니다. 자경께서는 공근을 만나거든 일절 공명이 이 일을 먼저 알고 있더란 말을 하지 마시고, 공명도 도독을 원망하고 있더라고만 말하세요."

하였다. 노숙이 하직하고 돌아갔다. 그리고 장중에 들어가 주유를 만났다. 주유는 자경을 맞아들였다.

노숙이 말하기를,

"오늘 무슨 까닭으로 황공복을 통책(痛責)하셨습니까?"

하고 물으니, 주유가 묻기를

"여러 장수들이 나를 원망하고 있지요?"

한다.

노숙이 말하기를,

"모두가 마음속에 불안해하고 있습니다."

하니, 주유가 또 묻기를

"공명은 어찌 생각하고 있습니까?"

한다.

노숙이 말하기를,

"저는 도독께서 정이 없다며 말합디다."

하니, 주유가 대답하기를

"이번 일은 저를 감쪽같이 속였군요."

하거늘, 노숙이 또 묻는다.

"무슨 말씀입니까?"

하고 물으니, 주유가 말하기를

"오늘 황개를 심하게 매질 한 것은 모두 계략입니다. 내가 그를 거짓 항복시키려니 먼저 고육책을 쓰지 않을 수 없었소. 이는 먼저 고육계를 써서 조조를 속이고, 그 틈에 화공을 써서 저를 이기려는 것입니다."

하였다. 노숙은 속으로 생각하기를 공명이 고견을 가졌구나 하였다. 그러나 그런 말을 할 수 없었다.

한편, 황개는 장중에 누워 있었다. 여러 장수들이 다 와서 문안을 하지만, 그는 한 마디도 하지 않고 다만 한숨만 쉴 뿐이었다. 문득 알리기를 참모 감택(闞澤)이 문안을 왔다 하였다. 황개는 그를 청해 들이게 하고 좌우는 물러가 있게 하였다.

감택이 분해하며 말하기를,

"장군께서는 도독과 원수진 일이 있습니까?"

하거늘, 황개가 대답하기를

"아니오."

한다.

감택이 또 묻기를,

"그렇다면 공이 질책을 받은 것은 고육계가 아닙니까?"

하거늘, 황개가 말하기를

"어찌 그것을 알았소이까?"

하매, 감택이 말하기를

"제가 공근의 거동을 보고 이미 속으로 짐작하였지요."

하자, 황개가 대답한다.

"나는 오후에게 삼 대나 후은을 입었소이다. 그러나 갚을 길이 없어서 이런 계책을 써서 조조의 군사들을 물리치려 하오이다. 내가 비록 고초를 당하였으나 또한 전혀 한을 품지 않소이다. 내가 두루 군중을 보건대 한 사람도 심복이 없소이다. 오직 공만이 충의지심을 가지고 있음을 알고, 감히 마음이 통할 것이기에 말하는 것이외다."

하니, 감택이 말하기를

"공이 말해주시는 것은 나에게 거짓 항서를 드리라는 것이 아니외까."

하고 묻거늘, 황개가 대답한다.

"실제는 그런 뜻이 있기 때문이외다. 들어주시겠소이까?"

한다. 감택이 기꺼이 이를 승낙하였다.

이에

용장이 자신을 돌보지 않고 주인께 보답할 생각을 하자
모신은 기꺼이 나라를 위해 같은 마음을 가졌구나.
勇將輕身思報主
謀臣爲國有同心.

감택의 말한 바는 어찌 되었는지 알 수가 없다. 하회를 보라.

제47회

감택은 몰래 거짓 항서를 드리고
방통은 교묘하게 연환계를 쓰다.
　闞澤密獻詐降書
　龐統巧授連環計.

　감택의 자는 덕윤이며 회계의 산음(山陰) 사람이다. 집은 가난하였
으나 학문을 좋아하여, 남의 집살이를 하면서도 일찍이 책을 빌어다
보곤 하였다. 책을 한 번 보면 절대로 그 내용을 잊지 않았다. 구변이
아주 좋았고 젊어서부터 담기가 있었다. 손권이 불러 참모로 삼아 황
개와는 아주 친하였다.
　황개는 그가 말을 잘하고 담력이 있음을 알고, 그에게 사항서를 드
리게 한 것이 있다.
　감택이 기꺼이 응락하며 말하기를,
　"대장부가 세상에 살면서 공을 세우고 업을 일으키지 못한 채, 어찌
초목과 같이 썩을 수[1] 있사오리까! 공은 몸을 바쳐 주인에게 은택을
갚는데, 나는 또 무엇으로 해서 이 보잘것없는 목숨을 아끼겠소이까!"
한다.

---

1) 어찌 초목과 같이 썩을 수[草木同腐] : 「초목구부」(草木俱腐). 사람의 구실을
못하고 풀이나 나무 같이 헛되이 썩음. 이름 없이 세상을 떠남. [唐書]「埋光鐘采
與草木俱朽」. [杜甫 發秦州詩]「草木未黃落 况聞山水幽」.

황개가 침상에서 내려와 절하며 사례한다.

감택이 말하기를,

"일을 늦출 수 없소이다. 곧 지금 시행해야 합니다."

하니, 황개가 대답하기를

"항서는 이미 써 놓았소이다."

하였다.

감택이 항서를 받고 그날 밤으로 고기잡이로 분장하고, 작은 고깃배를 타고 북쪽을 바라고 갔다. 이날 밤은 차운 별들이 하늘에 가득했다. 3경 무렵에 조조 수군의 영채에 도착하였다. 강을 순시하던 군사가 그를 잡아 그 밤으로 조조에게 보고하였다.

조조가 묻기를,

"저가 세작이 아닌가?"

하니, 군사가 대답하기를

"단지 고기잡이 어민일 뿐이나, 자칭 동오의 참모 감택이라 하면서 기밀한 일로 와 뵙고자 한다 합니다."

하거늘, 조조가 곧 장수를 시켜 들어오게 하였다.

군사가 감택을 데려오자 장막 안은 등불이 휘황했다. 장막에는 조조가 책상에 기대에 앉아 있었다.

그리고 묻기를,

"네가 동오의 참모란 자이냐? 여기는 무슨 일로 왔느냐?"

하거늘, 감택이 말하기를

"사람들의 말에 따르면 조승상께서는 영웅을 구하기를 목말라 한다 하더니, 이제 이렇게 물으시는 것을 보니 사실이 아닌 것 같습니다. 황공복아 자네도 생각을 잘못했네 그려!"

하자, 조조가 다시 묻는다.

"나는 동오와 조석으로 싸우고 있는 사람이다. 네가 사사로운 일로 이곳에 왔으니 어찌 그렇게 묻지 않겠느냐?"

하거늘, 감택이 말하기를

"황공복은 동오의 삼세 구신(三世舊臣)입니다.

지금 주유에게 여러 장군들 앞에서 무단히 심한 매를 맞아 그 분함을 이기지 못하여 승상께 투항하려 하며, 복수지계를 나에게 의논해 왔습니다. 나나 공복은 정의가 골육과 같아서 이제 밀서를 드리오니, 승상께서는 기꺼이 받아주시기 바랍니다."

하니, 조조가 묻기를

"항서가 어디 있느냐?"

하거늘, 감택이 편지를 꺼내 바쳤다. 조조가 편지를 열어 불빛에 비춰보니 글의 대강 내용은 다음과 같다.

　　황개는 손씨의 은혜를 받아왔기에, 결코 두 마음을 품는 것은 온당치 못합니다. 그러나 오늘의 사세(事勢)를 말할 것 같으면, 강동 6군의 군사를 가지고 중원의 백만 대병과 겨뤄 도저히 이길 수 없음은2) 천하가 다 함께 보는 바요, 동오의 모든 장수와 관원의 현우를 막론하고 그 불가함은 아는 바입니다. 주유는 아직 어린놈인데 생각이 편협하고 우둔해서,3) 저의 재주만 믿고 계란으로 바윗돌을 치려 하고4) 있습니다. 또한 위복을 멋대로 하니 죄없이 형을 받고

---

2) 백만 대병과 겨뤄 도저히 이길 수 없음은[衆寡不敵] : 적은 사람으로 많은 사람을 이기지 못함. [中國成語]「謂兩方的人相差太多 少的一方抵敵不住對方」.

3) 편협하고 우둔해서[偏懷淺戇] : 편협하여 아는 것이 없음. '생각하는 것이 편협하고 아는 것이 많지 않음'의 비유. [水經 沔水注]「沔水又東 偏淺 冬月可涉.」

4) 계란으로 바윗돌을 치려 하고[以卵敵石] : 이란격석(以卵擊石). 「이란투석(以卵投石)」. '달걀로 바위를 친다'는 뜻으로, '약한 것으로 강한 것을 당하여 내

공이 있어도 상을 주지 않습니다. 저는 세대 구신으로 무단히 욕을 당하였으니 마음에 진실로 그것을 한탄합니다!

엎드려 듣자오매, 승상께서는 성심으로 사물을 대하시며 마음을 비우시고 선비를 받아들인다 하기로, 황개는 군사들을 이끌고 투항하여 일을 도모해서 공을 이루어 분함을 풀려 합니다. 양초와 수레들은 배가 가는 때에 함께 바치겠습니다.

피눈물로 아뢰오니 행여라도 의심치 마옵소서.

조조는 책상 위에 편지를 놓고는 10여 차례나 뒤척이다가, 갑자기 책상을 치고 눈을 부릅뜨며 크게 노하여

"황개란 놈이 고육지계를5) 써 너에게 사항서를 드려 곧 일을 이루려함인데, 네 놈이 감히 와서 나를 모욕하려는 게냐!"

하고, 곧 좌우에게 끌어내어 참하라 하였다. 좌우가 감택에게 달려들었으나 감택이 낯빛 하나 변치 않고 하늘을 보며 크게 웃는다.

조조는 끌어오게 하여 꾸짖어 말하기를,

"내 이미 너희들의 간사한 간계를 간파했거늘 네 무슨 까닭으로 웃느냐?"

하매, 감택이 말하기를

"내 당신을 웃은 것이 아니라, 황공복이 사람을 알아보지 못함을 웃은 것이외다."

하니, 조조가 대답하기를

려는 어리석음'의 비유임. [荀子 議兵]「以桀詐堯 若以卵投石」. [墨子 貴義]「猶
以卵投石也」.

5) **고육지계(苦肉之計)** : 제 몸을 괴롭힘으로써 적을 속이는 계책. 「고육책」(苦肉策)은 곧 「고육계」 임. [中文辭典]「毒打自己人員 使其降敵 以探軍情之計也」.

"어찌해 사람을 못 알아본다 하느냐?"

하거늘, 감택이 묻는다.

"죽이려면 당장 죽일 것이지 무슨 질문이 그리 많소이까!"

하였다.

그때, 조조가 말하기를

"내 어려서부터 병서를 깊이 읽어[6] 간계의 도리를 잘 안다. 너의 이 계책은 단지 사람을 속일 수는 있지만 어찌 나를 속이겠느냐?"

하였다.

감택이 말하기를,

"당신께서 편지 속의 사건을 간계라고 말한다면 어느 점이 간계인가?"

하니, 조조가 묻기를

"내가 너의 계교 어디에 허점이 있는지 말한다면 너를 죽여도 좋으냐. 네가 진심으로 항서를 드린다면서 어찌해서 그 날짜를 밝히지 않았느냐? 지금도 너는 할 말이 있느냐?"

하거늘, 감택이 듣고 나서 크게 웃으며 말하기를

"그러면서도 병서를 숙독했노라 자랑하시오이까! 일찍 군사들을 거두어 돌아가심만 못하오이다. 만약 이대로 교전을 한다면 필시 주유에게 사로잡히게 될 것이오! 이 무식함이여! 내 당신에게 굴욕스럽게 죽는 것이 안타깝도다!"

하니, 조조가 다시 묻기를,

"어찌해 나를 무식하다 하느냐?"

하거늘,

---

6) 병서를 깊이 읽어[孫吳兵書]: 손무(孫武)와 오기(吳起)의 병법서. 손무와 오기 두 사람은 옛 병법가이며 그 저서에는 「孫子」와 「吳子」가 있음. [史記]「孫武吳起列傳」. [史記 貨殖傳]「白圭日 吾治生産 猶伊尹呂尙之謀 **孫吳用兵**商鞅行法」.

"당신은 기모(機謀)를 알지 못하며 도리에 밝지 못하니 어찌 무식하지 않소이까?"

한다.

조조가 대답하기를,

"너 또한 말해 보거라. 내 어디에 옳지 못한 곳이 있는지 말해 보아라."

하거늘,

"당신이 어진 이를 대하는 예가 없으니 내 말해 무엇하겠소이까! 차라리 죽을 따름이외다."

한다.

조조가 대답하기를

"만약에 네가 말한 것에 이치가 있다면, 내 자연히 너에게 경복할 것이다."

하거늘, 감택이 말하기를,

"당신은 어찌 '주인을 배반하고 도적질하는 사람은 날짜를 정해놓지 않는다.'란 말을 듣지 못했소이까? 오히려 날짜를 정했다가 급한 일이 생겨 그 날짜에 하수하지7) 못하고 있는데, 상대편에서 도리어 접응해 온다면 일은 필시 누설될 것이외다. 형편에 따라 행할 것이지 어찌 미리 기약을 할 수 있겠소이까? 당신은 이런 이치를 모르고 있으면서 사람을 죽이기만 좋아하니, 정말 무식하단 소릴 듣는 것이외다."

하니, 조조가 그 말을 듣고는 낯빛을 고치고 자리에서 내려와 사례하며 말하기를

---

7) 하수(下手) : 일을 착수함. [傳燈錄]「慧藏對馬祖曰 若敎某甲自射 直是無下手處 又僧問 天地還可雕琢也 無靈默曰 汝試下手看」. [唐律 鬪訟]「諸同謀共毆傷人者 各以下手重者爲重罪」.

"내가 일에 밝지 못하여 존위를 범하였소이다. 행여라도 마음에 두지 마시구려."

하거늘, 감택이 묻기를

"나와 황공복은 이미 투항하기로 마음을 굳혔으니, 이는 아이들이 부모를 바라는 것과 같습니다. 어찌 거짓이 있겠습니까?"

하니,

조조가 크게 기뻐하며

"만일 두 사람이 대공을 세운다면, 후일에 큰 벼슬을 내려 반드시 여러 사람들 윗자리에 있게 될 것이외다."

하거늘, 감택이 대답하기를

"우리들은 작록 때문에 투항하는 것이 아니라, 하늘의 뜻에 응하고 인간의 순리를 따르고자[8] 하는 것입니다."

하니, 조조가 술을 가져오게 하여 대접하였다. 조금 있자 한 사람이 장막에 들어와서 조조의 귀에 대고 귓속말을 하였다.

조조가 손을 내밀며 말하기를,

"어디 글을 보자."

하니, 그 사람이 밀서를 꺼내 드렸다. 조조가 그것을 보고 얼굴에 기쁜 빛이 떠올랐다. 감택은 속으로 생각하기를 '이는 필시 채중과 채화가 황개가 태형을 받았다는 통보일 것이다. 조조는 그것 때문에 내가 드리는 투항의 서신이 진실인 줄 알겠구나.' 하였다.

조조가 말하기를,

"번거롭지만 선생께서 다시 강동으로 돌아가셔서 황공복과 약속을

---

8) 하늘의 뜻에 응하고 인간의 순리[應天順人] : 하늘의 뜻에 응하고 사람의 뜻을 따름. [漢書 敍傳]「革命創制 三帝是紀 **應天順民** 五星同晷」. [文選 班彪王命論]「雖 其遭遇異時 禪代不同 至于**應天順人** 其揆一焉」.

하시면 먼저 소식을 전해 주시구려. 그러면 내 병사들을 내어 접응하
겠소이다."
한다.

감택이 대답하기를,

"저는 이미 강동을 떠났기 때문에, 다시 돌아갈 수가 없습니다. 바
라건대 숭상께서 별도로 기밀인(機密人)을 보내시지요."
하니, 조조가 말하기를

"만약에 다른 사람이 가면 일이 누설될까 걱정이외다."
하거늘, 감택이 재삼 사양하였다.

한참 만에 대답하기를,

"만약에 제가 간다면 오래 있을 것이 아니라 곧 가는 게 좋겠습니다."
하니, 조조가 금백을 주었으나 감택은 받지 않았다. 하직 인사를 하고
병영을 나와 다시 배를 타고 강동으로 돌아왔다. 그리고는 황개를 보
고 그동안 있었던 일들을 자세히 설명하였다.

황개가 말하기를,

"공의 능변이 아니었다면 황개가 고초를 받은 것이 헛될 뻔 했소이다."
한다.

감택이 대답하기를,

"내가 지금 감녕의 영채에 가서 채중과 채화의 소식을 알아보겠소
이다."
하니, 황개가 말하기를

"좋은 말이외다."
한다. 감택이 감녕의 영채에 가자 감녕이 맞아들였다.

감택이 말하기를,

"장군께서 어제 황공복을 구해 주려다, 주공근의 욕을 받은 일로 하

여 나는 심히 불쾌했습니다."

하니, 감녕이 웃으며 대답하지 않았다. 서로 이야기를 하고 있는데 채화와 채중이 왔다.

감택이 눈짓을 하자, 감녕은 그 뜻을 알고

"주공근은 단지 자신만 믿고 전혀 우리들을 생각지 않고 있는 것 같소이다. 우리가 오늘 욕을 당한 것은 강하의 모든 사람들이 다 보았으니 부끄럽기 짝이 없소이다."

하며, 말이 끝나자 어금니를 악물고 이를 갈고9) 책상을 치며 크게 소리친다.

감택이 이에 거짓으로 감녕의 귀에다 대고 귓속말을 한다. 감녕은 머리를 숙이고 말을 하지 않으면서 길게 탄식 소리만 낸다.

채화와 채중은 감택과 감녕이 다 반의(反意)가 있음을 보고 말로써 저들을 부추기며, 말하기를

"장군들께서는 무슨 고민이 있으십니까? 선생께서는 무슨 불편이 있으십니까?"

하며, 말을 걸었다. 감택이 묻는다.

"우리들 속에 들어 있는 고통을 너희들이 어찌 알겠느냐?"

하니, 채화가 대답하기를

"오후를 떠나 조조에게 가려는 게 아닙니까?"

---

9) 어금니를 악물고 이를 갈고[咬牙切齒] : '아주 분(忿憤)해 함을 일컫는 말'임. [吳越春秋 闔閭內傳]「伍員 咬牙切齒 將一切眞情 其實奏於吳王」. [水滸傳 第六十九回]「衆多兄弟 被他打傷 咬牙切齒 盡要來殺張淸」. 「절치부심(切齒腐心)」. [史記 刺客 荊軻傳]「樊於期偏袒 搤腕而進曰 此臣之日夜切齒腐心 (注) 切齒 齒相磨切也」. [戰國策 燕策]「荊軻私見樊於期曰 願得將軍之首 以獻秦王 秦王必喜而召見臣 臣左手把其袖 右手揕其胸 則將軍之仇報 而燕國見陵之恥除矣 樊於期曰 此臣之日夜切齒扼腕 乃今得聞教 遂自刎」.

하거늘, 감택이 얼굴빛이 변하였다.

　감녕이 칼을 빼어 들고 일어나며,

"우리들의 일을 이미 엿보았으니 너희를 죽여 입을 다물게 하지 않을 수 없구나!"

하니, 채중과 채화가 당황하여

"두 분께서는 절대로 염려 마십시오. 저희들 또한 마음속에 있는 일을 서로 이야기하겠습니다."

하거늘, 감녕이 재촉하기를

"빨리 말하거라."

하며 재촉한다.

　채화가 말하기를,

"우리 두 사람은 조공께서 시켜 거짓으로 항복했습니다. 두 분께서 만약에 귀순하실 마음이 있으시면 제가 모시고 가겠습니다."

하거늘, 감녕이 묻는다.

"너희 말이 과연 진정이냐?"

하니, 두 사람이 일제히 말하기를

"어찌 감히 속임수를 쓰겠습니까?"

한다.

　감녕이 거짓 기뻐하며 말하기를,

"정말 그렇게만 된다면 이는 하늘이 주신 기회가 아니냐?"

하니, 두 채씨가 대답한다.

"황공복과 장군께서 욕을 입은 사실을 저희들도 이미 조승상께 보고 하였습니다."

하거늘, 감택이 말하기를

"우리도 이미 황공복의 항서를 조승상께 드리고, 이제 속히 와서 흥패를 보고 서로 함께 투쟁하자 약속을 하려는 것일세."

하니, 감녕이 대답한다.

"대장부가 이미 주인을 만났으니, 마땅히 최선을 다해 섬겨야 하지 않겠는가."

한다.

이에 네 사람이 함께 술을 마시며 마음속에 있는 일을 논하였다. 두 채씨가 즉시 글을 써서 조조에게 밀보를 하여 감녕과 함께 내응을 하기로 되었다고 말을 하였다.

감택은 따로 편지를 닦아 조조에게 사람을 시켜 밀보 했는데,

황개가 오고자 하나 틈도 타지 못 하여 못 가고 있으니, 뱃머리에 청룡아기(靑龍牙旗)를 꽂고 오거든 그가 황개인 줄 아옵소서.

라는 내용이었다.

한편, 조조는 계속 두 통의 편지를 받고서는 마음속에 의심이 생겨 풀리지 않았다.

그래서 여러 군사들을 모아놓고, 의논하기를

"강좌의 감녕이 주유에게 욕을 보고 내응하기를 자원했고 황개는 주유에게 질책을 받고 감택을 시켜 항서를 가져왔으나, 두 가지 다 믿을 수가 없소이다. 누가 직접 주유의 영채에 가서 사실을 확인해 오겠소?"

하니, 장간이 나서며 말하기를

"제가 전에 동오에 갔다가 빈손으로 돌아와 일을 성사시키지 못하였습니다. 그래서 늘 부끄러운 마음을 품고 있습니다. 이에 몸을 버리고 다시 가서 확실한 내용을 알아다가 승상께 보고 하겠습니다."

하거늘, 조조가 크게 기뻐하며 곧 장간에게 배로 떠나라고 하였다.

장간이 인사를 하고 작은 배를 타고 강남의 수채에 이르러, 사람을 시켜 소식을 전하였다.

주유는 장간이 또 왔다는 보고를 받고 크게 기뻐하며, 말하기를

"내 성공은 다만 이 사람에게 달렸구나!"

하고, 노숙을 불러 당부하기를

"방사원(龐士元)을 불러오시되 나를 위해 이렇게 해주세요."

한다.

원래 양양의 방통은 자는 사원이라 하는데, 피란하여 강동에 살았다. 노숙이 일찍이 저를 주유에게 천거하였으나 방통은 미처 가보지 못하고 있는데, 주유가 먼저 노숙을 시켜 방통에게 계책을 묻기를

"조조를 깨뜨리려면 무슨 계책을 쓰오리까?"

하였더니, 방통이 노숙에게 이르기를

"조조를 파하고자 한다면 모름지기 화공을 해야 합니다. 다만 장강 위에서는 배 한 척에 불이 붙으면 나머지 배들이 사방으로 흩어지게 될 것이니, '연환계'를10) 써서 저들에게 배를 한 곳에 묶어 두어야만 성공할 수 있소이다."

하거늘, 노숙이 이를 주유에게 말하니 주유는 그 논리에 깊이 탄복한다.

그리고 노숙에게 이르기를,

"내가 이 계책을 쓰려면 방사원이 아니면 안 됩니다."

---

10) **연환계(連環計)** : 36계 중 제35계임. 쇠고리가 연이어 붙어 있는 것과 같이 여러 계책을 연이어 사용하여, 적을 속이고 승리를 거두는 계책. 세작을 적진에 보내서 저들에게 어떤 꾀를 내통하는 것처럼 말하게 하고, 자기는 그 사이에서 승리를 거두는 계책. 곧, 한 가지 계책이 아니라 몇 가지가 함께 진행될 때를 이르는 말. [戰國策 齊策]「秦昭王嘗遣使者遺君王后玉**連環** 日齊多智 而解此環否」. [莊子 天下]「今日適越而昔來 **連環**可解也」.

하니, 노숙이 묻기를

"조조의 간교한 계책이 두려운데 어떻게 갑니까?"

하자, 주유가 침음하며 결단을 내리지 못하고 있었다. 그리고 아무리 생각해도 더 좋은 기회가 없을 듯해서 답답해 하고 있는데, 문득 장간이 왔다는 소식이 왔다. 주유는 기뻐하며 한편으로 방통의 연환계를 쓰도록 이르고, 또 한편으로는 장상에 앉아 장간을 들어오게 하였다.

장간이 나서서 맞지 않는 것을 보고 마음속에 염려하며, 배를 구석진 곳에 매어두게 하고 들어와 주유를 만났다.

주유가 얼굴에 노여운 기색을 띠며, 말하기를

"자익은 어찌해서 나를 그토록 속이고 있소이까?"

하니, 장간이 웃으며 묻기를

"나는 자네를 옛날 형제로 생각하고 마음속의 이야기를 터놓고 있는데, 무엇 때문에 당신을 속인다 하오?"

하거늘, 주유가 당부하기를

"자넨, 내가 조조에게 항복하는 게 낫다고 말했으나, 바다가 마르고 돌이 문드러질 때까지는 안 될 것일세! 전번에는 내 옛날의 정의를 생각해서 자네와 통음을 하였네마는, 자네는 내 책상에서 내게 온 서신까지 훔쳐 인사도 없이 가 버렸을 뿐더러, 돌아가 조조에게 보고하여 채모와 장윤을 죽게 하여 내 일을 망쳐놓았네.

오늘 까닭 없이 또 왔으니 아무래도 좋은 생각은 가지지 않았을 것이네! 내 옛날의 정을 가리지 않고 단호하게 처리할 생각이네. 본디 자네를 그냥 가게 할 생각이었으나, 하루 이틀 사이에 내가 조조를 격파하려하니 자네는 군중에서 기다리고 있게나, 아니면 또 틀림없이 일이 누설될 터이니까."

하고, 곧 좌우에게 이르기를

"자익을 서산암에 가서 쉬게 하라. 내 조조를 파한 후에 자네가 강을 건너가도 늦지 않는 것일세."

하였다.

장간이 다시 입을 열려 하였으나, 주유는 이미 장막 안으로 들어가 버렸다. 좌우가 말을 가져와서 장간을 태우고 서산의 뒤쪽에 있는 작은 암자로 보내 쉬게 하고, 두 명의 병사가 지키게 하였다. 장간은 암자 안에 있으면서 마음이 우울하고 침식 모두가 불안하였다. 그 날은 별들이 하늘에 가득하였다.

홀로 암자의 뒤로 걸어나가니 어디선가 책 읽는 소리가 들렸다. 발걸음이 내키는 대로 찾아가니 산의 바위 아래 초가 두어 간이 보이고 안에서는 등불 빛이 새어나왔다. 장간이 가서 들여다보니, 단지 한 사람이 칼을 걸어 놓고 등불 앞에 앉아 손오의 병서를 외우고 있었다. 장간은 이 사람이 필시 기이한 인물이겠거니 생각하고, 지게문을 두드려 보기를 청하였다. 그 사람이 문을 열고 나와 맞는데 모습이 범상하지 않았다.

장간이 이름을 물으니 저가 대답하기를,

"나는 성이 방이요 이름은 통이라 하며 자는 사원이외다."

하거늘, 장간이 또 묻는다.

"봉추선생이 아니십니까?"

하니, 방통이 말하기를

"그렇습니다."

한다.

장간이 다시 묻기를,

"대명을 들은 지 오래 되었사온데, 지금 어찌 이 궁벽진 곳에 계십니까?"

하니, 대답하기를

"주유가 자신의 재주가 높은 것만 믿고 남의 말을 듣지 않기에, 내가 이곳에 숨어서 지내고 있는데 공은 뉘시오?"

하거늘, 장간이 대답한다.

"장간입니다."

하니, 방통이 초암에 맞아들여 함께 앉아 마음속의 일들을 나눴다.

장간이 또 말하기를,

"공의 재주로써 보면 어디에 간들 이롭지 않겠습니까? 조조에게 돌아가시려면 제가 마땅히 모시고 가겠습니다."

하니, 방통이 대답하기를

"나 또한 강동을 떠난 지 이미 오래 되었소이다. 공이 기왕에 나를 데리고 갈 마음이 있다 하니 지금 곧 떠나십시다. 지체하다가는 주유가 들으면 장군을 해하려 할 게요."

하였다.

이에 장간과 함께 밤을 도와 산을 내려와, 강가의 배를 매어 놓았던 곳에 이르러 나는 듯이 노를 저어 강북으로 갔다. 조조의 영채에 이르러 장간이 먼저 들어가, 조조를 보고 지금까지 있었던 일들을 자세히 말하였다. 조조가 봉추선생이 왔다는 말을 듣고는 직접 장막에서 나와 맞아들였다.

주인과 손이 자리를 잡고 앉자, 조조가 먼저

"주유는 나이가 어리며 자신의 재능만 믿고 여러 사람을 쓸 때 좋은 재능을 쓰지 못하고 있소이다. 선생의 대명을 오래전부터 듣고 있던 터에 오늘에야 만나게 되었소이다. 바라건대 저에게 가르쳐 주실 것을 아끼지 말아주시구려."

하니, 방통이 대답하기를

"저 역시 평소부터 승상께서 병법을 쓰심에 일가를 이루고 있음을 듣고 있던 터입니다. 오늘 군용(軍容)을 한 번 보여 주시지요."

한다.

조조가 말을 준비하라 하고 먼저 방통을 데리고 육지의 영채로 갔다. 방통과 조조는 함께 말을 타고 높은 곳에 올라가 멀리 바라보았다.

방통이 다시 말하기를,

"산과 숲을 의거하고 앞뒤 서로 돌아보고 출입하는 문이 있고 진퇴에도 곡절이 있으니, 비록 손무와11) 오기가12) 다시 살아오고 사마양저가13) 다시 온다 해도, 또한 이에서 지나지 못할 것이외다."

하니, 조조가 말하기를

"선생께서는 과예를 하지 마시고 가르쳐 주시구려."

한다.

---

11) 손무(孫武) : 손자(孫子). 손무자(孫武子)는 제(齊)나라의 병법가인데 '孫子'는 그를 존경하는 표현임. [中國人名]「春秋 齊 以兵法見吳王闔廬 王出宮中美人百八十人 使武敎之戰……吳王用爲將 西破强楚 北威齊晋 顯名諸侯 有**兵法三篇**」.

12) 오기(吳起) : 전국시대 위나라 사람. 위의 문후(文候)가 어질다는 말을 듣고 찾아가 공을 세워 진(秦)과 한(韓)을 막음. 문후가 죽자 무후(武候)를 섬겼는데 공숙(公叔)의 참소를 당하자 초나라로 가서 백월(百越)을 평정하였음. 장수가 되자 말단 군사들과 숙식을 같이하였으며 재상이 되어서는 법령을 밝게 폈음. 강병책을 써서 귀족들의 미움을 사기도 하였으며 병법서「吳子」6편이 있음. [中國人名]「戰國 衛人 嘗學於曾子 **善用兵** 初仕魯 聞魏文候賢 往歸之 文候以爲將 拜西河守……南平百越 北郤三晋 西伐秦 諸侯皆患楚之强」.

13) 사마양저(司馬穰苴) : 춘추시대 제(齊)나라 사람으로 성은 전씨(田氏)임. 관직이 대사마가 되었기 때문에 '사마양저'라 부르는 것임. 경공(景公) 때 연(燕)과 진(晋)을 물리쳐 잃었던 땅을 되찾았으며, 뒤에 위왕의 용병과 옛 병법을 추론(追論)하고 그 속에 양저를 넣었기 때문에「사마양저병법」이라 불렀음. [中國人名]「齊 本姓田 爲大司馬穰苴 故曰 **司馬穰苴**……齊威王用兵 大倣穰苴之法 而諸侯朝齊 威王使大夫追論古者司馬兵法 附穰苴於其中 因號曰 **司馬穰苴兵法**」.

이에 또 함께 수채를 둘러보았다. 남쪽을 향한 24개의 문이 있는데, 다 몽동(艨艟) 전함들이 성곽처럼 둘러 있으며 가운데에 작은 배들을 배치하여 오가는데, 길이 있고 기복에 질서가 있었다.

방통이 웃으며 말하기를,

"승상의 용병술이 이와 같으니 그 명성이 잘못 전해지지 않았습니다!"[14]

하고는, 강 남쪽을 가리키며

"주랑이여 주랑이여! 그대는 반드시 망하리로다!"

하였다.

조조는 크게 기뻐하였다. 영채로 돌아와 그를 장중에 청해 들여, 술을 내어 함께 마시면서 병법에 관해 서로 이야기를 하였다. 방통은 고담준론으로써 응답이 마치 물 흐르듯 하였다. 조조는 더욱 경복해하며 은근하게 상대하였다.

방통이 거짓 취한 체하며,

"제가 감히 묻자옵건대 군중에 양의(良醫)가 있습니까?"

하니, 조조는 묻기를

"양의는 무엇에 씁니까?"

한다.

방통이 대답하기를,

"수군에는 병이 많은가 싶은데 그들을 치유해야 할 것입니다."

하였다.

그때, 조조의 군사들 중에는 수토(水土)에 적응하지 못해 구토병이 번져 죽는 군사들이 많았다.

---

14) 그 명성이 잘못 전해지지 않았습니다[名不虛傳] : 이름이 헛되이 전해진 것이 아님. [唐書 魏元忠傳]「元忠始名眞宰……然名不虛謂 眞宰相才也」. [後漢書 仲長統傳]「欲以立身揚明耳 而名不常存」.

조조는 속으로 이 일을 염려하고 있었는데, 갑자기 방통의 말을 듣고 어찌해야 하는지 묻지 않을 수 없었다.

방통이 말하기를,

"승상께서 수군을 훈련시키는 묘법이 있으실 터인데, 다만 온전하지 못한 게 안타깝습니다."

한다.

조조가 재삼 물으니, 방통이 대답한다.

"저에게 한 가지 방책이 있습니다. 그렇게만 하시면 대소 수군들이 잔병에 걸리지 않고, 안온하게 공을 세울 수 있을 것입니다."

한다.

조조가 크게 기뻐하며 묘책을 청한다. 방통이 말하기를,

"강 가운데 조수가 밀려들고 밀려가느라고 파도가 그치질 않습니다. 북병들은 배 타는 일에 익숙하지 못해서, 이를 계속해 맞으면 곧 병이 나는 것입니다. 만약에 큰 배와 작은 배들을 각각 배치하여 어떤 것은 30척·혹 50척 씩 뱃머리를 쇠줄로 묶어 연결해 줄을 이루고 그 위에다 넓은 판대기를 깔아 놓으면, 군사들이 건너다닐 수 있을 뿐더러 말들도 다닐 수 있을 것입니다. 이것을 타고 나간다면 풍랑이 일어 조수가 심하게 밀려들어도, 전혀 두려워하지 않을 것이 아니겠습니까?"

한다.

조조가 자리에서 내려와, 사례하기를

"선생이 좋은 계책이 아니었더라면, 어찌 능히 동오를 깨뜨리겠소이까?"

한다. 방통이 말하기를,

"저의 천박한 견해를 승상께서 잘 생각해 하십시오."

하였다.

조조는 곧 영을 내려, 수군 중에서 철장(鐵匠)을 불러서 밤을 도와 배를 연결할 수 있는 큰 고리를 만들어 배들을 묶게 하였다. 군사들은 이 소식을 듣고 모두 기뻐하였다.

후세 사람의 시가 있다.

적벽전에서 용병에 화공을 쓰니
전술과 계책이[15] 모두 같구나.
　赤壁鏖兵用火攻
　運籌決策盡皆同.

만약에 방통의 연환계가 아니었다면
공근이 어찌 능히 대공을 세웠으랴?
　若非龐統連環計
　公瑾安能立大功?

방통은 또, 조조에게 말한다.

"제가 강하의 호걸들을 보니 주유에게 원한을 품은 자가 많아서, 제가 이 짧은 혀로써 승상에 관한 이야기를 하면 거의 다 항복할 것입니다. 주유가 고립무원이 되면 반드시 승상께 사로잡히게 될 것입니다. 주유를 파하기만 하면 유비는 쓸데가 없어질 것입니다."

하자, 조조가 대답하기를

---

15) 전술과 계책[運籌決策] : 장막 안에서 전략을 궁리함. [史記 高祖紀]「高祖曰 夫**運籌策帷幄之中** 決勝於千里之外 吾不如子房 鎭國家撫百姓 給饋饟不絶糧道 吾不如蕭何 連百萬之軍 戰必勝攻必取 吾不如韓信」. [三國志 魏志 武帝紀]「**運 籌演謀**」.

"선생께서 과연 능히 성공할 것이면, 조조는 천자께 주문을 올려서 삼공의 반열에 봉하겠습니다."

한다.

방통이 말하기를,

"저는 부귀를 위해 하는 것이 아닙니다. 다만 만민을 구하려 할 뿐입니다. 승상께서 도강하셔서도 삼가 백성들을 살해하지 마시옵소서."

하니, 조조가 말하기를

"내가 체행도를[16] 하는데 어찌 백성을 죽이겠소이까?"

하고, 방통은 조조에게 종족을 구할 수 있다는, 방문(榜文)을 써 달라고 하였다.

조조가 묻기를,

"선생의 가솔들이 어디에 계시오니까?"

하거늘, 방통이 대답하기를

"지금 강변에 있습니다. 만약에 이 방문을 얻으면 살아남을 수 있을 것이오이다."

하자, 조조는 명하여 방문을 쓰게 하고 수결하여 방통에게 주었다.

방통이 배사하며 말하기를,

"나와 헤어진 후에 곧 진병해서 주랑이 알지 못하게 하옵소서."

하니, 조조가 그러마고 하였다. 방통은 절하고 작별하여 강변에 이르러 막 배에 오르려 하는데, 문득 보니 강안의 한 사람이 도포에 죽관을 쓰고 방통의 손을 잡는 것이었다.

그리고 말하기를,

---

16) 체행도(替行道) : 하늘을 대신해서 도를 행함. [唐書 歷志]「三代之興 皆揆測 **天行** 考正星次」. [莊子 刻意]「聖人之生也**天行** 其死也物化 (疏) 其生也如**天道之 運行** 其死也類萬物之變化」.

"자네 참 대담하이! 황개가 고육지책을 쓰고 감택이 사항서를 쓰더니 자네는 또 와서 연환계를 드리다니, 모조리 태워 죽이지 못할까 걱정이구나! 자네들의 독한 수단이 단지 조조를 속일 수는 있을 지라도 나는 속이지 못하네!"

한다. 그러자 방통은 혼비백산[17]하였다.

이에,

동남이 반드시 이긴다고 말하지 말라
그 누가 서북쪽엔 사람이 없다더냐?
莫道東南能制勝
誰云西北獨無人?

필경 이 사람은 누구일까. 하회를 보라.

---

17) 혼비백산(魂飛魄散) : 「혼소백산」(魂銷魄散)·「혼불부체」(魂不附體). [紅樓夢 第三十二回]「襲人聽了這話 唬得**魂銷魄散**」. [驚世通言 第三十三卷]「二婦人見洪三已招 驚得**魂不附體**」. [禮記 郊特牲篇]「魂氣**歸**于天 形**魄歸**于地」.

제48회

장강의 잔치에서 조조는 시를 읊조리고
전선을 이어놓고 북군은 무력을 사용한다.
　宴長江曹操賦詩
　鎖戰船北軍用武.

　한편, 방통은 이 말을 듣고 깜짝 놀랐다. 급히 돌아보니 그는 서서
였다. 방통은 옛 친구를 보고 마음이 겨우 놓였다.
　좌우를 둘러보고 사람이 없음을 확인하고, 말하기를
　"자네가 내 계책을 누설한다면 강남 81주의 백성들이 애석하구나.
왜냐하면 자네를 보내 다 죽게 하니 말일세!"
하자, 서서가 웃으며 말하기를
　"이곳 83만 인마들의 목숨은 어찌하누?"
하니, 방통이 묻는다.
　"원직이 진정 내 계책을 누설할 작정이오?"
하자, 서서가 대답하기를
　"나는 유현덕의 후은에 감사하고 있으나 아직 갚지 못하고 있네. 또
조조가 내 어머니를 죽게 해서, 나는 이미 죽을 때까지 한 가지 계책도
내지 않겠노라 말해 왔네. 이제 어찌 형의 양책을 깨뜨리겠는가?
　다만 나 또한 군사를 따라서 여기에 있으니, 싸움에서 패한 후에 옥
석을 가리지 않는다면 어찌 능히 살아남겠는가? 자네가 마땅히 내가

빠져나갈 방법도 가르쳐 주게. 그러면 나는 입을 다물고 멀리 피해 있겠네."

하니, 방통이 웃으며

"원직이 이렇게 고견과 지식이 있으면서 그게 뭐 그리 어렵다 하는가!"

한다.

서서가 말하기를,

"자네가 가르쳐 주게나."

하자, 방통이 서서의 귀를 잡아당겨 몇 마디 하였다. 서서가 기뻐하며 헤어졌다. 방통은 서서와 헤어지자 곧 배에 올라 강동으로 돌아왔다.

이때, 서서는 그날 밤으로 은밀히 가까운 사람을 보내, 각 영채에 참언을 퍼뜨리게 하였다. 이튿날 영채 안에선 삼삼오오 모여 머리와 귀를 맞대고 말하였다.

일찍이 세작들이 이 일을 탐지하여, 조조에게 보고하기를

"군중에 말이 돌기를 서량의 한수와 마등이 모반하여 허도로 공격해 온다더라."

하는 내용이었다.

조조는 크게 놀라 급히 여러 모사들을 모아놓고, 의논하기를

"내가 군사들을 이끌고 남정을 하면서, 마음속으로 근심했던 것이 한수와 마등이었소. 이제 군사들 속에서 참요가 돌아 그 허실을 알 수는 없으나 방비하지 않을 수 없소."

한다.

말이 끝나기도 전에 서서가 나아가, 말하기를

"제가 승상께 온 후로 촌공(寸功)도 세운 것이 없었는데, 저에게 3천 명의 인마만 주시면 밤을 도와 산관(散關)에 가서 그 애구를 지키겠습

니다. 단 긴급한 일이 있으면 곧 와서 보고드리겠습니다."

하거늘, 조조가 기뻐하며 말하기를

"만약 원직이 가주기만 한다면 내 근심거리가 없어질 것이오. 산관에는 군사들이 있으니 공이 저들을 다 거느리도록 하시오. 지금 3천 마보군을 뽑아서 장패(藏覇)를 선봉을 삼아 밤을 도와 먼저 가면 늦지 않을 것이외다."

한다. 서서가 조조에게 하직하고 장패와 함께 곧 떠났다. 이는 곧 방통이 서서를 구하는 계책이었다.

후세 사람의 시가 있다.

조조는 남쪽 정벌에 나서 날마다 근심하기를
마등과 한수가 군사를 일으킬까 염려했다네.
曹操征南日日憂
馬騰韓遂起戈矛.

봉추는 한 마디 말로 서서를 구하였고
서서는 고기같이 낚시 밥을 벗어났구나.
鳳雛一語敎徐庶
正似游魚脫釣鉤.

조조는 서서가 떠난 후부터 마음이 초안(稍安)하여, 말을 타고 먼저 강가의 뭍 영채부터 물의 영채까지 차례로 살펴보았다. 그리고 큰 배한 척에 올라가 중앙에 '수자기[帥]'를 세우며 양편에 수채를 벌여 세우고 선상에 궁노수 천여 명을 매복시켰다. 그리고 조조는 그 위에 있었다.

때는 건안 겨울 11월 15일이었다. 날씨는 맑고 풍랑은 일지 않았다. 조조는 영을 내려 '큰 배 위에 술을 내오고 악대를 설치하라' 하고는,

"나는 오늘 저녁 여러 장수들과 함께 마시려 하오."

하였다. 날이 어두워지자 동산엔 달이 뜨고 맑은 달빛은 해처럼 밝았다. 장강 일대가 마치 흰 깁을 펴 놓은 것 같았다.

조조는 큰 배 위에 앉고 좌우에 앉은 사람이 1백여 명에 달했다. 그들은 다 금으로 수놓은 도포를 입고 손에는 과(戈)를 들고 극(戟)을 잡고 벌여, 문무 여러 관리들이 각자 정해진 자리에 앉았다. 조조는 남병산색(南屛山色)의 그림 같은 풍경을 둘러본다. 동편의 시상(柴桑) 전경을 보고 서쪽으로는 하구의 강어귀, 남쪽에는 번산(樊山)·북쪽으로는 오림(烏林)이 보였다. 사방을 돌아보니 광활하고 심중에는 기쁨이 넘쳤다.

그래서 여러 관료들을 보고 말하기를,

"내가 의병을 일으킨 이래 나라의 흉적을 제거하고, 해를 끼치는 무리를 없애 사해를 소청(掃淸)하고 천하를 평정하기를 원했소이다. 그러나 아직 얻지 못한 것이 있으니, 그것이 곧 강남이외다. 이제 내가 백만의 병사들을 이끌었고 게다가 여러분들의 힘을 이용할 수 있으니, 어찌 성공하지 못할까 걱정하겠소이까? 강남을 수복하고 나면 천하에 일이 없는 것이니, 여러분과 함께 부귀를 누리고 태평을 즐겨볼까 하오."

하거늘, 문무 백관들이 다 일어서서 사례하며, 말하기를

"원컨대 빨리 개선가를 울리게 하옵소서. 그리고 저희들 모두가 죽을 때까지 승상의 복과 은덕을 누리게 하옵소서."

한다.

조조가 크게 기뻐하며 좌우에게 술을 돌리게 하였다. 술자리가 밤이

늦어지고 또한 주흥이 일자, 조조는 남안(南岸)을 손으로 가리키며

"주유·노숙아, 너희는 천시(天時)를 알지 못하고 있구나. 이제 다행히도 투항한 사람이 있어 저들의 심복 근심이 되었으니, 이는 하늘이 나를 도우심이라."

하거늘, 순유가 말하기를

"승상께서는 그런 말씀을 마시옵소서, 일이 누설될까 두렵습니다."

하니, 조조가 크게 웃으면서 대답하기를

"자리에 있는 여러분과 좌우에서 가까이 있는 이들이 다 나의 심복들인데, 말을 못할 게 뭐 있소이까?"

또 하구를 가리키며 말하기를,

"유비·제갈량, 너희들은 개미의 힘밖에1) 되지 않음을 생각하지 못하고, 태산을 흔들려 하고 있으니 어찌 어리석다 않으랴!"

하고, 여러 장수들을 돌아보며

"내 나이 올해로 54세이외다. 강남까지 얻는다면 남 모르는 기쁨이 더 있소이다. 옛날 교공과 내가 친교가 있어서, 내 그 두 딸이 국색임을2) 알고 있소. 그 뒤에 손책과 주유의 아내가 되었음을 생각지도 못

---

1) 개미의 힘[螻蟻之力]:「누의지성」(螻蟻之誠). 땅강아지와 개미라는 뜻으로, '아주 작은 힘'을 말함. [蘇轍 爲兄軾下獄上書]「今臣**螻蟻之誠** 雖萬萬不及緹縈 而陛下聽明仁聖 過於漢文遠甚」. [文選 賈誼 弔屈原文]「橫江湖之鱣鯨兮 固將制 於**螻蟻**」.

2) 국색(國色):나라 안에서 가장 뛰어난 미인. [三國志 吳志 周瑜傳]「孫策得 喬公兩女 皆國色」. [公羊 僖十]「驪姬者國色也」.「경국지색」(傾國之色). [李白 清平調]「名花**傾國**兩上歡 常得君王帶笑看」. [白居易 長恨歌]「漢皇重色思**傾國** 御宇多年求不得」.「경국경성」(傾國傾城). 한 무제(武帝) 이부인(李夫人)의 고 사로, '아름다움으로 해서 나라를 망하게 함'의 뜻임. [漢書 外戚 孝武李夫人 傳]「北方有佳人 絕世而獨立 一顧傾人城 再顧傾人國 寧不知**傾城**與**傾國** 佳人難 再得」.

했소이다. 내가 지금이라도 장하 가에 새로 동작대를3) 지어서, 강남을 얻고 나면 마땅히 두 교씨를4) 대 위에 머물게 하고 남은 인생을 즐기려 하오. 이것이 내가 원하는 것이외다."

하며, 말을 마치고는 크게 웃었다.

당나라 시인 두목지의5) 시가★ 있다.

부러진 창 모래에 묻혀서 다 삭지 않은 채
지금까지 갈리고 씻기면서 전조를 알려주네.

　　折戟沈沙鐵未消
　　自將磨洗認前朝.

동풍이 주랑에게 불어주지 않았다면
동작대 깊은 봄, 두 교씨 가두었으리라.

　　東風不與周郎便
　　銅雀春深鎖二喬.

---

3) 동작대(銅雀臺) : 위(魏)의 조조가 쌓은 대. 옥상에 동으로 만든 봉황을 장식하였기에 이르는 이름임. [三國志 魏志 武帝紀]「建安十五年冬 太祖乃于鄴 作銅雀臺」. [鄴中記]「鄴城西立臺 皆因城爲基趾 中央名銅雀臺 北則冰井臺 西臺高六十七丈 上作銅鳳 皆銅籠疏雲母幌 日之初出 流光照耀」.

4) 두 교씨[二喬] : 미녀. 두 교씨(喬氏). [杜牧 赤壁詩]「折戟沉沙鐵半銷 自將磨洗認前朝 東風不與周郎便 銅雀春深銷二喬」. [三國 吳志 周瑜傳]「瑜從攻晥 拔之 時得橋公兩女 皆國色也 策(孫策)自納大橋 瑜納小橋」.

5) 두목지(杜牧之) : 당나라의 시인. [唐書 杜牧傳]「牧 字牧之 京兆人 擢進士 歷官考功郎中 中書舍人 其詩情致豪邁 人號小杜 以別于少陵 有樊川集」. [中國人名]「唐 佑孫 字牧之 善屬文 第進士……牧剛直有奇節 不爲齷齪小謹 敢論列大事」.

★ 두목지(杜牧之)의 「적벽」(赤壁).

조조가 웃으며 이야길 하는 사이에, 문득 까마귀가 남쪽을 바라고 울며 날아간다.

조조가 묻기를,

"저 까마귀가 어찌해 밤에 우는가?"

하니, 좌우가 대답하기를

"까마귀가 밝은 달을 보고 날이 밝은 줄 아는가 봅니다. 그러기에 나무에서 날며 우는 것입니다."

하거늘, 조조가 또 크게 웃었다.

그때, 조조는 이미 취해 있어서 뱃머리에다 삭을6) 세워 놓고, 술을 강물에 부으며 제를 올리고는 석 잔 가득 부어 마셨다.

그리고는 삭을 빗기 들고, 여러 장수들에게

"내가 이 삭을 가지고 황건적을 파하고 여포를 사로잡았소. 또 원술을 쳐 없애고 원소를 무너뜨렸소이다. 그리고 새북에도7) 깊이 들어가 보았고 곧이어 요동에 이르러 천하를 평정하였으니, 자못 대장부의 뜻을 가졌다 않겠소이까. 이제 이 풍광을 대하니 심히 감개가 이는구려. 내 당장 노래 한 수를 지으리니 당신들이 화답해야 하오."

한다.

그 노래는★ 이러하다.

술잔 앞에 놓고 노래를 부른다

인생이란 얼마 동안인가

---

6) **삭(槊)** : 무기로 쓰던 창의 한 가지임. [通俗文]「矛 長八謂之槊」. [韓愈 示兒詩]「酒食罷無爲 某槊以自娛」.

7) **새북(塞北)** : 북쪽의 변방. [江淹 侍始安王詩]「何如 塞北陰 震鴻盡來翔」. [江總 贈賀左丞蕭舍人詩]「江南有桂枝 塞北無萱草」.

★ 조조(曹操)의 「단가행」(短歌行)을 바탕으로 한 것임.

비유컨대 아침 이슬

지난 날 생각하니 고통스런 일 많구나.

　對酒當歌

　人生幾何

　譬如朝露

　去日苦多.

마음은 강개하고

근심 걱정 또한 잊기 어렵도다

어찌하면 이 근심 풀릴까

오직 두강의8) 술뿐이구나.

　慨當以慷

　憂思難忘

　何以解憂

　惟有杜康.

푸르고 푸르도다 그대의 옷깃이여

유유도 유유하도다 나의 마음이여

단지 그대로 인해

지금토록 침음하네.

　靑靑子衿

　悠悠我心

---

8) **두강(杜康)** : 두강주(杜康酒). 중국의 두강이 빚었던 술로 전(轉)하여 '술의 별칭'이 되었음. '두강'은 전설상 가장 먼저 술을 빚은 사람이라고 알려짐. [魏武帝 短歌行]「慨當以慷 憂思難忘 何以解憂 唯有**杜康**」. [書經 周書篇 酒誥 疏]「世本云 儀狄造酒 夏禹之民 又云 **杜康**造酒」.

但爲君故

沈吟至今.

유 – 유우9) 사슴의 울음소리

들판 대쑥을 먹고 있네

나에겐 반가운 손님

거문고 소리에 생황소리라.

呦呦鹿鳴

食野之苹

我有嘉賓

鼓瑟吹笙.

밝고 밝구나 저 달이여

어느 때나 따 볼거나

내 시름 그 속에 있어

끊일 날이 없구나.

皎皎如月

何時可輟

憂從中來

不可斷絕.

이 길 따라 저 길 따라

---

9) 유 – 유우(呦呦) : 사슴이 쑥대를 먹으며 가족을 불러 함께 먹자는 뜻에서,
'빈객을 불러 모아 함께 즐김'의 비유임. [詩經 小雅篇 鹿鳴詩 第一章]「呦呦鹿
鳴 食野之苹 我有嘉賓 鼓瑟吹笙 吹笙鼓簧 承筐是將 人之好我 示我周行」.

손님들이 오시누나

서로가 같이 모여

옛 이야기를 나누네.

　越陌度阡

　枉用相存

　契闊談讌

　心念舊恩.

달은 밝고 별들 성긴데10)

오작은 남쪽으로 나네

나무를 세 번이나 둘러봐도

의지할 만한 가지 없도다.

　月明星稀

　烏鵲南飛

　遶樹三匝

　無枝可依.

산은 높기를 마다하지 않고

바다는 깊기를 싫어하지 않네11)

---

10) 달은 밝고 별들 성긴데[月明星稀] : '어진 사람이 나타나면 소인들은 숨어버린다'는 비유로도 쓰임. [文選 魏武帝 短歌行]「月明星稀 烏鵲南飛」. [蘇軾 赤壁賦]「客曰 月明星稀 烏鵲南飛 此非曹孟德之詩乎」.

11) 산은 높기를 마다하지 않고 바다는 깊기를 싫어하지 않네[山不厭高 水不厭深] : 산은 높기를 싫어하지 않고 바다는 깊기를 싫어하지 않는다는 뜻에서, '명주(明主)는 사람을 싫어하지 않음'을 비유한 것임. [魏武帝 短歌行]「山不厭高 水不厭深 周公吐哺 天下歸心」.

주공이 토포를12) 하니
천하의 민심이 그에게 돌아왔네.
　山不厭高
　水不厭深
　周公吐哺
　天下歸心.

노래가 끝나자 여러 사람들이 화답하고 함께 다들 기뻐하며 웃었다.
문득 앉은 자리에서 한 사람이 나오며, 말하기를
"대군이 서로 대치하고 있는 지금 장수들은 명령을 기다리고 있는
데, 승상께서는 어찌하여 이 자리에서 불길한 말씀을 하시는 게요?"
한다. 조조가 저를 보니 양주자사로 패국상(沛國相) 사람이었다. 성은
유(劉), 명은 복(馥)이며 자는 원영(元穎)이었다. 유복은 합비(合肥)에서
일어나 주치(州治)를 바르게 하여, 흩어져 있던 백성들을 받아 학교를
세우고 둔전을 넓혔으며 정치와 교화를 일으켰다. 그는 오랫동안 조조
를 섬겼으며 많은 공적을 세웠다.
그때, 조조는 삭을 빗기 잡고 묻기를,
"내 말 어디가 불길하다는 게요?"
하자, 유복이 말하기를
'달은 밝고 별들 성긴데 / 오작은 남쪽으로 나네 // 나무를 세 번이나

---

12) **주공이 토포[三吐握髮]** : 「토포악발」(吐哺捉髮). 주공(周公)이 감던 머리를
싸쥐고 입에 든 밥을 뱉으면서까지 찾아온 손님을 맞았다는 데서, '인재를 아
낌'에 비유하는 말. [韓詩外傳 三] 「成王封伯禽於魯 周公誡之日 吾於天下亦不輕
矣 然一沐**三握髮** 一飯**三吐哺** 猶恐失天下之士」. [史記 魯世家] 「周公戒伯禽
日……我於天下 亦不賤矣 然我一沐**三捉髮** 一飯**三吐哺** 起以待士」.

둘러봐도 / 의지할 만한 가지 없도다.'라 하였는데, 이것은 불길한 말입니다."

한다.

조조는 크게 노하며 말하기를,

"네 어찌 감히 내 흥을 깨뜨리려 하느냐!"

하고는, 손에 삭을 들더니 유복을 찔러 죽였다. 여러 사람들은 다 놀라고 마침내 연회가 끝났다.

다음 날 조조가 술에서 깨어 슬퍼했다. 유복의 아들 유희(劉熙)는 아버지의 시신을 뫼시고 가서 장례를 치르게 해 달라고 청하였다.

조조가 울며 말하기를,

"내가 어제 취하여 네 아비를 죽인 일로 후회하나 미칠 수 없구나. 삼공의 예로써 장사를 치르거라."

하고, 또 군사들을 뽑아 영구를 호송케 하여, 그 날로 돌아가 장례를 치르게 하였다.

이튿날, 수군의 도독인 모개·우금 등이 장막에서 청하기를,

"큰 배와 작은 배를 모두 배합하여 연쇄해 놓았고, 정기와 전구 등을 하나하나 챙겨 준비하였나이다. 승상께서 영을 내리셔서 곧 진병하게 하옵소서."

하매, 조조는 수군 중앙의 큰 배에 앉아 여러 장수들을 소집하여 각자에게 군령을 내렸다. 수륙 양군을 5색 기호로 나누었다. 수군 중앙은 황기로 모개와 우금이 맡고, 전군은 홍기로 장합이, 후군은 흑기로 여건, 좌군은 청기로 문빙, 우군은 백기로 여건이 맡게 하였다.

그리고 마보의 전군은 홍기로 서황, 후군은 조기로 이전, 좌군은 청기로 악진, 우군은 백기로 하후연이 맡게 하였다. 그리고 수륙로도 접

응사는 하우돈과 조홍, 호위왕래감전사에는 허저와 장료를 시켰다. 그 밖의 장수들은 대오에다 넣었다. 명령이 끝나자 수군 영채에서 세 번의 북소리가 울리며, 각 대오의 전선들이 문을 나누어 나갔다.

이 날은 서북풍이 심하게 불어 각 전선들은 바람이 이는 쪽으로 돛을 올리고 파도를 헤치면서 나가는 것이 마치 평지를 가는 듯했다. 북군들은 배 위에 있으면서 즐겨 뛰며 용기를 보였고, 창으로 찌르기도 하고 칼을 써 보기도 하였다. 그러면서도 전후 좌우의 각 군사들은 기번에13) 혼란함이 없었다. 또 작은 배 50여 척들이 오가며 순시하고 재촉하였다. 조조는 장대 위에 올라가서 조련하는 모습을 지켜보며, 마음속에서 크게 기뻐하며 필승할 병법을 생각하였다. 그리고는 배들을 수습해 가지고 각각 순서에 따라 영채로 돌아가게 하였다.

조조는 장대에 올라 여러 장수들과 모사에게 이르기를,

"만약에 천명이 나를 돕지 않는 것이라면, 어찌 봉추의 묘계를14) 얻었겠소? 쇠줄로 배를 묶어 연결했으니, 과연 강을 건너는 것이 마치 평지를 가듯 쉬울 것이오."

하거늘, 정욱이 말하기를

"배가 다 쇠줄로 묶여 연결되었으니 진실로 평온합니다. 그러나 저들이 화공을 한다면 피하기 어려울 것입니다. 전혀 방비할 수가 없습니다."

한다.

한편, 조조가 크게 웃으면서

"중덕이 비록 염려하고 있으나 돌이켜보면 생각이 미치지 못하는

---

13) 기번(旗旛) : 펄럭이는 깃발. [禮記 曲禮上 武車授旌 疏]「旌 謂軍上旗旛也」. [劉禹錫 武陵書懷詩]「王正會夷夏 月朔盛旗旛」.

14) 묘계(妙計) : 묘책(妙策). [中文辭典]「猶言妙計 妙略 妙策」.

데가 있소이다."

하거늘, 순유가 묻기를

"중덕의 말이 백 번 옳습니다. 승상께서는 어찌 저의 말을 웃어넘기시려 하십니까?"

하니, 조조가 대답한다.

"대저 화공을 쓰려면 반드시 풍력을 얻어야 하는 게요. 그런데 지금은 한 겨울이어서 다만 서풍과 북풍만 불 뿐이니, 어찌 동풍과 남풍이 불겠소? 나는 지금 서북쪽에 있는데 저들은 다 남쪽에 위치하고 있으니, 만약에 화공을 한다면 자신의 병사들만 태워 죽일 것이니 내가 무얼 걱정 하겠소이까? 저들이 만약에 10월 소춘이라면[15) 내 일찍이 이에 대한 방비를 했을 것이외다."

하니, 여러 장수들이 다 엎드려 절하며, 말하기를

"승상의 고견은 저희들이 미치지 못하겠습니다."

한다.

조조는 여러 장수들을 돌아보고,

"청주와 서주, 연(燕) · 대(代)의 사람들이 배 타는데 익숙지 못하니, 이제 이 계책이 아니라면 어찌 능히 험준한 장강을 건널 수 있겠소!"

하였다.

그때, 반열 중의 두 장수가 몸을 빼서, 말하기를

"저희들이 비록 유 · 연(幽 · 燕) 지방 출신이지만 배를 타는데 익숙합니다. 이제 저희들에게 순선(巡船) 20척만 내어주시면, 곧장 북쪽 강어구에 가서 저들의 깃발과 북을 빼앗아 오겠습니다. 그래서 북군들

---

15) 10월 소춘[十月小春] : 음력 10월의 별칭임. 하력(夏曆)에 따르면 음력 10월에 새해가 시작된다 함. [荊楚 歲時記]「十月天氣和暖似春 故曰小春」. [事文類聚]「十月暖如春 故謂之小春」.

또한 배를 타는데 익숙하다는 것을 드러내 보이겠습니다."

한다. 조조가 저들을 보니, 원소 수하의 옛날 장수 초촉과 장남이었다.

조조가 말하기를,

"너희들은 다 북방에서 성장하여 배를 타는 일은 불편할 것이고, 강남의 병사들은 수상을 왕래해 보았고 또 훈련을 많이 하였을 터이니, 가벼이 나서서 목숨을 희롱하지 말아라."

하니, 초촉과 장남이 큰 소리로

"이기지 못할 것 같으면 군법을 달게 받겠습니다."

한다.

조조가 말하기를,

"배들이 다 연결되어 있어서 오직 적은 배만 있을 뿐이다. 각 배마다 겨우 20여 명만 탈 수 있으니, 적과 싸우기 불편할 것이다."

하니, 초촉이 나서면서 묻기를

"만약에 큰 배를 가지고 싸운다면 무엇이 기이하겠습니까? 빌건대 작은 배 20여 척만 주시면, 저와 장남이 각각 반씩 이끌고 오늘 당장 강남의 수채로 돌진하여 깃발을 매달고 적장의 목을 가져오겠습니다."

하거늘, 조조가 말하기를

"내 너희들에게 배 20척과 정예 병사 5백 인을 줄 터이니, 다 장창과 쇠뇌를 가지고 내일 날이 밝을 때 가라. 나는 큰 영채들을 강 위에 내어 놓고 멀리서 기세를 보이고, 곧 문빙에게 30여 척의 순선(巡船)을 이끌고 너희 회선(回船)에 접응토록 하겠다."

한다. 초촉과 장남이 기뻐하며 물러났다.

다음 날 4경 쯤에 밥을 먹고 5경에는 결속(結束)하기로 정하였다. 그때 수채 안에서 북소리와 징소리가 요란하게 들렸다. 배들은 다 수채에서 나가 수면에 벌여 있었다. 장강 일대가 청기와 홍기가 뒤섞여 있었다. 초촉과 장남은 초선(哨船) 20척으로 수채를 뚫고 나가서 강남을 향해 출발하였다.

이때, 강남 해안에서는 지난밤에 쥐소리가 진동하는 것을 듣고 멀리 바라보니, 조조가 군중에서 수군을 조련하고 있음을 세작들이 주유에게 보고하였다. 주유가 산꼭대기에 올라가 그것을 보니, 조조의 군사들은 이미 철수한 뒤였다. 이튿날 갑자기 또 고성이 진동하자 군사들이 급히 산등성이에 올라 바라보니, 작은 배들이 파도를 가르며 오는 것이 보였다. 군사들이 나는 듯이 보고하였다. 주유는 장하에서 누가 감히 먼저 나가겠느냐고 물었다.

한당과 주태 두 사람이 일제히 나서며, 말하기를
"저희들이 임시 선봉이 되어 적을 깨뜨리겠습니다."
하자, 주유가 기뻐하며 각 영채에 영을 내려 엄하게 방어하고 경거망동하지 말도록 하였다. 한당과 주태가 각기 초선 다섯 척씩을 이끌고 좌우로 나뉘어 나갔다.

한편, 초촉과 장남은 용기를 믿고 작은 배를 급히 몰아 나왔다. 한당은 혼자서 가슴을 가리는 갑옷을 입고, 긴 창을 잡고 뱃머리에 서 있었다. 초촉의 배가 먼저 이르러서, 곧 군사들에게 명하기를 한당의 배에 화살을 마구 쏘게 했다. 한당은 방패를 써서 막고 있는 중에 초촉이 장창을 빼어들고 한당과 부딪쳤다. 한당은 창을 잡아 초촉을 찔러 죽였다. 그때 장남이 뒤따르며 큰 소리를 지르고 쫓아왔다.

그 옆에서 주태의 배가 나왔다. 장남은 창을 꼬나잡고 뱃머리에 서서 양쪽에서 활을 어지럽게 쏘아댔다. 주태는 한 손에 방패를 다른 손에는 칼을 잡고 휘둘렀다. 두 배의 간격이 7, 8척쯤 떨어지게 되자 주태는 나는 듯이 몸을 날려 직접 장남의 배 위로 뛰어들어 칼을 들어 치자, 장남이 물속에 떨어져 죽었다. 주태가 배 위에 있는 군사들을 모조리 죽이자 여러 배들이 급히 도망갔다. 한당과 주태는 배를 몰아 강 한가운데 이르자, 문빙의 배가 나와 맞았다. 두 편이 배를 벌여 놓고 한바탕 싸웠다.

이때, 주유가 여러 장수들과 같이 산꼭대기에 서서 보니, 강북의 수면에 전선들이 떠 있고 강 위에 벌여 있으며, 기치와 호대가[16] 질서정연하였다. 문빙과 한당·주태 들의 배가 서로 대치하고 있었는데, 한당과 주태가 힘을 다해 공격하자, 문빙은 맞아 싸우지 않고 뱃머리를 돌려 달아났다. 한당과 주태 두 사람이 급히 배를 몰아 쫓아갔다.

주유는 두 사람이 너무 깊이 적진에 들어갈까 걱정해서, 곧 백기를 바람에 흔들었다. 그리고 군사들에게 징을 치게 하여 두 사람이 노를 돌려 돌아오게 하였다. 주유가 산 위에서 강 건너 조조 진영의 배들을 보니 모두 수채로 들어갔다.

주유가 여러 장수들을 돌아보며, 말하기를

"강북의 전선들이 마치 갈대숲처럼 빽빽한데다, 조조 또한 계책이 많으니 또 무슨 계책을 써야 저들을 격파하겠소이까?"

하였으나, 장수들이 대답을 못하였다. 문득 조조의 영채를 보니 바람에 중앙의 황기가 꺾어져 강물에서 떨어지는 것이 보였다.

주유가 크게 웃으며 말하기를,

"이는 필시 상서로운 징조가 아니로구나!"

하며 보니, 문득 바람이 크게 일더니 파도가 일어 해안을 들이쳤다. 한바탕 바람이 지나가면서 기폭을 말아올려 주유의 뺨을 스쳐 지나갔다. 주유는 벼락같은 생각이 마음속에 일자 큰 소리로 부르짖고, 곧 땅에 혼절하고 쓰러졌다. 그리고 입으로는 피를 토했다. 여러 장수들

---

16) 호대(號帶) : 좁고 긴 비단 조각. 깃대의 머리에 매어 사졸들에게 알리는 구실을 했음. [六部成語 兵部 號帶 注解]「號帶乃長條之帛 繫于竿頭 用以呼軍卒」.

이 급히 일으켜 세웠으나 쉽게 깨어나지 못하였다.

　이에,

　　한때 웃다가 또한 소리 지르며 쓰러지니
　　남군은 북군을 깨뜨리기가 정말 어렵구나.
　　　一時忽笑又忽叫
　　　難使南軍破北軍.

　필경 주유의 목숨이 어찌 되었을까. 하회를 보라.

제49회

칠성단을 쌓고 제갈량은 바람을 빌고
삼강구에서 주유는 화공을 펴다.
　七星壇諸葛祭風
　三江口周瑜縱火.

　한편, 주유는 정상에 서서 오랫동안 강을 바라보다가, 갑자기 졸도
한 후에 입으로 피를 토하면서 깨어나지 못하였다. 좌우에서 장막 안
으로 모시고 왔다.

　여러 장수들은 와서 불안해서 다 놀라며 서로 쳐다보면서,

　"강북에는 백만 대군이 호랑이처럼 웅크리고 고래처럼 삼키려 하는
데 싸워도 보기 전에 도독께서 이렇게 되셨으니, 이제 조조의 군사들
이 이른다면 어찌할까?"

하며, 황망하여 사람을 시켜 손권에게 알리는 한편 의원이 치료를 하
였다.

　이때, 노숙은 주유가 와병한 것을 보고 마음속에 걱정이 되어 공명을
다시 만나 보았다. 그리고 주유가 병으로 누워있음을 이야기하였다.

　공명이 묻기를,

　"공은 어찌 생각하는지요?"

하자, 노숙이 말하기를

　"이는 조조에게는 복이지만 강동에게는 큰 화이지요."

한다.

　공명이 웃으며 말하기를,

"공근의 병을 제가 고칠 수 있습니다."

하자, 노숙이 대답하기를

"정말 그렇게만 한다면 국가로서는 천만다행이구려!"

하고, 즉시 공명을 청하여 함께 병자를 보러 갔다. 노숙이 먼저 들어

가 주유를 만났다. 주유는 머리를 풀어헤친 채 누워 있었다.

　노숙이 묻기를,

"도독의 병세는 어떻습니까?"

하니, 주유가 대답하기를

"가슴과 배가 아프고 때때로 정신이 혼미하오이다."

하거늘, 노숙이 묻기를

"무슨 약을 쓰셨습니까?"

하자,

"구역질이 나서 약을 먹을 수가 없소이다."

한다.

　노숙이 또 묻기를,

"때마침 공명을 만났더니 도독의 병을 고칠 수 있다 합니다. 지금

장막 밖에 있으니, 번거롭더라도 고치게 하면 어떻겠습니까?"

하니, 주유가 청해 들이고 좌우에게 부축하게 하고는 침상에 일어나

앉았다.

　공명이 말하기를,

"여러 날 얼굴을 뵙지 못했습니다. 그동안 안녕하셨습니까?"

하거늘, 주유가 대답하기를

"'사람에게는 화복이 조석에 달려 있다.'[1] 하더니, 어찌 능히 보전

할 수 있겠소이까?"

한다.

　공명이 웃으면서 말하기를,

"하늘에는 헤아릴 수 없는 풍운이 있는데, 사람 또한 어찌 다 헤아릴 수 있겠습니까?"

하자, 주유는 얼굴을 찡그리며 신음 소리를 내었다.

　공명이 다시 말하기를,

"도독의 마음속에 번뇌가 쌓여 있는 것 같소이다."

하니, 주유가 대답하기를

"그렇소이다."

한다.

　공명이 대답하기를,

"그렇다면 필히 맑은 약으로써 그것을 풀어 주어야 합니다."

하니, 주유가 말하기를

"이미 양약을 먹어보았으나 효험이 없소이다."

한다.

　공명이 또 말하기를,

"모름지기 먼저 기를 다스려야 합니다. 기가 만약에 잘 돌면 호흡하는 사이에 자연 나을 것입니다."

한다.

　주유는 공명이 필시 자신의 뜻을 알고 있었으리라 생각하고, 이에 도전적인 말로

---

1) 사람에게는 화복이 조석에 달려 있다 : 원문에는 '**人有朝夕禍福**……**天有不測風雲**'으로 되어 있음. [左氏文 十六]「**禍福**不告 亦不書」. 「화복지문」(禍福之門). [淮南子 覽冥訓]「利害之道 **禍福之門** 不可求而得也」.

"기를 순히 하려면 지금 무슨 약을 먹어야 하겠소?"

하고 묻는다.

공명이 웃으면서 대답하기를,

"저에게 한 가지 좋은 방책이 있습니다. 곧 도독의 기가 순해질 것입니다."

하자, 주유가 말하기를

"제발 좀 가르쳐 주시구려."

한다.

공명은 지필을 찾고 아울러 좌우를 물리게 한 후, 종이에 열여섯 글자를 썼다,

조공을 깨뜨리려면 마땅히 화공을 해야 하오
모든 일이 준비 되었으나 동풍이 빠졌소이다.
欲破曹公 宜用火攻
萬事俱備 只欠東風.

쓰고 나자, 주유에게 밀어준다.

그러면서 말하기를,

"이것이 도독의 병의 근원이오."

하니, 주유가 보고 크게 놀라며, 속으로 생각하기를 '공명은 진정 신인이로구나! 벌써부터 내 마음속에 있는 일을 알고 있다니! 단지 사실대로 말하는 수밖에 없다.' 하고, 이에 웃으며

"선생께서 이미 내 병의 근원을 알고 계시니, 무슨 약을 써서 그 병을 다스릴 수 있겠소이까? 일이 급하게 되었으니 가르침을 주시구려."

하였다.

공명이 다시 묻기를,

"제가 비록 재주는 없으나 일찍이 이인을 만나 기문둔갑천서(奇門遁甲天書)를 전수받아서, 바람과 비를 부를 수 있습니다. 도독께서 만약 동남풍이 불기를 바라신다면, 남병산(南屏山)에 대를 쌓고 그 이름은 칠성단(七星壇)이라 하십시오. 그 단은 높이가 9척에 3층으로 1백 20인이 앉을 수 있는 규모이며, 각자 손에 기번을2) 들고 앉게 해 주면, 제가 대 위에서 술법을 써 3일 밤낮 동안 동남풍이 크게 일도록 하여 도독의 용병을 돕겠습니다. 어떻습니까?"

하자, 주유가 말하기를

"3일 3야는 그만두고 단지 하룻밤 동안만 큰 바람이 불어도 일은 성공할 수 있습니다. 단지 일이 눈앞에 닥쳤으니 지체할 수 없소이다."

한다.

공명이 묻기를,

"11월 20일 갑자(甲子)일에 동남풍을 비는 제를 지내어, 22일 병인에 그치게 하면 어떻겠습니까?"

하거늘, 주유가 듣고 크게 기뻐하며 자리에서 벌떡 일어났다. 곧 영을 내려 5백의 정예 장사들을 뽑아 남병산에 가서 단을 쌓게 하였다. 그리고 1백 2십 명을 뽑아 손에 기를 들고 단을 지키게 한 후, 다음 영을 기다리라 하였다.

공명은 인사를 하고 장막에서 나와, 노숙과 같이 말에 올라 남병산에 가서 지세를 살펴보았다. 그리고 군사들에게 동남쪽의 황토(黃土)를 파다가 단을 쌓게 하였다. 넓이가 24장이요 매 층의 높이가 3척 모두가 9척이다.

---

2) 기번(旗旛) : 펄럭이는 깃발. [禮記 曲禮上 武車授旌 疏]「旌 謂軍上旗旛也」. [劉禹錫 武陵書懷詩]「王正會夷夏 月朔盛旗旛」.

맨 아래 1층에는 이십팔수의 기를 꽂는데,3) 동방의 칠면 청기는 각(角)·항(亢)·저(氐)·방(房)·심(心)·미(尾)·기(箕)를 응용하여 푸른 청룡의4) 형상을 벌여 세우고, 북방의 칠면 흑기를 두(斗)·우(牛)·여(女)·허(虛)·위(危)·실(室)·벽(壁)을 응하여 현무(玄武)의 형상을 벌여 세웠다. 서방의 칠면 백기는 규(奎)·루(婁)·위(胃)·묘(昴)·필(畢)·자(觜)·삼(參)을 응하여 백호(白虎)의 형상을 벌여 세우고, 남방 칠면의 홍기는 정(井)·귀(鬼)·유(柳)·성(星)·장(張)·익(翼)·진(軫)을 응하여 주작(朱雀)의 형상을 벌여 세웠다.

제 2층의 주위에는 황기 64개를 세우되, 육십사괘를5) 응용해서 여덟 방향으로 나누어 세웠다. 제 3층에는 네 사람을 써 각 사람마다 속발관을6) 쓰고 검은 비단옷을 입으며, 봉황의 무늬가 있는 넓은 띠를 띠고 붉은 신을 신고 앉게 하였다. 앞에는 왼쪽에 한 사람이 서고 손에는 장대[長竿]를 들었으니, 장대의 끝에는 닭의 깃털을 달아서 써 바람의 동정을 살피게 하였다.

앞의 오른쪽에 한 사람을 세워 손에는 장대를 잡고 장대 끝에는 북두칠성을 그린 호대를7) 잡게 하여서, 풍색(風色)을 가늠하게 하였다.

---

3) 이십팔수의 기를 꽂는데[二十八宿] : 황도(黃道 : 지구가 태양을 도는 궤도)에 따라 천구를 스물여덟로 구분한 별자리. [羣書札記]「嬾眞子云 二十八宿 謂之二十八舍 又謂之二十八次 次也 舍也 皆有止宿之意 今乃音繡 非也 爾雅云 壽星角亢也 注云 數起角亢 列宿之長 故有高亢之義」. [史記 律書]「士正二十八舍」.

4) 청룡[蒼龍] : 이십팔 수 가운데 동쪽에 있는 별들. [禮記 曲禮上]「行前朱雀而後玄武 左靑龍而右白虎 (疏) 朱鳥玄武靑龍曰虎 四方宿名也」.

5) 육십사괘(六十四掛) : 주역의 팔괘를 여덟 번 겹쳐서 만든 예순네 개의 괘. [事物紀原]「帝王世紀日 炎帝重八卦之數 究八八之體爲六十四卦 史記周本紀日 西伯囚羑里 蓋益易之八卦 爲六十四 揚子法言 易始八卦 而文王六十四.

6) 속발관(束髮冠) : 상투머리. 「속발」. [禮記 玉藻]「紐錦束髮 皆朱錦也」. [列女節義傳]「子束髮後身 辭親往仕」.

뒤의 왼쪽에 한 사람을 세워 보검을 들게 하고, 뒤의 오른쪽에 한 사람을 세워 향로를 들게 하였다.

단 아래에는 스물 네 명을 세워 각기 기를 들게 하였는데, 정기(旌旗)·보개(寶蓋) 대극(大戟)·장과(長戈)·황월(黃鉞)·백모(白旄)·주번(朱旛)·조독(皂纛)을 들고 사방으로 둘러서게 하였다.

공명은 11월 20일 갑자 길진(吉辰)에 목욕재계한 다음, 몸에는 도의(道衣)를 입고 발을 벗고 머리를 틀고 단 앞에 이르렀다.

노숙에게 당부하며 말하기를,

"자경께서는 직접 군중에 가서 공근의 치료를 도우시고, 혹시 제가 비는 바가 응답이 없어도 기이하게 생각하지 마십시오."

하였다. 노숙은 떠나겠다며 갔다.

공명은 단을 지키는 장사에게 부탁하기를,

"멋대로 방위를 떠나지 말 것이며, 머리를 엇갈리며 귀를 맞대지 말고 소근대며 이야기 하지 말라. 쓸데없이 입을 놀려 말하지 말고, 쓸데없이 놀라거나 괴상한 짓을 말라. 명을 어기는 자는 참하리라!"

하였다.

공명은 천천히 걸어서 칠성단에 올라 맡은 범위와 정해진 곳을 둘러보았다. 향로에 향을 피우고 주발[盂]에 물을 붓고는 하늘을 우러러 속으로 축원하였다. 그리고 칠성단에서 내려와 장중에 들어가 잠시 쉬고 군사들에게 교대로 밥을 먹게 하였다. 공명은 하루에 세 번씩 세 차례 칠성단에 오르고 내렸다. 그러나 동남풍은 불지 않았다.

이때, 주유는 정보·노숙 등 일반 군관들을 청해, 장중에서 기다리

---

7) 호대(號帶) : 좁고 긴 비단 조각. 깃대에 매달아 군율을 부르는 긴 명주대.
　[六部成語 兵部 號帶 注解]「號帶乃長條之帛 繫于竿頭 用以呼軍卒」.

다가 동남풍이 일어나면 곧 출병할 것을 의논하고 있었다. 그리고 한 편으로는 손권에게 알리고 접응해 달라고 하였다. 황개는 이미 혼자 서 불지를 화선 20척을 준비하고 뱃머리에 큰 못을 촘촘히 박아 놓았 다. 그리고 배 안에는 갈대 등 건초를 가득 싣고, 생선기름을 뿌리고 그 위에 유황과 염초 등 인화 물질들을 펼쳐 놓았다. 그리고는 청포와 유지 등으로 덮었다. 뱃머리에는 청룡아기를 꽂고 배 뒤에는 쾌선(快 船)들을 묶어 두었다. 장막 아래에서 기다리고 있으면서 주유의 명을 기다리고 있었다.

감녕과 감택은 채중과 채화를 수채 안에 묶어 놓고 매일 술을 마시 게 하며 단 한 명도 육지에 가지 못하게 하였다. 주위가 온통 동오의 군마로 둘러 싸여서 물샐 틈이 없었다. 그런 상황 아래서 장상(帳上)에 서 명령이 하달되기만 기다렸다. 주유가 장중에 앉아서 의논하고 있 는데 탐자(探子)의 보고가 들어왔다.

"오후(吳候)의 배들이 영채를 떠나 85리 안에 정박해서 도독의 기쁜 소식만 기다린다."

는 것이었다. 주유는 곧 노숙 편에 각 부하와 장졸들에게 알렸다.

"모두가 각자의 배·군기·노 등을 챙겨 명이 떨어지면, 일제히 나 가서 시각을 지체하지 않도록 하라. 조금이라도 잘못되면 곧 군법에 따라 처리하겠다."

고, 엄명하였다.

여러 장졸들은 명을 듣고 각 군사들마다 주먹을 쥐고 손바닥을 비 비며, 적을 시살할 준비를 하였다. 이 날은 어느덧 밤이 되었다. 하늘 은 맑고 미풍도 일지 않았다.

주유가 노숙에게 이르기를,

"공명의 말이 잘못된 것 아닐까요. 한겨울에 동남풍을 얻겠다는 게 말이오?"

하자, 노숙이 대답하기를

"내 생각에는 공명의 말이 잘못되었을 리 없습니다."

한다. 3경 시분이 가까워지자 갑자기 바람 소리가 들리고 깃발이 날렸다.

주유가 장막 밖에 나가서 볼 때에는 깃발이 서북쪽으로 날리더니, 삽시간에 동남풍이 크게 일었다.

주유가 놀라면서 말하기를,

"공명은 천지조화를 빼앗는 방법이 있고 귀신들의 예측할 수 없는 술법을 가졌구려! 만약 그를 남겨 두었다가는 동오의 화근이 될 것이오. 일찍이 죽여 다음에 생길 근심을 없이해야 하리다."

하고, 급히 장막 안에 있던 호군교위 정봉과 서성 두 장수를 불러,

"각각 1백 명의 군사들을 이끌고 와서 서성은 강안으로 가고, 정봉은 육지로 가서 모두 남병산 칠성단 앞에 모여라. 절대 틈을 주지 말고 제갈량을 곧 참수하라. 그리고 수급을 가지고 와서 공을 청하라."

하였다.

두 장수가 명을 받고 서성은 배를 타고 1백 명의 도부수를 데리고 노를 저어 가고, 정봉은 말에 올라 백여 명의 궁노수를 데리고 말을 몰아 남병산으로 갔다. 가는 중에도 동남풍이 크게 불었다.

후세 사람의 시가 있다.

칠성단 위에 와룡이 올라
하루 만에 동풍이 불어 물결이 비등하네.
七星壇上臥龍登
一夜東風江水騰.

공명이 계교를 펴고 있는 줄 모르고서

주랑이 어찌 재능을 펴 보랴?

　　不是孔明施妙計

　　周郎安得逞才能?

정봉의 마군이 먼저 도착하여 단상을 보니, 기를 든 장사가 바람을 맞고 서 있었다. 정봉은 말에서 내려 칼을 들고 칠성단에 올랐으나 공명은 보이지 않았다. 정봉은 당황하여 단을 지키는 장수에게 물었다.

그 장수가 대답하기를,

"조금 전에 내려갔습니다."

하거늘, 정봉이 황급히 단에서 내려가 찾을 때에, 서성의 배가 도착하여 두 사람이 강변에서 만났다.

그때 한 장졸이 와서 말하기를,

"어제 저녁에 한 척의 쾌선이 저 앞 여울에 있었는데, 마침 보니 공명이 머리를 풀어헤치고 배에 올라 상류로 갔습니다."

한다. 서성과 정봉은 곧 수륙으로 나누어 급히 추격하였다.

서성은 배에 돛을 있는 대로 달게 하고는 순풍을 타고 갔다.

앞을 보니 배가 멀지 않았거늘 서성은 뱃머리에서, 큰 소리로

"군사께서는 가지 마세요, 도독께서 청하십니다!"

하자, 공명이 선미에서 크게 웃으며, 말하기를

"돌아가서 도독에게 용병을 잘하라고 하시게. 제갈량은 잠시 하구로 돌아가서 다른 날 다시 보잖다 하게나."

하였다.

서성이 다시 말하기를,

"청컨대 잠시만 계십시오, 긴히 드릴 말씀이 있습니다."

하니, 공명이 말하기를

"나는 이제 도독께서 나를 용납하지 않을 것이라 생각하고, 또 반드시 위해를 가할 것이라 생각하여, 미리부터 조자룡에게 나와 맞게 하였사오니 장군께서는 급히 추격할 필요가 없소이다."

하자, 서성이 앞에 가는 배가 돛이 없는 것을 보고는 급히 따라갔다. 가까이 가며 보니 조운이 활에 살을 먹이고, 크게 부르짖기를

"나는 상산 조자룡이다! 명을 받들어 군사를 영접하러 왔다. 네가 무엇 때문에 급히 쫓아오느냐? 한 살에 너를 죽일 수 있지만, 두 집안의 화해를 깨칠까 하여 너에게 내 솜씨를 가르쳐 주겠노라!"

하고 말을 마치기가 무섭게 화살이 날아오더니, 서성의 배 위의 용천 줄이 끊어졌다. 그리고 돛이 물 위에 떨어지자 배는 곧 기울었다. 조운은 자기 배 위에서 돛을 올리게 하고 순풍을 타고 갔다. 그 배는 마치 나는 듯하여 쫓아갈 수가 없었다.

해안에 있던 정봉이 서성에게 가까이 가자, 말하기를

"제갈량은 신기묘산하기가 우리가 미치지 못하겠소. 또 조운은 누구도 당해낼 수 없는 용기를[8] 지녔소이다. 저가 담양 장판파에서 한 일을 알고 있지 않소. 우리들은 돌아가서 회보나 하세."

하였다. 이에 두 사람은 돌아가서 주유를 보고는, 공명이 미리 조자룡에게 영접하러 오라고 했다는 말을 하였다.

주유가 크게 놀라면서 말하기를,

"그가 이토록 계책이 많으니, 나로 하여금 자나 깨나 불안하게 하는구려!"

---

8) 누구도 당해낼 수 없는 용기[萬夫不當之勇] : 어느 누구도 능히 당해낼 수 없는 용맹. 「만부지망」(萬夫之望). [易經 繫辭 下傳]「君子知微知彰 知柔知剛 **萬夫之望**」. [後漢書 周馮虞鄭周傳論]「德乏**萬夫之望**」.

하자, 노숙이 대답하기를

"우선 조조를 격파한 후에 다시 저를 도모하시지요."

하였다.

주유는 그 말에 따라 제장들을 불러 영을 전했다.

"먼저 감녕은 채중과 항복한 군사들을 데리고 남쪽 해안으로 달려 가서, 북군의 기호를 보고 있다가 곧 오림 지역으로 가서, 곧바로 조 조의 양곡을 저장한 곳에 주둔하고 있어라. 그리고 군중 속에 깊이 잠입해 있다가 횃불을 신호로 하라. 채화 한 사람만 장막에 남겨 두어 라. 내 저를 쓸 곳이 있다."

두 번째로 태사자를 불러서, 분부하기를

"자네는 3천의 병사들을 이끌고 곧장 황주 지경으로 달려가서 합비 에서 접응하는 군사들을 끊고 조조의 병사들을 핍박하는데, 불을 놓 는 것으로 신호를 삼아라. 그리고 홍기가 보이거든 이는 곧 오후께서 접응하기 위해 병사들을 이끌고 온 줄 알아라."

이 두 부대는 길이 가장 머니 먼저 출발하였다.

제 3대의 여몽에게 말하기를,

"3천의 병사들을 이끌고 오림으로 가서, 감녕과 접응하여 조조의 영채를 불 질러라."

제 4대의 능통에게는 이르기를,

"3천의 병사들을 거느리고 이능(彝陵)의 경계를 끊고 있다가, 오림 에서 불길이 이는 것이 보이면 병사들을 동원해 응접하라."

제 5대의 동습을 불러서는,

"3천의 군사들을 이끌고 곧장 한양을 취하라. 한천(漢川)을 따라 조 조의 영채로 짓쳐 나가다가 백기가 보이거든 접응하라."

제 6대의 반장을 불러,

"3천의 병력을 이끌고 가서, 모두 백기를 달게 하고 한양으로 가 동습과 접응하라."

제 6개 부대의 배들은 각각 길을 나누어 떠나갔다.

그런 다음 주유는 황개에게 명하기를,

"불을 붙일 배를 배치해 놓고 병사를 시켜 편지를 가지고 달려가, 조조에게 오늘 밤에 항복하러 가겠다고 하라."

하였다. 한편으로는,

"4개 부대의 전선을 파견해서 황개 배의 후미를 따르다가 접응하라. 제 1대의 영병군관은 한당이고 제 2대의 영병군관은 주태다. 제 3대의 영병군관은 장흠, 제 4대 영병군관은 진무이니 각 대는 전선 3백 척을 거느리고 전면에는 각기 화선 20척씩 배열하라."

주유는 직접 정보와 같이 대몽동(大艨艟) 선상에서 싸움을 감독하고 서성과 정봉이 좌우에서 호위하되, 노숙과 감택 및 여러 모사들은 남아서 영채를 지키기로 하였다. 정보는 주유가 진법을 알고 있음을 보고 더욱 경복하였다.

한편, 손권의 차사가 병부를9) 가지고 와서 말하기를,

"이제 육손을 선봉으로 삼아 곧 기춘(蘄春)·황강(黃岡) 지방으로 진병하였고, 내가 후응하기로 하였습니다."

한다.

주유는 또 사람을 보내서 서산에서는 화포를 놓고 남병산에서는 기호를 들게 하였다. 각기 준비를 하고 황혼이 되기를 기다렸다가 움직

---

9) **병부(兵符)** : 군사를 이동 배치하고 장수를 보낼 때 쓰던 일종의 신표(信標)로, 군사의 지휘권 같은 것임. [史記 信凌君傳]「公子之盜其**兵符**」. [駱賓王 宿溫城望軍營詩]「**兵符**關帝闕 天策動將軍」.

이라 하였다.

이야기는 두 갈래로 나뉜다.

이때, 유현덕은 하구(夏口)에 있으면서 오로지 공명이 돌아오기만을 기다리고 있었다. 문득 한 떼의 배가 들어오더니, 이에 아들 유기가 직접 소식을 알아보기 위해 온 것이었다.

현덕은 그를 적루로 불러 자리를 정한 후에 말하기를,

"동남풍이 불 때에 자룡이 공명을 모시러 가기로 했는데, 지금까지 이르지 않으니 내 마음이 심히 불안하구려."

하였다.

그때 군사 한 사람이 번구(樊口) 항 쪽을 가리키며,

"바람에 밀려 작은 배가 오고 있으니 필경 군사일 것입니다."

하거늘, 현덕과 유기는 누각에서 내려가 영접하였다. 잠시 후에 배가 도착하고 공명과 자룡이 언덕에 올랐다. 현덕이 크게 기뻐하며 인사가 끝나기를 기다린다.

공명이 묻기를,

"지금은 다른 일을 말씀드릴 겨를이 없습니다. 지난번에 약속한 군마와 전선들은 다 준비되셨습니까?"

하니, 현덕이 말하기를

"준비된 지 오래되었소. 다만 군사께서 쓰실 때만 기다리고 있소이다."

한다.

공명은 곧 현덕·유기와 함께 장중에 올라 좌정하고, 조운에게 이르기를

"자네는 3천 군마를 이끌고 강을 건너 오림의 작은 길을 택해, 나무와 갈대가 우거진 곳에 매복해 있게나. 오늘 밤 4경 이후에 조조가

틀림없이 이 길을 따라 도망해 올 것이니, 그대들은 기다렸다가 군마가 지나가면 중간쯤에서 불을 지르고 오게. 그러면 저들을 모두 죽일 수는 없지만 반쯤은 죽일 수 있을 것일세."

하니, 조운이 대답하기를

"오림에는 두 갈래 길이 있습니다. 한 길은 남부로 통하고 또 한 길은 형주로 통하는데. 어느 길을 말씀하는 겝니까?"

하자, 공명이 말하기를

"남쪽 길은 형세가 급박하여 조조는 감히 가지 않을 것이니 반드시 형주로 올 것일세. 그런 후에 패군을 수습하여 허창으로 갈 것이오."

하거늘, 조운이 명을 받고 떠났다.

또 장비를 불러 이르기를,

"익덕은 3천의 병사들을 이끌고 강을 건너서 이릉의 길을 끊고, 호로곡(葫蘆谷) 입구에 매복하고 있게나.

조조는 감히 남쪽의 이릉으로 가지 못하고 필시 북이릉으로 갈 것일세. 내일 비가 그치면 틀림없이 솥을 걸고 밥을 지을 것이네. 연기가 나는 것을 보거든 곧 산기슭에서 불을 지르게. 그러면 조조를 잡을 수는 없어도 익덕은 이번 공이 적지 않으리라 생각하네."

하자, 장비가 계책에 따라 떠났다.

또 미축과 미방·유봉 3사람에게는 각기 배를 이끌고 강을 돌면서, 패군들을 사로잡고 저들의 병장기를 빼앗으라 하자, 세 사람이 명을 받고 나갔다.

공명은 몸을 일으켜 공자 유기에게 이르기를,

"무창은 한 눈에 보이는 곳이지만 가장 요충지이니, 공자는 곧 돌아가셔서 부병들을 거느리고 강안의 입구를 지키세요. 조조가 패하면 반드시 도망해 올 것이니 나가서 저들을 사로잡으십시오. 절대로 가벼이 성곽을 떠나면 안 됩니다."

하니, 유기는 곧 현덕과 공명에게 하직 인사를 드리고 떠났다.

공명은 현덕에게 말하기를,

"주공께서는 번성의 입구에 주둔하고 계시다가 높은 데 앉으셔서, 오늘 밤 주랑이 크게 이기는 것을 보십시오."

한다.

이때, 운장이 곁에 있었으나 공명은 전연 주목하지 않았다.

운장은 참지 못하고 언성을 높이면서 말하기를,

"저는 형님을 만난 이후로 전장에 나간 지 여러 해가 되었으나 빠진 적이 없소이다. 오늘 대적을 만나게 되었는데 군사께서는 쓰려 하지 않으시니 도대체 무슨 뜻이 있는 겝니까?"

하자, 공명이 웃으면서 말한다.

"운장은 너무 이상하게 생각 마시오. 나는 본디 족하를 가장 긴요한 애구에 보내려 했소만은, 약간 마음 쓰이는 곳이 있어서 가게 하지 못 하였소이다."

하거늘, 운장이 청하기를

"마음 쓰이시는 곳이 어디입니까? 말씀해 주시지요."

한다.

공명이 웃으며 대답하기를,

"지난 날 조조는 족하를 후대하였으니 마땅히 그에 대한 보답을 하려할 것이오. 오늘 조조가 패하면 필시 화용도로10) 달아날 것이오. 만약에 족하가 그곳에 가면 틀림없이 놓아 보내게 될 것입니다. 그렇

---

10) 화용도(華容道) : 관우가 조조를 길을 터놓아 도망가게 한 곳. [漢書 地理志 上]「南郡 縣十八華容」. [中國地名]「漢置華容縣 南齊廢 故治在今湖北監利縣西 北 曹操赤壁兵敗走此」.

기 때문에 보내지 못하는 것이외다."

하거늘, 운장이 말하기를

"군사께서는 다감(多感)하시기도 합니다! 그때 조조가 나를 후대한 것에는, 내가 이미 안량과 문추를 죽이고 백마의 포위망을 뚫어서 지난 날의 은혜를 갚았습니다. 오늘 또다시 저를 만나면 어찌 가벼이 놓아 보내겠소이까!"

한다.

공명이 또 묻기를,

"만약에 조조를 놓아 보낸다면 어찌하시겠소이까?"

하거늘, 운장이 대답하기를

"군법을 따르겠소이다."

한다.

공명이 웃으면서 말하기를,

"그렇다면 문서를 들여 놓으시오."

하자, 운장은 곧 군령장을 들여 놓았다.

그러면서 묻기를,

"만약에 조조가 그 길로 오지 않으면 어찌하겠소이까?"

하거늘, 공명이 대답하기를

"내 또한 장군에게 군령장을 드리리다."

하니, 운장이 크게 웃는다.

"운장께서는 화용도의 소로 높은 곳에 시초를 쌓아 놓고 있다가, 불을 질러 연기를 일으켜서 조조를 유인하세요."

하자, 운장이 묻기를

"조조가 연기를 보고 매복이 있는 줄 알면, 어찌 그 길로 오겠소이까?"

한다. 공명이 웃으면서,

"어찌 병법에서 말하는 허허실실법을[11] 듣지 못하셨소이까? 조조가 비록 병법을 잘 쓴다 해도 이곳은 저를 속이려는 줄 알 터이니, 저가 연기가 일어나면 허장성세인 줄[12] 알 것이오. 그렇다면 틀림없이 이 길로 올 것이외다. 장군은 절대 사정(私情)을 두어서는 안 됩니다."

하자, 운장이 영을 받고 관평, 주창 등과 함께 5백의 도수(刀手)들을 데리고 화용도로 매복하러 떠났다.

현덕이 걱정하며 말하기를,

"내 아우가 의기는 진중하지만, 만약에 조조가 정말 화용도로 온다면 저를 놓아주지나 않을까 걱정됩니다."

하니, 공명이 대답하기를

"제가 어제 밤 건상(乾象)을 보았습니다. 조조가 아직 죽을 때는 아닙니다. 저가 사사로운 정 때문에 놓아준다면 이 또한 아름다운 일이 아니겠습니까?"

한다.

현덕이 말하기를,

"선생의 신기묘산은 세상에 아주 드물 것이오이다.[13]"

하였다.

공명이 현덕을 따라 번구에 이르러 주유의 용병술을 보기로 하고,

---

11) 허허실실법[虛虛實實之論] : 허실의 계략을 써서 싸우는 이론. [孫子兵法 勢篇 第五]「兵之所加 如以碬投印者 虛實是也」. [中文辭典]「謂虛實不定虛者 或實實者或虛 使人無所測度也」.

12) 허장성세(虛張聲勢) : 실속은 없으면서 허세로만 떠벌림. [元曲選 鴛鴦被]「這廝倚恃錢財 虛張聲勢」. [紅樓夢 第六十八回]「命他託察院 只要虛張聲勢 驚嚇而已」.

13) 세상에 아주 드물 것이오이다[世所罕及] : 세상에서도 아주 드묾.

손건과 간옹에게는 성을 지키게 하였다.

한편, 조조는 영채 안에서 여러 장수들과 의논하고 있으면서, 황개에게서 소식이 오길 기다렸다. 이 날은 동남풍이 심하게 불었다.

정욱이 들어와 조조에게 권유하기를,

"오늘은 동풍이 부니 미리 방비하는 것이 좋겠습니다."

하거늘, 조조가 웃으며 말하기를

"동지가 되면 양기가 생기는 것이니, 다시 돌아올 때에 어찌 남풍이 없겠느냐?14) 무얼 그리 괴이하게 생각하느냐?"

한다.

군사들이 돌연 밀서를 드리며 아뢴다.

"강동에서 작은 배 한 척이 왔는데, 황개의 밀서를 가져 왔습니다."

하거늘, 조조가 급히 저를 불러들였다. 그 병사가 편지 한 통을 바치는데, 그 편지의 사연은 대강 다음과 같다.

주유의 방비가 아주 엄해서 빠져나올 수가 없습니다. 오늘 파양호에 새로이 운반해 오는 군량이 있어서 주유가 순찰하러 보내기에 겨우 빠져나와, 강동의 장수들을 죽이고 그 목을 바쳐 투항하려 합니다. 오늘 밤 2경 쯤에 배 위에 청룡아기가 꽂히면 그 배가 곧 군량을 실은 배입니다.

---

14) 동지가 되면 양기가 생기는 것……[冬至一陽生 來復之時] : 고대 철학가는 음양으로써 우주관의 사물의 모순·대립을 설명하였는데, 음에서 양으로 전환하는 것을 '내복(來復)'이라 함. [漢書 天文志]「日有中道 夏至 至於東井北 近極故晷短 來復 至於牽牛 遠極故晷長 晷景者所以知日之南北也」. [易經 復卦]「出入无疾 門來无咎 反復其道 七日來復 利有攸往」.

조조는 크게 기뻐하며, 마침내 여러 장수들과 함께 강 위의 영채가 있는 큰 배에 올라 황개의 배가 오는 것만 바라고 있다.

이때, 강동은 해가 지고 있었는데 주유는 군사들에게 채화를 불러내어 포박하게 하였다.

채화가 말하기를,

"저는 죄가 없습니다."

하거늘, 주유가 묻는다.

"네가 어떤 놈이냐, 감히 거짓 항복을 해오다니! 내가 오늘 제물과15) 제기가16) 부족했는데 네 머리를 빌려야겠다."

하자, 채화가 저항하다가 안 되니까, 큰 소리로 외치거늘

"너의 편인 감택과 감녕 또한 일찍이 나와 같이 모의하였다!"

하거늘, 주유가 말하기를

"이는 내가 시킨 일이다."

하니, 채화는 후회막급이었다.

주유는 강변에 세운 조독기17) 아래 끌어내어 묶게 하고는 술을 올리고 소지를 올려 단칼에 채화를 참하고, 그 피로써 제사를 마친 다음 적벽을18) 향해 진발하였다.

---

15) 제물[福物] : 제사에 쓰이는 물건. 즉, 제사의 희생물(社神牲物). [周禮 天官 膳夫]「凡祭祀之致福者 [疏] 諸臣自祭家廟 祭訖致胙肉於王 謂之致福」.

16) 제기(祭旗) : 출정하기 전에 거행하던 제례 의식에서 세워 놓는 깃발.

17) 조독기(皁纛旗) : 독기(纛旗)라고도 하는데, 붉은 자루 긴 창목에 야크(yak)의 꼬리털로 만든 일산을 꿰어 늘인 모양의 기임. [六部成語 兵部 注解]「元帥之大旗曰纛旗」. [事物紀原 皁纛]「六典曰 後魏有纛頭 宋朝會要曰 皁纛」.

18) 적벽(赤壁) : 옛 강하(江夏)를 중심으로 양자강 상류와 하류에 두 개의 적벽이 있음. 상류의 '적벽'은 조조가 주유에게 패했던 전장으로 주랑적벽(周郎赤壁)·무적벽(武赤壁)이라 하고, 하류의 '적벽'은 '적비기(赤鼻磯)'라 하는데, 소식(蘇軾)의 전후 '적벽부'의 배경임. [荊州記]「蒲圻縣沿江南岸 百里名赤壁

황개는 셋째 화선 위에서 엄신갑을 입고 손에는 날카로운 칼을 들고 깃발 위에 크게 '선봉장 황개'라고 썼다. 황개는 순풍을 타고 적벽으로 발진하였다. 이때 동풍이 크게 일었고 파도가 넘실거렸다. 조조는 중군에 있으면서 강 건너를 보니, 달은 환하게 강북을 비치고 있어 마치 일만의 황금 뱀들이 파도를 뒤채며 물결을 희롱하는 듯했다. 조조는 바람을 맞으며 크게 웃고는 스스로 뜻을 얻은 듯하였다.

그러나 갑자기 한 군사가 손으로 가리키며, 말하기를

"강남에서 희미하게 한 떼의 배가 바람에 밀려옵니다."

한다. 조조가 높은 곳에 올라서 바라보았다.

보고가 들어오는데,

"청룡아기를 꽂고 있는데, 가운데 기에는 큰 글씨로 '선봉장 황개'라고 이름이 새겨져 있습니다."

하거늘, 조조가 크게 웃으며

"공복이 항복해 오는 것이니 이는 하늘이 나를 돕고 있음이라!"

하였다. 그런 중에 배는 점점 가까이 왔다.

정욱이 오랫동안 지켜보다가, 조조에게 말하기를

"저기 오는 배는 틀림없이 거짓입니다. 가까이 오지 못하게 하소서."

하거늘, 조조가 묻기를

"어떻게 그런 줄 아오?"

하니, 정욱이 대답하기를

"배에 군량을 실었다면 틀림없이 무거워 보일 겝니다. 그런데 지금 오는 배들을 보니 아주 가벼워 보입니다. 게다가 오늘 밤은 동풍이

昔周瑜破曹操處 黃州**赤壁**乃赤鼻山」. [水經注]「江水左逕赤鼻山下爲**赤鼻山** 蘇軾 **赤壁前賦**及長短句 人道是三國周郎**赤壁** 蓋傳疑也」. [徐氏筆精]「東坡**赤壁賦** 誤 以黃州赤鼻山 認爲周瑜破曹操處 後人不甚指摘之 寔爲盛名所怵耳」.

심하게 부는데, 만약에 거짓 술책이 있다면 어찌 저들을 당하겠습니까?"
한다.

조조가 비로소 깨닫고, 또 묻기를

"누가 가서 저 배들을 멈추게 하겠느냐?"

하니, 문빙이 나서면서

"제가 수전에 익숙합니다. 제가 가겠나이다."

하며, 말을 마치기 무섭게 배에 뛰어들어 손으로 한 곳을 가리키니, 열 척의 순시선이 문빙의 배를 따라 나선다.

문빙이 뱃머리에서 큰 소리로 외치기를,

"승상의 분부시니 남쪽의 배는 영채 가까이 들지 말고 강심에 닻을 내려라."

하니, 여러 배들이 일제히 말하기를

"빨리 닻을 내려라!"

하고 말이 끝나자마자 시위소리가 들리면서, 문빙이 왼쪽 어깨에 화살을 맞고 배 위에 쓰러졌다. 그러자 배에서는 큰 혼란이 일어나고 각자가 서로 달아났다.

남쪽의 배는 조조의 배와 겨우 2리 정도에 있었다. 황개가 칼을 휘두르자 앞의 배가 일제히 불이 붙었다. 불길은 바람의 위세를 쫓고 바람은 불길을 도와, 배가 마치 쏜살같이 내닫고 연기와 화염이 하늘을 가렸다. 20척의 화선이 수채로 몰려들었다. 조조의 영채의 배에 불이 붙자, 쇠갈고리로 돌아가며 묶여 있어 피할 수가 없었다.

강 건너에서는 포성이 크게 울리고 사방에서 화선들이 일제히 몰려들자, 삼강 수면 위의 불길은 바람을 타고 온천지가 불바다였다. 조조가 언덕 위의 영채를 돌아보니 몇 곳에서 연기가 피어올랐다.

황개는 작은 배 위로 뛰어올라 배후의 몇 사람에게 노를 젓게 하고,

연기를 무릅쓰고 불길 속으로 돌진하여 조조를 찾았다. 조조는 사세가 급한 것을 보고 바야흐로 언덕 위로 뛰어내렸다. 그때 장료가 한 작은 배를 타고 와서 조조를 붙들어 내렸다. 그때에는 이미 큰 배에 불이 붙었다.

장료와 10여 명의 군사들이 조조를 보호하고 나는 듯이 안구(岸口)로 달아났다. 황개는 강홍포(絳紅袍)를 입은 자가 배를 타는 것을 바라보다가, 그가 조조라고 생각하고는 배를 재촉하고 빠르게 나가며 손으로 칼을 휘두르며, 큰 소리로

"조적은 달아나지 마라! 황개가 여기에 있다!"

하고, 소리쳤다.

조조는 신음소리를 연하여 질렀다. 장료가 활에 화살을 먹여 황개가 가까이 오기를 기다려서 활을 쏘았다.

이때는 바람 소리가 아주 크고 황개는 불빛 속에 있었으니 어찌 살의 시위 소리를 들었겠는가? 그의 어깨에 화살이 적중하자 몸을 뒤채며 물에 떨어졌다.

이에,

불길이 거센 속에 또 물의 재앙을 만났더니
봉창이 겨우 낫자 이번엔 또 금창이로구나.
大厄盛時遭水厄
棒瘡愈後患金瘡.

황개의 생명은 어찌 되었을까. 하회를 보라.

제50회

제갈량은 화용도의 일을 지혜로이 헤아리고
관운장은 의협심으로 조조를 풀어주다.
　諸葛亮智算華容
　關雲長義釋曹操.

한편, 그날 밤 장료는 한 번 활을 쏘아 황개를 물속에 떨어뜨리고, 조조를 구하여 언덕에 올라서 말을 찾아 타고 달리니 군은 이미 크게 어지러워졌다.

한당은 연기를 무릅쓰고 수군의 영채에 오니, 갑자기 사졸이 와서 보고하기를

"배의 선미에 한 사람이 큰 소리로 장군의 이름을 부르고 있습니다."

하거늘, 한당이 자세히 들으니 높은 고함 소리로

"공의(公義)께서는 나를 구해주시오."

한다.

한당이 말하기를,

"저게 황공복이다!"

하고 급히 구해오라 하였다. 보니 황개는 화살을 맞아 상처를 입고 있었다. 살대를 입으로 물어 뽑아냈으나 화살촉이 살 속에 박혀 있었다.

한당이 급히 젖은 옷을 벗기고 칼을 써서, 화살촉을 꺼내고 기폭을 찢어 묶었다. 그 다음 자신의 전포를 벗어서 황개에게 입히고, 먼저

다른 배에 태워 대채로 보내 치료하게 하였다.

원래 황개는 바다의 성질에 익숙했기 때문에, 크게 추운 날 갑옷을
입은 채 강에 떨어졌어도 생명을 건질 수 있었다.

한편, 이 날은 강물이 온통 불길이 넘실대고 함성이 지축을 흔들었
다. 왼쪽은 한당과 장흠 두 장수가 적벽의 서쪽에서 짓쳐 오고, 오른
편에서는 주태와 진무가 이끄는 군사들이 적벽의 동쪽에서 짓쳐 나왔
다. 그리고 중앙에서는 주유·정보·서성·정봉이 함대를 끌고 나왔
다. 불길은 병사들의 형세에 응하고 병사들도 불길의 위엄에 의지하
니, 이것이 바로 삼강의 수전, 적벽대전이었다.[1] 조조의 군사들은 창
에 찔리고 화살에 맞아, 불에 타 죽고 물에 빠져 죽은 자를 셀 수조차
없었다.

후세 사람의 시가 있다.

위나라와 오나라가 자웅을 다툴 때에
적벽의 배들이 모두 쓸려 갔도다.
　魏吳爭鬪決雌雄
　赤壁樓船一掃空.

불길은 마치 구름이 바다에 비치듯 번져
주유는 일찍이 여기서 조조를 깨뜨렸도다.

---

1) 이것이 바로 삼강(三江)의 수전(水戰), 적벽대전이었다[赤壁鏖兵] : 적벽에서
　조조와 주유가 크게 싸운 대전. [荊州記]「蒲圻縣沿江南岸 百里名赤壁 昔周瑜
　破曹操處 黃州赤壁乃赤鼻山」. [水經注]「江水左逕赤壁山下爲赤鼻山 蘇軾赤壁前
　賦及長短句 人道是三國周郎赤壁 蓋傳疑也」. [徐氏筆精]「東坡赤壁賦 誤以黃州
　赤鼻山 認爲周瑜破曹操處 後人不甚指摘之 寔爲盛名所怵耳」.

烈火初張照雲海
周郎曾此破曹公.

또 한 시에는,

산은 높고 달은 밝은데 강물 아득하구나
지난 왕조 더듬어 생각하니 군웅이 할거하도다.
山高月小水茫茫
追歎前朝割據忙.

남방 선비는 무심히 위무제를 맞는데
동풍은 생각이 있어 주랑편을 들었네.
南士無心迎魏武
東風有意便周郎.

강에서 벌어졌던 격전에 대해선 더 말하지 않겠다.

이때, 감녕은 채중을 이끌고 조조의 영채 깊이까지 들어갔다. 감녕은 채중을 한 칼에 찔러 말에서 떨어뜨리고 마초에 불을 질렀다. 여몽이 중군에서 불길이 이는 것을 보고, 수십 군데에 불을 놓아 감녕을 접응하였다. 반장과 동습도 길을 나누어 불을 지르고 고함을 질렀다. 인하여 사방에서 북소리가 크게 울렸다.

조조와 장료는 백여 기를 이끌고 불길 속을 달렸다. 그러나 앞을 보아도 불타지 않는 곳은 없었다. 달아나는 중에 모개가 문빙을 구하여 수십 기를 이끌고 당도하였다. 조조는 군사들에게 길을 찾아보게 하였다.

그때, 장료를 손으로 가리키며,

"오직 오림이[2] 있는 바 땅이 넓고 평탄하여 갈 만합니다."

한다. 조조 일행은 지름길로 오림으로 달렸다.

바로 그 순간에 배후에서 한 떼의 군사들이 급히 쫓아오며, 큰 소리로

"조적은 달아나지 말라!"

고 외치는데, 불빛 속에 여몽의 기가 보였다. 조조는 군마를 재촉하여 앞으로 달리고 장료를 뒤에 남겨 뒤를 끊어 여몽을 저당하게 했다.

이때, 문득 앞을 보니 또 불길이 일고 산골짜기를 따라, 한 떼의 군사들이 외치기를

"능통이 예 있다!"

하며 나서매, 조조는 간장이 다 찢어진다.

문득 한 무리의 군사들이 내달으며, 큰 소리로

"승상께서는 당황하지 마십시오. 서황이 여기 있습니다!"

하며 나서서, 한바탕 혼전이 일어나는 사이 길을 뚫어 북쪽으로 달아난다.

한편, 갑자기 또 한 떼의 군마가 보이더니 산언덕 앞에 주둔하고 있었다. 서황이 나서며 물으니, 이는 원소 수하로 있다가 항복한 마연과 장의로 3천의 군마와 함께 영채를 치고 있었다.

그날 밤에도 하늘에 온통 불길이 보여 감히 움직이지 못하고 있는 중에, 마침 조조와 만나게 된 것이었다. 조조는 두 장수에게 1천의 군사를 이끌고 길을 열게 하고, 나머지는 자신을 호위하라 하였다. 조조

---

2) **오림(烏林)** : 포기현(蒲圻縣) 육구(陸口) 건너편 장강의 북쪽 기슭에 있음. [中國地名]「在湖北 嘉魚縣西 大江北岸 對岸爲赤壁山 關羽謂魯肅曰 **烏林**之役 左將軍身在行間 卽指赤壁之戰也」. [三國志 吳志 周瑜傳]「瑜銜命出征 身當矢石 故能摧曹操於**烏林** 走曹仁於鄗都」.

는 힘을 허비치 아니한 군마를 얻고 나서 심중이 점차 안정되었다. 마연과 장의는 나는 듯이 앞으로 갔다. 그러나 십 리도 못 가서 함성이 일어나며 한 떼의 군사들이 나타났다.

앞에 선 장수가 큰 소리로 부르짖기를,

"나는 동오의 감흥패이다!"

하매, 마연이 나서며 달려들었다.

그러나 감녕은 한 칼에 저를 베어 말 아래 떨어뜨렸다. 장의가 창을 꼬나들고 나와 맞았으나, 감녕이 크게 소리치자 장의는 미처 손을 쓸 사이도 없이 칼에 맞고 몸을 뒤채며 말에서 떨어졌다. 후군들이 나는 듯이 조조에게 보고하였다.

조조는 이때 합비에서 구원병이 오기를 바라고 있었는데, 손권은 합비의 입구를 지키고 있다가 강에서 치솟는 불빛을 보았다. 손권은 자신의 군사들이 이기고 있음을 알고, 곧 육손에게 불을 피워 신호를 하게 하였다.

태사자가 이를 보고 육손의 병사들과 합쳐 짓쳐 오고 있었다. 조조는 이릉 쪽을 바라고 달아나다가 길에서 장합을 만나자 뒤를 끊게 하였다. 달리는 말에 채찍을 더하며 달아나다가 5경이 되어서야, 돌아보니 불빛이 점점 멀어졌다.

조조는 마음이 차츰 가라앉자, 묻기를

"이곳은 어느곳인가?"

하니, 좌우에서 말하기를

"이곳은 오림의 서쪽으로 의도(宜都)의 북쪽입니다."

한다. 살펴보니 수목이 얽혀 있고 산세가 험했다. 조조는 얼굴을 들어 크게 웃으며 그치지 않았다.

여러 장수들이 묻기를,

"승상께서는 무슨 까닭으로 그리 크게 웃으십니까?"
하자, 조조가 웃으면서 말하기를

"내 다른 사람을 웃는 것이 아니라, 단지 주유가 꾀가 없고 제갈량이 지혜가 없음을 웃는 것이오. 내가 용병을 할 때라면 미리 이곳에 일군을 매복하였을 것이다. 그랬다면 내가 어찌하겠는가?"
한다.

말이 끝나기도 전에 양편에서 북소리가 진동하며, 불빛이 하늘을 찌를 듯이 일어난다. 조조는 어찌나 놀랐던지 말에서 떨어질 뻔하였다.

그 숲 사이로 한 떼의 군사들이 짓쳐 나오며, 큰 소리로

"나 조자룡은 군사의 명을 받아 여기서 오랫동안 기다렸노라!"
하며 나선다. 조조는 서황과 장합에게 조운과 싸우게 하고, 자신도 연기와 불길을 무릅쓰고 나아갔다. 그때 조자룡은 추격하지는 않고 기치만 빼앗아 갔다. 그래서 조조는 그곳에서 겨우 벗어났다.

하늘은 아직 밝지 않고 검은 구름이 하늘을 덮고 있는 속에, 동남풍은 아직도 그치지 않고 있었다. 문득 큰 비가 쏟아 붓듯이 내려3) 갑옷이 모두 비에 젖었다. 조조와 군사들은 비를 무릅쓰고 앞으로 가고 있었기 때문에 여러 장수들이 다 배고파했다. 조조는 군사들에게 명하기를, 마을에 가서 먹을 것을 빼앗고 불씨를 찾아오라 했다. 그래서 바야흐로 밥을 지으려 하고 있는데, 후면에서 한 떼의 군사들이 들이닥치거늘 조조는 내심 매우 당황하였다. 이전과 허저가 여러 모사들을 보호하고 온 것이었다.

---

3) 문득 큰 비가 쏟아 붓듯이 내려[大雨傾盆]: 쏟아 붓듯이 내리는 큰 비. 「경분」(傾盆). [陸游 詩]「黑雲塞空萬馬屯 轉盻白雨如傾盆」. [蘇軾 詩]「黑雲白雨如傾盆」. 「대우방타」(大雨滂沱). 큰 비가 좍좍 쏟아짐. 「방타」는 '비가 몹시 내리는 모양'의 뜻임. [詩經 小雅篇 漸漸之石]「月離于畢 俾滂沱矣」.

조조가 크게 기뻐하며 군마와 같이 행군하게 하고, 묻기를

"앞쪽은 어디인가?"

하니, 병사가 대답한다.

"한편 남쪽은 남이릉으로 가는 큰 길이며, 북쪽은 북이릉으로 가는 산길입니다."

한다.

조조가 또 묻기를,

"어느 쪽으로 가야 남군의 강릉에 가까우냐?"

하니, 군사가 대답하기를

"남쪽의 이릉을 지나서 호로구로 가면 가장 편합니다."

하거늘, 조조는 남쪽 이릉 길을 취해 가게 하였다.

일행이 호로구에 이르니, 군사들이 다 굶주려 있어서 더 이상 행군을 할 수 없었다. 말들 또한 곤핍하고 여러 사람들이 길에 쓰러졌다. 조조는 모두에게 잠시 쉬라 하였다. 군사들 중에는 노구솥을4) 가져온 자도 있고, 마을에서 약탈한 쌀을 가져온 자들도 있어서, 곧 산속의 마른 곳에 솥을 걸고 밥을 짓게 하고 말고기를 굽기도 하였다. 그리고는 옷을 벗어서 바람에 말리려 했다. 말들은 다 안장을 벗기게 하고 풀어 놓아 풀을 뜯게 하였다. 조조는 듬성한 노목 아래 앉아 하늘을 우러르며 큰 소리로 웃었다.

여러 관리들이 또 묻기를,

"종전에는 승상께서 주유와 제갈량을 비웃으시더니 조자룡이 나타났습니다. 또 군사들 절반을 잃으셨는데 지금은 무엇 때문에 웃으시

---

4) **노구솥[鑼鍋]** : 군중에서 병사들이 쓰던 용기. 낮에는 밥을 지어 먹는 냄비[鍋]로 저녁에는 시간[更]을 알리는 징[鑼]으로 쓰였음. [六部成語 兵部 鑼鍋 注解]「鑼鍋 以銅爲之 形似鍋 白晝用以炊飯 晚閒以代巡警之鑼而擊之」.

는 겝니까?"

하자, 조조가 말하기를

"내 아무래도 제갈량과 주유가 지모가 부족한 것을 웃는 게요. 만약에 내가 용병을 했다면 저기 저곳에 한 떼의 군마를 매복해 놓고 편안히 지친 군마를 기다렸다면, 우리들은 어김없이 목숨을 잃었을 것이오. 아니면 모두가 중상을 면키 어려웠을 것이외다. 저들이 이곳에 이르지 않은 것을 내가 웃는 것이외다."

하였다. 막 그러고 있는 중에 앞과 뒤에서 한꺼번에 함성이 일어나거늘, 조조가 크게 놀라 갑옷을 버리고 말에 올라탔다. 여러 군사들 중에는 미처 말을 수습하지 못한 자가 많았다.

이때, 사방에서 불길과 연기가 보이고 한 떼의 군사들이 골짜기에 벌여 선다. 앞에 선 장수는 연나라 사람 장익덕이었다.

장팔사모를 빗기 들고 말을 세운 채, 큰 소리로 부르짖기를

"조적은 어디로 달아나려는가!"

고 외친다. 여러 장수들이 장비를 보자 다 간이 떨어졌다.

허저가 안장이 없는 말을 타고 장비와 싸웠다. 장료와 서황 두 장수가 나가서 협공하였다. 두 말들이 얽혀 혼전을 하고 있었다. 조조는 먼저 말을 놓아 달아나고 있고 여러 장수들은 각자가 도망하였다. 그 뒤를 장비가 급히 추격해 왔다. 조조는 그대로 달아나고 있는데, 장비의 추격병들이 점점 멀어지거늘 여러 장수들은 돌아보니 대부분 상처를 입고 있었다.

그러고 있는데, 한 군사가 와서 말하기를

"앞에 길이 두 갈래로 나있는데, 승상께서는 어느 길로 가시려는지 묻삽나이다."

하거늘, 조조가 묻기를

"어느 길이 가까운 길이냐?"

하자, 군사가 크게 대답한다.

"큰 길은 평평하나 50여 리쯤 멀고, 좁은 길은 화용도를 지나게 되어 50여 리는 가깝습니다. 그러나 이 길은 좁고 험해서 구렁텅이를 지나기 어렵습니다."

한다.

조조는 명을 내려 산 위에 올라가서 보고 오게 하였더니, 돌아와서 보고하기를

"좁은 길 산 주위에는 여러 곳에서 연기가 피어오르고 있고 큰 길은 전혀 동정이 없습니다."

한다. 조조는 전군에게 곧 화용도의 좁은 길로 가라 지시하였다.

여러 장수들이 말하기를,

"불길이 일어나는 곳에는 필시 군마들이 지키고 있을 터인데, 어찌해서 도리어 그 길로 가려 하십니까?"

하거늘, 조조가 대답하기를

"어찌 병서에 있는 것을 듣지 못했느냐 '허즉실 실즉허(虛則實 實則虛)'라 하였다. 제갈량은 꾀가 많은 사람이다. 그러므로 사람을 시켜 산골짜기에 연기를 피워 우리 군사들로 하여금 그 산길로 달아나지 못하게 하고, 저들은 대로에 복병을 하고 기다리고 있을 것이다. 내 생각은 이미 결정되었는데, 저의 계책에 휘말릴 일이 있겠는가!"

하니, 모든 장수들이 다 말하기를

"승상의 신기묘산을 남들이 미치지 못할 것입니다."

하고, 마침내 군사들을 모아 화용도로 들어섰다.

이때, 병사들은 극도로 굶주려 있고 마필들 또한 곤핍한 상태였다. 머리가 탄 사람·이마를 덴 군사들이 지팡이를 잡고 걷고, 화살에 맞

고 창에 찔린 자들이 마지 못해 걷고 있었다. 입은 갑옷은 젖어 있어 모두가 온전하지 못했고, 무기와 기번은 정제되지 못하였다.

군사들 태반이 다 이릉의 노상에서 갑자기 피습을 당해 황급했던 까닭에, 안장이 없는 말을 타고 있거나 말의 고삐와 의복들을 다 버리고 온 터다. 가뜩이나 때는 혹독하게 추운 때여서 그 고통이 말이 아니었다.

조조는 앞에 가는 군사들이 멈추는 것을 보고 무엇 때문인지 물었다. 돌아와서 보고하기를,

"앞쪽 궁벽진 산길에 새벽에 비가 내려서 구렁텅이 쌓인 물들이 흘러가지 못해, 흙 속에 말굽이 빠져 갈 수가 없습니다."

하거늘, 조조가 크게 노해 꾸짖기를

"군사들은 산을 만나면 길을 뚫고 물을 만나면 다리를 놓고 하는 것인데, 어찌해서 수렁이 있다 하여 건너가지 못할 까닭이 있느냐!"

하고, 영을 전달하며 말하기를

"노약자와 중상을 입은 자들은 뒤에 가게 하고, 건강한 군사들은 흙을 나르고 나무를 베고 하여 길을 메워라. 곧 행동하라. 명을 어기는 자는 참한다."

하였다.

여러 군사들이 모두 말에서 내려 길을 내기 위해 대와 나무를 베어 산길을 메웠다. 조조는 후군이 급히 쫓아올까 겁이 나서 장료·허저·서황 등에게 백여의 기병을 거느리고 손에 칼을 들고서 태만히 하는 자는 즉시 참하라 하였다.

이때, 군사들은 너무 굶주린 나머지 땅에 쓰러지는 자가 많았다. 조조는 영을 내려 인마가 그 위를 밟고 가게 하니, 죽은 자가 얼마인지 알 수가 없었고 우는 소리가 끊이질 않았다.

조조는 노하여 말하기를,

"생사는 명에 달려 있는 것인데 어찌 우느냐, 다시 우는 자가 있으면 참하리라!"

하였다.

인마의 삼분의 일은 뒤쳐지고 삼분의 일은 구렁텅이를 메우느라고, 겨우 삼분의 일만이[5] 조조의 뒤를 따르고 있었다. 험준한 길을 지나서 길이 좀 평탄해졌다. 조조가 돌아보니 겨우 삼백여 기만이 뒤를 따르고 있었는데, 그나마 갑옷을 입지 못한 자가 대부분이었다. 조조가 빨리 가자고 재촉하였다.

여러 장수들이 청하기를,

"말들이 너무 지쳤으니 잠시 쉬는 게 좋겠나이다."

하자, 조조가 대답하기를

"빨리 형주에 가서 쉬어도 늦지 않을 것이야."

하였다.

또 몇 리를 못 가서, 조조는 말 위에서 채찍을 휘두르며 큰 소리로 웃었다.

여러 장수들이 묻기를,

"승상께서는 어찌해서 또 웃으십니까?"

하니,

"사람들이 다 주유와 제갈량이 지모가 많다고들 하지만, 내 보기에는 모두 무능한 무리일 뿐인 것 같소. 만약에 이곳에 일지군을 매복시켰더라면, 우리들은 속수무책일 것이기[6] 때문이외다."

---

5) 겨우 삼분의 일만이[三停] : 세 몫. 전체를 몇 몫으로 나눈 것 중의 한 몫을 일정(一停)이라 함. [中文辭典]「俗謂數之成數爲停 加云 十停去其九停 **三停**去兩停」.

한다.

말이 끝나기도 전에 포성이 들리더니 길 양쪽에서 5백 도수들이 나와서 벌여 섰는데, 앞에 선 대장은 관운장이었다. 그는 청룡도를 들고 적토마에 걸터앉아 길을 막고 나선다. 조조의 군사들이 보고 넋이 나가고 간이 떨어져, 서로 얼굴만 쳐다보았다.

조조가 단호하게 말하기를,

"이미 이 지경에 이르렀으니 죽기로써 싸워볼 수밖에!"

하거늘, 여러 장졸들이 말하기를

"사람들은 겁을 먹지 않을 수 있으나, 말들이 지쳐 있는데 어찌 다시 싸우겠습니까?"

한다.

정욱이 말하기를,

"제가 평소 운장을 알기로는 윗사람에게는 오만하나 아랫사람들에게는 차마 그러지 못하며,7) 강한 자는 꺾으려 하지만 약한 자는 능멸하지 않사옵니다. 또 은과 원이 분명하고 신과 의가 뚜렷합니다. 승상께서 지난날 저에게 베푼 은혜가 있으니, 지금 직접 나서서 그 일을 이야기하면 이 위기에서 벗어날 수 있을 것입니다."

하자, 조조는 그 말대로 곧 말을 타고 앞으로 나갔다.

그리고 몸을 굽혀 운장에게,

"장군께서는 무탈하셨소이까!"

---

6) 속수무책일 것이기[束手受縛] : 순순히 손을 내어 결박을 받음. [三國志 魏志 鄧艾傳]「束手受罪」. [晋書 杜豫傳]「所過城邑 莫不束手」.

7) 윗사람에게는 오만하나, 아랫사람들에게는 차마 그러지 못하며[傲上而不忍下] : 윗사람에게는 당당하지만 아랫사람을 괴롭히지 않음. [晏子 問下]「有智不足補君 有能不足以勞民 俞身徒處 謂之傲上」.

하니, 운장 또한 몸을 굽히면서

"저는 군사의 명을 받들어 승상을 기다린 지 오래되었습니다."

한다.

조조가 대답하기를,

"이 조조는 싸움에서 지고 위기에 처해 있소이다. 특히 여기에 와서 벗어날 길이 없으니, 장군께서 전날의 정을 중히 여겨주기 바라고 있소이다."

한다.

운장이 다시 묻기를,

"지난 날 제가 비록 승상께 두터운 은혜를 입었으나, 그것은 이미 안량과 문추를 베어서 백마에서의 위기를 풀어 보답해 드렸습니다. 오늘의 일은 어찌 사사로운 일로써 공적인 일을 폐하겠소이까?"

하자, 조조가 대답하기를

"그대가 오관의 장수들을 참할 때에8) 그 일을 기억하시오? 대장부는 신의를 중히 여기는 것이외다. 장군께서는 춘추를9) 깊이 읽으셨을 터인데, 어찌 유공지사가 자탁유자를 쫓던 일을10) 알지 못하시오."

---

8) 오관의 장수들을 참할 때[五關斬將] : 관우가 유비에게 돌아올 때, 다섯 관문을 지키던 장수들을 죽였던 일. [史記 項羽記]「爲諸君潰圍 斬將刈旗」.

9) 춘추(春秋) : 춘추전(春秋傳). 공자가 지은 운공(隱公)에서 애공(哀公)까지 역사를 기술한 책. [史記 管晏傳贊]「**晏子春秋**」. [同書 虞卿傳]「**虞氏春秋**」. [同書 呂不韋傳]「**呂氏春秋**」.

10) 유공지사가 자탁유자를 쫓던 일[庾公之斯·子濯孺子] : 유공지사와 자탁유자는 두 사람 다 활을 잘 쏘았다. 춘추 때에 정(鄭)나라가 자탁유자를 시켜 위(衛)를 침범하자, 위나라에서는 유공지사를 시켜 추격하게 하였다. 그런데 그 때 자탁유자는 병을 앓아 대응하지 못하였으나, 유공지사는 자탁유자에게서 배운 사법(射法)을 쓸 수 없다며 저를 쏘지 않았다. 그 이유는 유공지사는 윤공지타(尹公之他)에게서 활을 배웠고, 윤공지타는 자탁유자에게서 활을 배웠

하매, 운장은 의리를 태산같이 생각하는 사람이었다.

그날 조조가 많은 은의를 주었던 일을 생각하고 또, 오관에서 관장들을 참했던 일 때문에 어찌 마음이 동하지 않을 수 있으랴? 게다가 조조가 황망하여 눈물을 흘리는 것을 보자 참지 못하였다.

이에 말 머릴 돌리면서, 여러 군사들에게

"흩어져라."

하였다.

이는 정녕 조조를 놓아주고자 하는 뜻이었다. 조조는 운장이 말 머리를 돌리자 곧 여러 장수들과 함께 돌아갔다.

운장이 몸을 돌이켜 보니 조조는 벌써 여러 장수들과 가버렸다. 운장은 큰 소리로 외치니 여러 장수들이 다 말에서 내려 땅에 엎드려 울었다. 운장은 더욱 참을 수가 없어서 주저하고 있을 때 장료가 말을 몰아 왔다. 운장이 저를 보고 또 옛 정이 일어 길게 탄식하며 함께 놓아 보냈다.

후세 사람의 시가 있다.

　　조아만이 패하여 화용도로 달아나다
　　관우와 좁은 길에서 딱 맞닥뜨렸네.
　　　曹瞞兵敗走華容
　　　正與關公狹路逢.

기 때문이었다. 조조는 관우에게 네가 오관(五關)의 장수들을 모두 죽였지만, 내가 너를 보내주었으니 유공지사처럼 나를 살려달라는 말임. [孟子 離婁篇 下]「鄭人使子濯孺子侵衛 衛使庾公之斯追之　子濯孺子曰 今日我疾作 不可以執弓 吾死矣夫 問其僕曰 追我者誰也……吾生矣……庾公之斯 學射於尹公之他 尹公之他 學射於我 夫尹公之他 端人也 其取友必端矣」.

애초부터 의를 중히 여기는 관우인지라
금쇄를 열어 교룡을 놓아주었네.
　　只爲當初恩義重
　　放開金鎖走蛟龍.

　조조는 이미 화용도의 어려움에서 벗어나서 산골 어귀로 가고 있었다. 따르는 병사들을 돌아보니 겨우 27기뿐이었다. 게다가 날이 저물어서야 남군 가까이에 이르렀다. 이때, 횃불을 들고 한 떼의 인마가 길을 막아선다.

　조조는 크게 놀라서 말하기를,

"내 목숨이 끝나는구나!"

하였다.

　그때, 한 떼의 초마(哨馬)들이 들이닥치는데 보니 조인의 군마였다. 조조는 겨우 마음이 놓였다.

　조인이 그를 영접하고, 말하기를

"비록 싸움에는 패했으나 멀리 떠날 수가 없어서, 부근에 있다가 영접하는 것입니다."

하거늘, 조조가 말하기를

"어찌 너를 만나리라 생각이나 했겠느냐!"

하였다.

　이에, 군사들을 이끌고 남군에 들어가 편히 쉬었다. 뒤따라 장료가 이르러 운장의 덕을 말하였다. 조조는 장수들을 점고하니 중상자가 아주 많았다. 조조는 다 가서 쉬게 하였는데, 조인이 술을 내어 조조의 번민을 위로하였다. 조조는 여러 모사들과 함께 앉아 있다가 갑자기 하늘을 우러러 통곡하였다.

여러 모사들이 말하기를,

"승상께서는 호랑이 굴에 떨어졌을 때에도 전혀 겁내지 않으시더니, 지금은 성중에 있고 사람들이 먹을 것을 공궤하며 말들 또한 사료가 있습니다. 이제 군마를 정돈해서 복수를 할 수 있는데, 어찌 도리어 통곡하시나이까?"

하니, 조조가 이르기를

"나는 지금 곽봉효를 생각하며 우는 게요. 만약에 봉효만 있었더라면 결코, 나로 하여금 이런 큰 실수를 하게 하지 않았을 것이오."

하고, 가슴을 치며 말한다.

"슬프다 봉효여, 통재라 봉효여, 애재라 봉효여!"

한다. 여러 모사들이 다 스스로 부끄러워하였다.

다음 날 조조는 조인을 불러,

"내 지금 잠시 허도에 돌아가 군마를 수습해서 반드시 원수를 갚으러 오겠다. 너는 남군을 지키고 있거라. 내가 밀계 하나를 몰래 여기에 남겨 두고 갈 터이니, 급하지 않거든 열어 보지 말고 급하거든 그것을 열어 보거라. 그리고 계책대로 행하면 동오로 하여금 남군을 얕보지 못하게 할 것이다."

하였다.

조인이 묻기를,

"합비·양양은 누가 지킵니까?"

하니, 조조가 당부하기를

"형주는 네가 거느리고 양양은 내 이미 하후돈에게 지키게 하였다. 합비는 가장 중요한 요충지이니 내 장료에게 명하여 주장이 되게 하고, 악진과 이전을 부장으로 삼아서 지키게 하였다. 다만 일에는 완급이 있으니 나는 듯이 알려야 한다."

하였다. 조조는 분별을 마치고 마침내 말에 올라서 여러 장수들을 이끌고 허창으로 돌아갔다. 형주에서 원래 항복해 온 문무 관원을 등용해 쓰겠다며 모두 데리고 허창으로 갔다.

조인은 조홍을 이릉으로 보내고, 자신은 남군을 지키며 주유의 공격을 막기로 하였다.

한편, 관운장은 조조를 놓아주고 나서 군사들을 이끌고 돌아갔다. 이때, 여러 곳에 나뉘어 갔던 군사들은 다, 마필·기계·전량을 수확해 하구로 돌아왔다. 오직 운장만이 한 사람·말 한 마리도 얻지 못한 채 빈몸으로 현덕을 뵈었다. 공명은 현덕과 더불어 승전을 하례하고 있던 중에 문득 운장이 돌아왔다는 소식을 들었다.

공명은 바삐 자리에서 일어나 잔을 잡고 환영하며, 말하기를

"장군께서 이렇게 세상을 덮을 만한 공을 세워[11] 천하의 큰 해악을 제거했구려. 마땅히 멀리 나가 경하를 드려야 할 것을!"

하였으나, 운장은 말이 없었다.

공명이 다시 묻는다.

"장군께서 우리들이 일찍이 멀리 나가 영접하지 않은 것에 대해, 기분이 나쁘십니까?"

하고, 좌우를 돌아보며

"자네들은 무슨 까닭으로 빨리 보고하지 않았느냐?"

하였다.

---

11) 이렇게 세상을 덮을 만한 공을 세워[蓋世之功] : 기상이나 위력이 세상을 덮을 만한 큰 공. [三國志 蜀志 諸葛亮傳]「王室之冑 **英才蓋世** 衆士慕仰 若水之歸海」. [項羽 垓下歌]「力拔山兮**氣蓋世** 時不利兮騅不逝 騅不逝兮可奈何 虞兮虞兮奈若何」.

운장이 말하기를,

"제가 특히 군사께 죽음을 청합니다."

하거늘, 공명이 묻기를

"조조가 그때 화용도로 오지 않은 것이오?"

하매, 운장이 말하기를

"그가 그 길로 왔습니다. 그러나 제가 무능해서 저가 달아났소이다."

한다. 공명이 또 묻기를,

"그럼 장수나 군사들은 잡았소이까?"

하매, 운장이 부끄러워하며

"잡은 게 없소이다."

한다.

"이는 운장이 조조의 지난 날의 은정을 생각해 고의로 놓아준 것이오. 그러나 전번에 군령장은 아직도 여기에 있소이다. 부득불 군법을 시행해야 하겠나이다."

하며, 무사들을 꾸짖어 끌어내어 참하라 하였다.

이에,

장수가 한 번 죽어 지기에게 보답하니

그 의로움은 천추에 길이길이 빛나리라.

拼將一死酬知己

致令千秋仰義名.

운장의 목숨은 어찌 되었는지 알 수 없다. 하회를 보라.

제51회

조인은 동오의 군사들과 대전을 벌리고
공명은 주공근의 화를 한 번 돋우다.
  曹仁大戰東吳兵
  孔明一氣周公瑾.

한편, 공명이 관우를 참하려 하자, 현덕이 말하기를
"지난 날 우리 세 사람이 도원에서 결의할 때에 같은 날 죽고 살기
를 맹세를 하였소. 지금 운장이 비록 군법을 어겼다 해도 차마 전날의
맹세를 저버릴 수 없소. 바라건대 그의 죄를 기록해 두었다가 장차
공을 세우면 죄를 용서해 주시구려."
하자, 공명은 마지못해 겨우 용서해 주었다.

이때, 주유는 군사들을 수습하고 장수들을 점고하여 각기 그 공대
로 오후에게 보고하였다. 그리고 항복해 온 군사들은 다 강을 건너보
냈다. 그리고는 삼군을 호궤하고 마침내 남군을 취하기 위해 진병하
였다. 앞선 부대들은 강가에 영채를 세우고, 앞뒤로 5영으로 나누고
주유는 중앙의 영채에 머물렀다. 주유가 여러 장수들과 저들을 정벌
할 계책을 논의하고 있는데, 첩보가 들어왔다.
  그 내용은,
"유현덕이 손건을 보내와서 도독께 축하의 말씀을 드린다 합니다."
하였다. 주유가 손건을 청해 들었다.

예가 끝나자 말하기를,

"주공께서 특별히 저에게 명하여 장군의 큰 덕에 하례하고, 보잘것 없는 것이지만 올리라 하셨습니다."

하니, 주유가 묻기를

"현덕공은 지금 어디에 계시오?"

하매, 손건이 대답한다.

"병사들을 이끌고 유강구(油江口)에 계십니다."

하니, 주유가 놀라며 묻기를

"공명 또한 유강구에 있나요?"

한다.

손건이 대답하기를

"공명과 주공이 함께 계십니다."

하니, 주유가 말하기를

"족하가 먼저 돌아가거든 내가 직접 가서 사례하겠다 하세요."

하고, 주유는 예물을 받고 손건에게 먼저 돌아가라 당부하였다.

노숙이 묻기를,

"아까 도독께서는 어찌 그리 놀라셨소이까?"

하거늘, 주유가 또 대답하기를

"유비가 유강구에 주둔하였음은 반드시 남군을 취하려는 게요. 우리들이 많은 수의 군마와 전량을 써서 지금[目下] 겨우 남군을 얻게 되었는데, 저들이 불인한 마음으로 취하려 하나 주유는 아직 죽지 않았소이다!"

한다.

노숙이 또 묻는다.

"당장 저들을 몰아낼 방책이 있으십니까?"

하자, 주유가 말하기를

"내 직접 가서 저들과 이야길 하겠소. 좋은 게 좋은 것이지만 좋게 되지 않을 때에는[1] 저들이 남군을 취하게 두지 않겠소. 먼저 유비를 없애겠소이다!"

하거늘, 노숙이 따라 나서며

"저도 같이 가겠습니다."

하였다.

이에 주유와 노숙이 3천의 경기병을 이끌고 지름길로 해서 유강구에 갔다. 먼저 손건이 돌아와 현덕을 보고, 주유가 직접 와서 사례를 하겠다고 말하더란 이야기를 했다.

현덕은 공명에게 묻기를,

"저가 오는 뜻이 무엇이오이까?"

하니, 공명이 웃으면서 말하기를

"저들의 속뜻이 말대로 자질구레한 예물 때문에 사례하러 오겠습니까. 남군을 취하려는 것을 막기 위해서입니다."

하거늘, 현덕이 또 묻기를

"저가 만약에 군사들을 이끌고 온다면 어떻게 저를 대하지요?"

한다.

공명이 이르기를,

"그가 오면 곧 이리이리 대답하세요."

한다.

드디어 유강구에 전선을 벌려 놓고, 해안에는 군마를 세워 놓았다.

탐보자가 와서 보고하기를,

---

1) 좋은 게 좋은 것이지만 좋게 되지 않을 때 : 원문에는 '**好便好 不好時**'로 되어 있음. [老學庵筆記 六]「漢兒**不好**北人 指日淮兒」.

"주유와 노숙이 군사들을 이끌고 옵니다."

하거늘, 공명은 곧 조운에게 수기를 이끌고 가서 영접하라 하였다.

주유는 군세가 심히 웅장한 것을 보고 마음이 몹시 불안하였다. 일행이 영문 밖에 이르자, 현덕과 공명이 장중으로 맞아들였다. 인사를 한 후 잔치를 베풀어 서로 환대하였다. 현덕은 술잔을 들어 적병을 무찌른 일을 치하하였다.

술이 몇 순배 돌자, 주유가 묻기를

"예주께서 군사들을 이곳에 옮긴 것은 남군을 취하려는 의도가 아니십니까?"

하매, 현덕이 대답하기를

"도독께서 남군을 취하려 한다는 소식을 듣고 도우려고 왔소이다. 만약에 도독께서 취하지 않으신다면 제가 취하려 합니다."

한다.

주유가 웃으면서 말하기를,

"우리 동오는 오래전부터 한강 일대를 병탄하려 했습니다. 이제 남군은 이미 저의 손 안에 있는데, 어찌 취하지 않겠습니까?"

하거늘, 현덕이 다시 대답하기를

"승부란 예정할 수 없는 것이외다. 조조가 돌아갈 때에 조인에게 명하여 남군 등을 지키게 하였으니 필시 무슨 계책이 있을 것이고, 또 조인은 그 용맹이 감당하기 어려운 인물이니 단지 도독께서 취하지 못할까 걱정이 되오이다."

하니, 주유가 말하기를

"내가 만약에 취하다가 못 취하면 그때엔 공에게 취하시게 하겠습니다."

말한다.

현덕이 이르기를,

"자경께서는 공명과 여기 있으시니 증명을 할 수 있으리이다. 도독께서는 후회하지는 마세요."

하니, 노숙이 머뭇거리며 대답하지 않는다.

주유가 또 묻는다.

"대장부가 한 번 말을 했는데 어찌 후회가 있겠습니까!"

하거늘, 공명이 말하기를

"도독의 이번 말씀은 심히 옳습니다. 먼저 동오에게 양보하여 취하게 하고 뜻대로 되지 않으면, 주공께서 취하게 하신다니 어찌 불가한 일이 있겠습니까?"

한다.

주유는 노숙과 함께 현덕과 공명에게 하직하고 말을 타고 왔다.

현덕이 공명에게 묻기를,

"아까는 선생이 유비에게 이렇게 대답하라 해서 했소만, 그러나 말하고 나서 생각하니 사리에 맞지 않는 것 같소이다. 나도 지금 곤궁한 세여서 발을 붙일 데가 없는데, 남군을 취한다면 용신이나 할 수 있는 것이 아니오. 만약에 먼저 주유가 취해 버리면 그 성지는 동오의 것이 될 터인데, 어찌 얻을 수 있겠소이까?"

하니, 공명이 웃으면서 묻기를

"애초에 저는 주공께 형주를 취하자 하였는데 듣지 않으시더니, 오늘에 와서 갑자기 탐을 내십니까?"

한다.

현덕이 말하기를,

"그곳은 전에 경승의 땅이었소이다. 그래서 차마 취하지 않은 것이외다. 이제는 조조의 땅이 되었으니 그것을 취하는 것이 합당하지 않습니까?"

하니, 공명이 말하기를

"주공께서는 염려하지 마십시오. 주유가 힘껏 싸우고 나면 머지않아 남군의 성에 높이 앉아 계시게 될 겁니다."

하거늘, 현덕이 묻기를

"계책이 있소이까?"

하매, 공명이 귀에 대고

"이리이리 하십시오."

하거늘, 현덕이 크게 기뻐하며 강구에 주둔했던 군사들을 움직이지 않았다.

한편, 주유와 노숙은 영채로 돌아갔다.

노숙이 묻기를,

"도독께서는 어찌해서 현덕에게 남군을 취하라 하셨습니까?"

하니, 주유가 말하기를

"내가 손끝만 놀리면 남군을 얻을 수 있는데 짐짓 인정을 써 본 것이오."

한다.

장막에 있던 장수에게 묻기를,

"누가 먼저 가서 남군을 취하겠느냐?"

하니, 한 사람이 소리를 내며 나오니, 이는 장수 장흠이었다.

주유가 말하기를,

"자네가 선봉이 되고 서성·정봉을 부장으로 삼아, 5천 정예 군마들을 이끌고 먼저 강을 건너게. 내가 그 뒤를 따라 접응하겠네."

하였다.

이때, 조인은 남군에 있으면서 조홍에게 이릉을 지키라고 부탁하고, 함께 기각지세를2) 이루었다.

그때, 보고가 들어왔는데

"오군이 먼저 한강을 건넜습니다."

한다. 조인이 말하기를,

"성을 굳게 지키고 싸우지 않는 것이 상책이다."

하였다.

한편, 효기 우금이 분연히 나서며 말하기를,

"적병이 성 아래 이르렀는데, 나가 싸우지 않으면 이는 비겁한 일입니다. 하물며 우리 군사들은 최근에 싸움에 졌기 때문에, 다시 한 번 기세를 떨치게 해야 합니다. 제게 5백의 군사만 주시면 한 번 싸워 보겠습니다."

하거늘, 조인이 그의 말을 따랐다.

우금이 5백 군사들을 이끌고 출전하자, 정봉이 말을 몰아 나가 맞았다. 싸움이 약 4, 5합쯤 되자 정봉이 거짓 패해 달아나매, 우금이 군사들을 이끌고 급히 쫓아 진문에 들어갔다. 정봉은 군사들을 지휘하여 우금을 진중에서 포위하고, 좌우에서 공격하게 하였다. 우금은 좌충우돌 하였으나 포위망을3) 뚫을 수가 없었다.

조인이 성 위에 있으면서 우금이 포위된 것을 보고, 마침내 갑옷을 입고 말에 올라 휘하장사 수백 기를 이끌고 성에서 나가 칼을 휘두르

---

2) 기각지세(掎角之勢) : 앞 뒤에서 적을 견제할 수 있는 태세. [左傳 襄公十四年]「譬如捕鹿 晋人角之 諸戎掎之」. [北史 爾朱榮傳]「曾啓北人 爲河內諸州欲爲掎角勢」.

3) 포위망[困在垓心] : 적에게 포위됨. [水滸傳 第八三回]「徐寧与何里奇搶到垓心 交战 兩馬相逢 兵器并擧」. [東周列國志 第三回]「鄭伯困在垓心……全无俱怯」. [中文辭典]「謂在圍困之中也 項羽被圍垓下 說部中所用困在垓心語 或卽本此」.

며 오군의 진영으로 짓쳐 나갔다. 서성이 나가 맞아 싸웠으나 막아낼 수가 없었다. 조인은 포위망을 향해 짓쳐 나가 우금을 구출하고는 돌아보니, 아직도 수십 기가 적진 속에 있었다. 그러자 다시 돌려 짓쳐 들어가서 여러 겹의 포위를 뚫고 저들을 구출하였다. 막 나서려는데 장흠이 내달아서 길을 막자, 조인과 우금이 힘을 다해 싸웠다.

조인의 아우 조순(曹純) 또한 병사들을 이끌고 와서 접응하였다. 양군이 혼전하다가 오군이 패주하자, 조인은 승리를 거두고 돌아왔다. 장흠은 패하여 돌아가 주유를 뵙자 주유는 노해서 저를 참하려 하였으나, 여러 장수들이 빌어서 겨우 이를 면하였다.

주유는 즉시 병사들을 점고하고 직접 조인과 싸우기로 하자, 감녕이 말하기를

"도독께서는 서두르지 마십시오. 이제 조인은 조홍에게 이릉을 지키게 하여 기각의세를 이루고 있습니다. 제가 3천의 정병을 이끌고 곧 이릉을 취하면, 도독께서는 그 후에 남군을 취하소서."

하거늘, 주유는 그 이론대로 먼저 감녕에게 3천의 정병을 주어 이릉을 공격하게 하였다. 얼마 안 되어 세작의 보고를 듣고, 조인은 진교(陣矯)와 의논하였다.

진교가 권유하기를

"이릉을 잃게 되면 남군 또한 지킬 수 없습니다. 마땅히 가서 저를 구해야 합니다."

한다. 조인은 마침내 조순과 우금에게 몰래 병사들을 이끌고 가서 조홍을 구하라 하였다.

조순은 먼저 사람을 보내 이를 조홍에게 알리고 성에서 나와 적을 유인하게 하였다. 감녕이 군사들을 이끌고 이릉에 이르니 조홍이 나가 감녕과 싸웠다. 싸움이 20여 합에 이르자 조홍이 패주하였다.

감녕은 이릉을 빼앗았으나, 황혼 무렵에 조순과 우금의 군사들이 이르러 두 사람이 서로 협력하여 이릉을 포위하였다. 탐마가 나는 듯이 주유에게 보고하기를, 감녕이 이릉의 성중에서 곤경에 처해 있다고 하자, 주유는 크게 놀란다.

정보가 권유하기를,

"급히 군사들을 나누어 저를 구해야 합니다."

하자, 주유가 말하기를

"이곳은 정말 중요한 요충지라 만약에 군사들을 나누어 구하러 가면, 오히려 조인이 군사들을 이끌고 기습할 것인데 그러면 어찌하겠소?"

하니, 여몽이 묻기를

"감흥패는 강동의 장수인데 어찌 구하지 않습니까?"

하거늘, 주유가 또 묻는다.

"내가 직접 가서 저를 구하고 싶지만 여기를 누구에게 맡기면 좋겠소. 내 임무를 대신 맡길 사람이 누구면 좋을까?"

하였다.

여몽이 대답하기를,

"능공속(凌公績)을 남겨 맡기시지요. 제가 먼저 가고 도독께서는 뒤를 끊으시면, 열흘이 지나지 않아 반드시 개가를 올릴 수 있을 것입니다."

하자, 주유가 말하기를,

"능공속이 즐겨 내 임무를 대신할까 알지 못하겠소."

하니, 능통이 대답하기를

"만약 10일을 기한으로 하면 일을 감당할 수 있으나, 10일 후는 그 일을 감당할 수 없습니다."

하였다. 주유가 기뻐하며 1만여 군사들을 남겨 능통에게 부탁하고는 곧, 군사를 크게 일으켜 이릉에 투입시켰다.

여몽이 주유에게 말하기를,

"이릉의 남쪽은 궁벽진 산길이어서 남군을 취하기 아주 편합니다. 5백여 군사를 시켜 나무를 베어내서, 써 길을 끊으십시오. 만약에 저편에서 패한다면 필시 이 길로 도망할 것입니다. 말은 갈 수가 없으니 틀림없이 말을 버리고 달아날 것입니다. 그때 우리들은 저들의 말도 얻을 수 있을 것입니다."

하거늘, 주유가 그의 말대로 군사들을 그리로 보냈다.

대병이 바야흐로 이릉에 이르자, 주유가 묻기를

"누가 포위망을 뚫고 돌입해서 감녕을 구하겠느냐?"

하니, 주태가 가기를 원해 곧 칼을 빼들고 말을 몰아, 군중으로 짓쳐 들어가 성 아래 이르렀다. 감녕은 주태가 오는 것을 보고 있다가, 직접 성을 나가 저를 맞았다.

주태가 말하기를,

"도독께서 직접 군사들을 이끌고 오셨소이다."

하니, 감녕이 영을 내려 군사들에게 장비를 잘 갖추게 하고 배불리 먹여 내응할 준비를 시켰다.

이때, 조홍·조순·우금 등은 주유가 병사들을 이끌고 왔다는 소식을 듣고 먼저 사람을 시켜 조인에게 알리게 하고, 한편으로는 병사들을 나눠 적을 막게 하였다. 오병이 도착하자 조병은 저들을 맞았다. 서로 어우러져 싸우는데 감녕과 주태가 길 양쪽에서 짓쳐 오자, 조방은 큰 혼란에 빠지고 오병들은 사방에서 엄살하였다. 조홍·조순·우금 등은 과연 소로로 달아났다. 나무가 어지러이 쓰러져 길을 막아 말을 타고 갈 수가 없자, 다 말을 버리고 달아났다. 그때 오나라 군사들은 5백여 필의 말을 얻었다.

주유는 군사들을 몰아 밤을 도와 급히 남군에 도착하니, 조인의 이릉을 구하러 오는 군사들과 마주쳐 혼전이 일어났다. 날이 이미 저물자 각기 군사들을 수습하였다. 조인은 성중으로 돌아와서 여러 장수들과 의논하였다.

조홍이 묻기를,

"현재 이릉을 잃어 대세가 위급한 때에 어찌해서 승상의 계책을 뜯어보지 않습니까? 그 계책으로서 이 위기에서 벗어날 수 있지 않겠습니까?"

하매, 조인이 말하기를

"너의 말이 정말 옳다."

하고는, 마침내 편지를 뜯어보고 크게 기뻐하며, 곧 영을 전해

"5경에 밥을 먹고 날이 밝자 마자 대소 군마들이 다 성을 버리게 하라. 그리고는 성 위에 기를 꽂고 허장성세4)를 부리게 하고, 군사들은 나누어 세 문으로 나뉘어 나가라."

하였다.

한편, 주유는 감녕을 구하고 병사들에게 남군 성 밖에 진을 치게 하였다. 주유는 조조의 군사들이 세 문으로 나오는 것을 장대에 올라가 보았다. 성가퀴5) 주변에는 허세로 기만 꽂혀 있을 뿐 지키는 사람이 없었다. 또 군사들은 허리에 각기 포대를 묶고 있었다.

주유는 속으로 조인이 필시 먼저 달아날 준비를 하고 있다고 생각하고는, 마침내 장대에서 내려와 호령하기를

"좌·우익 양군으로 나누어 공격한다! 만일에 선발부대가 승리를 거

---

4) 허장성세(虛張聲勢) : 실속은 없으면서 허세로만 떠벌림. [元曲選 鴛鴦被]「這厮倚特錢財 虛張聲勢」. [紅樓夢 第六十八回]「命他託察院 只要虛張聲勢 驚嚇而已」.

5) 성가퀴[女牆] : 성 위에 요철(凹凸)지게 쌓은 낮은 담으로 활 쏘는 구멍이 있어서, 병사들은 여기에 몸을 숨기고 적을 쏠 수 있음. [杜甫 詩]「樓高望月牆」.

두거든, 징을 칠 때까지 앞만 보고 추격하라. 징이 울려야만 물러설
수 있다."
하였다.

그리고 정보에게 후군을 독려하게 하고, 주유 자신이 직접 군사들
을 이끌고 성을 취하였다. 적진에서 북소리가 크게 일더니 조홍이 말
을 타고 나와서 싸움을 돋웠다. 주유가 직접 문기 아래 이르러 한당에
게 나가 싸우게 하였다.

한당과 조홍의 싸움이 30여 합에 이르자 조홍이 패하여 달아났다.
조인은 스스로 나와 싸우니, 주태가 말을 이끌고 나와 맞았다. 10여
합을 싸워 조인이 패주하자 진세가 어지러워졌다. 주유가 좌우익군을
이끌고 추살하며 나오니 조군이 대패하였다.

주유는 직접 군사들을 이끌고 추격하며 남군 성 아래 이르렀다. 조
인의 군사들은 다들 성으로 들어가지 않고 서북쪽을 바라고 달아났
다. 한당과 주태가 전부군을 이끌고 급히 좇아갔다. 주유가 보니 성문
이 활짝 열려 있고 사람들이 없었다. 마침내 주유는 성을 뺏으리라
하고 먼저 수십 기로 하여금 들어가게 하였다. 주유는 뒤에서 달리는
말에 채찍을 치며6) 직접 옹성으로7) 들어갔다.

진교가 적루 위에서 주유가 직접 성으로 들어오는 것을 보고는, 속으
로 '승상의 계책이 귀신같구나!' 하며 방짜를8) 치자, 양쪽의 궁수들이

---

6) 달리는 말에 채찍질 치며[縱馬加鞭]:「주마가편」(走馬加鞭). 달리는 말에
채찍을 침. [資治通鑑 漢紀]「昭帝 元鳳元年 多齎金寶走馬 賂遺蓋主傑弘羊等
(注) 師古曰 走馬 馬之善走者也」. [荀子 王制]「北海則有走馬以犬焉」.

7) 옹성(甕城): 월성(月城). 성문 밖 월장(月墻). [元史 順帝紀]「詔京師十一門
皆築甕城 造弔橋」. [武備志]「甕城 大城外之小城也」.

8) 방짜(梆子): 박자를 맞추기 위하여 쓰던 박자목. [南皮梆子尤著]「河南梆子
山東梆子之不同」. [水滸傳 第二回]「梆子一響 時誰敢不來」.

활을 쏘아 마치 화살이 비 오듯하였다. 먼저 성으로 들어가려고 다투던 사람들은 파 놓은 구덩이에 빠져 죽었다. 주유가 급히 말고삐를 돌릴 때에, 왼쪽 갈비뼈에 화살을 맞고 몸을 뒤채며 말에서 떨어졌다. 우금이 성에서 나와 그를 잡으려 하자 서성과 정봉 두 사람이 목숨을 걸고 저를 구해 갔다. 성 안에서 조인의 군사들이 뛰쳐나오자, 오나라의 군사들은 서로 짓밟히고 갱함에 떨어져 죽는 자가 무수하였다.

정보가 급히 군사를 수습하려 할 때에, 조홍과 조인 등이 군사들을 나누어 양쪽에서 몰아치니 동오의 군사들은 대패하였다. 다행히도 능통이 한 떼의 군사들을 이끌고 한쪽에서 짓쳐 와서 조인의 병사들을 막았다. 조인은 승병을 이끌고 성으로 들어갔고, 정보는 패군을 수습하여 영채로 돌아왔다. 정봉과 서성 두 장수는 주유를 구해가지고 장막에 이르자, 군의를 불러 쇠집개로 화살촉을 빼게 하고는 상처에 금창약을[9] 바르게 하였으나, 매우 아파서 식음을 전폐하였다.

의원이 말하기를,

"이 화살촉에는 독이 있어서 속히 낫기가 어렵습니다. 만약에 노기로 충격을 받으면 상처가 재발할 것입니다."

하자, 정보는 삼군에 급히 영을 내려 영채를 사수하고 경거망동하지 말라 하였다. 3일 후에 우금이 군사들을 이끌고 와서 싸움을 돋우었으나, 정보는 일절 병사를 움직이지 않았다.

우금은 매일 욕설을 퍼붓다가 날이 저물어서야 돌아가고, 다음 날또 와선 꾸짖으며 싸움을 돋우었다. 정보는 주유가 화를 낼까 두려워알리지 못하였다.

---

9) **금창약(金瘡藥)**: 금창에 바르는 약. 금창산(金瘡散). 「금창」(金瘡)은 칼이나 화살 등 금속의 날에 다친 상처. [六韜 龍韜 王翼]「方士三人主百藥 以治**金瘡**」. [晉書 劉曜載記]「使**金瘡**醫李永療之」.

셋째 날 우금이 성문 밖에 또 와서 큰 소리로 꾸짖는데, 소리마다 주유를 잡으라 하였다. 정보는 여러 장수들과 의논하기를 잠시 퇴병하여 돌아가 오후를 뵙고 나서 다시 오기로 하였다.

한편, 주유는 상처를 앓고 있으면서도 마음속에는 자기 나름의 생각이 있었다. 조조의 군사들이 영채 앞에 와서 큰 소리로 꾸짖으며 욕설을 퍼붓고 있음을 알고 있는데도, 여러 장수 중에서 와서 고하는 사람이 없었다.

하루는 조인이 직접 대군을 이끌고 와서, 북을 치고 함성을 지르며 싸움을 돋우었다.

정보는 장수들을 못 가게 하였는데, 주유가 장수들을 장막 안으로 불러들여서, 묻기를

"어디서 저렇게 함성이 들리느냐."

하였다.

장수들이 말하기를,

"군중에서 사졸들이 훈련하는 소리입니다."

하자, 주유가 노하면서 묻기를

"어찌 나를 속이려는 게요! 내 이미 조조의 군사들이 늘 우리 영채 앞에 와서 욕지거리를 하고 있음을 알고 있소이다. 정덕모가 병권을 손에 넣고 있는데 무엇 때문에 이를 좌시하고 계시오?"

하거늘, 마침내 그를 청해 들여 물었다.

정보가 대답하기를,

"내 보기에 공근께서 병이 나셔서 의원이 화가 나지 않게 하라기에, 조병이 와서 싸움을 돋우어도 알리지 않았습니다."

한다.

주유가 다시 묻기를,

"여러분이 싸우지 않겠다면 어찌하실 작정이시오?"

하거늘, 정보가 대답하기를

"여러 장수들이 다 잠시 강동으로 돌아가 공의 상처가 회복되기를 기다렸다가 다시 처리하자고 합니다."

하였다.

주유가 듣고 나서 병상에서 분연히 일어나며,

"대장부가 이미 군록을 먹었으니 마땅히 싸움터에서 죽을 것이오. 말의 가죽에 시체를 말아 돌아갈 수 있다면[10] 그것은 실로 다행한 일이외다. 어찌 나 한 사람을 위해 국가의 큰일을 그르칠 수 있소이까?"

하고 말을 마치자, 곧 갑옷을 입고 말에 오른다.

여러 장수들이 놀라지 않는 이가 없었다. 마침내 수백 기를 이끌고 영채 앞에 나아가 바라보니 조조의 군사들이 이미 진을 펼치고 있었다.

조인은 직접 말을 타고 기문 아래 서서 채찍을 휘두르며, 큰 소리로 꾸짖기를

"주유, 이 어린애 같은 놈아, 필시 횡사해서 다시는 우리 병사들을 보지 못할 것이다."

하며 계속 욕을 한다.

주유가 여러 기병 속에서 뛰쳐나와,

"조인, 이놈 필부야![11] 주랑이 여기 있으니 보아라."

한다. 조군이 저를 보고는 다 크게 놀랐다.

---

10) 말의 가죽에 시체를 말아 돌아갈 수 있다면[馬革裏屍還] : 전장에서 전사자가 말가죽에 싸여 돌아와 장사를 치른다는 뜻으로 '전장에서의 죽음을 자랑스러워 함'의 비유임. [後漢書 馬援傳]「援請擊匈奴曰 男兒當效死於邊野 以**馬革裏尸還葬耳**」.

11) 필부(匹夫) : 평범한 사람. 「필부필부」(匹夫匹婦). [孟子 萬章篇 下]「思天下之民 **匹夫匹婦** 有不與被堯舜之澤者 若己推而內之溝中 其自任天下之重也」.

조인은 여러 장수들을 돌아보며,

"더 크게 저놈을 욕해 주어라!"

하자, 여러 군사들이 소리를 높여 욕을 해댔다.

주유는 크게 노하여 반장에게 나가 싸우게 하였다. 그러나 싸움이 시작되기도 전에 주유는 문득 큰 소리를 지르며, 입으로 피를 토하고 말에서 떨어졌다. 조인의 군사들이 충살해 오자, 여러 장수들이 나가 막으며 혼전이 이는 속에서 주유를 일으켜 장중으로 돌아왔다.

정보가 묻기를,

"도독께서는 좀 어떠시냐?"

하니, 주유가 정보에게 은밀히 이르기를

"이는 나의 계책이오."

하거늘, 정보가 다시 말하기를

"어떻게 하실 생각이십니까?"

하고 물으니, 주유가 대답하기를

"나는 지금 그리 아픈 데는 없는데 내가 이렇게 한 까닭은, 조인의 병사들이 내가 중병에 든 것으로 알도록 저들을 속이고 있는 것이외다. 이제 믿을 만한 군사들을 성중에 보내 거짓 항복하게 하고 내가 죽었다고 말하게 하시오. 오늘 밤에 조인이 필시 와서 영채를 겁박할 것이외다. 내가 사방에 군마들을 매복시켰다가 저들을 응대할 것이오. 그렇게 한다면 조인을 단번에 사로잡을 수 있을 것이외다."

한다.

정보가 동의하며 말하기를,

"참으로 묘책입니다."

하고는, 장막에 내려가 슬피 울었다. 여러 군사들이 크게 놀라고 있을 때에 주유가 병세가 크게 도져 죽었다고 알리고, 각 영채에다 군사들이 모두 상복을 입게 하라 하였다.

한편, 조인은 성중에서 여러 사람들과 의논하기를, 주유가 노기가 치밀어 올라 금창이 터져서 입으로 토혈을 하고 말에서 떨어졌으니, 머지않아 죽을 것이라고 말하고 있는데 마침 급보가 왔다.

"오의 영채 안에서 수십 명의 군사들이 항복해 왔으며, 그 중 한 사람은 원래 조조의 병사로 전에 잡혀갔던 사람이라고 한다."

는 것이었다. 조인은 바삐 불러들여 저들에게 물었다.

그 군사가 말하기를,

"오늘 주유가 진 앞에서 금창이 터져 영채로 돌아갔으나 곧 죽었습니다. 지금 여러 장수들이 다 상복을 입고 슬퍼하고 있습니다. 우리들은 다 정보 장군에게 욕을 당해서 특별히 항복하여 이 소식을 알리는 것입니다."

한다.

조인은 크게 기뻐하며 즉시 의논하되, 오늘 밤 곧 영채를 겁략하여 주유의 시신을 빼앗아 그 수급을 베어서 허도로 보내기로 하였다.

진교가 권유하기를,

"이 계책은 빨리 해야지 늦으면 잘못될 것이외다."

하자, 조인은 드디어 우금에게 명하여 선봉을 삼고 직접 자신이 중군이 되고 조홍과 조순을 함께 후군을 삼고,[12] 진교에게 남은 군사들을 거느리고 성을 지키게 하고는 그 나머지는 모두 동원하였다. 초경이 되자 성을 나가 지름길로 주유의 대채에 투입하였다.

그러나 주유의 영채 앞에 왔으나, 사람 하나 보이지 않고 창과 기만 꽂혀 있었다. 정황으로 미루어 계책에 빠진 줄 알고 급히 서둘러 퇴군하

---

12) **후군을 삼고[合後]** : 선봉(先鋒)에 대칭되는 군직(軍職).

려는데, 사방에서 방포소리가 일제히 났다. 그리고 동편에서는 한당과 장흠이 짓쳐 나오고 서편에서는 주태와 반장이, 남쪽에서는 서성과 정봉이 짓쳐 나오고 북쪽에서는 진교와 여몽 등이 충살해 왔다.

조홍의 군사들은 대패하고 삼로의 군사들은 다 잡히거나 흩어져 수미가 서로 접응하지 못하였다. 조인은 겨우 10여 기만 이끌고 죽기로써 포위망을 뚫고 나오다 조홍을 만나 겨우 패잔군만을 이끌고 함께 달아났다. 5경 무렵까지 달아나 남군이 멀지 않게 되었는데 방포소리가 나더니, 능통이 또 일지군을 이끌고 가는 길을 막고 나서며 길을 끊고 짓쳐 왔다.

조인은 군사들을 이끌고 옆으로 달아나다가, 다시 감녕을 만나 한바탕 곤경을 치렀다. 조인은 감히 남군으로 돌아가지 못하고, 양양의 큰 길을 따라 갔다. 오군은 1마정까지 급히 쫓아오다가 돌아갔다.

주유와 정보는 군사들을 수습하여 남군의 성 아래 이르렀다. 성 위에 깃발이 가득하고 적루 위에서 한 장수가 나서서,

"도독께서는 용서하소서! 내가 군사의 장령을 따라 이미 성을 접수했습니다. 나는 상산 조자룡입니다."

한다.

주유는 크게 노하여 곧 성을 공격하라 말하였다. 그리고 의논하여 감녕에게 수천의 군마를 이끌고 가까운 형주를 취하게 하였다. 또, 능통에게는 수천의 군마를 이끌고 양양을 취하라 하였다. 그런 뒤에 다시 남군을 취해도 늦지 않다고 생각하였다.

그러고 있는 사이에 문득 탐마가 와서, 보고하기를

"제갈량이 직접 남군을 취하자, 즉시 조인의 병부를 가지고 밤을 도와 형주를 지키고 있는 군사들에게 남군을 구하러 오라한 사이에, 장비를 시켜 형주를 급히 점령해 버렸다 합니다."

하였다.

또 한편 탐마가 와서 아뢰기를,

"하후돈은 양양에 있다가 제갈량이 보낸 병부를 가지고 온 사람이 조인이 구원을 청한다고 거짓 유인해 군사를 이끌고 나가자, 곧 관운장에게 양양을 취하라 하여 두 곳 다 전혀 힘도 써 보지 못하고 유현덕에게 복속되었습니다."

한다.

주유가 묻기를

"제갈량은 도대체 어떻게 병부를 얻었단 말이냐!"

하자, 정보가 말하기를

"그가 진교를 잡았을 터이니 병부는 자연 얻을 수 있을 것입니다."

하니, 주유가 큰 소리를 치다가 정말 금창이 찢어졌다.

이에,

> 몇몇 성지들이 본래 내 분복이 아닌 것을
> 한바탕 애쓴 일들이 누구를 위해서인가!
> 幾郡城池無我分
> 一場辛苦爲誰忙!

주유의 생명은 어찌 되었을까. 하회를 보라.

제52회

제갈량은 기지로써 노숙을 물리치고
조자룡은 계책을 써서 계양을 취하다.
　諸葛亮智辭魯肅
　趙子龍計取桂陽.

　한편, 주유는 공명이 남군을 기습하고 또 저가 형주·양양을 기습했다는 소식을 듣고, 어찌 화가 나지 않겠는가?[1] 그 화가 금창을 더욱 상하게 하여 반나절 만에 겨우 깨어났다.

　여러 장수들이 재삼 권하였으나, 주유는 말하기를

"만약에 제갈 촌부를 죽이지 못한다면, 잠시도 내 마음속의 화기를 식힐 수 없소이다. 정덕모는 나를 도와 남군을 공격하여 빼앗아 동오로 환속케 하시구려."

하고, 이야기를 하는 중에 노숙이 이르렀다.

　주유가 노숙에게 말하기를,

"내 기병하여 유비와 제갈량과 더불어 자웅을 결판하고 다시 성지를 빼앗으려 하는데, 자경은 나를 도와주시오."

하니, 노숙이 대답하기를

---

1) 어찌 화가 나지 않겠는가?[如何不氣] : 어찌 성이 나지 않겠는가? 「여하」는 '어떻게 할까 깊이 생각함'의 뜻임. [詩經 秦風篇 晨風]「如何如何 忘我實多」. [書經 堯典]「帝曰俞子聞 如何」.

"안 됩니다. 지금은 조조와 대치하고 있고 그도 성패가 갈리지 않았습니다. 주공께서 지금 합비를 공격하고 있지만 떨어지지 않았습니다.

우리가 서로 병탄하려다가는 오히려 조조에게 빈틈을 보여, 저를 끌어들이게 됩니다. 그렇게 되면 대세가 위험해질 것입니다. 하물며 유현덕은 지난 날 조조에게 후한 은혜를 입었으니, 만약에 급박하게 저를 핍박한다면 성지를 조조에게 바칠 수 있습니다. 그래서 저들이 함께 동오를 공격해 오면, 그것을 어찌하려 하십니까?"

하니, 주유가 묻기를

"우리가 계책을 쓰면서 병마를 잃고 군량을 허비하였는데, 저들이 도모해서 성공하는 것을 보고도 어찌 한스럽지 않소이까?"

하거늘, 노숙이 대답하기를

"공근께서는 참아야 합니다. 제가 현덕을 만나서 설득해 보겠습니다. 만약에 그래도 통하지 않으면 그때 가서 군사들을 동원해도 늦지 않을 것입니다."

하자, 제장들이 모두 말하기를

"자경의 말이 옳습니다."

한다.

이에, 노숙이 종자만 데리고 곧 남군으로 가 성문 아래에서 문을 열라 하였다. 조운이 나와서 물었다.

노숙이 말하기를,

"나는 유현덕께 드릴 말씀이 있어 왔소이다."

하니, 조운이 대답하기를

"내 주군께서는 군사와 함께 형주의 성중에 계십니다."

하자, 노숙은 남군에 들어가지 않고 곧 형주로 달렸다. 형주에 가보니 정기가 질서 있게 꽂혀 있고 군용이 엄숙해 보였다.

노숙이 내심 부러워하면서,

"공명은 비상한 인물이구나!"

하고 있는데, 군사들이 성중에 들어가 노자경이 만나고자 한다고 전하였다. 공명은 성문을 크게 열고 노숙을 관아로 들였다. 인사가 끝나자 빈주가 자리를 잡고 앉았다.

차를 마시고 나자, 노숙이 말하기를

"내 주군 오후와 도독 공근께서 저에게 유황숙께 재삼 뜻을 전하라 하셨소이다. 먼저 조조가 백만 대군을 이끌고 왔을 때 명분은 강남을 친다면서 실제로는 황숙을 도모하려던 것을, 다행히도 동오가 나서서 조병을 쫓아내고 황숙을 구해주셨소이다. 그러니 가지고 있는 형주의 9군을 동오에게 돌려주는 것이 합당한 일입니다.

이제 유황숙께서 위계를 써서 옛날의 형주와 양양을 점령함은 동오로 하여금 헛되이 전량과 군마를 쓰게 하고, 유황숙은 편이 앉아서 이익을 받으려 한 것이니 이치에 어긋나는 일인가 합니다."

하매, 공명이 묻기를

"자경은 고명지사인 줄 아는데 어찌 그 같은 말을 하시는 게요? 상말에도 '물건은 반드시 그 주인에게 돌려주어야 한다.'[2] 하였소이다. 형·양 9군으로 말한다면 이는 동오의 땅이 아니고, 그곳은 유경승의 기업입니다. 내 주군은 유경승의 아우님입니다. 경승께서 비록 돌아가셨지만 그 자제가 아직도 여기 있습니다. 삼촌께서 조카를 돕고 있으니 형주를 취하는 것이 어찌 불가한 일이겠습니까?"

하니, 노숙이 말하기를

---

2) 물건은 반드시 그 주인에게 돌려주어야 한다[物必歸主] : 「물각유주」(物各有主). [蘇軾 赤壁賦]「且夫天地之間 物各有主 苟非吾之所有 雖一毫而莫取」. [北史 張乾威傳]「嘗在塗見一遺囊 恐其主求失 …… 物主來認 悉以付之」.

"만약에 유경승의 아들 유기가 이곳을 점거해서 지금까지 있다면 할 말이 없겠지만, 지금 공의 아드님은 강하에 있어서 이곳에 있지 않으시지 않습니까?"

한다.

공명이 묻기를,

"자경은 공자 유기를 보시고자 하십니까?"

하며, 곧 좌우에게 명하여

"공자님을 모셔오게."

하였다. 곁에 있던 종자들이 병풍 뒤에 가서 유기를 부축해 나왔다.

유기가 노숙에게 말하기를,

"몸이 불편해서 예를 차리지 못하오이다. 자경은 너무 허물 마시구려."

한다. 노숙이 놀라 말을 못한다.

한참 있다가 다시 묻기를,

"공자께서 계시지 않는다면 어찌하시렵니까?"

하거늘, 공명이 말한다.

"공자께서 하루 계시면 하루를 지키고, 만약에 계시지 않게 되면 따로 상의를 해야겠지요."

하니, 노숙이 공명에게 말하기를,

"만약에 공자께서 계시지 않게 되면, 성지를 우리 동오에게 돌려주셔야 합니다."

하거늘, 공명이 대답한다.

"자경의 말씀이 옳습니다."

하고, 마침내 연석을 차려 그를 대접하였다.

연석을 마치자 노숙은 성을 나서서 밤을 도와 영채로 돌아가서, 전후 사정을 자세히 말하였다.

주유가 묻기를,

"유기는 아주 젊은데 어찌 저가 죽기를 바랍니까? 그렇다면 형주는 어느 날에나 돌려받을 수 있겠소이까?"

하자, 노숙이 말하기를

"도독께서는 마음을 놓으세요. 노숙에게 맡겨주시면 형양을 동오에 돌아오게 하겠습니다."

하거늘, 주유가 묻기를

"자경께서 무슨 생각이라도 있으시오?"

한다.

노숙이 이르기를,

"내 보기에 유기는 주색에 빠져 병이 고황에까지3) 들었습니다. 지금 보기에도 얼굴이 수척하고 숨을 가빠하고 피를 토하고 있으니, 반년이 못 가서 그는 틀림없이 죽을 것입니다. 그때 가서 형주를 취하면 유비가 모름지기 핑계를 대지 못할 것입니다."

한다.

주유가 오히려 자신이 분기를 삭이지 못하고 있는데, 문득 손권이 보낸 사신이 이르렀다. 주유가 그 사신을 청해 들였다.

사신이 말하기를,

"주공께서는 합비를 에워싸고 여러 번 공격하였으나 이기지 못하고 계십니다. 그래서 도독께서 대군을 이끌고 돌아와서 병사들을 합비로 보내 서로 돕자 하십니다."

한다.

---

3) **병이 고황에까지[膏肓]** : 「고황지질」(膏肓之疾). 고치기 어려운 병. 「고황지질」(膏肓之疾)·「천석고황」(泉石膏肓). [晋書 樂廣傳]「此腎胸中 當必無**膏肓之疾**」. [唐書 田游巖傳]「臣所謂**泉石膏肓** 烟霞痼疾者」.

주유는 군사를 돌려 시상으로 가서 병을 치료하기로 하고, 정보에게 전선과 병사들을 데리고 합비로 가서 손권을 도우라 하였다.

한편, 유현덕은 형주·남군·양양 등을 얻고 마음속으로 크게 기뻐하며 구원(久遠)의 계책을 의논하고 있었다. 그때 갑자기 한 사람이 나서며 계책을 드렸다. 저를 보니 이적(伊籍)이었다. 현덕은 그와의 지난날 은혜를 감사하여 여러모로 공경하고 있었던 차라 그에게 물었다.

이적이 말하기를,

"형주를 오래 지킬 수 있는 계책을 알려 하시면서, 어찌 어진 선비를 구해 그 방책을 묻지 않으십니까?"

하거늘, 현덕이 궁금해하며 말하기를

"어진 선비가 누구요?"

하니, 이적이 대답한다.

"형양의 마씨(馬氏)는 형제가 다섯인데, 모두가 재명이 있습니다. 막내는 이름이 속(謖)이고 자는 유상(幼常)입니다. 다섯 형제 중에 가장 어진 사람은 눈썹 사이에 흰 눈썹이 있는데 이름은 양(良)이라 하며 자가 계상(季常)입니다. 그래서 마을 사람들 사이에 전하는 말로 '마씨 5형제4) 중 흰 눈썹의 마량이 가장 어질다'5)란 말이 있습니다. 어찌

---

4) 마씨 5형제[馬氏五常]: 마씨의 5형제. 촉(蜀) 마량(馬良)의 형제 다섯 사람은 다 평판이 좋았는데, 형제의 자에 모두 '상'자가 들어 있기에 이르는 말임. [三國志 蜀志 馬良傳]「良 字季常 襄陽宜城人也 兄弟五人 竝有才名 鄉里爲之諺曰 **馬氏五常 白眉最良** 良眉中有白毛 故以稱之」.

5) 흰 눈썹의 마량이 가장 어질다[白眉最良]: 여러 형제 중에서도 눈썹이 흰 마량(馬良)이 가장 어짊. '백미'는 여러 사람 가운데서도 가장 뛰어난 사람을 뜻함. [北史 孫靈暉傳]「訓答詩云 三馬皆**白眉**者也」. [書言故事 兄弟類]「稱人獨出衆者 謂**白眉**」.

이런 사람을 구해서 계책을 의논하지 않습니까?"

한다.

현덕이 마침내 그를 청해 오라 하였다. 마량이 이르자 현덕은 높은 예로 대우하며 형양을 지킬 방책을 물었다.

마량이 대답하기를,

"형양은 사방에서 적의 공격을 받는 곳입니다. 아마도 오래 지키기 어려울 것입니다. 만약 공자 유기에게 이곳에서 병을 치료하게 하시며, 옛 친구들을 불러서 지키게 하시고 표주를 올려 공자를 자사로 삼으셔서 백성들을 안심하게 하시지요. 그런 뒤에 남정에 나서서 무릉·장사(長沙)·계양(桂陽)·영릉 등 4군을 취하시고, 전량들을6) 모아 근본을 삼으시면 그것이 구원지계가 될 것입니다."

하거늘, 현덕이 크게 기뻐하며 묻기를

"4군 중에서 먼저 어느 군을 취하면 좋겠소이까?"

하니, 마량이 권유하기를

"상수의 서쪽에 있는 영릉이 가장 가까우니 먼저 취할 수 있을 것입니다. 그 다음은 무릉을 취하시면 됩니다. 그 후에 상강(湘江)의 동쪽에 있는 계양을 취하고 장사는 그 후에 취하십시오."

한다. 현덕은 마침내 마량을 종사로 삼고 이적은 부사를 삼았다.

공명을 청하여 상의하고 유기를 양양으로 보내고 대신 운장에게 형주로 돌아가게 하였다. 곧 병사를 일으켜 영릉을 취하게 하는데, 장비를 선봉으로 삼고 조운은 뒤에서 합세하여 형주를 지키게 하며 공명과 현덕은 중군이 되니 인마가 모두 1만 5천이다. 그는 운장을 형주에

---

6) **전량(錢糧)** : 전곡(錢穀). 지조(地租). 논밭에 딸린 소득을 제원으로 삼아 매기는 세금. [宋史 職官志]「四夷歸附 則分隷諸州 度田屋**錢糧**之數 以級之」. [唐書 魏徵傳]「修洛陽宮 勞人也 收**地租** 厚斂也 俗尙高髻 宮中所化也」.

남겨 지키게 하고, 미축과 유봉을 시켜 강릉을 지키게 하였다.

이때, 영릉태수 유도(劉度)는 현덕의 군마가 이르렀다는 말을 듣고, 그 아들 유현(劉賢)과 상의하였다.

유현이 말하기를,

"아버지께서는 마음을 놓으세요. 저가 비록 장비와 조운 같은 용맹한 장수가 있습니다마는, 우리의 본주 상장 형도영(邢道榮)은 힘이 만인을 당해낼 수 있으니[7] 저들을 막아낼 수 있을 것입니다."

하거늘, 유도는 마침내 유현과 형도영에게 명하여 만여 군사들을 이끌고, 성에서 30여 리 떨어진 산과 물을 접한 곳에 영채를 세우게 하였다.

이때, 탐마가 와서 보고하기를,

"공명이 직접 군사들을 이끌고 왔습니다."

하거늘, 형도영이 곧 군사들을 이끌고 나섰다.

두 진영의 군사들이 둥글게 진을 치자 형도영이 말을 몰고 나오는데 손에는 개산대부를[8] 휘두르며, 목소리를 높여

"도적이 어찌 감히 우리의 경계를 침범하느냐."

하며 진중을 보니, 황기(黃旗) 한 떼가 나오더니 그 깃발이 갈라지면서 한 척의 4륜거가 나타났다. 그 수레에는 한 사람이 단정하게 앉아있는데, 머리에는 윤건을[9] 쓰고 몸에는 학창의를[10] 입고 손에는 우선

---

7) 힘이 만인을 당해낼 수 있으니[力敵萬人] : 힘이 많이 있는 사람에 맞설 만함. '힘이 아주 셈'을 비유함.

8) 개산대부(開山大斧) : 산림을 개척할 때 쓰는 큰 도끼. [書經 周書篇 顧命]「一免執劉 (疏) 劉蓋今鑱斧 鉞大斧」. [晋書 石季龍載記]「大斧施一丈柯 攻戰若神」.

9) 윤건(綸巾) : 비단으로 만든 두건. [正字通 服飾部]「綸巾 巾名 世傳孔明軍中嘗服之 俗作綸」. [陳與義]「凉氣入綸巾」.

10) 학창의(鶴氅衣) : 학의 털로 만든 웃옷.「학창구」(鶴氅裘). [晉書 王恭傳]「王恭 字孝伯 大原晉陽人…… 嘗被鶴氅裘 涉雪而行 孟昶窺見日 神仙中人也」. [晋

(羽扇)을 들고 있었다.

부채를 들어 형도영을 가리키며 말하기를,

"나는 남양의 제갈공명으로 조조의 백만 군이 내 작은 계략에 한 놈도 살아 돌아가지 못하였다. 너희들은 어찌해서 감히 나를 대적하려 하느냐? 내가 오늘 너희들을 불러서 항복받으려 한다. 어찌 빨리 항복하지 않느냐?"

하거늘, 형도영이 크게 웃으면서

"적벽 싸움에서 조조의 병사들을 물리친 것은 주랑의 계책인데, 네가 어찌해서 감히 와서 지껄이느냐!"

하며, 대부를 휘두르며 공명에게 달려들었다.

공명은 곧 수레를 돌려 진중을 향해 달아나고 진중의 문은 다시 닫혔다. 도영은 곧장 짓쳐 나갔다. 전세는 급히 두 갈래로 나뉘어 달아났다. 도영은 중앙에 황기가 있는 것만 바라보고 거기에 공명이 있으리라 생각하며, 단지 황기만을 급히 쫓아갔다. 산자락을 지나자 황기가 멈춰 서는가 싶더니, 갑자기 가운데가 갈라지고 사륜거는 보이지 않았다.

그러나 그때 한 장수가 창을 꼬나들고 말을 박차고 나와서 큰 소리를 지르며 곧장 도영을 취하려 하였다. 그는 장익덕이었다.

도영은 큰 칼을 들고 맞서서 싸움이 몇 합 못 되어 기력이 빠져 말을 돌려 달아났다. 익덕이 뒤따라 급히 쫓아 오는데, 함성이 진동하며 양쪽의 복병들이 일제히 나왔다. 도영은 죽기로 뚫고 나가는데 앞에서 한 장수가 길을 막고 나섰다.

그는 큰 소리로 말하기를,

書 謝萬傳「萬著白綸巾鶴氅裘 履版而前 旣見與帝 共談終日」.

"너는 상산 조자룡을 모르느냐!"

한다. 도영은 적수가 못 될 것이라 생각하고 달아나려 하였으나 딱히 달아날 곳이 없자, 말에서 내려 항복하기를 청하였다. 자룡은 저를 묶어 영채 중에 있는 현덕과 공명에게로 갔다.

현덕은 그를 끌어내어 참하라 일렀으나 공명이 급히 이를 만류하면서, 도영에게 묻기를

"네가 만약에 나를 위해 유현을 잡아온다면, 즉시 너의 투항을 받아주겠으니 하겠느냐?"

하니, 도영이 계속 보내주기를 청하였다.

공명이 다시 묻기를,

"네가 무슨 방법으로 저를 잡겠느냐?"

하매, 도영이 대답하기를

"군사께서 만약에 저를 놓아주셔서 돌아가게 해 주시면, 제가 교언영색으로[11] 속일 방법이 있습니다. 오늘 저녁 군사께서 병사를 이끌고 겁채하시면, 제가 내응하여 유현을 잡아서 군사께 바치겠습니다. 유현을 잡으면 유도는 자진해서 항복할 것입니다."

하거늘, 현덕은 그의 말을 믿지 않았다.

공명이 말하기를,

"형장군의 말은 거짓이 아닙니다."

하며, 드디어 도영을 놓아주어 돌아가게 하였다. 도영은 영채로 돌아와서 그동안 있었던 사실을 유현에게 호소하였다.

유현이 말하기를,

---

11) **교언영색[巧說]** : 「교언영색」(巧言令色). 아첨하느라고 교묘하게 꾸며대는 알랑거리는 태도. [書經 高陶謨]「何畏乎 **巧言令色** 孔壬」. [論語 學而篇]「子曰 **巧言令色** 鮮矣仁」.

"그러면 어떻게 하는 것이 좋겠느냐?"

하거늘, 도영이 대답한다.

"장계취계를[12] 쓰면 됩니다. 오늘 밤에 영채 밖에 복병을 깔아 놓고, 영채에는 거짓 깃발만 세워두고 공명이 오기를 기다려 영채를 겁략하면, 저를 사로잡을 수 있습니다."

하자, 유현은 그 계책을 쓰기로 하였다.

그날 2경이 되자 과연 일표군이 영채 입구에 이르렀다. 각 군사들마다 마른 풀단을 가져와 일제히 불을 질렀다. 유현과 도영이 양쪽에서 군사들을 몰아쳐 나가자, 불을 놓던 군사들은 곧 물러갔다. 유현과 도영의 양군들은 승세를 타고 급히 추격하여 10여 리까지 갔으나 군사들이 보이지 않았다.

유현과 도영은 크게 놀라서 급히 본채로 돌아왔다. 그때까지도 불길은 아직 꺼지지 않고 있고, 영채 중에서 한 장수가 나오는 데 장익덕이었다.

유현은 도형에게 말하기를,

"영채로 가면 안 되니 빨리 공명의 영채를 겁박해야 한다."

며, 회군을 하려 하였다. 10여 리를 못 가서 조운이 일지군을 이끌고 옆에서 나와, 한 창에 도영을 말 아래 떨어뜨렸다.

유현은 급히 말을 돌려 달아나거늘, 배후에 있던 장비가 급히 쫓아와서 말 위에서 저를 잡아 묶어 공명에게로 갔다.

유현이 말하기를,

"형도영이 나에게 이렇게 하자 한 것이고, 나는 본디부터 이럴 생각

---

12) 장계취계(將計就計) : 상대편의 계책을 역이용하는 계책. [中文辭典]「謂就人之計以行之也」. [中國成語]「謂故意依照敵人的計劃來設計 引誘敵人入自己的圈套」.

이 없었습니다."

하거늘, 공명이 풀어주어 옷을 입게 하고 술을 대접하며 놀라움을 진정시키고, 사람을 시켜 성으로 돌아가 아버지를 항복하게 하라 하였다.

만약에 항복하지 않으면 성지를 부수고 모두 목을 매달겠다 하였다. 유현은 영릉으로 돌아가 아버지 유도를 보고, 공명의 사람됨을 자세히 말하고 투항을 권유하였다.

유도는 그의 말을 따라 성 위에 항기(降旗)를 꽂고 성문을 활짝 열어 인수를 들고 성문을 나와 현덕의 영채로 와서 항복했다. 공명은 유도에게 전처럼 태수로 있게 하고, 그의 아들 유현에게는 형주에 가서 군무를 맡게 하였다. 이리하여 영릉에 사는 백성들은 모두 이를 기뻐하였다. 현덕은 입성하여 백성들의 안무가 끝나자 삼군에게 상을 내렸다.

이에, 여러 장수들에게 묻기를

"영릉을 취했으나 아직 계양이 남았으니, 어떻게 취하면 좋겠소?"

하니, 조운이 자리에서 일어나며

"저를 보내주십시오."

한다.

그러나 장비가 분연히 나서면서

"제가 가겠습니다!"

하며, 두 장수가 서로 다툰다.

공명이 말하기를,

"자룡 장군이 먼저 이야길 했으니 가시지요."

하자, 장비가 불복하고 나가버리려 하였다. 공명이 제비를 뽑아서[13]

---

13) 제비를 뽑아서[拈鬮] : 제비를 뽑음. 승부나 차례를 점치는 방법으로 쓰는 물건, 또는 방법. [中文辭典]「今人分析財物 或協同處事 有不易解決者 鬮書字於

뽑는 사람을 보내기로 하였으나 또 자룡이 뽑혔다.

장비가 노하면서 말하기를,

"나는 남의 힘을 빌리지 않고 혼자서 3천의 군사들을 이끌고 가겠소이다."

하거늘, 조운이 단호히 말한다.

"저도 군사 3천만 데리고 가겠습니다. 그래서 성을 얻지 못하면 군령을 달게 받겠습니다."

하거늘, 공명이 크게 기뻐하며 군령장을 들여 놓게 하고는 3천의 정예병을 뽑아 조운을 가게 하였으나, 장비가 불복하거늘 현덕이 꾸짖어 물러가라 하였다.

조운은 3천의 군사들을 이끌고 곧 계양으로 떠났다. 얼마 되지 않아서 탐마가 계양태수 조범(趙範)에게 알리자, 조범은 급히 측근들을 모아서 의논하였다. 관군교위 진응(陳應)과 포융(鮑隆) 등이 병사를 이끌고 출전하기를 원했다. 원래 이들 두 사람은 모두가 계양 산속에서 사냥을 하던 사냥꾼 출신으로, 진응은 비차를14) 쓰고 포융은 일찍이 호랑이를 잡은 인물이었다.

두 사람이 다 용력을 믿고 조범에게,

"유비가 만약 여기 온다면 우리 두 사람이 전부를 맡겠습니다."

하자, 조범이 말하기를

"내 들으니 유비는 대한(大漢)의 황숙이며 또 공명은 계책이 많고, 관우와 장비 등은 극히 용맹하다 하오. 군사를 이끌고 오고 있는 조자룡 또한 당양의 장판 싸움에서 수많은 군사들 속을 무인지경으로 드나들었다 합디다.15) 우리 계양에 군사가 얼마나 되오? 이를 가지고는

紙而卷之 令各取其一 有如猰籤 以馮取決 名曰拈鬮」.

14) 비차(飛叉) : 던지는 삼지창(三枝槍). [說文]「叉 手足甲也 從又象叉形」.

적을 막을 수 없으니 항복해야 합니다."

하거늘, 진응이 이르기를

"내가 출병하여 만약에 조운을 사로잡지 못한다면, 그때 가서 태수에게 항복하라 해도 늦지 않을 것이외다."

하매, 조범은 마지못해 이를 허락하였다.

진응은 3천의 인마를 거느리고 성을 나가 적을 맞았다. 얼마 되지 않아 조운이 군사들을 이끌고 오는 것이 보였다. 진응은 대오를 이루고 진세를 펴놓고 그리고는 나는 듯이 비차를 들고 나갔다.

조운은 창을 꼬나들고 말을 달려 나와, 진응을 꾸짖기를

"내 주공 현덕은 유경승의 아우님이다. 이제 그의 아들 유기를 도와 함께 형주에 계시면서 특별히 백성들을 위무하러 오셨다. 네가 어찌 감히 항거하느냐?"

하니, 진응도 맞서 꾸짖는다.

"우리들은 조승상께 이미 항복하였는데, 어찌 유비에게 순종하겠는가!"

한다.

조운이 크게 노하여, 창을 꼬나들고 말을 몰아 곧장 진응을 취한다. 진응이 비차를 잡고 나와 맞았다. 두 명이 서로 어울려 싸움이 4, 5합에 이르자, 진응은 적대할 수 없다고 생각하고 말을 돌려 달아났다.

조운이 그 뒤를 급히 쫓아가자, 진응은 조운의 말이 가까워지는 것을 돌아보고는 비차를 던졌다. 조운은 비차를 잡아 다시 진응에게 던

---

15) 수많은 군사들 속을 무인지경으로 드나들었다 합디다[如入無人之境] : 마치 사람이 전혀 없는 곳에 들어가는 듯함. '제지하는 사람이 전혀 없음'의 비유. 「무인지지」(無人之地)는 '사람이 거주하지 않는 땅'의 뜻임. [三國志 魏志 鄧艾傳]「艾自陰平道行無人之地七百里」.

졌다. 진응은 급히 피하는데 조운의 말이 이르렀다. 진응을 말 위에서 사로잡아 땅에 던지고 군사들에게 호령하여 포박해 영채로 돌아왔다. 패군들이 흩어져 달아났다.

　조운은 영채에 돌아와 진응을 꾸짖기를,

　"네가 어찌 감히 나를 대적하려 하였느냐! 내 지금 죽이지 않고 너를 놓아 돌아가게 함은, 네가 가서 조범을 설득시켜 일찍이 항복하게 하려는 것이다."

하니, 진응이 사죄하며 쥐새끼처럼 머리를 감싸쥐고16) 성중에 돌아와서 조범에게 그 사실들을 다 말하였다.

　조범이 말하기를,

　"내 본래 항복하려 하였는데, 네가 굳이 싸우자 하여 여기에 이른 것이 아니냐."

하며, 진응을 꾸짖고 인수를 받들며 수십 기를 이끌고 출성하여 대채에 와서 항복하였다.

　조운은 영채에서 나가 저들을 맞아 빈예(賓禮)로써 대하고, 술을 내어 함께 마시며 인수를 받았다.

　술이 몇 순배 돌자 조범이 말하기를,

　"장군께서는 성이 조씨인데 저 또한 조씨입니다. 5백 년 전에는 모두 한 가족이었습니다. 더구나 장군의 고향이 진정(眞定)이신데 저 또한 거기 출신으로 동향입니다. 만약 저를 버리시지 않으시고 형제의 의를 맺었으면 실로 다행이겠습니다."

하거늘, 조운이 크게 기뻐하며 서로 나이를 따져보니 조운과 조범이

---

16) 쥐새끼처럼 머리를 감싸쥐고[抱頭鼠竄] : 매우 두려워하는 모습을 뜻함. 원문에는 '抱頭鼠竄'으로 되어 있음. [漢書 蒯通傳]「常山王奉頭鼠竄 以歸漢王」. [遼史 韓匡傳]「棄我師旅 挺身鼠竄」. [中文辭典]「急逃之意」.

같았다.

그러나 조운이 조범보다 생일이 4개월 빠르므로 조운에게 절을 하고 아우가 되었다. 두 사람은 고향이 같고 나이가 같으며, 또 동성동본이라 서로 뜻이 맞았다. 밤 늦게서 자리를 파하자 조범은 인사를 하고 성으로 돌아갔다.

다음 날 조범이 조운에게 성 안에 들어와 백성들을 안무해 달라고 청했다. 조운은 군사들을 움직이지 않게 하고 다만 50여 기만을 이끌고 성중으로 들어갔다. 성중 사람들이 나와 향을 들고 길에 엎드려 맞는데, 조운은 백성들을 안무하고 나자 조범이 그를 관아로 청해 술을 대접하였다.

술이 흥에 이르자 조범은 다시 조운을 후당의 깊숙한 곳으로 안내하여, 잔을 씻고 다시 술을 마셨다. 조운이 술이 약간 취하자 조범이 갑자기 한 부인을 데리고 들어와 조운에게 술잔을 권했다. 자룡이 그 부인을 보니 몸에 소복을 입었는데, 아주 아름다웠다.[17]

이에 조범에게 묻기를,

"이 여인은 누구인가?"

하니, 조범이 대답하기를,

"저의 형수 번씨(樊氏)입니다."

하거늘, 자룡이 더욱 정중하게 대하였다. 번씨가 술잔을 권하고 나서 일어나자 조범은 그 자리에 앉히려 하였다. 그러나 조운은 사례하고

---

17) 아주 아름다웠다[傾國傾城之色] : 뛰어난 미모 때문에 나라를 기울게 함. 나라를 기울게 할 만한 미인. '뛰어나게 아름다운 미인'을 일컫는 말. [李白 淸平調]「名花傾國兩上歡 常得君王帶笑看」. [白居易 長恨歌]「漢皇重色思傾國 御宇多年求不得」. '경국경성'(傾國傾城). 한 무제(武帝) 이부인(李夫人)의 고사로, '아름다움으로 해서 나라를 망하게 함'의 뜻임. [漢書 外戚 孝武李夫人傳]「北方有佳人 絕世而獨立 一顧傾人城 再顧傾人國 寧不知傾城與傾國 佳人難再得」.

나왔고 번씨는 다시 후당으로 들어갔다.

조운이 말하기를,

"아우님은 왜 하필 형수에게 술잔을 따르게 해서, 나를 번민에 빠지게 하는 게요?"

하니, 조범이 대답하기를

"그동안 연고가 있었습니다. 형님께서는 막지 마세요. 형님이 세상을 버린 지 이제 3년이 되었으나, 형수님을 혼자서 살며 세상을 마치게 할 수는 없었습니다. 제가 늘상 개가를 권했지만, 형수님은 '만약에 세 가지를 모두 갖춘 사람이 있으면 내 개가하겠습니다.

첫째는 문무를 함께 갖추고 있으며 이름이 세상에 들려야 하고, 둘째로 외모가 당당하고 위의가 출중해야 합니다. 끝으로 형님과 같은 성을 가져야 합니다.' 하였는데, 천하에 어찌 그에 딱 맞는 사람이 있겠습니까? 지금 형님께서는 의표가 당당하시고 이름이 세상에 떨치고 있고 또, 죽은 형님과 동성이시니 형수의 말에 아주 부합되기 때문입니다.

만약에 제 형수님의 외양이 싫지 않으시다면, 재산의 반을 주어서라도 장군께 보내고자 합니다. 그래서 오랫동안 친척이 되면 어떻겠습니까?"

한다.

조운이 듣고 크게 화를 내고 일어나며, 목소리를 높여

"내 이미 자네와 형제가 되기로 하였거늘 자네의 형수이면 나에게도 형수님인데, 어찌 인륜을 어지럽히는 일을 하란 말인가!"

하거늘, 조범이 만면에 부끄러운 기색을 띠고

"저는 좋은 뜻에서 말씀드린 것인데, 무례를 저질렀으니 어찌합니까?"

하고, 좌우에 눈짓을 하며 돌아보니 해칠 뜻을 보인다.

조운은 그것을 깨닫고 한 주먹에 조범을 쳐서 넘어뜨리고 곧장 관아를 나서서, 말을 타고 성을 나가 가버렸다. 조범은 급히 진응과 포융에게 상의하였다.

진응이 말하기를,

"저 사람이 화가 나서 가버렸으니 찾아서 싸우는 수밖에 없으이."

하거늘, 조범이 대답하기를

"다만 저와 싸워서 이기지 못할 것이 걱정이네."

한다.

그때 포융이 묻기를,

"우리 두 사람이 거짓 항복하여 저의 진중에 들어가서 있을 터이니, 태수가 급히 군사를 이끌고 와서 싸움을 돋우면 우리 두 사람이 진중에서 저를 사로잡으면 어떻겠는가."

하니, 진응이 말하기를

"반드시 인마와 함께 가게나."

하였다.

포융이 대답하기를,

"5백 정도면 되겠지."

하였다.

그날 밤 두 사람이 5백여 군사들을 이끌고 지름길로 가서 조운에게 투항하니, 조운이 이미 그것이 거짓인 줄 알면서도 저들을 불러들이게 하였다.

두 장수가 장막에 들어가 말하기를,

"조범이 미인계를[18] 써서 장군을 속이고 취하게 하여, 후당으로 들

---

18) 미인계(美人計) : 월왕 구천(句踐)이 오왕 부차(夫差)에게 썼던 계책. [拾遺
記]「西施越女所謂西子也 有絶世之美 越王句踐 獻之吳王夫差 夫差嬖之 卒至傾

어가 죽이려 하였습니다. 그리고 장군의 수급을 조조에게 받쳐 공을
세우려 하였소이다. 이는 의롭지 못한 일이여서 저희 두 사람은 장군
께서 역정을 내고 계신 것을 알고 이렇게 항복하러 왔습니다."

하거늘, 조운은 거짓 기뻐하는 체하며 술을 진탕 먹여 취하게 한 후,
두 사람을 묶어 장중으로 들였다.

그때, 그의 수하에게 물으니 과연 이들이 거짓 항복한 것을 알았다.
조운은 5백의 군사들을 불러 각기 술과 음식을 대접하고는, 영을 전
하기를

"나를 해하려 한 자는 진응과 포용이다. 다른 사람들은 이에 간여하
지 않았다. 내 너희들이 내 계책만 듣는다면 다 후한 상을 내리겠다."

하니, 여러 군사들이 절하며 사례하였다. 항복한 장수 진응과 포용 두
사람을 그 자리에서 참하고는, 급히 5백여 군사들에게 길을 인도하게
하고 조운은 1천의 군사들을 데리고 뒤를 따랐다.

그날 밤을 도와 계양성 아래에 와서 큰 소리로 문을 열라 하니, 성
위에서 듣고는 진응과 포용 두 장군이 죽고, 조운을 죽이고 군사들을
이끌고 돌아와서 태수와 앞으로의 일을 의논하려 한다 하였다. 성 위
에서 불을 밝히고 보니 과연 이들은 저희 군마라 조범이 급히 성을
나왔다. 조운은 좌우를 꾸짖어 그를 사로잡게 하고 성 안으로 들어가,
백성들을 안무하고 현덕에게 보고하였다.

현덕과 공명이 직접 계양에 왔다. 조운이 저들을 영접하여 성으로
들어가서 조범을 계하에 꿇리게 하였다. 공명이 저에게 물으니 조범
이 형수를 조운에게 시집보내려 했던 일을 자세히 말하였다.

공명이 조운에게 이르기를,

國」.[淮南子]「曼容皓齒形姱骨佳 不待傅粉 芳澤而美者 **西施**陽文也」. [韻語陽
秋]「太平實宇記載**西施**事云 施其姓也 是時有東施家 西施家」.

"이 일은 또한 미담이 아니오. 공은 이 일을 어찌 생각하오?"

하니, 조운이 대답하기를

"조범은 이미 나와 의형제를 맺은 사이이니, 이제 내가 그 형수를 처로 취한다면 사람들의 질책을 어찌하겠습니까. 그것이 첫째 이유고, 그 여자가 개가한다면 그로 인해 절개를 잃게 될 것이 둘째 이유이며, 셋째로는 조범이 처음 항복했으니 그 마음을 예측하기 어렵기 때문이외다. 주공께서는 새로 강(江)과 한(漢)을 정하시고 침식조차 불안해하시는데, 제가 어찌 감히 부인을 맞이하여 폐가 되게 할 수 있습니까?"

하거늘, 유비가 말하기를

"오늘 대사는 이미 정해진 것이니 자네가 그녀를 취하는 것이 어떻겠느냐?"

하거늘, 조운이 묻기를

"천하에 여자가 많으나 단지 명예를 세우지 못하고 있음이 걱정일 뿐입니다. 어찌 처자가 없음을 걱정하겠습니까?"

하였다.

"자룡은 참 장부로다!"

하고, 마침내 조범을 풀어주고 영을 내려 계양태수를 삼았으며 조운에게 후히 상을 내리게 하였다.

이때, 장비가 큰 소리로 외치기를

"자룡이 혼자서만 공을 얻는단 말이오! 그래 나는 쓸모없는 사람이랍니까! 내게 3천의 군사만 주면 이 길로 무릉군을 취하고 태수 금선(金旋)을 사로잡아다 바치겠습니다!"

한다.

공명이 크게 기뻐하면서 말하기를,

"익덕이 가는데 방해하지 않으리다. 다만 한 가지 일만 해주시오."

한다.

이에,

> 군사는[19] 승리를 위해 여러 계책을 세우고
> 장수들은 공을 세우기 위해 다투는구나!
>> 軍師決勝多奇策
>> 將士爭先立戰功.

공명이 제시한 한 가지 일이란 무엇일까. 하회를 보라.

---

19) **군사(軍師)**: 군중에서 전략을 짜는 사람. [後漢書 岑彭傳]「彭因言韓歆 南陽
大人可以用 乃貰歆以爲鄧禹**軍師**」.

제53회

관운장은 의로써 황한승을 놓아주고
손중모는 장문원과 크게 싸우다.
　關雲長義釋黃漢升
　孫仲謀大戰張文遠.

　한편, 공명이 장비에게 말하기를

"앞서 자룡이 계양군을 취하러 갈 때에는, 군령장을 두고 갔었으니 오늘 익덕도 무릉을 취하러 가겠으면 반드시 군령장을 들여 놓으시오. 그렇게 하겠다면 병사들을 거느리고 가도 좋소."

하매, 장비는 이를 내어 놓고 기꺼이 3천 군을 이끌고 밤을 도와 무릉의 경계에 이르렀다. 금선(金旋)은 장비가 군사들을 이끌고 왔다는 소식을 듣고는, 장수들을 소집하고 정병과 기계들을 점검하여 성을 나와서 맞았다.

　종사 공지(鞏志)가 간하기를,

"유현덕은 대한의 황숙이며 인의를 천하에 펴고 있는 인물입니다. 더구나 장익덕은 용맹이 뛰어난 비상한 장수요. 맞서 싸울 수 없을 것이니 항복하느니만 못할 것입니다."

하자, 금선은 크게 노하여 말하기를

"네가 적들과 내통하여 내분을 일으키려 하느냐?"

하고, 무사들에게 명하여 내어다 참하라 하였다.

여러 장수들이 고하기를,

"우리 식구들을 먼저 참하는 것은 군사를 운용함에 불리한 것입니다."

하자, 금선이 공지를 물러가라 하고 자신이 직접 군사들을 통솔하고, 성에서 20여 리 떨어진 곳에서 장비와 마주쳤다. 장비는 사모를 빼어들고 말을 타고 서서 금선에게 큰 소리로 꾸짖었다.

금선은 무장들에게 말하기를,

"누가 나가서 싸우겠느냐?"

하였으나, 여러 장수들이 두려워 감히 앞으로 나서는 자가 없었다. 금선이 직접 말을 몰아 칼을 춤추며 나가 맞았다.

장비의 큰 소리 한 마디는1) 마치 뇌성과 같았다. 금선이 실색하여 감히 싸우지 못하고 말을 돌려 급히 달아났다. 장비의 여러 군사들이 뒤따르며 엄살하였다. 금선이 성변에 이르자 성 위에서 화살이 비 오듯 날아왔다.

금선이 보니 공지가 성 위에 서서,

"네가 하늘의 뜻을 따르지 않고 스스로 패망하였구나. 내가 백성들과 함께 유현덕에게 항복하였다."

하고, 말을 마치자 화살을 금선의 얼굴을 명중시키니 말 아래 떨어졌다. 군사들이 그의 수급을 베어 장비에게 바치고, 공지는 성에서 나와 항복을 드렸다.

장비는 공지에게 인수를 드리게 하고 계양에 가서 현덕을 뵈었다. 현덕은 크게 기뻐하며 마침내 공지에게 금선의 직책을 대신하게 하였다.

---

1) 큰 소리 한 마디[大喝一聲] : 꾸짖듯 크게 외치는 한 마디 소리. 본래는 '선문'(禪門)의 한 가지 법임. [水滸傳 第三回]「長老念罷偈言喝一聲 咄 盡皆剃去」. [水滸傳 第五回]「智深大喝一聲 道儞這厮們來來」.

현덕은 직접 무릉에 가서 백성들을 안무하는 일이 끝나자, 운장에게 익덕과 자룡이 각각 한 군씩을 공략했다는 것을 편지로 알렸다.

운장은 이에 회신에서 청하기를,

"장사를 아직 취하지 못하고 있으니 형님께서 이 아우가 부재하다고2) 생각지 않으시면, 제가 이번에 공을 세우게 해 주십시오,"

하거늘, 현덕이 크게 기뻐하며 장비에게 밤을 도와 가서 운장의 형주를 대신 맡게 하고, 운장에게 와서 장사를 취하라 하였다. 운장이 들어가 현덕과 공명을 뵈었다.

공명이 이르기를,

"자룡이 계양을 취했고 익덕이 무릉을 얻을 때에, 모두 3천여 군사들만 이끌고 갔소이다. 이제 장사의 태수 한현의 말은 족히 이를 것이 못되지만, 저에게는 한 장수가 있는데 낙양 사람으로 성이 황(黃)이고 이름이 충(忠)이며 자가 한승(漢升)입니다. 이는 유표의 막하 중랑장으로 그의 조카 유반(劉磐)과 같이 장사를 지키다가 그 후부터는 한현을 섬기고 있소. 비록 지금 나이가 육순에 가까우나 만부부당지용이3) 있으니 경솔히 대해서는 안 됩니다. 운장이 가시더라도 반드시 많은 군마를 이끌고 가야 할 것이외다."

하거늘, 운장이 말하기를

"군사께서는 무엇 때문에 특별히 다른 사람의 예기(銳氣)는 돋우어 주고, 자기의 위풍을 업수이 합니까? 그런 늙은이쯤은 문제 삼을 것

---

2) 부재하다고[不才] : 재주가 모자라거나 없음. [孟子 離婁下]「才也養不才」. [三國志 蜀志 諸葛亮傳]「如某不才 君可自取」. '자신의 재주'를 낮춤의 뜻도 있음. [左氏 成 三]「臣不才 不勝其任」. [左氏 囊十四]「札雖不才」.

3) 만부부당지용(萬夫不當之勇) : 그 누구도 당해낼 수 없는 용맹. 「만부지망」(萬夫之望). [易經 繫辭 下傳]「君子知微知彰 知柔知剛 萬夫之望」. [後漢書 周馮虞鄭周傳論]「德乏萬夫之望」.

이 못됩니다! 제가 3천의 군사들을 쓰지 않고, 본인 휘하의 5백 명의 도수들만 가지고 황충과 한현의 목을 베어 바치겠소이다."

하고, 현덕의 간절한 만류도 듣지 아니하고 단지 5백여 도수들만 데리고 갔다.

공명이 현덕에게 말하기를,

"운장이 황충을 가볍게 여기니 혹여라도 실수가 있을까 걱정입니다. 주공께서 가셔서 접응하시지요."

하거늘, 현덕이 그 말을 따라 군사들을 이끌고 뒤따라 장사로 떠났다.

한편, 장사 태수 한현은 평소에 늘 성미가 급해서 살육을 저지르는 일이 많아, 여러 군사들이 미워하고 있었다. 이때 운장이 군사들을 이끌고 왔다는 소식을 듣고, 곧 노장 황충을 불러 상의하였다.

황충이 말하기를,

"주공께서는 걱정하지 마십시오. 저에게 이 칼과 장궁이4) 있으니, 천 명이면 천 명 다 죽일 것입니다!"

하였다.

원래 황충은 이석(二石)을 드는 힘으로 당겨야 하는 활을 백발백중하는5) 터였다. 말을 마치자 뜰 아래에서 한 사람이 나서며, 큰 소리로 말하기를

"노장군께서 출전하지 않으셔도 됩니다. 제 손으로 관우를 사로잡아오겠습니다."

---

4) **장궁(張弓)** : 이석궁(二石弓). 앞에 붙은 숫자는 활의 강도를 나타내는 단위인데, 보통 궁수가 쏠 수 있는 것은 일석궁(一石弓)임. [儀禮 鄕射禮]「遂命勝者執張弓」. [韓非子 外儲說左 上]「夫工人張弓也 伏檠三旬而蹈弦 一日犯機」.

5) **백발백중(百發百中)** : 쏘는 것마다 다 맞음. [史記 周本紀]「楚有養由基者 善射者也 去柳葉者百步而射之 百發而百中之 左右觀者數千人 皆曰善射」. [戰國策 西周策]「夫射柳葉者 百發百中 而不以善息」.

한다.

한현이 저를 보니 관군교위 양령(楊齡)이었다. 한현이 크게 기뻐하며 양령에게 1천의 군사들을 이끌고 나가라 하니 나는 듯이 성에서 나갔다. 약 50여 리에 이르러서 흙먼지가 일어나는 곳을 바라보니 운장의 군마가 일찍 도착하였다.

양령이 창을 꼬나들고 출마하여 진 앞에 서서 욕지거리를 해댔다. 운장이 크게 노하여 말대꾸를 하지 않고, 말을 달려 나가 칼을 휘두르며 직접 양령을 취하였다. 양령이 창을 꼬나들고 나가 맞았다. 싸움이 3합이 못 되어서 운장의 손이 움직이며 칼을 내리치니 양령이 말에서 떨어졌다. 관우는 패병들을 추살하며 곧장 성 아래까지 이르렀다.

한현이 듣고 크게 놀라서 곧 황충에게 나가 싸우라 하였다. 그리고 자신은 성 위에 올라가서 보고 있었다. 황충이 칼을 들고 말을 달려 5백여 기병들을 이끌고 나는 듯이 적교를 지났다. 운장이 얼핏 보니 한 노장이 말을 달려오는데 곧 황충임을 알았다. 운장은 5백의 도수들을 일렬로 벌여 세우고는, 칼을 빗기 들고 말 위에서 묻기를,

"거기 오는 것이 황충이 아니오이까?"

하니, 황충이 대답하기를

"내 이름을 알면서 어찌 감히 우리의 국경을 범하였느냐!"

한다.

운장이 큰 소리로 말하기를,

"내 특히 너의 목을 얻으려 왔다!"

하며, 말이 끝나자 두 말들이 서로 어울렸다. 싸움이 1백여 합에 이르러도 승부가 갈리지 않았다.

한현은 황충이 실수를 할까 두려워 징을 쳐 군사들을 거두었다. 황충은 군사들을 거두어 입성하였다. 운장 또한 군사를 물려 성에서 10

여 리 떨어진 곳에 하채하였다.

운장은 속으로 생각하기를,

"노장 황충은 그 이름이 헛되이 전하는 게 아니구나.6) 싸움이 1백 합이나 되어도 전혀 빈틈이 없다니. 내일은 반드시 타도계를7) 써야겠구나."

하였다.

다음 날 일찍 조반을 마치고 또 성 아래에서 싸움을 돋우었다. 한현은 성 위에 앉아 있고 황충에게 나가서 싸우게 했다. 황충은 수백 기를 이끌고 적교로 짓쳐 나가 다시 운장과 맞섰다. 또 싸움이 5, 60합에 이르러도 승패가 갈리지 않았다. 양쪽에선 군사들이 갈채를 보냈다. 그때, 운장이 말을 돌려 곧 달아나자 황충이 급히 쫓았다.

운장이 타도계를 써서 찍으려 할 때, 문득 뒤에서 '쿵' 하는 소리가 들렸다. 머리를 돌려 보니 황충의 말이 발을 헛디디어 땅에 무릎을 꿇고 쓰러졌다.

운장은 급히 말을 돌려 세우며 두 손으로 칼을 들어, 큰 소리로 외치기를,

"내 너의 생명을 살려줄 터이니, 빨리 말을 바꿔 타고 와서 싸우자!"

하매, 황충이 급히 말굽을 들고 일어나, 몸을 날려 말에 올라서 성중으로 달아났다.

---

6) 그 이름이 헛되이 전하는 게 아니구나[名不虛傳] : 이름이 헛되이 전해진 것이 아님. 「명불허위」(名不虛謂)는 '이름이 헛되이 전하지 않음'의 뜻. [唐書 魏元忠傳]「元忠始名眞宰……然名不虛謂 眞宰相才也」. [後漢書 仲長統傳]「欲以立身揚明耳 而名不常存」.

7) 타도계(拖刀計) : 칼로 적의 등을 찍는 계책. 패한 체 달아나다가 비껴서면서 추격해 오던 적이 미처 서지 못하는 순간에, 적의 등쪽 어깨를 내리 찍는 계책.

한현이 놀라 그에게 물으니, 황충이 대답하기를

"이 말이 오랫동안 싸움터에 나가지 않아서 실수를 했습니다."

하니, 한현이 묻기를

"너의 활은 백발백중인데 어째서 쏘지 않았느냐?"

하매, 황충이 대답하기를

"내일 다시 싸울 때에는 반드시 거짓 패하여 적교까지 유인해서 저를 쏘겠습니다."

한다.

한현이 자기가 타는 한 필의 청마(靑馬)를 황충에게 주었다. 황충은 사례하고 물러나왔다.

황충은 속으로 생각하되,

"운장의 이 같은 의기는 만나기 어려운 일이구나! 저는 나를 죽이지 않고 있으니 내 어찌 차마 저를 쏘겠는가. 만약에 쏘지 않으면 또 장령을 어기게 되는 것이 걱정이고."

한다.

이날 밤에는 주저하며 결단을 못 내렸다. 다음 날 날이 밝자 군사들이 와서 운장이 또 싸움을 돋운다 하거늘, 황충이 성을 나섰다. 운장은 지난 이틀간의 싸움에서 황충을 죽이지 못함을 몹시 초조해 하며 무서운 기세로 황충과 싸웠다. 싸움이 30여 합이 못 되어 황충이 거짓 패하고 달아나거늘 운장이 그를 급히 쫓았다. 황충은 어제 자신을 죽이지 않은 은혜를 알고 차마 관우를 쏘지 못했다. 칼을 허리에 차고 활을 잡고 건성으로 시위 소리만 내었다. 운장이 급히 몸을 돌렸으나 화살은 보이지 않았다. 황충이 또한 빈 활을 당겼다.

운장은 섬광같이 몸을 피했으나 또 화살이 없었다. 운장은 그제서야 황충이 화살이 없어서 쏘지 못하는 줄 알고 마음 놓고 급히 쫓아갔다. 적교에 가까워지자 황충은 다리 위의 탑에서 활에 화살을 멕여 들고 쏘니 운장의 투구꼭지 장식 밑둥에8) 바로 꽂혔다. 그러자 군사들 속에서 일제히 함성이 일어났다.

운장은 크게 놀라서 화살을 띤 채 영채로 도망 왔다. 그제야 황충이 일백 보 밖에서도 버드나무의 잎을 맞출 수 있음을 알았으며, 오늘 그가 단지 투구의 끈을 쏜 것은 바로 어제 그를 죽이지 않은 은혜 때문인 것을 알고, 운장은 군사를 거느리고 물러났다.

황충은 돌아와 성 위에 있는 한현을 보니, 한현은 좌우를 보고 황충을 포박하라고 말했다.

황충이 말하기를,

"나는 죄가 없소이다!"

하매, 한현이 크게 노하며 말하기를

"내 지난 사흘 동안 살펴보았거늘 감히 날 속이려 하느냐! 너는 어제는 힘을 다해 싸우지 않았으니 필시 사심이 있는 것이고, 어제 말에서 떨어졌는데 그가 너를 죽이지 않았으니 서로 짜고 있음이렸다.

오늘은 매번 빈 활의 시위만 당기다가 세 번째 화살이 저의 투구 끈만 맞혔으니, 어찌해서 이를 외통내연이라9) 하지 않겠느냐? 만약에 너를 참하지 않았다가는 반드시 후환이 될 것이다!"

하며, 도부수에게 성문 밖에 끌어내어 참하라 하였다.

여러 장수들이 간하려 하자, 한현이 말하기를

"만약 황충에 대해 말하는 자가 있으면, 곧 같은 죄로 다스리겠다!"

---

8) 투구꼭지 장식 밑둥[盔纓根上] : 투구꼭지 장식 술의 밑둥. [還魂記 牝賊]「閃盔纓斜簇玉釵紅」. [長生殿 合圍]「騙上馬 將盔纓低按」.

9) 외통내연(外通內連) : 안팎으로 연결되어 있음. [唐書 鄭絪傳]「與奸臣外通 恐吉甫勢軋內忌」.

하였다.

　병사들이 억지로 끌고 성문 밖에 이르러 막 칼을 내리치려는 찰나에, 문득 한 장수가 칼을 휘두르며 달려들어 도부수를 찍어 죽이고 황충을 일으켜 구하였다.

　그리고 큰 소리로 말하기를,

　"황한승은 이에 장사의 보장(保障)인데, 지금 한승을 죽이면 이는 곧 장사의 백성들을 죽이는 것이외다! 한현은 잔폭하고 인재를 홀대하니 마땅히 우리들이 같이 저를 죽여야 합니다. 나를 따르기를 원하는 사람은 모두 오시오!"

하거늘, 사람들이 저를 보니 얼굴이 대추처럼 붉고 눈이 별처럼 빛나는데, 곧 의양(義陽)사람 위연(魏延)이었다.

　그는 양양으로부터 급히 유현덕을 따라가다가 미치지 못하자 한현에게 온 사람이었다. 한현은 그를 오만무례하다며 중용하려 하지 않았으므로 이처럼 굴욕을 당하고 있었다. 그날 황충을 구하고 백성들에게 함께 한현을 죽이려고 팔을 걷어부치며 소리치자, 그에 따르는 사람들이 수백 명이나 되었다. 황충은 저들을 말려내지 못하였다.

　위연은 곧 성 위에 올라가 한 칼에 한현을 두 동강을 내고, 말에 올라 백성들을 이끌고 성을 나가 운장에게 항복하였다. 운장은 크게 기뻐하며 마침내 입성하여 안무를 끝내자 황충을 청해서 만나려 하였으나, 황충은 병을 핑계로 나가지 않았다. 운장은 곧 사람을 시켜 현덕과 공명을 청했다.

　한편, 현덕은 운장이 장사를 취하러 가고 나서, 공명과 함께 그를 따라 인마들을 재촉하여 접응하였다. 그러던 중에 청기가 거꾸로 말리고, 까마귀 한 마리가 북쪽에서 남쪽으로 날아오며 세 번을 울며 갔다.

　현덕이 묻기를,

"이는 좋은 일인가 나쁜 일인가?"

하자, 공명은 소매 속에서 점괘를 꺼내면서, 말하기를

"장사는 벌써 얻었소이다. 또한 주공께서는 한 장수를 얻게 되었고 오시(午時) 이후에는 자세히 아시게 될 것입니다."

하였다. 조금 있자 한 소교(小校)가 나는 듯이 소식을 전해왔다. 그 내용은 관우장군은 이미 장사를 취했고, 항장 황충과 위연을 얻었으며 이들은 주공께서 도착하시기만을 기다리고 있습니다 한다.

현덕이 크게 기뻐하며 마침내 장사로 들어갔다. 운장이 맞아들여 청상에 올라가 황충에 관한 일을 자세히 이야기하였다. 현덕은 이에 직접 황충의 집에 가서 청하니, 그제서야 황충이 나와서 한현의 수급을 장사의 동쪽에 장사지내 주기를 청했다.

후세 사람이 황충을 예찬해 지은 시가 있다.

장군의 기개는 높아 높아 하늘까지 닿았건만
백발은 오히려 한남에서 곤하구나.
　將軍氣槩與天參
　白髮猶然困漢南.

죽음에 이르러서도 마음은 원망할 줄 모르더니
항복에 임해 머리 숙임이 오히려 부끄러운가.
　至死甘心無怨望
　臨降低首尙懷慚.

보검은 눈발처럼 찬란해 신용을 드러내고
철기는 바람을 맞으며 싸움터를 그린다.

寶刀燦雪彰神勇

鐵騎臨風憶戰酣.

천고에 길이 빛날 그 이름 사월 날이 없은 채

길이 길이 외로운 달 따라 상담에 비치리라.

千古高名應不泯

長隨孤月照湘潭.

현덕은 황충을 후대하였다. 운장이 위연을 불러 보이자 공명은 도부수들에게 위연을 끌어내어 참하라 하였다.

현덕이 놀라 공명에게 말하기를,

"위연은 공이 있으며 죄가 없는데 군사는 어째서 저를 죽이려 하오?"

하니, 공명이 대답하기를

"그 녹을 받으면서 그 주인을 죽이는 자는 불충이며, 그 땅에 살면서 그 땅을 남에게 바치는 것은 불의입니다. 내 보기에 위연은 뒷통수에 반골이 있습니다.10) 머지않아 틀림없이 모반할 인물이기 때문에 먼저 죽여서 화근을 없애려는 것입니다."

하자, 현덕이 이르기를

"만약에 이 사람을 참한다면, 저를 따라 항복한 군사들이 각자가 위험을 느낄 것입니다. 군사께서 저를 용서해 주시지요."

한다.

공명이 위연을 가리키며 말하기를,

---

10) 뒷통수에 반골이 있습니다[反骨] : 권력에 저항하는 사람. [太平天國 天父下凡詔書]「今有周錫能反骨偏心 串同妖人田朝 內應謀反」. [太平天國 李秀成 諭李昭壽書]「竟不意爾 乃反骨之人」.

"내 오늘 네 생명을 살려줄 터이니 너는 주군을 위해 충성을 다해야 하며, 일절 다른 마음을 먹지 말아야 한다. 만약에 딴 마음을 먹는다면 내 반드시 네 목숨을 취할 것이다."

하니, 위연이 예예 소리를 연신 하면서 물러갔다.

황충은 유현(攸縣)에 한가로이 있는 유표의 조카 유반을 천거하고, 현덕은 그를 돌아오게 하여 장사군의 장령을 시켰다. 네 군이 모두 평정되자 현덕은 군사를 돌려 형주로 와서, 유강구를 고쳐 공안(公安)이라 하였다. 이때부터 전량이 넉넉하고 현사들이 돌아오니, 군마를 4군으로 나누어 애구에 주둔하게 하였다.

한편, 주유는 시상에서 돌아와 병을 치료하고 있으면서 감녕에게 파릉군, 능통에게는 한양군을 지키라 하며 두 곳에 전선을 나누어 주고 영을 기다리게 하였다. 그리고 정보는 남은 장수들을 모아 합비현에 가 있게 하였다. 원래 손권은 적벽싸움 이후부터는 오랫동안 합비에 있으면서, 조조의 군사들과 싸우고 있었다. 크고 작은 전투가 10여번 있었으나 승부를 내지 못하고 있어서, 성 가까이에 영채를 세우지 못하고 50여 리나 떨어진 곳에 주둔하고 있었다.

정보의 군사들이 왔다는 소식을 듣고 손권은 크게 기뻐하며 직접 나가서 군사들을 위로하였다. 부하들이 와서 노자경이 먼저 왔다라고 하자, 손권은 말에서 내려서 저를 기다렸다. 노숙은 황망해서 말에서 뛰어내려 예를 올렸다. 여러 장수들은 손권이 노숙에게 이같이 하는 것을 보고 다 놀라며 이상히 여겼다.

손권은 노숙에게 말에 오르라 하고 고삐를 나란히 하여 걸으며,11)

---

11) 고삐를 나란히 하여 걸으며[竝轡而行] : 말고삐를 나란히 같이 걸음. [湘素雜記]『劉公佳話云 賈島初赴於京師 一日於驢上 得句云 鳥宿池邊樹 僧推月下

은밀하게 말하기를

"내가 말에서까지 내려서 맞은 것이 공에게 영광이 됩니까?"

하거늘, 노숙이 대답하기를

"아닙니다."

한다.

손권이 다시 묻기를,

"그렇다면 어찌 해주면 영광이 되겠소?"

하자, 노숙이 대답한다.

"원컨대 장군께서 위력을 사해에 펴시고 9주를 총괄하여 패업을 이루셔서 저의 이름이 역사에 남게 되면,12) 그때서야 비로소 영광이 될 것입니다."

하매, 손권이 손뼉을 치면서 크게 웃었다.13)

손권은 장중에 돌아와서 큰 연회를 베풀고 전장에서 애 쓴 장병들을 위로하며, 합비를 파할 계책을 의논하였다. 갑자기 장료가 사람을 시켜서 전서를14) 보내왔다는 전갈이 왔다.

손권이 편지를 뜯어보고 나서 크게 노하여,

"장료가 나를 심히 업신여기는구나! 제가 정보의 군사가 왔다는 말

門……吟哦時時引手作 推敲之勢……島具對 所得詩句云云 韓立馬良久 謂島曰 作敲字佳矣 遂與竝轡而歸」. [中文辭典]「竝轡 謂二馬同進也」.

12) 이름이 역사에 남게 되면[名垂竹帛] : 역사에 이름이 길이 빛남. '죽백'은 옛날 종이가 없어 죽간(竹簡)이나 회백(繪帛)에 글씨를 쓴데서 온 말임. 「竹帛 : 書冊·歷史」의 뜻으로 쓰임. [淮南子 本經訓]「著於竹帛 鏤於金石 可傳於人者 其粗也」. [後漢書 鄧禹傳]「垂功名于竹帛耳」.

13) 손뼉을 치면서 크게 웃었다[撫掌大笑] : 손벽을 치며 크게 웃음. 「박장대소」(拍掌大笑). [葛長庚 凝翠詩]「凭欄拍掌呼 天外鶴來一」.

14) 전서(戰書) : 개전한다는 통지서. [中文辭典]「謂對敵軍通知文 戰之文書」.

을 들었으므로 사람을 시켜 싸움을 돋우는구려! 내일은 내가 새 군사들을 쓰지 않고 나가서 내 한바탕 싸울 것이다!"

하고 명을 내려, 그날 밤 5경시분에 삼군은 영채에서 나와 합비를 바라고 진발하게 하였다.

진시쯤에는 모든 군사와 군마들이 반쯤 나가니 조조의 군사들은 이미 도착해 있었다. 양쪽 군사들이 진을 치자 손권은 금으로 된 갑옷과 투구를 쓰고 말을 타고 나서니, 왼쪽에는 송겸(宋謙) 우편에는 가화(賈華) 두 장수가 방천화극을15) 들고 보위한다. 북소리가 세 번 울리자 조조의 진중에서 문이 열리며 삼원대장이 장속을 엄히 하고 나서는데 보니, 중앙엔 장료, 좌편엔 이전이요 우편엔 악진이었다. 장료가 말을 몰아 앞으로 나서며 손권에게 결전을 돋운다. 손권이 창을 잡고 나서려 할 때에, 진중에서 한 장수가 창을 꼬나들고 말을 몰아 나오는데 보니 태사자였다. 장료는 칼을 휘두르며 나와 맞았다. 두 장수가 싸움이 7, 80여 합에 이르러도 승부가 갈리지 않았다.

조조의 진영에서 이전이 악진에게 말하기를,

"저쪽 금투구를 쓴 자가 손권이오. 만약에 손권을 사로잡는다면 족히 83만여 대군들의 원수를 갚게 되는 것이외다."

하고 말이 채 끝나기도 전에, 악진은 말을 몰아 칼을 춤추며16) 곁으로 나서서 곧장 손권을 취하려 하였다. 그것은 마치 한 줄기 전광(電光)과도 같았다. 날듯이 면전에 이르러 손을 들어 칼로 치니, 송겸과

---

15) 방천화극(方天畵戟): 창 모양의 옛날 무기.「화극조궁」(畵戟雕弓). 언월도나 창 모양으로 만든 옛날 무기의 한 가지. [東京夢華錄]「高旗大扇 畵戟長矛 五色介胄」. [長生殿 勦寇]「畵戟雕弓耀彩 軍令分明」.

16) 칼을 춤추며[一口刀]: 칼 한 자루. '일구'는 칼을 셀 때 쓰는 단위임. [晋書 劉曜傳]「獻劍一口」. [戰國 楚策 一]「左右俱曰無有 如出一口矣」.

가화가 황급히 화극을 들어 가로 막았다. 칼이 이른 곳에선 두 자루의 화극이 모두 잘렸다.

송겸과 가화는 빈 자루로 악진의 말머리를 쳤다. 악진이 말을 돌리자 송겸은 군사들 수중에서 창을 뺏어 가지고 급히 쫓아왔다. 이전이 활에 화살을 먹여 송겸의 심장을 향해 쏘자, 화살을 맞고 말에서 떨어졌다. 태사자가 뒤에서 사람이 말에서 떨어지는 것을 보자, 장료를 버리고 와 본진을 바라고 급히 돌아섰다. 장료가 승세를 타고 엄살하며 짓쳐 오니, 오병은 큰 혼란에 빠져 사방으로 달아났다.

장료는 손권을 바라보며 말을 몰아 급히 쫓아왔다. 바라보며 세차게 쫓을 때 일지군이 나타났는데 앞선 장수는 정보였다. 한바탕 짓쳐 손권을 구출하자 장료는 군사들을 수습하여 합비로 돌아갔다.

정보가 손권을 보호하고 대채로 돌아오고, 패군들이 연달아 영채로 돌아왔다. 손권은 송겸이 죽은 것을 보고는 목 놓아 큰 소리로 울었다.

장사 장굉이 말하기를,

"주공께서는 장하신 기운만 믿고 적들을 경시하셨습니다. 군중에서 한심하게 여기지 않은 사람이 없습니다. 장수의 목을 베고 기를 빼앗아서 위세를 떨친다 하여도, 또한 그것은 편장들이 할 일일 뿐 주공께서 하셔야 할 일이 아닙니다.

바라옵건대 맹분과 하육의 용기를[17) 억누르시고 왕패의 대책을[18)

---

17) 맹분과 하육의 용기[孟賁·夏育之勇] : 전국 시대의 용사 맹분과 하육. '맹분'은 물에서는 교룡도 피하지 않고 육지에서는 이리와 호랑이도 피하지 않고 다녔다 함. 「맹분지용」(孟賁之勇). [說苑]「一作孟說 水行**不避蛟龍** 陸行**不避狼虎兕** 發怒吐氣 聲響動天」. [帝王世紀]「秦武王好勇士 齊**孟賁**之徒往歸焉 **孟賁**能生拔牛角」. 「하육」. [史記 范雎傳]「成荊**孟賁**王慶忌 夏育之勇焉而死」. [論衡語增]「是**孟賁夏育**之匹也」.

18) 왕패의 대책[王覇之計] : 왕도와 패도의 계책. '왕도'는 임금이 마땅히 행하

세우셔야 합니다. 또 오늘 송겸이 화살을 맞아 죽은 것은 다 주공께서 적을 가벼이 여긴 때문이오니, 이후부터는 마땅히 보중하셔야 합니다."

하자, 손권이 말하기를

"이는 나의 잘못이로다. 이제부터는 마땅히 고치겠소."

하였다.

얼마 안 되어 태사자가 장막으로 들어왔다. 그는 말하기를

"저의 수하에 한 사람이 있어 성은 과(戈)이고 이름은 정(定)이라 하온데, 장료 수하에서 말을 기르는 마부의19) 동생이랍니다. 그가 죄책을 받은 것에 원혐을 품어 오늘 저녁 사람을 시켜 알려오기를, 불을 들어서 신호를 하면 장료를 찔러 죽이고 송겸의 원수를 갚겠다 합니다. 저에게 군사들을 이끌고 외응을 하게 해 주십시오."

하거늘, 손권이 묻기를

"과정이 어디 있느냐?"

한다.

태사자가 대답하기를,

"이미 혼란 중에 합비로 들어갔습니다. 제게 병사 5천 명을 데리고 가게 해 주십시오."

여야 될 일이고, '패도'는 인의를 가볍게 알고 권모술수만 숭상하는 일을 말함. 그러므로 「왕패의 일」은 '왕도와 패도로써 천하를 제패하는 일'을 가리킴. 「왕도여용수」(王道如龍首). 왕도의 심원함을 용에 비유한 것. [六韜]「夫王者之道 如龍首 高居而遠望 深視而審聽 示其形 隱其情」. 「패자」(覇者)는 패권을 잡아 패도로 세상을 다스리는 사람. [孟子 公孫丑篇 上]「以力假仁者覇 以德行仁者王 又云 覇者之民驩虞如」.

19) **마부[後槽]** : 마부(馬夫)·마정(馬丁). [六部成語 兵部馬夫 注解]「驛站管馬之人」. [福惠全書 莅任部 查交代]「令馬夫騶試 獸醫驗看無病」.

하거늘, 제갈근이 권유하기를

"장료는 계책이 많은 자인데 준비가 되어 있을까 걱정이외다. 괜스런 일을 해서는 안 됩니다."

하니, 태사자는 집요하게 가겠다고 한다.

손권은 송겸의 죽음으로 상심해 있어서 빨리 원수를 갚겠다는 생각으로, 마침내 태사자에게 5천의 병력을 이끌고 가서 외응하게 하였다.

한편, 과정은 태사자와 같은 고향사람이었다. 그날 군중에 섞여서 합비성에 들어가 양마하는 후조를 만나 두 사람이 의논하였다.

과정이 묻기를,

"내 이미 사람 시켜 태사자 장군에게 보고하였으니, 오늘 밤에는 필시 접응할 것일세. 자네는 일을 어떻게 생각하시는가?"

하니, 후조가 말하기를

"이곳은 군중에서 멀리 떨어져 있어서 밤중에 급히 진군하기는 어려우니, 마른 풀 더미에서 불이 일면 자네는 앞에 나서서 성중에서 반란이 일어났다고 큰 소리를 하게. 그때 장료를 찔러 죽이면 남는 군사들은 각자가 달아날 것일세."

하거늘, 과정이 말하기를

"그 계책이 아주 묘책일세!"

하였다.

그날 밤 장료는 승리하고는 성으로 돌아와 삼군을 상주고, 영을 전해 갑옷을 벗고 잠자는 것을 허락하지 않았다.

좌우에서 간하기를,

"오늘은 전승한 기쁜 날이고 오군은 멀리 도망갔는데, 장군께서는 어찌하여 편안히 쉬지 않으십니까?"

하자, 장료가 말하기를

"그렇지 않다. 장수의 도리는 승리했다고 기뻐하지 말고, 패했다 해서 근심하지 않는 것이다. 오히려 오병은 우리가 준비가 없는 것을 알고 허술한 틈을 타고 공격해오면, 어찌 저들에게 응전하겠느냐? 오늘 저녁 방비는 응당 지난 밤에 비해 더욱 신중히 해야 한다."

하였다. 말이 끝나기도 전에 뒤쪽 영채에서 불이 일어나고, 한쪽에서는 반란이 일어났다는 큰 소리가 들리고 보고하는 말이 뒤엉켜 버렸다.

장료는 장막에서 나가 말을 타고 직접 데리고 다니던 장수 10여 명을 불러 길을 막고 서 있었다.

좌우가 말하기를,

"함성이 심히 급한 듯하오니 가서 보아야 할 것입니다."

하거늘, 장료는 이르기를,

"어찌 한 성이 다 배반하겠느냐? 이는 반란을 회책한 자가 있을 것이다. 그렇기 때문에 군사들을 놀라게 하려고 하는 것이니, 난동하는 자는 먼저 참하라!"

한다. 얼마 되지 않아서 이전이 과정과 함께 마부를 잡아왔다. 장료가 그 까닭을 묻고는 말 앞에서 참하였다. 성문 밖에서 징과 북소리가 요란하게 천지를 뒤흔드는 듯했다.

장료가 말하기를,

"이는 오병이 외응하러 온 것이니 장계취계하여 저들을 무너뜨려야 하겠다."[20]

하고, 곧 명령을 내려 성내에서 불을 지르고 군중들이 반란을 일으켰다고 소리치며, 성문을 크게 열고 적교를 내려놓으라 하였다.

---

20) 장계취계하여 저들을 무너뜨려야 하겠다[就計破之] : 장계취계(將計就計)하여 적을 타파함. [中文辭典]「謂就人之計以行之也」. [中國成語]「謂故意依照敵人的計劃來設計 引誘敵人入自己的圈套」.

태사자는 성문이 활짝 열리는 것을 보고, 내변이 일어났다고 생각하고 창을 꼬나들고 말을 몰아 먼저 성내로 들어갔다. 성 위에서 큰 함성이 울리더니 화살을 어지럽게 쏘아댄다. 태사자는 급히 물러났으나 몸에 여러 발의 화살을 맞았다. 뒤에서는 이전과 악진이 짓쳐 나와 오병의 태반이 죽었다. 승세를 타서 곧 오병의 영채에 이르렀으나, 육손과 동습이 짓쳐 나와 겨우 태사자를 구출하였다.

　　조조의 군사들은 돌아갔으나, 손권은 태사자가 몸에 중상을 입자 더욱 슬퍼하였다. 장소가 손권에게 병사를 파하자고 하였다. 손권은 그의 말을 좇아서, 마침내 군사들을 수습하고 배에 올라 남서(南徐)의 윤주(潤州) 땅으로 돌아갔다. 바로 군마를 둔칠 무렵에 태사자의 병이 중해져 손권은 장소를 시켜 문병을 하였다.

　　태사자는 큰 소리로 외치기를

　　"대장부가 난세에 나서 마땅히 삼척검을 차고 불세지공을 세워야 하거늘, 지금 그 뜻을 이루지 못하였으니 어찌 죽겠는가!"

하고, 말을 마치자 숨을 거두었다. 그때 그의 나이 41세였다.

　　후세 사람이 그를 예찬한 시가 있다.

　　뜻을 이루지 못한
　　동래의 태사자여.
　　　矢志全忠孝
　　　東萊太史慈.

　　그 이름 멀리까지 들리고
　　그 무예 짝이 없어라.
　　　姓名昭遠塞

弓馬震雄師.

북해에서 은혜 갚고
신정에서 싸운 그대여.
　北海酬恩日
　神亭酣戰時.

임종시 남기신 말
천고에 더욱 울리네.
　臨終言旺志
　千古共嗟咨.

손권은 태사자의 죽음을 듣고 슬퍼하여 마지않았다. 그리고 명하여 남서의 북고산(北固山) 아래에 후하게 장사지내라 하였다. 그의 아들 태사형(太士亨)을 부중에서 거두어 양육하게 하였다.

한편, 현덕은 형주에 있으면서 군마를 정비하고 있다가, 손권이 합비에서 패하고 이미 남서로 돌아갔다는 소식을 듣고 공명과 앞일을 상의하였다.

공명이 말하기를,

"제가 어제 밤 천문을 보았습니다. 서북쪽에서 유성이 땅에 떨어졌으니, 필시 황족 한 사람이 죽었을 것입니다."

하며 말하고 있는데, 갑자기 공자 유기가 병사하였다고 알려 왔다. 현덕이 그 소리를 듣고 통곡해 마지않았다.

공명이 권유하기를,

"생사는 이미 정해져 있는 것이니, 주공께서는 너무 슬퍼 마세요. 몸이 상하실까 걱정입니다. 또 대사를 처리하려면 급히 사람을 보내 그 성을 지키게 하고, 아울러 장사지낼 생각을 하셔야 합니다."

하였다.

현덕이 묻기를,

"누구를 보내면 좋겠소이까?"

하자, 공명이 권유하기를

"운장을 보내면 될 것입니다."

하거늘, 즉시 운장에게 먼저 가서 양양을 지키라 하였다.

현덕이 묻기를,

"오늘 유기가 죽었소이다. 동오에선 틀림없이 형주를 토벌하려 할 것이니 무어라 대답할까요?"

하매, 공명이 대답하기를

"만약에 사람이 온다면 제가 대답할 말이 있습니다."

한다.

그로부터 반 달이 지나서, 사람이 와서 동오에서 노숙이 조문하러 왔다 하였다.

이에,

먼저 계책을 정해 놓고서는

동오의 사자가 오기만 기다리네.

先將計策安排定

只等東吳使命來.

공명의 대답은 무엇일까. 하회를 보라.

제54회

오국태는 절에서 신랑을 처음 보고
유황숙은 동방에서 아름다운 짝을 만나다.
　吳國太佛寺看新郎
　劉皇叔洞房續佳偶.

　한편, 공명은 노숙이 왔다는 말을 듣고, 현덕과 함께 성 밖까지 나가서 영접하여 관아로 들어왔다.

　인사가 끝나자 노숙이 말하기를,

　"주공께서는 조카(令姪)께서 죽었다는 말을 들으시고, 이에 약간의 예를 갖추어 저를 보내 치제(致祭)를 하라 하셨습니다. 주도독께서는 재삼 유황숙과 제갈선생에게 인사를 드리라 하셨습니다."

한다.

　현덕과 공명이 몸을 일으켜 사례하고, 예물을 받고는 술을 내어 권하였다.

　노숙이 묻기를,

　"전에 유황숙께서 말씀하셨던 것처럼 '공자가 없으면 곧 형주를 돌려주겠다.' 하셨는데, 이제 공자께서 세상을 떠나시고 없으니 필연 돌려주시겠지요. 그때가 언제인지는 알 수 없겠는지요?"

하자, 현덕이 말하기를

　"공은 술이나 들면서 의논을 하십시다."

하니, 노숙은 억지로 서너 잔을 마시고는 또 입을 열어 묻는다.

현덕이 미처 대답하기도 전에, 공명이 낯빛이 변하면서 말하기를 "자경은 사리에 밝지 못하시구려! 그래 남이 일러주어야만 아시겠소이까! 우리 고황제께서 뱀의 머리를 베면서 의병을 일으킨 때부터[1] 기업을 여셔서 지금에 이르렀습니다.

그러나 불행하게도 간웅이 여기저기서 출몰하여, 각기 한 지방을 차지하고 웅거하고 있습니다. 그러나 천도(天道)는 돌지 않을 수 없으니, 다시 정통으로 돌아가야 합니다. 우리 주군께서는 중산정왕의 후예이시며, 효경황제의 현손으로서 지금 황상의 숙부이십니다. 어찌 봉토쯤 가지는 것이[2] 불가하겠습니까? 하물며 유경승께서는 저희 주군의 형님이십니다. 그 아우님이 형의 기업을 계승하는 것이, 무엇이 순리에 어긋납니까!

당신의 주군은 곧 전당(錢塘) 고을의 낮은 벼슬아치의 아들로서 평소에 조정에 공덕도 없습니다. 지금 세를 의지하고 6군 81주를 점거하고도, 오히려 욕심에 차지 않아서 한토를 병탄하려 하고 있소이다. 지금 유씨 천하이며 저희 주군께서는 유씨이면서도 돌아온 것이 없는데, 당신의 주군은 성이 손씨로서 도리어 강제로 쟁탈하려 하는 게요.

더구나 적벽대전에서 우리 주공께서 승부에 많은 힘을 기울이셨고 여러 장수들이 다 명령을 따랐는데, 어찌 유독 당신은 동오의 힘만이

---

1) 뱀의 머리를 베면서 의병을 일으킨 때부터[斬蛇起義] : 한 고조 유방이 백사를 죽이고 일어났던 일. 유방이 '진나라를 멸하고 황제가 된 것은 하늘의 뜻'임을 뒷받침하고 있음. [史記 高祖紀]「高祖醉行澤中 前有**大蛇當徑** 乃拔劍**斬之** 一老嫗夜哭其處日 吾子白帝子也 化爲蛇當道 今爲赤帝子**斬之**」.

2) 어찌 봉토쯤 가지는 것이[分茅裂土] : 영토를 나눔. [晋書 八王傳贊]「**分茅錫** 瑞 道光恆興」. [呂太一 土賦]「封割五色 **分茅錫社**」.

라 하겠소이까? 만약에 우리가 동남풍을 얻어주지 않았다면, 주랑이 어찌 능히 반 푼의 공이나마 이루었겠소이까? 강남 일대가 깨어지면 두 교씨가 동작대에 들어가게3) 되었을 것이며, 비록 공들의 가소(家小) 또한 보전할 수 없었을 것이외다. 때맞추어 우리 주군께서 응답하지 않으신 것은, 자경께서 고명지사이기에 자세히 말하지 않은 것이외다. 그런데 공은 어찌해서 그 같은 뜻을 살피지 못하시오니까!"
한다.

한바탕 이야기하고 나자, 노자경은 입을 다물고 더 이상 말하지 못한다.

한참이 지나서야 말하기를,

"공명의 말씀은 도리가 있는 말이기는 하나, 다만 저의 입장이 난처해지니 어찌한단 말입니까?"

하거늘, 공명이 묻기를

"뭐가 난처하오이까?"

하매, 노숙이 말하되

"지난날 황숙께서 당양에서 수난을 당하실 때에 이 노숙이 공명을 인도하여 저희 주군을 만나시게 하였고, 주공근께서 군사들을 일으켜 형주를 취하려 할 때에 이 노숙이 말렸소이다. 그래서 공자께서 세상을 떠나시면 형주를 돌려주기로 한 때에도, 또한 이 노숙이 담보하였습니다.

---

3) 두 교씨·동작대(二喬·銅雀臺): 두 사람의 미인 교씨(喬氏). 위의 조조가 세운 대(臺)의 이름. 위(魏)의 조조가 쌓은 대의 이름으로 옥상에 동으로 만든 봉황을 장식하였기에 이르는 이름임. [三國志 魏志 武帝紀]「建安十五年冬 太祖乃于鄴 作銅雀臺」. [鄴中記]「鄴城西立臺 皆因城爲基趾 中央名銅雀臺 北則冰井臺 西臺高六十七丈 上作銅鳳 皆銅籠疏雲母幌 日之初出 流光照耀」.

지금 와서 갑자기 지난번의 말을 따르지 않으신다면, 이 노숙이 무엇이라 말해야 하오리까? 우리 주군과 주공근에게 틀림없이 죄책을 받을 터인데, 제가 죽는 것은 한이 없으나 동오의 노여움을 사서 무력을 일으킨다면, 황숙 또한 형주에 편히 계시지 못할까 걱정입니다. 쓸데없이 천하의 웃음거리가 될 뿐일 테니까 말입니다."

하자, 공명이 말하기를

"조조가 백만 대군을 이끌고 또 천자의 이름으로 명분삼아 나서도 내 또한 마음두지 않았던 터에, 어찌 주랑 같은 아이를 두려워하겠소이까! 만약에 선생의 체면에 맞지 않는다면, 내 주공께 잠시 형주를 빌리겠다는 문서를 써 드리고, 우리 주군께서 성지를 얻을 때까지 기다려 곧 동오에 돌려드리겠소이다. 이 생각이 어떻습니까?"

하거늘, 노숙이 묻기를

"공명께서 어느 곳을 빼앗으면 형주를 저희에게 돌려주시겠습니까?"

한다.

공명이 약속하기를,

"중원은 급히 도모할 수 없겠고 서천의 유장(劉璋)이 암약하니, 우리 주군께서 그를 도모코자 합니다. 만약에 서천을 얻으면 그때 곧 돌려드리리다."

하거늘, 노숙이 더 어찌할 수가 없어서 그대로 따르기로 하였다.

현덕은 직접 문서 한 장을 쓰고 수결을 놓았다. 보증인으로 제갈공명이 수결을 하였다.

공명이 말하기를,

"이 공명은 황숙 쪽 사람이니 한 집안 사람끼리 보증을 선다는 것이 우스운 일이니, 번거롭지만 자경 선생께서 수결을 하시면, 돌아가 오후에게 보이기도 좋을 것이 아닌가 싶소이다."

하자, 노숙이 대답하기를

"저는 황숙께서 인의를 중히 여기는 분으로 알고 있으니, 반드시 언약을 지키시리라고 생각하오이다."

하고, 마침내 수결을 하고 문서를 챙겨 넣고는, 술자리가 파하자 인사를 하고 돌아갔다. 현덕과 공명이 배에까지 나가서 전송하였다.

공명이 노숙에게 당부하기를,

"자경께서 돌아가 오후를 뵙거든 잘 말씀드려 주셔서 망상을 하지 않게 해주시구려. 만약에 우리의 문서를 비준하지 않는다면, 내 낯을 바꾸어 81주군을 모두 뺏어버리겠소이다. 이제 이로 인해 양가에 화해의 기운이 돌아야지, 우리가 조조의 웃음거리가 되어서야 쓰겠소이까?"

하였다.

노숙이 작별하고 배를 타고 돌아가서 먼저 시상군에 이르러 주유를 뵈었다.

주유가 묻기를

"자경께서는 형주에 관해 어떻게 말하셨소이까?"

하거늘, 노숙이 대답하기를

"그에 관한 문서가 예 있습니다."

하며, 주유에게 드렸다.

주유는 발을 구르며4) 말하기를,

"자경은 제갈량에게 넘어갔소이다! 말은 빌린다 하면서 실제로는 안 줄 작정입니다. 서천을 취하면 곧 돌려주겠다 하였는데 저가 언제

---

4) 발을 구르며[頓足] : 발을 구름. '몹시 화가 났음'의 비유. [韓非子 初見秦篇] 「聞戰頓足徒裼 犯白刃蹈鑪炭 斷死於前者 皆是也」. [漢書 楊惲傳] 「酒後耳熱 拂衣舊起 神低昂 頓足起舞」.

서천을 취하겠소이까! 가령 10년이 되어서도 서천을 얻지 못하면, 그때까지 돌려주지 않는단 것입니까? 이 문건을 어디다 쓴단 말이오. 게다가 자경이 보(保)까지 서셨구려! 저들이 계속 반환하지 않는다면 틀림없이 족하까지 누가 될 것입니다. 주공께서 죄를 내리신다면 어찌하시겠소?"

한다.

노숙이 듣고 나서 한참을 멍하니 있다가,

"현덕이 나를 배신하지는 않겠지요."

하니, 주유가 걱정하기를

"참 자경은 정말 순진한 사람이오. 유비는 사납고 용맹한 올빼미 같은 사람이고 제갈량은 간교한 사람입니다. 선생의 마음과 같지 않아요. 그게 걱정입니다."

한다.

노숙이 묻기를,

"만약에 그렇다면 어찌해야 할까요?"

하니, 주유가 말한다.

"자경은 저의 은인입니다. 지난 날 곤란함을 같이 겪었으니, 어찌 자경을 구하지 않겠소이까? 마음을 편히 하고 며칠간 지내세요. 세작이 강북의 형편을 자세히 살피고 돌아오면, 따로 대처할 방도가 있을 것입니다."

하니, 노숙은 위축되어 몹시 불안해 하였다.[5]

---

5) 위축되어 몹시 불안해 하였다[跼蹐] : 국천척지(跼天蹐地). 황송하여 몸을 굽힘. [詩經 小雅篇 正月]「謂天蓋高 不敢不局 謂地蓋厚 不敢不蹐」. [驚世通言 第十二卷]「徐信聞言 甚跼蹐不安……始末細細述了」.

며칠이 지나자 세작의 보고가 있었다.

"형주 성에서 포번을 꽂고[6] 재를 올리고 번다한 일을 하며,[7] 성 밖에선 새 분묘를 세우며 군사들이 모두 상복을 입었나이다."

한다.

주유가 놀라서 묻기를,

"누가 죽었느냐?"

하니, 세작이

"유현덕의 감부인이 죽었는데 오늘이 장사지내는 날입니다."

한다.

주유가 노숙에게 말하기를,

"나는 계책을 세웠소이다. 유비로 하여금 손을 묶고 스스로 결박하게 하면 형주를 오히려 얻게 될 것이오!"

한다.

노숙이 반기며 묻기를,

"계책이란 어떤 것이오?"

하자, 주유가 말한다.

"유비가 상처를 하였으니 필시 취처를 할 것입니다. 주공께 누이가 한 사람 있으시니 아주 용감하셔서 기녀 수백 명들도 늘 칼을 차고 있게 하고 있으며, 방안에 있을 때에도 군기를 벌여 놓게 하고 있어 남자들은 미치지 못합니다.

---

6) 포번을 꽂고[布旛] : 아무 장식도 하지 않은 삼베 깃발. [獻帝春秋]「董卓未誅有書三尺**布幡**上 作兩口相銜之字」.

7) 재를 올리고 번다한 일을 하며[好事] : 일을 벌여 하기를 좋아함. 「호사다마」(好事多魔)는 좋은 일에 마가 든다는 뜻으로, '좋은 일에는 반드시 방해가 따름'의 비유. [孟子 萬章篇 上]「**好事**者爲之也」. [琵琶記 幾言諫文]「誰知道**好事多魔**記風波」.

내 지금 편지를 써 줄 터이니 사람을 형주에 보내어 중매를 하게 하세요. 그래서 유비를 데릴사위로 들어오게 하려 합니다. 제가 속아서 남서에 오면 장가를 들게 할 것이 아니라 옥중에 가두고, 사람을 보내서 형주와 유비를 교환하자 할 것입니다. 저들이 성지를 돌려주기를 기다렸다가 내게 또 따로 생각이 있소이다. 그러면 자경에게도 별일이 없을 것입니다."

하거늘, 노숙이 절하며 사례하였다.

주유가 편지를 써서 빠른 배를 선발하여 노숙을 보내 남서의 손권을 만나게 하였다. 먼저 형주를 빌려준 일을 말하게 하고 편지를 드렸다.

손권이 말하기를,

"자네가 갑자기 이렇게 얼버무리려 하느냐! 이 따위 문서를 무엇에 쓰려 하오?"

한다.

노숙이 말하기를,

"주도독께서 올린 편지가 여기 있습니다. 이 계책에 대한 말씀으로 형주를 얻을 수 있다 합니다."

하니, 손권이 편지를 읽고 나서 머리를 끄덕이며 묻기를

"누구를 보내면 좋을까?"

하고, 골똘히 생각하다가 말하기를

"여범을 보내는 것이 좋겠소."

하며, 여범을 불러들였다.

그리고 여범에게 이르기를,

"근자에 들으니 현덕이 상처를 했다 하오. 나에게 누이가 하나 있으니 데릴사위로 불러서 매부로 삼고자 하오. 그래서 인척으로 오래 인연을 맺어 같이 조조를 깨뜨려, 한실을 붙들어 세우려고 합니다. 자형

이 아니면 중매를 설 사람이 없으니 형주에 가서 말씀해 주세요."

하매, 여범이 명을 받들고, 그날로 배를 수습해 몇 사람 종인만을 데리고 형주를 바라고 갔다.

한편 현덕은 감부인이 죽은 후부터 밤낮으로 괴로워하였다. 하루는 공명과 한담을 하고 있는데, 사람이 와서 동오에서 여범을 보내 왔다 한다.

공명이 웃으면서 말하기를,

"이는 주유의 계책이예요. 필시 형주 까닭에 왔을 겝니다. 제가 병풍 뒤에 숨어서 엿듣겠습니다. 무슨 말을 하든지 주공께서는 모두 응락하시고, 저를 역관에 보내 편히 쉬게 하십시오. 그리고 따로 의논하시지요."

하였다.

현덕은 여범을 들어오게 하라 하고, 인사가 끝나자 자리에 앉았다.

차를 마시면서 현덕이 묻기를,

"자형이 오신 것을 보니 필시 무슨 가르침이 있으신가요?"

한다.

여범이 말하기를,

"제가 근자에 들으니 황숙께서 부인을 잃으셨다 하는데, 일문에 좋은 혼처가 있기에 혐의를 피하지 않고 중매를 서려고 왔습니다. 의향이 어떠신지 알 수 없지만?"

하거늘, 현덕이 묻기를

"중년에 상처를 하였으니 큰 불행이지요. 슬픔이 가시지도 않았는데,8) 어찌 벌써 혼사를 의논한단 말입니까?"

---

8) 슬픔이 가시지도 않았는데[骨肉未寒] : 몸이 아직 차지 않음. '죽은 지가 얼마 되지 않았다'는 뜻임. [戰國策 秦策]「今臣羈旅之臣也……皆匡君臣之事 處人

하니, 여범이 말한다.

"사람이란 아내가 없으면 집에 들보가 없는 것과 같은데, 어찌 중도에서 인륜을 폐한단 말입니까? 우리 주군이신 오후께 누이가 한 분 계신데 아름답고 현숙하셔서 황숙의 배필9) 될 만하십니다.

만약에 양가가 결연만 한다면,10) 조조가 감히 어찌 동남을 바로 쳐다볼 수나 있겠습니까. 이는 양가나 나라 두 쪽 다 좋은 일입니다. 청컨대 황숙께서는 의심치 마시옵소서. 또 국태 오부인께서는 따님을 매우 사랑하셔서 먼 곳에 출가시키기를 원하지 않으시니, 반드시 황숙께서 동오로 취혼하러 오시기를 바라시고 있습니다."

하거늘, 현덕이 말하기를

"이 일은 오후께서도 알고 계십니까?"

하니, 여범이 묻기를

"오후에게 통하지 않고 어찌 감히 와서 말씀드리겠습니까?"

한다.

현덕이 다시 말하기를,

"내 나이 이미 반 백입니다. 그리고 머리털이 반이나 희었어요. 오후의 누이라면 묘령이실11) 터인데 배필이 될 수 있을까 걱정이외다."

骨肉之間」. [管子 輕重丁]「兄弟相戚 骨肉相親」.

9) 배필[箕帚] : 쓰레받기나 비를 가지고 청소한다는 뜻으로, '남의 처가 되는 것을 겸사'한 말. [史記 高帝紀]「呂公曰 臣少好相人 相人多矣 無如季相 願季自愛 臣有息女 願爲季箕帚妾」. [韓詩外傳 九]「楚莊王……先生曰 臣有箕帚之使 願入計之」.

10) 결연만 한다면[晉之好] : 진진지호(秦晉之好). 진진지의(秦晉之誼). 춘추시대 진과 진, 두 나라가 서로 사돈을 맺었기 때문에 그 뒤부터 '혼인한 두 집 사이의 가까운 정의'를 이르게 되었음. [左氏 僖二十三]「怒曰 秦晉匹也 何人以卑我 (注) 匹敵也」. [蔣防 霍小玉傳]「然後妙選高門以求秦晉」.

11) 묘령(妙齡) : 스물 안쪽의 젊은 나이. [李商隱 啓]「爰自妙齡 遂肩名輩」. [杜

하니, 여범이 묻기를

"오후의 누이는 비록 몸은 여자이지만 그 뜻은 남자보다 크며, 늘 말씀하시기를 '천하의 영웅이 아니면 섬기지 않을 것입니다.' 하였는데, 이제 황숙께서는 이름이 사해에 들리고 있으니, 이른바 숙녀들의 짝이 될 만한 군자에 이르렀습니다.[12] 어찌 나이가 차이난다 해서 꺼리겠나이까?"

한다.

현덕이 말하기를,

"공께서는 좀 쉬셔야지요. 내일 다시 말씀하십시다."

하고, 이 날 술자리를 베풀어 서로 마시다가 객사에 머무르게 하였다.

밤이 되어서 공명과 상의하였다.

공명이 대답하기를,

"저가 찾아온 뜻을 저는 이미 알고 있었습니다. 마침 주역의 복점을 쳐 봤더니 아주 대길의 징조가 있었습니다. 주공께서는 곧 허락하십시오. 먼저 손건으로 하여금 여범과 함께 오후를 뵙고, 면전에서 혼인을 정하고 택일하여 곧 성혼을 하십시오."

하자, 현덕이 묻기를,

"주유가 계책을 정해놓고 유비를 해하려 하는 판에, 어찌 내 몸을 가벼이 맡기고 위험한 곳에 들어간단 말이오?"

한다.

공명이 크게 웃으면서 말하기를,

甫 泰贈嚴八閣老詩「扈聖登黃閣 明公德**妙齡**」.

12) 숙녀들의 짝이 될 만한 군자에 이르렀습니다[淑女配君子] : 숙녀는 군자의 짝이 되어야 함. [詩經 周南篇 關雎]「關關雎鳩 在河之洲 **窈窕淑女 君子好逑**」. [詩經 大序]「關雎樂得**淑女以配君子**」.

"주유가 비록 계책에 능하다 해도, 어찌 제갈량의 의도를 벗어나겠습니까! 만약에 제가 적은 계책을 써서 주유로 하여금 잔꾀[牛籌]를 쓰지 못하게 하고 오후의 누이도 데려오면, 형주는 잃는 것이 하나도 없을 것입니다."

한다.

현덕은 회의가 가시지 않았다. 공명이 마침내 손건에게 강남에 가서 혼사를 이야기해 보라고 일렀다. 손건이 말을 듣고 여범과 같이 강남에 가서 손권을 뵈었다.

손권이 말하기를,

"내 누이를 위해 유비를 데릴사위로 부르려 할 뿐 딴 마음은 없소이다."

하거늘, 손건이 인사를 하고 형주로 돌아와 현덕을 만나서, 오후께서 오직 공주와 결친하기만을 기다린다는 말을 전하였다. 그러나 현덕은 아직도 의문이 가시지 않았다.

공명이 권유하면서 말하기를,

"내가 이미 세 가지 계책을 정하였으니, 자룡이 아니면 이를 행할 사람이 없습니다."

하고, 곧 조운을 가까이 불러서 귓속말을 하기를

"자룡은 주공을 호위하고 오나라에 들어갈 때에, 이 세 개의 금낭을 가지고 가게. 주머니 속에는 세 가지 묘책이 있으니 차례차례 행하게나."

하며, 곧 세 개의 금낭을 주매 조운은 이를 품속에 간직하였다.

공명이 먼저 사람을 시켜 동오에 납채를 보냈다. 그리고 일체의 준비를 갖추었다. 때는 건안 14년 겨울 10월이었다.

현덕과 조운 그리고 손건 등이 쾌선 10여 척을 타고 이에 수행하는 인원이 5백여 명이었다. 형주를 떠나 남서에 이르렀다. 형주에서의 일은 다 공명이 처리하기로 하였다. 현덕은 마음이 앙앙불안한 속에 배가 해안에 닿았다.

조운이 말하기를,

"군사께서 세 가지 묘계를 차례차례 시행하라 하셨는데, 여기에 이르렀으니 마땅히 먼저 첫째 금낭을 열어 보아야 하겠다."

하고는, 이에 금낭을 열어 계책을 보았다.

그리고는 지시대로 5백 명의 수행 군사들을 불러 한 사람 한 사람에게, 이렇게 하라 이르고 군사들에게도 명을 전하였다. 조운은 다시 현덕에게 교국로(喬國老)를 찾아뵙게 하였다. 그는 두 교씨 부인의 아버지로 남서에 살고 있었다.

현덕은 양고기와 술을 가지고 가서 절하며 뵈었다. 여범이 중매가 되었음을 말하고 부인을 취하러 왔다고 말하였다. 이때, 수행하던 5백의 군사들이 모두 다홍색 채단을 걸치고 남서에 들어가 물건을 사며, 현덕이 오나라에 장가들러 왔다고 전하니 성중 사람들이 다 그 일을 알게 되었다. 손권은 현덕이 온 것을 알고는 여범에게 상대하게 하고, 관사에 들어가 편히 쉬게 하라고 일렀다.

한편 교국로는 현덕을 보고 곧 들어가 오국태에게 하례를 하였다.

국태가 웃으며 말하기를,

"무슨 기쁜 일이라도 있습니까?"

하자, 교국로가 말하기를,

"따님이 유현덕의 부인이 되도록 해서, 지금 현덕이 여기에 와 있는데 어찌 감추려 하십니까?"

하니, 국태가 놀라면서 말하기를

"저는 이 일을 모르고 있습니다!"

하고는, 곧 사람을 시켜 오후를 불러서 사실인지 확인하였다.

또 한편으로는 성중의 동향을 탐지하게 하였더니, 사람들이 다 돌아와 보고하기를

"과연 이런 일이 있어서 따님의 사위 될 사람이 이미 역관에 와 있고, 5백여 수행 군사들이 모두 도성에서 돼지와 과자 등을 사들이며 성친(成親)을 준비하고 있습니다. 따님을 중매한 사람은 여자쪽은 여범이고 남자 쪽은 손건인데 역관에서 이야기하고 있다 합니다."

한다. 국태가 놀랐다. 조금 있다가 손권이 후당에 들어와 어머님을 뵈려 하였다. 국태는 가슴을 치며 큰 소리로 울었다.

손권이 아뢰기를,

"어머님, 무슨 근심이 있으십니까?"

하니, 국태가 묻기를

"네가 이처럼 나를 쓸모없는 인간으로 대하려느냐! 우리 형님께서 임종할 때에 너에게 신신당부한 말이 무엇이었더냐?"

한다.

손권이 크게 놀라서 묻기를,

"어머님께서 말씀을 해주세요. 무엇 때문에 이리 괴로워하시는지요?"

하니, 국태가 말하기를

"남자가 결혼을 하고 여자가 시집을 가는 것은 예나 이제나 떳떳한 도리이다. 내 너의 어미이니 이 일은 마땅히 나에게 고해야 하는 것이 아니냐. 네가 유현덕을 초청해서 사위로 삼는다면서, 어찌해서 나를 속이느냐? 여식은 모름지기 내 딸이다!"

하였다.

손권이 깜짝 놀라서 아뢰기를,

"그 말은 어디서 들으셨습니까?"

하자, 국태가 말하기를

"만약에 내게 알리고 싶지 않았다면 나를 빼고 모르는 사람이 있는 줄 아느냐. 성안의 백성 모두가 모르는 사람이 있더냐? 네가 나를 속이려 드는구나!"

한다.

교국로가 손권에게 축하하며,

"늙은 나도 이미 알고 있은 지 오래외다. 그래서 오늘 특별히 축하를 드리러 왔습니다."

한다.

손권이 말하기를,

"아닙니다. 이는 주유의 계책입니다. 이 계책으로 형주를 취하려는 것이며 이는 명분일 뿐입니다. 유비를 속여 여기에 잡아 가두고, 저와 형주를 바꾸자 하려는 것입니다. 만약에 그대로 안 되면 먼저 유비를 참하려는 것입니다. 이것은 계책일 뿐 실제는 아닙니다."

하니, 국태가 크게 노하며 주유를 꾸짖으며

"주유는 6군 81주의 대도독이 되어서 무슨 계책이 없어서 형주를 뺏지 못하고, 내 딸아이를 미끼로 미인계를13) 쓰느냐! 유비를 죽인다면 내 딸은 곧 망문과가14) 될 터인데, 그 후에 다시 결혼 이야기를

---

13) **미인계(美人計)**: 미녀를 미끼로 사람을 꾀는 계책. [拾遺記]「**西施**越女所謂 西子也 有絕世之美 越王句踐 獻之吳王夫差 夫差嬖之 卒至傾國」. [淮南子]「曼容 皓齒形娇骨佳 不待傅粉 芳澤而美者 **西施**陽文也」. [韻語陽秋]「太平寰宇記載**西 施**事云 施其姓也 是時有東施家 西施家」.

14) **망문과(望門寡)**: 까막과부. 망문과부(望門寡婦). 정혼하였으나 남자가 죽어서 시집을 못 가게 된 여자. [中文辭典]「好訂婚後 而未婚夫死 舊俗謂爲**望門寡**」. 반대의 경우를 「망문방」(望門妨)이라 함. [中文辭典]「男子訂婚後 而未婚妻死

꺼낼 수 있단 말이냐? 잘못하면 내 딸의 신세를 망치게 하는 것이야!
너희들 참 잘한다 잘해!"

하고, 야단이다.

교국로가 말하기를,

"만약에 이 계책을 쓰게 되면 곧 형주를 얻게 된다 해도, 세상의 웃
음거리가 될 것이네!"

하자, 손권은 무색하여 아무 말도 못하였다. 국태는 주유를 계속 꾸짖
는다.

교국로가 권고하기를,

"일이 이미 이렇게 되었고 유황숙은 한실의 종친입니다. 정말 저를
불러서 사위로 삼으면, 추한 소문은 면할 수 있을 것입니다."

하매, 손권이 말하기를

"나이가 걸맞지 않아 걱정입니다."

하니, 교국로가 말한다.

"유황숙은 당세의 호걸이니, 저를 딸의 사위로 맞는다 해서 누이에
게도 욕되지 않을 것입니다."

한다.

국태가 말하기를,

"내 유황숙을 만나보지 못했으니, 내일 감로사(甘露寺)에서 만나볼
수 있게 약속을 해라. 마음에 들지 않으면 너희들 계책에 맡기고, 만
약에 내 마음에 들면 내 딸을 저에게 보내겠다."

고 단호하게 말하자, 손권은 아주 효자라 어머님께서 이렇게 말씀하
시는 것을 듣고, 곧 그 말씀에 따르겠다 하고 나와서 여범을 불렀다.

舊俗謂望門妨」.

그리고 내일 감로사 방장에15) 연회를 베풀고 국태께서 유비를 볼 수 있게 하라고 분부하였다.

여범이 말하기를,

"그러면 가화에게 삼백 도부수들을 양쪽 회랑에 매복시키게 했다가, 만일에 국태께서 마음에 들어 하지 않으시면 신호에 따라 그를 죽이게 하시지요."

한다. 손권은 마침내 가화에게 명하여 먼저 준비시키고, 국태의 거동을 보라고 하였다.

한편, 교국로는 국태와 헤어져 돌아가서 사람을 시켜 현덕에게 이일을 알리며,

"내일 오후와 국태께서 직접 만나려 하시니, 주의하시는 것이 좋을 듯 하오이다!"

하였다.

현덕과 손건, 그리고 조운 등이 의논하였다.

조운이 말하기를,

"내일 모임은 아주 좋지 않습니다. 제가 직접 5백의 군사들을 이끌고 가서 보위하겠습니다."

하였다.

이튿날 오국태와 교국로가 먼저 감로사 방장 안에 자리를 하고 기다렸다. 손권은 모사들과 함께 뒤따라 도착하고, 여범은 역관에 가서 현덕에게 가기를 청하였다.

현덕은 얇은 갑옷을 입고 겉에는 금포를 입고 나서는데 종인들이 칼을 들고 뒤따랐다. 그리고 말에 올라 감로사로 갔다. 조운이 갑옷을

---

15) 방장(方丈) : 주지가 거처하는 방. [釋氏要覽]「方丈 蓋寺院之正寢也」. [白居易 詩]「方丈若能來問病」.

입고 5백여 군사들을 이끌고 수행하였다. 감로사 앞에서 말에서 내려 먼저 손권을 만났다. 현덕의 의표가 범상하지 않음을 보고 내심 두려운 생각이 들었다.

두 사람이 인사가 끝나고 방장에 들어가 국태를 뵈었다.

국태는 현덕을 보고 크게 기뻐하며, 교국로에게 이르기를

"진짜 내 사위감이로다!"

한다.

교국로가 말하기를,

"현덕은 용봉의 풍모에[16] 기골이 있으며 게다가 인덕을 천하에 펴서, 국태의 사윗감이 되니 진정 경하합니다!"

한다.

현덕이 배사하고 방장에서 함께 연회를 베풀었다. 잠시 후 자룡이 검을 차고 들어와 현덕의 곁에 섰다.

국태가 묻기를,

"저 사람은 누구인가?"

하거늘, 현덕이 대답하기를

"상산 조자룡입니다."

하자, 국태가 묻기를

"당양의 장판에서 어린아이를 품에 품고 싸우던 그가 아니오?"

하거늘, 현덕이 말하기를

"그렇습니다."

하자, 국태가 말하기를

---

16) 용봉의 풍모[龍鳳之資] : 모습이 보통사람보다는 뛰어난 것을 이름. [晉書 嵇康傳]「人以爲龍章鳳姿 天質自然」. [唐書 太宗紀]「太宗生四歲 有書生 見之曰 龍鳳之資 天日之表 其年幾冠 必能濟世安民」.

"정말 훌륭한 장수외다."

하고, 마침내 술잔을 내렸다.

조운이 현덕에게 이르기를,

"제가 잠시 회랑을 순시했는데, 방안에 도부수들이 매복해 있는 것을 보았습니다. 필시 호의가 아닐 것이오니 국태께 알리시옵소서."

한다.

현덕이 국태의 자리 앞에 무릎을 꿇고 앉아, 울면서 고하기를

"만약에 이 유비를 죽이시려 하거든 이 자리에서 죽이옵소서."

하니, 국태가 말하기를

"어찌해 나와 이런 말씀을 하시오?"

한다. 현덕이 대답하기를,

"회랑 아래 도부수들이 매복되어 있는데, 이 유비를 죽이시려는 것이 아니면 무엇이겠습니까?"

한다.

국태가 크게 노하여 손권을 꾸짖으며,

"오늘 현덕은 이미 내 사위가 되었으니 곧 내 자식이다. 어찌 회랑에다 도부수들을 매복시켰느냐?"

하니, 손권은 모르는 일이라 하며 여범을 불러 물었다.

여범은 또 가화에게 미루매 국태가 가화를 불러 책망하자 가화가 말을 못한다. 국태는 저를 참하라고 소리친다.

유비가 고하기를,

"만약에 대장을 참하시면 경사에 이롭지 못할 것이오며, 저도 오랫동안 곁에 있지 못할 것입니다."

하고, 교국로가 나서서 권하매 국태는 저를 꾸짖어 물러가라 하였다. 도부수들은 다 머리를 감싸고 쥐새끼들처럼 가버렸다.

현덕은 옷을 갈아입고 편전에 나갔다.

그는 정원에서 한 괴석을 보았다. 현덕은 종자의 칼을 빼서 들고, 하늘을 바라보며 말하기를

"만약에 유비가 형주로 돌아가 패업을 이룰 수 있다면, 한 칼에 이 괴석을 두동강이 나게 해 주시옵소서. 여기서 저를 죽게 하신다면 칼이 이 괴석을 쪼개지게 마옵소서."

하는 말이 끝나자 손을 들어 칼을 내리치니, 불꽃이 튀더니 칼을 맞은 돌이 두 동강이 났다.

손권이 뒤에 섰다가, 이를 보고 묻기를

"현덕공은 이 돌에 어떤 한을 품고 있소이까?"

하자, 현덕이 대답하기를

"내 나이 50이 가까워서도 나라의 적의 소굴을 없애지 못한 것이 늘 마음속에 한입니다. 이제, 국태께서 나를 사위를 삼으시매 이는 평생 얻기 어려운 기회입니다. 방금 하늘에 대고 '만약에 조조를 멸하고 한나라를 일으킬 수만 있다면, 이 돌을 쪼개지게 해주소서' 하고 축원하였더니 이와 같이 되었습니다."

하거늘, 손권이 속으로 생각하기를,

'유비의 이 말이 나를 속이려는 것이 아닌가?'

하고, 자기도 칼을 빼며 현덕에게 말하기를

"그러면 나 또한 하늘에 물어 점괘를 보겠습니다. 만약에 조적을 파할 수 있다면 이 돌이 갈라지게 해 주실 것입니다."

하였다.

손권은 마음속으로 축원하기를,

'만약에 형주를 다시 얻고 동오를 일으키게 해주신다면, 이 돌은 두 동강이 나게 해주시옵소서.'

하며, 손을 들어 칼을 내리쳤다. 역시 돌은 두 동강이 났다.

지금에 이르도록 십자문(十字紋)이 있는 '한석'(恨石)이 전한다.

후세 사람이 이 유적을 보고 예찬한 시가 있다.

보검을 내리치니 산석이 깨어지고

금고리17) 울리는 곳에 불꽃이 튀누나.

　寶劍落時山石斷

　金環響處火光生.

양조의 왕기가 모두 천수이거니

이로부터 삼국 정립이 이루워졌도다.

　兩朝旺氣皆天數

　從此乾坤鼎足成.

두 사람이 칼을 버리고 함께 자리로 돌아갔다. 다시 술이 몇 순 돌자 손건이 현덕을 보며 눈짓을 하였다.

현덕이 인사를 하며 말하기를,

"저는 술이 세지 못해 물러갑니다."

하자, 손권이 절 앞에까지 나와 전송하였다.

두 사람이 나란히 걸으며 경치를 구경하는데, 현덕이 말하기를

"여긴 천하제일의 강산입니다!"

하였다.

그래서 지금도 감로사비에 이르기를 '천하제일강산'이라 쓰여 있다.

---

17) 금고리[金環]: 검(劍)을 금환사(金環蛇)에 빗대어 표현한 말임. [墨子 公孟]
「昔者齊桓公 高冠博帶 金劍木盾 以治其國」.

후세 사람이 이를 예찬한 시가 있다.

강산에 비가 개니 청라를 에웠네
지경이 근심 없으니 즐거움 그지없어라.
　江山雨霽擁靑螺
　境界無憂樂最多.

전날의 영웅들 그 눈길 머물던 곳은
절벽은 예 같지만 풍파를 막아섰구나.
　昔日英雄凝目處
　巖崖依舊抵風波.

두 사람이 구경하노라니까 강바람이 크게 일었다. 큰 파도가 눈발처럼 일고 흰 물결이 하늘까지 솟구친다. 문득 그 파도 위를 한 작은 배가 오는 것이 보이더니, 그 파도 위를 평지같이 노를 저어간다.
현덕이 탄식하며 말한다.
"'남인은 배를 잘 부리고 북인들은 말을 잘 탄다'라더니 과연 그렇구려."
하자, 손권이 속으로 생각하기를 '유비의 이 말은 내가 말을 잘 타지 못한다고 농을 하는구나.' 하고는 좌우에게 일러 말을 가져오게 했다.
몸을 날려 말을 타고는 산 아래로 내려갔다가 다시 채찍을 쳐 언덕에 오르며, 현덕에게 묻기를
"남인들이 말을 잘 못 탄다 하셨소?"
하자, 현덕이 그 말을 듣고 옷자락을 여미고 말의 등에 올라타고는 나는 듯이 산 아래까지 내려갔다가 다시 위로 올라왔다. 두 사람이

말을 타고 언덕배기에 올라가며 채찍을 들어 크게 웃었다. 지금도 이 곳의 이름을 '주마파'(駐馬坡)라 한다.

후세 사람의 시가 전한다.

용마를 타고 치달리니 그 기개 장할시고
두 사람이 고삐를 나란히 강산을 바라본다.
　馳驟龍駒氣槩多
　二人竝轡望山河.

동오와 서촉이 함께 왕패를 이루웠으니
천고에 지금까지 '주마파' 남았구나.
　東吳西蜀成王霸
　千古猶存駐馬坡.

그날 두 사람이 말고삐를 나란히 하고 돌아오니,18) 남서의 백성이 칭찬하지 않는 사람이 없었다.

현덕은 역관으로 돌아와서 손건과 상의하였다.

손건이 말하기를,

"주공께서 교국로에게 간절히 구해서 가능한 한 빨리 혼사를 마쳐야 합니다. 그리고 부디 다른 일이 생기게 하지 마셔야 합니다."

하였다.

---

18) 말고삐를 나란히 하고 돌아오니[竝轡而回] : 말고삐를 나란하고 돌아감. [湘素雜記]「劉公佳話云 賈島初赴於京師 一日於驢上 得句云 鳥宿池邊樹 僧推月下門……吟哦時時引手作 推敲之勢……島具對 所得詩句云云 韓立馬良久 謂島曰 作敲字佳矣 遂與竝轡而歸」. [中文辭典]「竝轡 謂二馬同進也」.

다음 날 현덕이 다시 교국로 집 앞에서 말에서 내렸다. 국로가 안으로 영접해 예가 끝난 후 차를 마셨다.

현덕이 아뢰기를,

"강동 사람들 중에는 유비를 해치려는 사람이 많아서 오래 있기 어렵습니다."

하니, 국로가 말하기를

"현덕은 마음을 놓으시오. 내 국태께 말씀드려서 잘 호위하게 하리다."

한다. 현덕은 배사하고 처소로 돌아갔다.

교국로는 들어가 국태를 만나서, 현덕이 모해를 두려워하여 속히 돌아가려 한다고 말하니, 국태가 크게 노하여

"내 딸의 사위될 사람을 누가 감히 해하려 한답디까!"

하고는, 즉시 현덕의 거처를 서원19)으로 옮기게 하고, 좋은 날을 택하여 혼례를 치르도록 하였다.

현덕은 들어가 국태에게 말씀드리기를,

"조운이 밖에 있어 불편하옵고 군사들을 단속할 사람이 없습니다."

하자, 국태가 모두 부중에 데려다가 편히 쉬게 하며, 더 이상 역관에서 다른 일이 생기지 않게 하였다. 현덕은 속으로 기뻐하였다.

얼마 뒤에 큰 연회가 열리고 손부인과 현덕의 혼사가 이루어졌다. 늦게 연회가 파한 후에 홍거가20) 양쪽으로 늘어서고 현덕이 신부방에 들어갔다. 등불 아래로 보니 창과 칼이 가득하였다. 시비들 모두가

---

19) 서원(書院) : 당의 현종(玄宗) 때 개원한 곳으로 선비들이 모여서 학문을 강론하던 곳. [唐書 藝文志]「大明宮光順門外 東都明福門外 皆創集賢書院. 學士通籍出入」. [淸史 選擧志]「其階級以省會之大書院爲高等學」.

20) 홍거(紅炬) : 붉은 촛불[紅燭]. [劉禹錫 會昌春連宴聯句]「舞袖飜紅炬 歌鬢揷寶蟬」. [開元天寶遺事]「楊國忠子弟 每至上元夜 各有千炬紅燭 圍于左右」.

칼을 차고 검을 팔에 걸고서 양편으로 서 있었다.

현덕은 놀라서 혼이 몸에 붙어있지 않았다.[21]

이에,

시녀들 모두가 칼을 빗기 들고 있어 깜짝 놀라
마치 동오에서 복병을 두었나 의심이 드누나.

驚看侍女橫刀立

疑是東吳設伏兵.

필경, 이 무슨 연고인가? 또 하회를 보라.

---

21) 혼이 몸에 붙어있지 않았다[魂不附體] : 넋이 빠짐. 「혼비백산」(魂飛魄散).
[紅樓夢 第三十二回]「襲人聽了這話 唬得魂銷魄散」. [驚世通言 第三十三卷]「二
婦人見洪三已招 驚得魂不附體」. [禮記 郊特牲篇]「魂氣歸于天 形魄歸于地」.

제55회

현덕은 슬기롭게 손부인을 격동시키고
공명은 두 번째로 주공근의 화를 돋우다.
　玄德智激孫夫人
　孔明二氣周公瑾.

　한편, 현덕은 손부인의 방 양쪽에 창과 칼들이 **빽빽**이 들어찬 것과,
시비들 모두가 검을 차고 있는 것을 보고 깜짝 놀랐다.
　늙은 시녀가[1] 나서며 말하기를,
　"신랑께서는 놀라거나 두려워 마십시오. 부인께서 어려서부터 무사
보는 것을 좋아하셨고, 평소에도 시비들로 하여금 칼을 부딪치게 하
는 것을 음악으로 여기셨기 때문에 이렇게 한 것입니다."
하거늘, 현덕이 대답하기를
　"부인께서 하실 일이 아닐세. 내 심히 놀라서 가슴이 떨리니 잠시
저들을 내보내주게."
하였다.
　늙은 시녀가 손부인에게 아뢰기를,
　"방중에 병기를 벌여 놓아 신랑이[2] 불안해하고 계시니, 오늘은 이

---

1) 늙은 시녀[管家婆] : 집안 살림을 관리해 주던 비교적 높은 지위의 여자 하
　인. [中文辭典]「管理家中雜事之女傭 地位較優而尊」.「관가」(管家). [幼學須知]
　「管家伴當 皆奴僕」.

들을 내보내시지요."

하니, 손부인이 웃으면서 대답하기를

"반평생을 싸움터에서 지내신 분이, 오히려 병장기를 두려워하시다니!"

하며, 철거하라 하고, 시비들에게는 칼을 풀고 뫼시게 하였다.

　그날 밤 현덕은 손부인과 함께 가약을 맺었다. 두 사람 모두 흡족하였다. 현덕은 또 금백을 시녀들에게 나눠 주어서 저들의 마음을 사고, 먼저 손건에게 형주에 기쁜 소식을 전하게 하였다. 이날부터 연일 연회를 즐기니 국태께서도 아주 만족해 하였다.

　이때 손권은 사람을 시켜, 시상군에 있는 주유에게 말하기를

"내 모친께서 강력히 주장하셔서 이미 내 누이와 유비가 결혼을 하였으니, 결국 농담이 진담이 되고3) 말았소이다. 이 일을 어찌하면 되돌릴 수 있겠소."

하자, 주유는 오나가나 불안하기 짝이 없어서 이에 한 계책을 생각해 냈다. 그리고는 밀서를 주어 온 사람에게 가지고 가 손권에게 전하라 하였다. 손권이 편지를 뜯어보니 대강의 내용은 아래와 같다.

　　제가 꾀한 일이 이렇게 뒤집힐 줄은 몰랐습니다. 이미 농담이 진담이 되었으니 즉 다시 이런 계책을 쓰려 합니다. 유비는 효웅으로서4) 관우·장비·조운과 같은 장수가 있습니다. 게다가 제갈공명

---

2) 신랑[嬌客] : 남의 사위를 일컫는 말. [老學庵筆記]「秦會之有十客……吳益以愛婿爲嬌客」. [蘇軾 和王子詩]「婦翁未可綯 王郎非嬌客 (注) 女婿曰 嬌客 子立乃子由婿也」.

3) 농담이 진담이 되고[弄假成眞] : 농담으로 한 말이 진담처럼 됨. 가짜를 진짜처럼 보이게 함. [瑣綴錄]「羅倫語吳與弼詩 如今弄假鄒成眞 轉見巖巖不可親 弄假到頭終是假 豈能欺得世間人」. [西遊記 傳奇]「誰承望血書 弄假成眞」.

은 대단한 모사여서 함께 절대로 남의 아래에 있을 사람이 아닙니다. 제 어리석은 생각에는 오나라에서 성대한 궁실을 지어주고, 써 그 뜻을 잃게 하며 미색과 물건들을 많이 보내서 귀와 눈을 즐겁게 해주어, 그 일로 하여금 관우와 장비 사이의 정의를 벌어지게 하면, 자연 제갈량과의 사이도 각각 벌어질 것입니다.

그런 연후에 병사를 일으켜 저들을 친다면 대사는 정해질 것입니다. 만약에 이제 이 같은 계책을 따르지 않으면 교룡이 구름과 비를 만날까 두렵습니다. 끝내 연못 속에 갇혀 있는 인물이 아닐 것입니다. 원컨대, 명공께서는 이를 깊이 생각하옵소서.

손권은 읽고 나서 편지를 장소에게 보여주었다.
장소가 말하기를,
"주공근의 지모가 꼭 저희 생각과 같습니다. 유비는 하잘 것 없는 신분에서 몸을 일으켜 천하를 횡행하는 자입니다. 일찍이 부귀를 누려 본 적이 없기 때문에, 만약에 지금이라도 큰 궁실에서 미녀들과 금백 속에서 생활하게 되면 자연히 공명과 관우·장비들과 소원하게 될 것입니다. 그렇게 되면 각자가 원망하는 마음이 생기게 될 터이니, 그런 후에는 형주를 도모할 수 있을 것입니다. 주공께서는 공근의 계책을 따라 이를 속히 행하시기 바랍니다."
한다.
손권이 크게 기뻐하며 그날로 동부(東府)를 수리하게 하고, 널리 꽃과 나무를 심게 하면서 화려한 집기를 준비하게 하였다. 그리고는 현

---

4) **효웅으로서[梟雄之資]** : 사납고 용맹한 영웅의 모습. [後漢書 袁紹傳]「除忠害善 專爲梟雄」. [三國志 吳志 周瑜傳]「劉備以梟雄之姿 而有關羽 張飛 能虎之將 必非久屈爲人用者」.

덕과 누이를 청하여 거기에 살게 하였다. 또 한편으로는 여악 수십여명과 함께 금옥과 금기 등의 물건을 더 보내주었다. 국태께서는 손권의 호의를 기뻐하여 마지않았다. 현덕은 과연 성색에 미혹하여 온전히 형주를 잊고 생각하지 않게 되었다.

한편, 조운과 5백여 군사들은 동부 앞에 머물면서 하루 종일 할 일이 없었다. 단지 성 밖에 나가서 활을 쏘거나 말을 달리는 것이 고작이었다. 벌써 한 해가 다 지나가는 것을 보고 조운이 불현듯 반성하였다. '공명이 이르기를 세 개의 금낭을 나에게 주면서 하나를 남서에이르면 풀어보라 했다. 여기 있은 지 1년이 다 되었으니 두 번째 금낭을 풀어보고 또 위급하여 길이 없을 때에 세 번째 금낭을 풀어보라하였다. 그 안에 신출귀몰하는5) 계책이 있어 주공을 보위하고 돌아갈 수 있을 것이다.

이때는 이미 한 해가 저물고 주공께서는 여색만 탐하고 있어 얼굴을 볼 수조차 없으니, 어찌 제 2의 금낭을 열어서 그 계책을 보고 시행하지 않겠는가?' 하고는, 드디어 금낭을 열어 보았다.

"원래 이런 신책이 있었구나."

하고, 조운은 그날로 부당(府堂) 가까운 곳에 가서 시비에게,

"조자룡이 긴급한 일로 현덕을 뵈러 왔다."

고 하니, 현덕이 조운을 불러들여 물었다.

조운이 거짓 놀란 표정을 지으면서,

"주공께서는 화당(畵堂)에 깊이 들어 계시면서 형주 생각은 안하십니까?"

---

5) **신출귀몰(神出鬼沒)**: 귀신같이 홀연히 나타났다 사라졌다 함. '출몰이 자유자재 함'을 일컫는 말. [唐 戱場語]「兩頭三面 **神出鬼沒**」. [淮南子 兵略訓]「善子之動也 **神出而鬼行**」.

하니, 현덕이 묻기를

"무슨 일이 있기에 그리 놀라는 게요?"

하거늘, 조운이 대답하기를

"오늘 아침에 공명이 사람을 보내 왔는데, '조조가 적벽에서 패한 한을 갚기 위해 정예병사 50만을 이끌고 형주로 짓쳐 온다면서, 심히 위급하게 되었으니 주공께서 빨리 돌아오셔야 한다.' 하였습니다."

하니, 현덕이 대답하기를

"필히 부인과 의논하겠소이다."

한다.

조운이 은밀히 말하기를,

"만약에 부인과 의논하면 틀림없이 주공께서 돌아가는 것을 좋아하지 않을 겝니다. 말하지 않느니만 못할 것이오니, 오늘 밤 늦게라도 곧 떠나시는 게 좋을 것입니다. 늦어지면 일이 잘못될 것입니다."

한다.

현덕이 대답하기를,

"자네 잠시 물러가 있게나. 내 좋은 방법을 찾아보겠네."

한다. 조운은 일부러 두어 차례나 더 재촉하였다. 현덕은 들어가서 손부인을 보고 말없이 눈물만 흘렸다.

손부인이 말하기를,

"장부께서는 무슨 일로 그러십니까?"

하자, 현덕이 대답하기를

"내 한 몸이 타향에서 떠돌고 있으니 낳아주신 부모님을 받들지 못하고 있고, 또 종묘의 제사마저 지내지 못하고 있으니 이에 대역불효입니다. 금년도 세밑이 되니 우울해서 그럽니다."

하니, 손부인이 말한다.

"장부는 나를 속이려 마세요. 내 이미 들어 알고 있습니다! 지금 바야흐로 조자룡에게 형주가 위급하다는 말을 들으셔서 돌아가시려는 것인 줄 압니다. 그래서 그런 말씀을 하시는 것 아닙니까?"

하거늘, 현덕이 무릎을 꿇고

"부인께서 이미 알고 계시니 내가 무얼 속이겠소. 내가 가고 싶지 않으나 형주를 잃는 것이니, 또 천하의 웃음거리가 될 것입니다. 그러나 막상 가려고 생각하니 부득불 부인을 버려야 하겠기에, 이로 인해 번뇌하고 있습니다."

하매, 부인이 공손히 말하기를

"첩은 이미 군자를 섬기는 터이니, 당신이 가시는 곳을 제가 마땅히 따르겠습니다."

한다.

현덕이 권유하기를,

"부인의 마음은 바로 이와 같지만, 국태와 오후께서 어찌 부인께서 가는 것을 용납하시겠습니까? 부인이 만약에 유비를 불쌍히 여기신다면 잠시 동안만 떨어져 있기를 바랍니다."

하고 말을 마치자 눈물이 비 오듯한다.

손부인이 말하기를,

"장부께서는 염려 마세요. 첩이 당장 어머님께 말씀드리면 반드시 함께 가게 해 주실 것입니다."

하거늘, 현덕이 걱정하며

"설혹 국태께서 보내주신다 해도 오후께서는 틀림없이 막을 것입니다."

하니, 손부인이 한참동안 말이 없다가 이에 묻는다.

"첩과 군자께서 정초 어머님을 뵈올 때에 강변에 돌아가 조상께 제사를 드리러6) 가겠다 하면, 말씀드리지 않고도 갈 수 있지 않겠습니까?"

하거늘, 현덕이 다시 무릎을 꿇고 사례하기를

"만약 그렇게만 된다면 죽어도 잊지 않을 것이외다. 절대 입 밖에
내어서는 안 됩니다."

하고, 두 사람의 의견이 모아졌다.

현덕이 몰래 조운에게 분부하기를,

"정월 초하룻날 자네는 군사들을 이끌고 출성하여 있다가 관도에서
기다려라. 내가 조상의 제사를 핑계대고 부인과 같이 갈 것이다."

하자, 조운이 허락하고 나갔다.

건안 15년 춘 정월 원단에 오후는 큰 회연을 열어 문무 백관들이
당상에 모였다. 현덕과 손부인은 국태께 들어가 인사를 올렸다.

그 자리에서 손부인이 말하기를,

"저의 지아비가 부군과 조상들의 묘소가 탁군에 있어서 밤낮으로
상심해 마지않고 있습니다. 오늘 강변에 갔다 오려 하며, 북을 향해
제를 올리고자 하여 어머님께 고합니다."

하자, 국태께서 말씀하시기를,

"이는 효도의 일이 아니냐. 어찌 그 뜻을 따르지 않으랴? 네 비록
구고(舅姑)를 알지는 못한다 해도, 네 남편과 같이 가서 제사를 드리거
라. 그래서 며느리의 예를 다 하라."

하고, 승낙하였다.

손부인과 현덕은 함께 인사를 드리고 물러 나왔다. 이때 손권을 속
이고 부인은 수레에 올랐다. 몸에 따르는 일체의 물건들을 버리고 올
랐다. 현덕은 말에 올라 종자 두세 명만 따르게 한 채 출성하여, 성

---

6) 조상께 제사를 드리러[望祭] : 고향에 갈 수 없는 사람이 타향에서 고향 쪽을
바라보고 드리는 제사. 본래는 '산천에 드리는 제사'의 뜻임. [書經 舜典 望于山
川傳]「九州名山 大川 五嶽 四瀆之屬 皆一時望祭之」. [白虎道 封禪]「望祭山川」.

밖에서 조운과 합세하였다. 5백여 군사들이 앞뒤에서 옹위하고는 남서를 떠나 바삐 달렸다.

그날 손권은 대취하여 좌우가 부축해서 후당에 들어갔고 문무 관료들은 다 흩어졌다. 여러 관리들이 현덕과 부인이 도망한 사실을 탐지했을 때에는 날이 훤히 밝아서였다. 손권에게 보고하려 하였으나 손권은 술에 취해 아직도 깨지 못하였다.

손권이 깨었을 때에는 이미 5경 시분이 다 되어서였다. 이튿날 손권은 현덕이 달아났다는 소식을 듣고는 문무 관리들을 불러서 의논하였다.

장소가 말하기를,

"오늘 이 사람을 달아나게 했다가는 다시 만날 때 필시 화가 생길 것이니 가급적 급히 추격하십시오."

하자, 손권은 진무(陳武)와 반장(潘璋)에게 5백의 정예병을 주어 밤낮을 가리지 말고 급히 쫓아가 잡아오라 하였다. 두 장수가 명을 받고 떠났다. 손권은 현덕에게 어찌 화가 났던지 책상 위의 벼루를 던져 깨버렸다.

정보가 권유하기를,

"주공께서는 공연히 화만 내시지 마세요. 제 생각에는 진무와 반장이 필시 이들을 사로잡아 오지 못할 것 같습니다."

하거늘, 손권이 역정을 내며 말하기를

"감히 내 명령을 어기려는 것이냐!"

하자, 정보가 대답하기를

"군주는7) 어려서부터 무사 보기를 좋아하셨습니다. 또 엄정하며 강

---

7) 군주(郡主) : 황형제(皇兄弟)·황자(皇子)의 딸. [明史 藥禮志]「凡皇姑曰大長公主 皇姉妹曰長公主 皇女曰公主 親王女曰郡主」.

의(强毅)하셔서 여러 장수들이 다 두려워하였습니다. 이미 유비에게 돌아가셨으니 필시 한 마음이 되어 떠났을 것입니다. 추격하는 장수들이 만약에 공주를 만나더라도 어찌 잡아오겠습니까?”
한다.

손권이 크게 노하여 차고 있던 칼을 빼어들고, 장흠과 주태를 불러서 명하면서 말하기를

“너희 두 사람은 이 칼을 가지고 가서 내 누이와 유비의 목을 가져오거라! 명을 어긴 자는 참하리라!”
하자, 장흠과 주태가 명을 받고 군사 3천을 이끌고 급히 쫓아갔다.

한편, 현덕은 채찍을 치며 말을 달려갔다. 그날 밤은 길에서 2경 여만 쉬고는 황급히 달렸다. 멀리 시상군의 경계 즈음에서 바라보니, 뒤에서 흙먼지가 크게 일고 있는 것이 보였다. 군사들은 추격병이 오고 있다고 보고하였다.

현덕은 당황하여 조운에게 묻는다.

“추격병이 거의 이르고 있으니 이를 어찌하면 좋소?”
하자, 조운이 대답하기를

“주공께서는 먼저 가시지요. 제가 뒤를 맡겠습니다.”
하며 앞의 산자락을 돌아가는데, 한 떼의 군마가 길을 막고 나선다.

앞에 선 두 장수가 목소리를 높여, 말하기를

“유비는 빨리 말에서 내려 포박을 받으라! 나는 주유 도독의 명을 받고 여기에서 지키고 있은 지 오래이다.”
한다.

원래 주유는 현덕이 달아날 것이 걱정되어서 먼저 서성과 정봉을 시켜 3천군을 이끌고 주요한 곳에서 지키게 하고는, 높은 데 올라가 망을 보게 하고 있었다. 현덕이 육로로 간다면 필시 이 길을 지날 것

이었기 때문이다. 그날은 서성과 정봉이 현덕 일행이 오는 것을 보고, 각기 병장기를 가지고 길을 막았다.

현덕이 당황하여 말머리를 돌려 조운에게,

"앞에는 길을 막는 병사들이 있고 뒤에서는 추격병이 있어 앞뒤 모두 길이 없으니, 이때는 어떻게 해야 하겠소?"

하니, 조운이 대답하기를

"주공께서는 당황해 하지 마십시오. 군사께서 세 가지 묘책을 주셨으니 그것이 낭중에 있습니다. 이미 두 주머니를 열었더니 모두 응함이 있었습니다. 이제 아직도 셋째 금낭이 여기 있습니다. 위급할 때에 열어보라 분부하셨으니, 이제 열어 보겠습니다."

하고, 곧 금낭을 열어 현덕에게 드렸다. 현덕이 받아보고 급히 군사들 앞에 나서서, 손부인에게 울며 말하기를

"유비의 마음속에 있는 말을 이제 털어 놓아야 할까 봅니다."

하니, 부인이 대답하기를

"장부께서 무슨 말씀이기에 할 것이 있으면 어서 말씀해 주세요."

한다.

현덕이 걱정스레 말한다.

"지난날 오후와 주유가 공모하여 부인을 유비에게 시집가게 한 것은 실제 부인을 위한 것이 아니라, 이에 유비를 곤란하게 하여 형주를 빼앗으려는 것이었습니다. 형주를 빼앗으면 반드시 유비를 죽일 것입니다. 이것은 부인을 통해 유비를 낚기 위한 좋은 미끼로 삼은 것입니다.

유비가 죽음을 두려워하지 않고 여기에 온 것은 부인께서 남자와 같은 마음을 가지고 있음을 알기 때문에, 능히 유비를 도울 수 있으리라 생각한 때문입니다. 어제 오후께서 나를 해하려 한다는 소문을 들

었기 때문에, 형주에 어려운 일이 있다고 핑계대고 돌아가기로 계획을 세운 것입니다.

다행히도 부인께서는 저를 버리지 않고 함께 여기까지 이른 것입니다. 이제 오후께서 뒤를 추격하고 있고 주유 또한 사람을 시켜 앞을 막고 있어서, 부인이 아니면 이 화를 풀 방법이 없습니다. 그러나 부인께서 허락하지 않으신다면, 저는 수레 앞에서 죽어 부인의 은덕을 갚으려 합니다."

하니, 부인께서는 노하면서 말하기를

"제 오라비는 이미 나의 위친골육이8) 아닙니다. 제가 무슨 낯으로 다시 군자를 뵙겠습니까! 오늘의 위기는 제가 마땅히 풀 것입니다."

하고, 종인들을 꾸짖어 수레를 곧장 나가게 하며, 수레의 발을 걷어 올리고 직접 서성과 정봉을 꾸짖으며 말하기를

"네 두 사람이 반기를 들려 하느냐?"

하니, 두 장수가 황망하여 말에서 내려 무기를 버리고 목소리를 부드럽게 하며 수레 앞에 나가서,

"저희들이 어찌 감히 모반을 하겠나이까. 주도독의 명을 받들어 이곳에 병사들을 주둔하고 유비를 기다리고 있는 중입니다."

하거늘, 손부인이 크게 노하여

"주유 이 역적놈이! 내 동오에서 일찍이 너를 홀대한 것이 무엇이냐! 현덕은 대한의 황숙이요 내 남편이다. 내 이미 어머니와 오라버니께서도 형주에 가는 것을 알고 계신 터이다. 지금 너희 두 사람은 산 모퉁이에 있다가 군사들을 이끌고 나서서 우리 부부의 재물을 약탈하려는

---

8) 위친골육(爲親骨肉) : 부모나 자식·형제자매 등 가까운 혈족. 「골육지정」(骨肉之情). [呂氏春秋]「父母之於也子 子之於父母也 謂骨肉之情」. [禮記 文王世子篇]「骨肉之情 無絶也」.

것이냐?"

한다.

서성과 정봉이 소리를 낮추며 말하기를,

"아닙니다. 부인께서는 노여움을 푸십시오. 이 일은 저희들의 생각
이 아니라 주도독의 명령이었습니다."

한다. 손부인이 저들을 꾸짖으며,

"너희는 주유가 두려우냐 내가 더 무서우냐? 주유가 너희들을 죽일
수 있다면 낸들 어찌 주유를 못 죽이겠느냐?"

하며, 한바탕 주유를 꾸짖었다. 그리고 종인들에게 수레를 앞으로 밀
라 하였다.

서성과 정봉이 생각하기를,

"우리가 신하로서 어찌 감히 부인을 꺾을 수 있으랴?"

하고, 또 조운이 화가 나서 있는 것을 보고는, 군사들을 옆으로 비켜
서게 하고 길을 터서 지나가게 하였다.

그들이 5, 6리도 못 가서 뒤에서 진무와 반장이 급히 왔다. 정봉이
유비에 관한 이야기를 자세히 하자, 두 장수가 말하기를

"너희들이 저들을 놓아 보낸 것은 잘못한 것이오. 우리 두 사람이
오후의 뜻을 받들고 추격하여 저들을 데리고 가려던 것이었네."

한다. 이에 네 장수가 병사를 합쳐 길을 재촉하여 급히 추격하였다.

현덕은 가고 있다가 뒤에서 함성이 크게 일어나는 소리를 듣고, 손
부인에게 묻기를

"뒤에서 추격병이 또 따라오니 이를 어찌하면 좋겠습니까?"

하니, 부인이 대답한다.

"장부께서 먼저 가세요. 나와 자룡이 뒤를 맡겠습니다."

하였다. 현덕은 먼저 3백의 군사들을 이끌고 강안을 바라며 달렸다.

자룡은 수레 곁에서 말고삐를 잡고 장수들을 벌여 세우고 저들이 오기를 기다렸다. 네 장수가 손부인을 보고 말에서 내려 손을 맞잡고 섰다.

부인이 묻기를,

"진무·반장 두 장군은 여기에 또 무슨 일인가요?"

하자, 두 장수가 대답한다.

"주공의 명을 받들어 부인과 현덕을 모시러 왔습니다."

하거늘, 부인이 정색을 하며,

"도대체 네 놈들은 철부지구나. 또 우리 오라비와 나를 이간질하여 불화하게 하려는 게냐! 나는 이미 다른 사람에게 시집갔는데, 오늘 돌아가는 것은 모름지기 다른 사람과 달아나는 것과 성격이 다르지 않느냐. 내 어머님께 말씀드리고 남편을 따라서 형주에 가는 것이다.

이는 오라버니가 오신다 해도 예를 어기지 못할 터인데, 너희 두 사람이 병사들을 데리고 와서 위협하며 나를 죽이려 하는 것이냐?"

하며, 장수들의 얼굴을 하나하나 보며 꾸짖었다.

각 장수들이 생각하기를

"저들은 1만 년이 지나도 남매간이고 또 국태의 공주라. 오후는 이름난 효자라 어찌 감히 어머니의 말씀을 어기겠는가? 내일이라도 역정을 내신다면, 우리만 우습게 되는 것이렸다. 인정이나 쓰는 게 낫지."

하고, 또 현덕이 보이지 않고 조운이 눈을 부릅뜨고 있어 시살할 태세라. 이로 인해 네 장수들이 예예를 연발하면서 물러갔다. 손부인이 수레를 가게 했다.

서성이 말하기를,

"우리 네 사람이 함께 주도독에게 가서 이 사실을 아룁시다."

하고서도 서로 미루고 있는데, 문득 한 떼의 군사들이 바람을 일으키며 오는 것이 보이거늘, 보니 장흠과 주태였다.

두 장수가 묻기를,

"자네들은 현덕을 보았느냐?"

한다.

네 장수가 대답하기를,

"새벽에 여기를 지났으니 벌써 반나절은 되었소이다."

하거늘, 장흠이 소리치며 묻기를

"어찌 잡지 않았느냐?"

하매, 네 사람들이 손부인이 한 말을 하였다.

장흠이 다시 말하기를,

"오후께서 이런 일이 있을까 걱정하셔서 우리에게 검을 주시며, 먼저 누이를 죽이고 유비를 죽이라시며 이를 어기는 자는 모두 참하라 하셨네!"

한다.

네 사람이 묻기를,

"이미 멀리 갔을 터인데 어떻게 하면 좋겠습니까?"

한다.

장흠이 말하기를,

"저희는 보군이니 멀리는 못 갔을 게요. 서서와 정봉 두 장군은 빨리 가서 도독께 보고하세요. 그리고 수로로 쾌선을 내어 빨리 쫓으시오. 우리 네 사람은 해안에 있다가 급히 추격하리라. 수륙 간에 물을 것 없이 쫓아가 죽이고 저들의 말은 일절 들을 게 없소이다."

하였다.

서성과 정봉 두 사람은 급히 가서 주유에게 알리고, 정흠·주태·진무·반장 등 네 사람은 병사들을 거느리고 연안으로 급히 쫓았다.

한편, 현덕 일행은 인마가 시상현에서 멀리 벗어나 유랑포(劉郎浦)에 이르자 겨우 마음이 놓였다. 강안에 나와 건널 방법을 찾았으나 강물만 질펀하고 배가 한 척도 없었다. 현덕은 머리를 숙이고 침읍하였다.

그때 조운이 묻기를,

"주공께서는 호랑이 입 속에 있다가 겨우 도망해 나와 지금 이 지경에까지 왔으니, 제 생각에는 군사께서 필시 준비한 것이 있을 것입니다. 무얼 그리 걱정하십니까?"

하자, 현덕이 듣고 나서 불현듯 오나라의 번화했던 일이 떠올라서 눈물이 흐르는 것을 깨닫지 못하였다.

후세 사람이 이를 한탄한 시가 있다.

오나라와 촉나라가 이 물가에서 성혼을 하니
보옥으로 휘장을 꾸미고 집을 화궁으로 지었구나.
　　吳蜀成婚此水潯
　　明珠步幛屋黃金.

누군들 한 여자와 천하를 저울질할 줄 알았으며
유랑이 정치심을9) 바꾸려 할 줄 알았으랴.
　　誰知一女輕天下
　　欲易劉郎鼎峙心.

---

9) 정치심(鼎峙心) : 천하를 삼분(三分)하여 그 하나를 차지하고 싶어하는 마음. 솥 발과 같이 세 방면으로 대치하여 서 있음을 이름. [三國志 吳志 孫權傳]「故能自擅江表 成鼎峙之業」. [入蜀記]「登華嚴羅漢閣 與盧舍閣 鐘樓鼎峙 皆極天下之壯麗」.

현덕은 조운에게 앞에 배들이 있는지 찾아보게 하고 있는데, 보고하기를 문득 뒤에서 먼지가 하늘 높이 치솟는 것이 보인다 하였다. 현덕이 좀 높은데 올라가서 보니 군마가 땅을 덮으며 오는 것이 보였다.

현덕이 탄식하며 한탄하기를,

"계속 달려 인마가 모두 지쳤는데, 추격병이 또 쫓아오고 있으니 죽을 곳마저 없구나!"

하고 있는데, 함성은 점점 가까워지고 있었다.

바로 그 급박한 때에 강안의 한 곳에서 돛단배 20여 척이 한 줄로 늘어서 오는 것이 보였다.

조운이 반가워하며 말하기를,

"다행히 배가 있습니다! 어찌 속히 타시고 건너쪽 해안에 가서 다시 있을 곳을 찾아보려 하지 않으십니까?"

하니, 현덕과 손부인이 곧 배를 타고 달아났다. 자룡도 5백의 군사들을 이끌고 배에 올랐다. 보니 선창에 한 사람이 윤건에 도포를 입고 큰 소리로 웃으면서

"주공을 또 뵈오니 기쁩니다! 제갈량이 이곳에서 기다리고 있은 지 오래되었습니다."

하거늘 보니, 배 안에 선객처럼 분장한 사람들 모두가 형주의 수군이었다.

현덕은 크게 기뻐하였다. 얼마되지 않은 사이에 네 장수들이 급히 쫓아왔다.

공명이 웃으며 해안에 있는 사람들을 보고,

"내 이미 모든 경우를 계산해 두었소. 너희들은 돌아가서 주랑에게 더 이상 미인계를 쓰지 말라 하거라."

한다. 그때, 해안에서 화살이 어지럽게 날아왔으나 배가 이미 멀어졌

다. 네 명의 장수들은 멍청히 바라만 보고 있어야 했다.

현덕이 공명과 같이 가고 있을 때, 홀연 강 위에서 함성이 진동하였다. 머리를 돌려 보니 수많은 전선들이 보였다. 수자기 아래에는 주유 자신이 수전에 익숙한 병사들을 거느리고 있었다. 왼쪽에는 황개 장군이 오른편에는 한당이 있는데, 그 위세가 마치 나는 말과도 같고 떨어지는 유성과도 같았다. 점점 빨리 오고 있었다.

공명이 배를 북쪽 해안에 대게 하고는 배를 버린 후, 다 해안에 올라 수레와 말을 타고 달아났다. 주유는 급히 강가에 이르러 강안에 올라 추격하였다. 대소 수군들이 다 보행이고 장수들만 말을 타고 있었다. 주유가 앞에 서고 황개·한당·서성·정봉 등이 급히 뒤를 쫓았다.

주유가 묻기를,

"이곳이 어디냐."

하니, 군사가 대답하기를

"앞이 바로 황주의 경계입니다."

하거늘, 그때는 현덕의 군마가 멀지 않아 보였다. 이에 주유는 힘을 다해 추습하였다. 한참 쫓고 있는데 포향소리가 나며 산골짜기에서 한 떼의 군사들이 칼을 들고 나서니, 앞장 선 장수는 관우였다.

주유가 놀라서 말을 돌려 급히 달아나거늘 운장이 뒤를 급히 쫓자, 주유는 말을 달려 죽으라고 달아났다. 한참 달아나고 있는데, 왼쪽에서는 황충이 오른편에서는 위연이 양쪽에서 짓쳐 와 오병들은 대패하였다.

주유가 황급히 배를 내어 오르려 할 때에, 해안에서 군사들이 큰 소리로

"천하를 안정시키겠다던 주랑의 묘책이, 부인을 모셔다 드리고 군사까지 반이나 잃었구나!"[10]

하며 외친다.

주유가 노하며 말하기를,

"내 다시 언덕에 올라가서 죽기로 싸우리라!"

하자, 황개와 한당이 그를 힘써 막아섰다.

주유가 속으로 생각하기를,

"내 계책이 이롭지 못했으니, 무슨 낯으로 가서 오후를 뵙겠는가!"

하고, 큰 소리로 부르짖다가 금창이11) 터져 배 위에 쓰러졌다. 여러
장수들이 급히 구하였으나 오랫동안 깨어나지 못하였다.12)

이에,

두 번씩이나 계책이 모두 틀어지니
오늘은 창피함을 억제할 수 없구나.
兩番弄巧翻成拙
此日含嗔却帶羞.

주랑의 목숨은 어찌 되었을까 알 수가 없다. 하회를 보라.

---

10) 천하를 안정시키겠다던 주랑의 묘책이, 부인을 모셔다 드리고 군사까지 반이
나 잃었구나! : 원문에는 '周郎妙計安天下 陪了夫人又折兵!'으로 되어 있는데,
'천하를 안정시키겠다던 주랑의 묘책이, 부인을 모셔다 드리고 군사까지 반
이나 잃었구나'임. 「묘계」. [中文辭典]「猶言 妙算 妙略 妙策」.

11) 금창(金瘡) : 칼·화살 등 금속의 날에 다친 상처. [六韜 龍韜 王翼]「方士三人主
百藥 以治金瘡」. [晉書 劉曜載記]「使金瘡醫李永療之」.

12) 오랫동안 깨어나지 못하였다[不省人事] : 인사불성(人事不省). 세상일을 모
를 만큼 정신을 잃고 의식이 없음. [朱震享心法 中暑]「戴思恭云 暑風者 夏月卒
倒 不省人事者 是也」. [孟子 告子篇 上]「人事之不齊也」.

제56회

조조는 동작대에서 큰 잔치를 베풀고
공명은 세 번째 주공근의 화를 돋우다.
　曹操大宴銅雀臺
　孔明三氣周公瑾.

이때, 주유는 제갈량이 미리 매복해 두었던 관공·황충·위연 등 세
장수들의 엄습을 받고 크게 패하였다. 주유는 가까스로 황개와 한당
의 도움을 받아 배에 오르긴 했으나, 수군들을 무수히 잃었다. 거기다
가 현덕과 손부인의 수레·거개·하인·종인들이 멀리 산마루에 가 있
는 것을 바라보고 있으니, 어찌 기가 막히지 않겠는가? 화살을 맞은
상처가 아직 낫지 않았는데 그로 인해 노기가 갑자기 이니, 상처를
꿰맨 부위가 터져서 땅에 혼절하던 것이다.

여러 장수들이 구해 깨어나서 겨우 배를 타고 도망갈 수 있었다. 공
명은 급히 추격하지 않게 하고, 현덕과 함께 형주로 돌아가서 기쁨을
나눴다. 그리고 장수들에게 상을 내렸다.

주유는 시상으로 돌아갔다. 장흠 등 일행의 인마가 남서로부터 돌아
와 손권에게 보고하였다. 손권은 분노를 이기지 못하고 정보를 도독으
로 삼아 군사를 일으켜서 형주를 뺏으려 하였다. 주유 또한 편지를
보내 군사를 동원해서 분함을 씻기 원했다.

그러나 장소가 간하기를,

"아니 됩니다. 조조는 밤낮으로 적벽의 한을 생각하고 있으나, 손권과 유비가 협력하고 있는 것이 두려워 감히 기병을 못하고 있는 것입니다. 이제 주공께서 만약에 한 때의 분노로써 저를 병탄하려 한다면, 조조는 필시 허점을 틈타서 공격해 올 것이며 그렇게 되면 나라의 형편이 위태로워질 것입니다."

하니, 고옹이 나서서 말하기를

"허도의 세작이 어찌 이곳에 없겠습니까? 만일에 손권과 유비가 불목하고 있다는 것을 알면, 조조는 필시 사람을 시켜 유비와 합세할 것입니다. 유비는 동오가 두려워 틀림없이 조조에게 투항할 것이며, 이렇게 된다면 강남은 언제 편한 날이 있겠습니까?

우리가 취할 계책으로는 사람을 허도로 보내서, 유비에게 형주목이 되게 하는 것입니다. 조조가 이런 사실을 알면 곧 두려워서, 감히 동남에 병사를 더하지 못할 것입니다. 또 유비로 하여금 주공께서 한스러워 하지 않고 있다는 사실을 알게 하고, 그런 연후에 심복을 시켜 반간계를1) 쓰십시오. 그리하여 조조와 유비가 서로 싸우게 되면, 그 틈을 타서 공격하면 저를 도모할 수 있을 것입니다."

한다.

손권이 묻기를,

"원탄의 말이 옳소. 다만 누구를 사신으로 보낼지 생각해 보시오?"

하거늘, 고옹이 대답하기를

"여기 한 사람이 있는데 왜 보내지 않습니까? 이는 조조가 존경하

---

1) 반간계(反間計) : 이간책. 적의 사람으로 가장하여 진중에 들어가서 상대방을 교란하는 계책을 이름. [史記 燕世家]「說王仕齊爲反間計 欲以亂齊」. [孫子兵法 用間篇 第十三]「故用間有五 有因間 有內間 有反間 有死間 有生間……反間者 因其敵間 而用之」. 이간책(離間策). [晉書 王豹傳]「離間骨肉」.

는 사람입니다."

하거늘, 손권이 누구냐고 물으니 고옹이 대답하기를,

"여기 화흠(華歆)이 있는데 왜 저를 보내지 않습니까?"

한다.

손권이 크게 기뻐하며 곧 화흠을 시켜, 표문(表文)을 가지고 허도로 가게 하였다. 화흠은 빠른 길로 해서 허도에 가 조조를 만나려 했으나, 조조가 군신들을 업군(鄴郡)에 모아놓고 동작대에서 잔치를 한다는 소식을 듣고 업군에 가서 조조를 만났다.

조조는 적벽에서 패한 이후부터는 늘 원수 갚을 생각만 하고 있었는데, 손권과 유비가 힘을 합치고 있어서 감히 가벼이 진군하지 못하고 있었다. 때는 건안 15년 봄. 동작대의 조성이 끝났다. 조조는 이에 문무 관료들을 업군에 모이게 하고 축하의 잔치를 벌였다.

그 대는 바로 장하(漳河)에 임해 있었는데, 중앙의 동작대를 중심으로 하여 왼편에는 옥룡대, 오른편에는 금봉대로 높이가 10장이고, 위에 가로 두 다리가 있어 서로 오갈 수 있게 되어 있었다. 천문만호에 금벽(金碧)이 휘황하였다. 이날 조조는 머리에 감보금관(嵌寶金冠)을 쓰고 몸에는 녹금나포(綠錦羅袍)를 입었다. 허리에는 옥대를 띠고 붉은 신발을 신고 높직이 앉아 있었다. 문무 관료들은 다 대하에서 시립하고 있었다.

조조는 무관들의 궁술 재주를 보려고 근시로 하여금 서천 홍금전포(西川紅錦戰袍) 한 벌을 수양버들 가지에 걸어놓고, 그 아래에 화살의 과녁을2) 설치해 놓게 하되 거리는 백 보가 되도록 하였다. 무관들은 두

---

2) 화살의 과녁[箭垛] : 흙을 다져 넣은 과녁(貫革). [宋記 樂書]「貫革之射息. (集解) 貫革 射穿甲革也」.

대로 나누어, 조씨 종족들은 모두 붉은 색을 입게 하고 나머지 장사들은 녹색을 입게 하였다. 그리고는 각자가 활과3) 화살을 가지고 말을 타고 지휘를 받도록 하였다.

조조는 영을 전하기를,

"화살이 과녁의 홍심을4) 맞추는 자에게는 곧 금포(錦袍)를 줄 것이나, 맞추지 못한 자에게는 벌로 물 한 대접을 주겠소."

하였다.

호령이 내려지자 홍포를 입은 편에서 한 젊은 장수가 말을 몰고 나섰다. 여러 사람들이 저를 보니 조휴(曹休)였다.

조휴는 말을 타고 나는 듯이 달려 왕래하기를 세 번하고 나서, 시위에 살을 먹여 활을 당기자 화살이 홍심에 적중하였다. 금고가 일제히 울리며 여러 사람들이 다 갈채를 보냈다.

조조는 동작대 위에서 크게 기뻐하고,

"이 아이가 우리 가문의 새끼 천리마구나!"5)

하며 막 사람들을 시켜 조휴에게 금포를 전하려 하는데, 녹포를 입은 편에서 한 사람이 말을 타고 나오며 외치기를

"승상께서 내리시는 금포는 타성(外姓)이 먼저 취하는 것이 합당하

---

3) 활[雕弓] : 꽃모양을 새긴 활. [漢書 司馬相如傳] 「左烏號之雕弓」. [文選 枚乘 七發] 「左烏號之雕弓」

4) 홍심(紅心) : 과녁의 관 속의 붉은 칠을 한 동그란 부분. [潛確類書] 「天宮巧 洛殷澹 紅心 猩猩暈等」.

5) 우리 가문의 새끼 천리마구나[千里駒] : 천리마의 새끼. 조조가 족자(簇子)에 게 쓰던 애칭으로, 천리마가 뛰어난 말이듯이 '미래에 뛰어난 인재가 될 것임' 을 비유하는 말임. 원문에는 '此吾家 千里駒也!'로 되어 있음. [楚辭 卜居] 「寧 昻昻若千里駒乎 將汎汎若水中之鳧乎」. [三國志 魏志 曹休傳] 「魏曹休參十餘歲 太祖擧義兵 易姓名 間行歸 太祖謂左右曰 此吾家 千里駒也」.

며, 종족 중에서 가져가는 것은 온당치 않습니다."

한다.

조조가 그 사람을 보니 문빙이었다.

여러 장수들이 말하기를,

"문중업(文仲業)의 활 쏘는 것 좀 보십시다."

하거늘, 문빙이 활에 화살을 먹이고 말을 몰아 나가며 한 화살을 홍심
에 맞혔다. 여러 관리들이 모두 갈채를 보내며 금고를 울렸다.

문빙이 큰 소리로 말하기를,

"빨리 전포를 가져 오너라."

하며, 홍포 쪽을 보니 또 한 장수가 나는 듯이 말을 달려 나오며, 목소
리를 가다듬고 말하기를

"문열(文烈)이 먼저 쏘았는데 자네가 어찌 이를 빼앗으려 하는가? 내
가 자네들 두 사람의 활솜씨에 화해를 붙여 줄 터이니 보게나!"

하며, 활을 당겨 단번에 홍심을 맞추었다. 여러 사람들이 모두 갈채를
보내며 그를 보니 조홍이었다.

조홍이 전포를 가지고자 하는데, 녹포대 편에서 또 한 장수가 나서
며 활을 들고 말하기를,

"자네 세 사람들의 사법(射法)이 모두 기이할 게 무에 있소. 내 활
솜씨를 보소!"

한다. 여러 사람들이 저를 보니 장합이었다.

장합은 말을 달리며 몸을 뒤채 뒤로 활을 쏘니 그것이 홍심이 꽂혔
다. 네 개의 화살이 가지런히 홍심 속에 꽂혀 있음을 보고, 여러 관리
들이 말하기를

"훌륭한 솜씨구나!"

하며, 감탄하였다.

그때 장합이 외치기를,

"금포는 모름지기 내 것이로다!"

하거늘, 말이 끝나기도 전에 홍포대 쪽에서 한 사람이 말을 달려 나오며

"네가 몸을 뒤채 뒤에서 쏘는 것이 뭐가 대수냐. 무에가 그리 신기하냐! 내가 홍심을 맞추는 것을 보아라!"

한다. 모두들 보니 하후연이었다.

연은 말을 몰아 사선으로 나서며 몸을 돌려 화살을 쏘니, 네 개의 화살 중앙에 꽂혔다. 금고가 요란하게 울렸다.

하후연이 말고삐를 당기고 활을 끌어안으며 묻기를,

"이 화살이 금포를 차지할 만하지 않느냐?"

하는데, 녹포대 쪽에서 한 장수가 나오면서 큰 소리로

"멈추거라, 이 금포는 나 서황의 것이다!"

하며, 나선다.

하후연이 묻기를,

"네 무슨 사법이 있기에 내 전포를 빼앗으려 하느냐?"

하니, 서황이 말하기를

"자네가 홍심을 맞추었지만 진기한 것이 없소. 내가 금포를 취할 터이니 보시오!"

하며, 활에 화살을 먹여 버드나무 가지를 보고 쏘니 버들가지가 부러지며 금포가 땅에 떨어졌다. 서황이 나는 듯이 금포를 취하여 몸에 걸치고, 말을 달려 대 앞에 가서 목소리를 낮추어 말한다.

"승상께서 금포를 주셔서 사례합니다!"

하자, 조조와 여러 관료들이 칭송하지 않는 이가 없었다.

그러나 서황이 겨우 말에 오르려 할 때에 맹렬하게 대위로 뛰어오르는 녹포 쪽 장수가 있었다.

그가 나서며 큰 소리로 말하기를,

"장군은 금포를 가지고 어디로 가시는 게요? 빨리 나에게 내놓으시오!"

한다. 모두들 보니 허저였다.

서황이 말하기를,

"금포는 이미 여기에 있소이다. 장군께서는 어찌 이를 **빼앗으려** 하는 것입니까!"

하거늘, 허저가 대답하지 않은 채 말을 달려와서 금포를 **빼앗으려** 한다.

두 말이 가까워지자 서황은 곧 활을 잡아 그 활로 허저를 때렸다. 허저가 한 손에 활을 잡고 서황을 잡아 안장에서 끌어내리려 하였다. 서황은 황급히 활을 버리고 몸을 돌려 말에서 내려, 두 사람이 붙잡고 서로 싸운다. 조조가 급히 사람을 보내 싸움을 말렸다. 이미 금포는 모두 찢어졌다. 조조는 두 사람에게 모두 대위로 오르라 했다. 서황은 눈을 부릅뜨고 허저는 이를 북북 갈며6) 서로가 싸울 태세였다.

조조가 웃으며 말하기를,

"내 공들의 용기를 보았소이다. 어찌 금포 따위를 아끼겠소?"

하며, 곧 여러 장수들을 다 대 위에 오르게 해서 촉금(蜀錦) 한 필씩을 하사하니 모든 장수들이 사례하였다.

조조가 각자의 위치에 따라 앉도록 명했다. 음악소리가 다투듯 연

---

6) 이를 북북 갈며[切齒咬牙]: 분개하여 이를 갊. '아주 분(忿憤)해 함을 일컫는 말'임. [吳越春秋 闔閭內傳]「伍員 **咬牙切齒** 將一切眞情 具實奏於吳王」. [水滸傳 第六十九回]「衆多兄弟 被他打傷 **咬牙切齒** 盡要來殺張淸」. 「절치부심(切齒腐心)」. [史記 刺客 荊軻傳]「樊於期偏袒 搤椀而進日 此臣之日夜**切齒腐心** (注) **切齒** 齒相磨切也」. [戰國策 燕策]「荊軻私見樊於期日 願得將軍之首 以獻秦王 秦王必喜而召見臣 臣左手把其袖 右手揕其胸 則將軍之仇報 而燕國見陵之恥除矣 樊於期日 此臣之日夜**切齒扼腕** 乃今得聞敎 遂自刎」.

주되고 갖가지 음식이 나왔다. 문관과 무관이 차례로 잔을 잡아 헌주가 오갔다.

조조가 여러 문관들을 돌아보며,

"무관들은 이미 말 타기로 즐거움 삼아 위용을 드러냈소이다. 공들은 다 작문에 능한 선비들이고 이 높은 데에 올랐으니, 아름다운 문장들을 내어서 한 때의 즐거운 일을 기록하지 않으려오?"

하자, 여러 관리들이 다 허리를 굽히며7)

"명령[釣命]대로 하겠나이다."

하였다.

그때에 왕랑(王朗)·종요(鍾繇)·왕찬(王粲)·진림(陳琳) 등 문관들이 시를 지어 바쳤다. 시의 내용 중에는, 조조의 공덕이 외외(巍巍)함을 칭송하며 천명을 따르는 것이8) 합당하다는 것이 많았다.

조조가 한 번 훑어보고 나서 웃으면서,

"여러분들의 작품이 지나치게 나의 명예를 예찬하였소. 나는 본래 변변치 못하나 처음 효렴으로9) 뽑혔소이다. 그 후 곧 대란이 일어나서 초동(譙東) 50여 리 밖에 정사를 짓고 봄 여름에는 책을 읽고 가을 겨울에는 사냥을 하면서, 천하가 청평(淸平)되기만을 기다려서 비로소 출사하려 했소이다. 뜻밖에도 조정에서 전군교위로 나를 부르셨소. 마침내 나는 뜻을 바꾸어 국가의 적을 토벌하여 공을 세우리라 마음

---

7) 다 허리를 굽히며[躬身] : 몸을 굽힘. [國語 越語下]「將妨於國家 靡王**躬身**」. [長生殿 覓魂]「俺這里靜稍稍 壇上**躬身**等」.

8) **천명을 따르는 것[受命之意]** : 천명의 뜻을 받음. 「수명지군」(受命之君)은 천명을 받아 제위(帝位)에 오른 임금. [史記 周紀]「西伯蓋**受命之君**」.

9) **효렴(孝廉)** : 한조 때 관리를 등용하던 제도가 있었는데 이를 '효렴과'라 했음. 군의 수(帥)는 효도가 지극하고 청렴한 사람을 조정에 천거하였는데, 이 천거를 받은 사람을 이름. [漢書 武帝記]「初令郡國擧**孝廉** 各一人」.

먹고, 사후 묘비에 '한고정서장군조후지묘(漢故征西將軍曹侯之墓)'라고 쓰이는 것이 평생 원하는 것이었습니다.

생각해보니 동탁을 토벌하고부터 황건적을 초멸한 이래, 원술을 제거하고 여포를 파하고 원소를 멸하고 유표를 평정하여 드디어 천하가 평정되었으며, 내가 재상이 되어 사람으로서 귀함이 이미 최고에 이르렀으니 또 무엇을 바라겠소? 나라에서도 나와 같은 사람은 없을 터이니 정말로 몇 사람이나 황제란 칭호를 들을지 알 수 없으며, 또 몇 사람이나 왕이란 칭호를 듣겠소.

혹자는 내 권세가 중한 것을 보고 생각하기를, 내가 딴 마음을 품고 있지나 않을까 하고 망령된 생각을 하기도 하지만, 이는 크게 잘못된 생각이외다. 나는 항상 공자가 문왕의 지극한 덕을 칭송하던[10] 생각을 하며, 이 말들을 마음에 새기고 있습니다. 다만 내가 군사들을 버리고 봉토(封土)인 무평후의 나라로[11] 가고 싶어도, 사실 이는 불가능한 것이외다.

왜냐하면 내가 한 번 병권을 내어 놓는다면, 나를 해치려는 사람이 있을까 걱정되고, 또 내가 없어지면 나라가 위태로울까 걱정되기 때문이외다. 이로 인해 헛된 이름에 연연하지 않고, 다가올 화에 실질적으로 대처하려는 것이오. 여러분들께서는 나의 뜻을 아는 사람이 분명히 없을 것이오."

---

10) 공자가 문왕의 지극한 덕을 칭송하던[孔子稱文王至德] : 공자는 '주나라는[文王] 천하를 삼분하여 그 중 둘을 차지하고서도 은(殷)나라에 복종하였으니, 주나라의 덕이야 말로 지극하다고 말할 수 있다'라고 칭송하였음. [論語 泰伯篇]「孔子曰……三分天下有其二 以服事殷 周之德 其可謂至德也已矣」.

11) 무평후의 나라[武平侯之國] : 병권과 승상의 자리를 내어놓고 후작의 봉국(封國)으로 돌아간다는 뜻으로, 명예·물질 등의 향수(享受)는 있어도 권세는 없는 은거 생활을 이름.

하거늘, 모든 사람들이 다 일어나 절하며

"비록 이윤이나12) 주공이라13) 하더라도 승상에게는 미치지 못할
것입니다."

하였다.

　후세 사람의 시가 있다.

　　주공이 헛소문을14) 두려워하던 날과
　　왕망이 선비들을 공손히 대하던 때라.15)
　　　周公恐懼流言日
　　　王莽謙恭下士時.

　　설령 그때 그 시절에 세상을 마쳤다면
　　한평생 진위를 아는 이 뉘 있으리오!
　　　假使當年身便死
　　　一生眞僞有誰知!

---

12) 이윤(伊尹) : 신야(莘野)에서 농사를 짓던 상(商)의 현신(賢臣). [中國人名]「一名
　 摯 耕於薪野 湯以幣三聘之 遂幡然而起 相湯伐桀救民 以天下爲己任……湯崩 其孫
　 太甲無道 伊尹放之於桐三年 太甲悔過 復歸於亳」.

13) 주공(周公) : 주의 성왕(成王)을 보좌했던 인물임. [越絕書 越絕吳內傳]「武王
　 封周公 使傅相成王……當是之時 賞賜不加於無功 刑罰不加於無罪 天下家給人足
　 禾來茂美 使人以時 說之以禮 上順天地 澤及夷狄」.「섭정」. [書經 金縢傳]「武王
　 死 周公攝政」. [詩經 豳風狼 跋序]「周公攝政」.

14) 헛소문[流言] : 뜬소문. [書經 周書篇 金縢]「武王旣喪 管叔及其群弟 乃流言於
　 國日 公將不利於孺子」. [詩經 大雅篇 蕩]「流言以對」. [荀子 致士篇]「流言流說
　 流事流謀」.「와언」(訛言). 사실과 달리 잘못 떠도는 말. [詩經 小雅篇 正月]「民
　 之訛言 亦孔之將」. [後漢書 馬嚴傳]「時京師訛言 賊從東方來」.「유언」(流言).

15) 왕망이 선비들을 공손히 대하던 때라[王莽恭下士] : 왕망이 선비들을 공손하
　 게 대우함. [張載詩]「中朝方有道 下士實同休」. [吳志 孫和傳]「好學下士」

조조는 연거푸 서너 잔을 마시고 나서도 깊이 취하는 것을 깨닫지 못하고, 좌우에게 필연을 가져오게 하고 동작대 시를 쓰려고 했다.

막 붓을 들려 하는데, 갑자기 첩보가 들어오기를

"동오에서 사신 화흠이 유비를 형주목으로 삼고자 하는 표주를 가지고 왔습니다. 그리고 손권이 누이를 유비에게 시집보내, 한수 연안 9주의 태반이 유비에게 돌아갔습니다."

하였다. 조조가 이를 듣고 놀라 손이 떨리면서, 붓을 땅에 던져 버렸다.

이것을 보고 정욱이 묻기를,

"승상께서는 만 군 속에서 돌과 화살이 빗발칠 때에도 일찍이 마음에 동요가 없으시더니, 지금 유비가 형주를 얻었다는 소식에 무엇 때문에 그리 놀라십니까?"

하자, 조조가 대답하기를

"유비란 인물은 사람 속에 있는 용(龍)이나 평생 물을 만나지 못하고 있었는데, 이제 형주를 얻은 것은 곧 용이 큰 바다로 들어간 것이오. 내가 어찌 놀라지 않겠소!"

한다.

정욱이 다시 묻기를,

"승상께서는 화흠이 온 뜻을 아십니까?"

하고 묻자, 조조가 대답한다.

"모르오."

하거늘, 정욱이 대답하기를

"손권은 본래 유비를 꺼려하고 있어서 병사들을 동원해 저를 공격하려 하고 있습니다. 그런데 한 가지 걱정되는 것은 승상께서 빈틈을 타서 공격할까 하는 것입니다. 그래서 화흠을 사신으로 보내서 유비를 천거하는 것입니다. 이는 유비의 마음을 안심시키고 승상의 바람을 막으려는 것입니다."

하거늘, 조조가 머리를 끄덕이며

"옳은 판단이오."

한다.

정욱이 또 말하기를,

"저에게 한 가지 계책이 있습니다. 손권과 유비로 하여금 서로가 싸우게 하고, 승상께서는 그 틈을 타서 저들을 도모하시면 됩니다. 한 번 북을 쳐서 모두를 파할 수 있습니다."

하거늘, 조조가 기뻐하며 그 계책이 어떤 것이냐고 물었다.

정욱이 대답하기를,

"동오가 의지하고 있는 것은 주유입니다. 승상께서 지금 표주를 올려 주유를 남군의 태수로 삼으시고 정보를 강하태수로 삼으십시오. 그리고 화흠으로 하여금 여기에 머물게 해서 조정에서 저를 중용하게 하십시오. 주유는 틀림없이 유비와 원수가 될 것입니다. 우리는 그 틈을 타서 함께 도모하면 됩니다. 이 또한 좋은 계책이 아닙니까?"

하거늘, 조조가 동의하며

"중덕의 말이 꼭 내 마음에 드오."

하고, 마침내 화흠을 대 위로 불러서 후한 상을 내렸다.

그날 연회가 끝나고 조조는 즉시 문무 관료들을 이끌고 허창으로 돌아가서 표주를 올려, 주유에게 남군을 거느리게 하고 정보를 강하태수로 삼았다. 그리고는 화흠을 대리소경(大理少卿)을 삼아 허도에 머물러 있게 하였다. 명을 받은 사신이 동오에 이르자 주유와 정보는 각기 직을 받았다.

주유는 남군을 거느리게 되자 더욱 복수심에 불탔다. 그래서 오후에게 글을 올려, 노숙에게 형주를 반환해 오도록 명해 달라고 애걸하였다.

손권은 이에 노숙에게 말하기를,

"족하가 전에 형주를 유비에게 담보했는데, 지금도 돌려주지 않고 있으니 언제까지나 기다려야 하오?"

하니, 노숙이 대답하기를

"문서로서 명백히 했으니 서천을 얻으면 돌려줄 것입니다."

하자, 손권이 꾸짖으면서 말하기를

"서천을 얻으면 했는데 아직도 군사들을 움직이지도 않으니, 노인이 될 때까지 기다리지 않겠소!"

한다.

노숙이 대답하기를,

"제가 가서 말하겠습니다."

하고, 마침내 배를 타고 형주로 갔다.

한편, 현덕과 공명은 형주에서 널리 양초를 모으며 군마를 훈련시키자, 원근 각처의 선비들이 몰려들고 있었다. 문득 노숙이 왔다는 보고가 들어왔다.

현덕이 공명에게 묻기를,

"자경이 무슨 일로 왔을까요?"

하자, 공명이 말하기를

"전에 손권이 표주를 올려서 주군을 형주목으로 삼았으니, 이는 조조의 계책[曹操之計]을 두려워했기 때문입니다. 조조가 주유를 남군태수로 삼은 것은 우리 두 편 모두를 서로 병탄하려는 것으로, 중간에서 이를 취하려는 것입니다. 이제 노숙이 여기에 오는 것은, 주유 또한 태수직을 받았으니 형주를 찾으려는 것입니다."

하거늘, 현덕이 또 묻기를

"어찌 대답하면 좋겠소?"

하니, 공명이 권유하기를

"만약 노숙이 형주 문제를 제기하면, 주공께서는 곧 큰 소리로 우세요. 주공께서 슬피 우시고 계시면 제가 나와서 설명하겠습니다."

하였다.

두 사람이 계획을 정하고 노숙을 영접해 들였다.

인사가 끝나고 자리를 정하고 앉았다. 노숙이 말하기를,

"오늘 황숙께서 동오의 사위가 되었으니, 곧 노숙의 주인이기도 합니다. 어찌 감히 함께 앉겠습니까?"

하거늘,

"유비가 자경은 나와 오래전부터 교유하던 사이인데 어찌 이리 겸손해 하시오?"

하니, 노숙이 자리에 앉았다.

차를 마시고 나자, 노숙이 말하기를

"오늘 저는 오후의 명을 받고, 형주에 관한 일을 의논하려 왔습니다. 황숙께서 이미 이곳을 빌려 머무신 지 오래 되었는데, 아직도 돌려주시지 않고 계십니다. 이제 두 나라가 서로 인척이 되었으니, 체면상 빨리 돌려주셔야겠습니다."

하자, 현덕이 그 말을 듣고서 얼굴을 감싸고 크게 운다.

노숙이 놀라면서 묻기를,

"황숙께서는 어찌 이러십니까?"

하거늘, 현덕은 울음을 그치지 않았다.

이때, 공명이 병풍 뒤에서 나서면서,

"제가 그동안 이야기를 다 들었습니다. 자경께서는 제 주군께서 우

시는 사연을 아십니까?"

하고 묻자, 자경이 대답하기를

"저는 잘 모르오이다."

한다.

공명이 말하기를,

"모를 것이 무엇이 있소? 당초에 저의 주군께서 형주를 차용하실 때, 서천을 얻으면 곧 돌려드리기로 하였습니다. 자세히 생각해 보니, 익주의 유장은 저의 주군의 동생이어서 모두가 같은 한족입니다. 만약에 병사들을 일으켜서 그 성지를 빼앗는다면, 다른 사람들의 욕을 먹는 게 두렵기 때문입니다.

또 빼지 않은 채 형주를 돌려준다면, 어디에다 몸을 의탁하겠소이까? 그렇다고 돌려주지 않는다면 존귀한 처남[尊舅]의 체면에 또 좋지 않을 것이 아니오. 일이 어떻게 하든 어렵게 되었으니, 이로 인해 눈물을 흘리며 아파하는 것입니다."

공명의 이야기가 끝나자, 이것이 현덕의 충심을 건드려 진정 가슴을 치고 발을 구르며 목 놓아 통곡한다.

노숙이 유비에게 말하기를,

"황숙께서는 근심하지 마십시오. 공명과 장기적인 계책을 의논하겠습니다."

한다.

공명이 말하기를,

"자경께서 번거로우시더라도 먼저 돌아가서 오후를 뵙거든 이 어려운 곡절을 간절히 전해주시구려. 그래서 얼마동안 기다려 주십사고 말씀드려 주세요."

하니, 노숙이 묻기를

"오히려 오후께서 들어주지 않으신다면 또 어찌하리까?"

한다.

공명이 권유하기를,

"오후께서는 누이가 황숙과 혼인을 하였는데, 어찌 들어주시지 않겠소이까? 자경께서는 잘 말씀해 주시구려."

하였다.

노숙은 성품이 인자한지라, 현덕이 이토록 애통해 하는 것을 보고는 허락하고 갔다. 현덕과 공명은 같이 사례하고, 연회가 끝나자 노숙이 배를 타고 떠날 때까지 바래주었다. 노숙은 곧 시상에 가서 주유를 만나 자세한 이야기를 하였다.

주유가 발을 구르며 말하기를,

"자경은 또 제갈량의 계책에 넘어갔구려! 애시당초에 유비가 유표에게 의탁하고 있을 때부터 병탄할 생각을 가지고 있었는데, 어찌 서천의 유장 때문이겠소이까?

이처럼 미루다가는[16] 그 화가 결국 노형에게 미치고 말 것입니다. 저에게 한 가지 계책이 있으니, 제갈량으로 하여금 내 계책에서 벗어날 수 없게 할 것입니다. 자경은 곧 다시 한 번 다녀오세요."

하거늘, 노숙이 묻기를

"그 묘책을 들었으면 합니다."

하니, 주유가 말하기를

"자경께서는 오후에게 갈 필요가 없습니다. 다시 형주에 가서 유비를 설득해 주세요. 손씨와 유씨 두 집안이 혼인을 하였으니 곧 한 집안이 된 것입니다. 만약에 유씨가 차마 서천을 취하지 못하겠다면, 우리

---

16) 이처럼 미루다가는[推調] : 일을 미룸. 미적거림.

동오가 병사들을 일으켜 취하러 가겠다 하세요. 서천을 취하면 그것으로 가자를 삼을 터이니, 그때는 곧 형주를 돌려 달라 하십시오."

하거늘, 노숙이 묻기를,

"서천은 멀리 떨어져 있어서 취하기 쉽지 않을 터인데, 도독의 이 계책은 이루기 어려운 것 아닙니까?"

하자, 주유가 웃으면서 말한다.

"자경은 진짜 마음도 너그럽구려. 내가 말하는 것은 우리가 유비를 위해 서천을 치러 가겠습니까? 나는 이로써 명분을 삼고 실제로는 형주를 얻으려는 것이에요. 또 저들에게 준비할 시간을 주지 않으려는 것입니다.

동오가 군사를 일으켜 서천을 치러 간다면 형주를 지나게 될 것이니, 저들에게 전량을 내라고 하면 유비는 반드시 성에 나와 군사들을 위로할 것입니다. 그때 승세를 타고 저들을 치면 형주를 뺏을 수 있을 것입니다. 그렇게 되면 내 한도 풀 수 있으려니와 족하가 받게 될 화도 풀릴 것입니다."

하니, 노숙이 크게 기뻐하면서 곧 다시 형주로 갔다.

현덕이 공명과 의논하였다. 공명이 대답하기를,

"노숙은 필시 오후에게 가지 않았을 것입니다. 시상에 가서 주유를 만나 어떤 계책을 의논하였을 것입니다. 그리고 다시 와서 우리를 유인하려는 것입니다. 무슨 이야길 하더라도 주공께서는 단지 저를 보고 제가 머리를 끄덕이면, 곧 좋다고 하십시오."

하여 두 사람이 의논이 정해졌다.

노숙이 들어와 예가 끝나자,

"오후께서는 황숙의 성덕을 칭송하시고, 마침내 제장들과 더불어 상의하여 군사를 동원하여 황숙을 대신해서 서천을 취하기로 하셨습니다. 서천을 얻게 되면 이를 결혼 예물[嫁資]로 삼아 바로 형주와 맞바꾸겠다고 하셨소이다. 다만 군마가 지날 때에 얼마간의 전량을 내어 호응해 주셨으면 합니다."

하거늘, 공명이 듣고서 황급히 머리를 끄덕이며,

"오후의 호의는 실로 어려운 일이외다!"

하자, 현덕이 손을 맞잡고 사례하기를

"이는 다 자경께서 잘 말씀드려준 때문입니다."

하거늘, 공명이 대답하기를

"웅사(雄師)들이 이르는 날에는 곧 멀리 나가 영접하고 그 노고를 호궤하리다."

한다.

노숙은 속으로 기뻐하며 연회가 파하고 돌아갔다.

현덕이 공명에게 묻기를,

"이는 어떻게 하려는 생각입니까?"

하니, 공명은 크게 웃으면서

"주유가 죽을 날이 가까워졌습니다! 이런 계책은 어린아이를 속이는 정도입니다."

하거늘, 현덕이 또 어째서 그런가 하고 물었다.

공명이 말하기를,

"이것이 이른바 '길을 빌어서 곡을 치려는 계책'입니다.17) 거짓 서천

---

17) 길을 빌어서 곡을 치려는 계책입니다[假途滅虢之計也] : 원문에는 '假途滅虢之計也'로 되어 있음. 희공(喜公) 2년 진(晉)나라는 우(虞)에게 곡을 치러 가겠다며 길을 빌리고 나서 곡나라를 쳤다. 그러고는 돌아오는 길에 우나라까지 쳐서 멸해버렸다는 고사. [左氏 僖 五]「假道于虞 以伐虢」. [孟子 萬章篇 上]「晉人以垂棘之璧 與屈産之乘 假道於虞以伐虢 宮之奇諫 百里奚不諫」.

을 치겠다는 명분을 내세워서, 실제로는 형주를 치려는 것입니다. 주공께서 성을 나가 군사들을 호궤하는 틈을 타서, 성으로 짓쳐 들어오려는 것입니다. 하여 공격에 대비하지 못하게 함으로써 그 뜻을 이루려는 것입니다."

하자, 현덕이 또 묻기를

"그렇다면 어찌해야 하오?"

하니, 공명이 유비를 안심시키며 말하기를

"주공께서는 마음을 놓으세요. 다만 '활[窩弓]'을 준비하셨다가 맹수를 사로잡고 또 미끼를 가지고 있다가 자라를 낚듯' 주유가 오기만을 기다리고 있으면, 저가 곧 죽지 않으면 거의 무기력해질 것입니다."

하고, 곧 조운을 불러 계책을 일렀다.

"이리이리 하게. 그 나머지 일은 내가 알아서 하겠네."

하였다. 현덕은 크게 기뻐하였다.

후세 사람이 이를 한탄한 시가 있다.

주유는 계교를 써서 형주를 얻으려 하지만
제갈량은 이를 먼저 알고 한 계책을 준비하네.
　周瑜決策取荊州
　諸葛先知第一籌.

장강에 숨긴 미끼만 바라보는 주유여
그 속에 낚시가 든 줄은 모르고 있구나.
　指望長江香餌穩
　不知暗裏釣魚鉤.

한편, 노숙은 돌아가 주유에게 현덕과 공명이 기뻐했던 사연과, 성 밖에 나와 군사들을 호궤하겠다는 말을 하였다.

　주유가 웃으며 말하기를,

　"원래 이번에는 내 계책에 속았겠지!"

하고, 곧 노숙보고 오후에게 보고하라 하였다. 그리고 정보에게는 접 응하러 가라 하였다.

　주유는 이때 화살을 맞은 상처가 점점 좋아지고 있어서 몸에 아무 런 이상이 없었다. 감녕을 선봉을 삼고 스스로는 서성·정봉과 함께 제 2대가 되었으며, 능통과 여몽을 후대로 삼았다. 수륙을 합쳐 대병 5만이 형주를 바라고 떠났다.

　주유는 배 안에 있으며 때때로 기꺼워 웃으며, 공명이 자신의 계책에 빠진 것이 고소해 했다.

　전군(前軍)이 이미 하구에 이르자 주유가 묻기를,

　"형주에서 영접하려는 사람이 있느냐?"

하니,

　"유황숙이 미축에게 시켜 도독을 뵈려 왔습니다."

하거늘, 주유가 불러 군사들을 호궤하는 것은 어찌되었는가 하고 물 었다.

　미축이 말하기를,

　"주공께서 다 준비해 놓으셨습니다."

하거늘, 주유가 묻기를

　"황숙은 어디 계시냐?"

하매, 미축이 대답하기를,

　"형주 성문 밖에서 도독과 술잔을 기울이시려 기다리고 계십니다."

한다.

주유가 말하기를,

"오늘 너희를 위해 출병하여 멀리 왔는데, 군사들을 호궤하는 일을 가벼이 하지 말아라."

하니, 미축이 명을 받고 먼저 돌아갔다.

전선들이 **빽빽이** 강 위에 벌여 있고 순서대로 나아갔다. 차례대로 공안(公安)에 이르러도 배 한 척 볼 수 없으며, 게다가 영접 나온 사람이 전혀 없었다. 주유가 배를 급히 몰아갔다. 형주에서 10여 리 떨어진 곳에 이르렀는데도 강위는 조용하고 평온하였다.

초탐선이 보고하기를,

"형주 성 위에는 양쪽에 백기가 꽂혀 있는데, 게다가 사람의 모습은 물론이고 그림자도 보이지 않습니다."

한다.

주유는 의심이 들어 배를 강안에 대게 하였다. 그리고 직접 말을 타고 강안에 올라갔다. 감녕·서성·정봉들과 일반 군관들을 대동하고, 직접 정예군 3천을 거느리고 지름길로 해서 형주에 이르렀다. 성 아래에 이르렀으나 전혀 특이한 동정은 없었다.

주유는 말고삐를 잡고 군사를 시켜서 문을 열라 하였다.

그때, 성 위에서 누구냐고 물었다.

오군이 대답하기를,

"동오의 도독께서 친히 여기 오셨다."

하니, 말이 끝나기 무섭게 갑자기 방짜 소리가18) 울리더니, 성 위에서 군사들이 일제히 창검을 세웠다.

---

18) **방짜 소리(梆子)** : '방자'는 중국의 극(劇)의 한 가지임. 그 극에서 박자(拍子)를 맞추기 위하여 쓰이던 박자목(拍子木)을 일컬음. [南皮梆子尤著]「河南梆子 山東梆子之不同」. [水滸傳 第二回]「梆子一響 時誰敢不來」.

그리고 성 위에 조운이 나와서 묻는다.

"도독께서 여기까지 오신 것은 과연 무엇 때문입니까?"

하거늘, 주유가 말하기를

"나는 너의 주인을 대신해서 서천을 취하려 왔는데, 자네가 어찌 알지 못하고 있는가?"

하거늘, 조운이 대답하기를

"공명군사께서는 도독의 '가도멸괵지계'를 이미 알고 계시기 때문에, 나 조운이 여기에 있는 것이외다."

하며,

"주군께서 말씀하시기를 '나와 유장은 다 같이 한나라의 종친인데 어찌 차마 의리를 배반하고 서천을 취하겠는가. 만약에 동오가 촉을 뺏는다면, 내 마땅히 머리를 풀고 입산하더라도 천하에 신의를 잃지 않겠다.' 하셨습니다."

주유는 그 말을 듣고 나서 곧 말머리를 돌리려 하는데, 한 사람이 영자기(令字旗)를 가지고 와 말 앞에서 말하기를,

"4로의 군사들이 일제히 짓쳐 오고 있다는 보고가 탐지된 바, 관우는 강릉에서 짓쳐 오고 장비는 자귀(秭歸)에서 오며, 황충은 공안에서 위연은 잔릉(孱陵)의 소로를 따라 짓쳐 오고 있으며, 4로의 군마가 어느 정도나 되는지는 알 수가 없다 합니다. 그리고 함성이 원근에 진동하여 백여 리까지 들리며 다들 도독을 사로잡겠다 합니다."

하였다.

주유가 말에 오르며 큰 소리를 지르다가 전창(箭鎗)이 다시 터지며 말에서 떨어졌다.

이에,

수가 더 높은 이를 진정 대적하기는 어려워

몇 번이고 계산해 보지만 모두 쓸모없이 되었네.

一着棋高難對敵

幾番算定總成空.

주유의 생명은 어찌되었는지 알 수 없다. 하회를 보라.

제57회

시상구에서 와룡은 주유를 조상을 하고
뇌양현에서 봉추는 정사를 보다.

柴桑口臥龍弔喪
耒陽縣鳳雛理事.

한편, 주유는 노기로 가슴이 막혀 말에서 떨어지자 좌우가 급히 구해 배로 돌아갔다.

군사가 전하는 말에 따르면,

"현덕과 공명은 앞산의 산꼭대기에서 술을 마시며 즐기고 있었다."

하자, 주유는 크게 노하여 어금니를 악물고 이를 갈며1)

"너는 내가 서천을 취하지 못할 것이라 하지만 내 맹세코 서천을 취하리라."

하고 있는 그때에, 군사가 와서 아뢰기를

"오후가 동생 손유(孫瑜)를 보내 도착했다."

---

1) 어금니를 악물고 이를 갈며[咬牙切齒] : 어금니를 악물고 이를 갊. '아주 분(忿憤)해 함을 일컫는 말'임. [吳越春秋 闔閭內傳]「伍員**咬牙切齒** 將一切眞情 具實奏於吳王」. [水滸傳 第六十九回]「衆多兄弟 被他打傷 **咬牙切齒** 盡要來殺張淸」.「절치부심(切齒腐心)」. [史記 刺客 荊軻傳]「樊於期偏袒 搤椀而進曰 此臣之日夜**切齒**腐心 (注) 切齒 齒相磨切也」. [戰國策 燕策]「荊軻私見樊於期曰 願得將軍之首 以獻秦王 秦必喜而召見臣 臣左手把其袖 右手揕其胸 則將軍之仇報 而燕國見陵之恥除矣 樊於期曰 此臣之日夜**切齒扼腕** 乃今得聞敎 遂自刎」.

하였다.

주유는 그를 맞아들여 그 일들을 자세히 말하였다.

손유가 말하기를,

"나는 형의 명을 받들어 도독을 도우러 왔습니다."

하며, 군사들이 진전하기를 재촉하였다.

행군이 파구(巴丘)에 이르렀을 때에 군사가 와서 보고하기를, 상류 쪽에 유봉·관평 두 사람이 군사들을 시켜 수로를 끊었다고 하거늘, 주유는 더욱 노하였다.

그때, 또 공명이 보낸 사람이 편지를 가지고 왔다 하였다. 주유가 편지를 뜯어서 보니, 그 내용은 대강 다음과 같다.

한나라의 군사 중랑장 제갈량은 편지를 써서, 동오의 대도독 공근선생 휘하에 올립니다.

제가 선생과 시상에서 헤어진 후, 지금껏 생각하며 잊지 않고 있습니다. 지금 족하께서 서천을 취하려 하신단 소식을 듣고, 제가 가만히 생각해 보건대, 아무래도 이는 불가하다 생각하였습니다. 익주는 백성들이 강인하고 지형이 험해서, 유장이 비록 암약하다 하나 족히 써 지킬 수 있을 것입니다.

이제 족하가 원정의 대군을 일으켜 만 리 먼 길에 양초를 운반하면서 온전한 공을 거두려 하시니, 이는 비록 오기라2) 할지라도 계

---

2) **오기(吳起)** : 전국시대 위(魏)나라의 병법가. 문후(文候) 밑에서 진(秦)·한(韓)을 막아냄. 문후가 죽자 무후(武候)를 섬겼는데 공숙(公叔)의 참소를 당하자 초나라로 가서 백월(百越)을 평정하였음. 장수가 되자 말단 군사들과 숙식을 같이 하였으며 재상이 되어서는 법령을 밝게 폈음. 강병책을 써서 귀족들의 미움을 사기도 하였으며 병법서 「吳子」 6편이 있음. [中國人名]「戰國 衛人 嘗學於曾子 善用兵 初仕魯 聞魏文候賢 往歸之 文候以爲將 拜西河守⋯⋯南平百

책을 정할 수 없는 것이며, 손무라3) 해도 뒤처리를 잘 수습하지 못할 것입니다. 조조가 적벽에서 이(利)를 잃고난 후, 어찌 한 시라도 원수를 갚겠다는 생각을 잊고 있겠나이까? 이제 족하께서 병사를 동원해 원정에 나갔다가, 아직도 조조가 빈틈을 타서 쳐온다면 강남은 가루가 되고 말 것입니다. 저는 이를 앉아서만 볼 수 없어서, 특히 이 사실을 알려드리는 것입니다.

살핌이 있으면 다행이겠습니다.

주유는 보고나서 길게 탄식하며, 좌우를 불러 붓과 종이를 내오게 하고는 오후에게 편지를 쓴다.

그리고 장수들에게 말하기를,

"내가 진충보국을 하지 않으려는 것이 아니라 천명이 이미 끊어졌다. 너희들은 오후를 위해 힘을 다 하거라. 그래서 대업을 이루기 바란다."

고 말을 마치고는 기절하였다.

주유는 서서히 깨어나서 하늘을 우러르고 길게 탄식하며,

"이미 주유를 내시고서 어찌 또 제갈량을 내셨습니까?"

연거푸 두어 번 소리를 지르고는 죽었다. 그때 그의 나이 36세였다. 후세 사람이 그를 한탄한 시가 있다.

적벽대전에서 위훈을 떨친 그대여!

越 北郤三晋 西伐秦 諸侯皆患楚之强」.

3) **손무(孫武)** : 전국시대 제(齊) 병법가 손자(孫子). 손무자(孫武子)는 제(齊) 나라의 병법가인데, '孫子'는 그를 존경하는 표현임. [中國人名]「春秋 齊 以兵 法見吳王闔廬 王出宮中美人百八十人 使武教之戰……吳王用爲將 西破强楚 北威 齊晋 顯名諸侯 有**兵法三篇**」.

젊어서부터 준걸하단 소릴 들었더이다.

  赤壁遺雄烈

  靑年有俊聲.

거문고 소릴 들으면 아려한 뜻 알고4)

술잔을 들 때면 좋은 친구를 짝했지.

  絃歌知雅意

  盃酒謝良朋.

일찍이 노자경은 삼천 곡을 꿔주고

손중모는 10만 병을 선뜻 내어주었네.

  曾謁三千斛

  常驅十萬兵.

이곳 파구에서 그대 목숨 마치매

조상하려 하니 마음이 아프구려.

  巴丘終命處

  憑弔欲傷情.

주유의 시체를 파구에 두고 장수들은 그의 유서를 손권에게 보냈

---

4) 거문고 소릴 들으면 아려한 뜻 알고[絃歌知雅意] : 주유가 음악을 잘 알았음
을 이르는 말. [吳書 周瑜傳]「曲有誤周郞顧」(박자가 틀리면 주랑이 돌아본다)
라는 말이 있었다 함. 「현가」. [論語 陽貨篇]「子之武城 聞弦歌之聲 夫子莞爾而
笑曰 割雞焉用牛刀」. [漢書 儒林傳序]「高皇帝誅項籍 擧兵圍魯中 諸儒尚講誦習
禮樂 弦歌之音不絕」.

다. 손권은 주유가 죽었다는 소식을 듣고 목 놓아 울었다.

그의 유서를 뜯어보니 자기를 대신해서 노숙을 천거하였는데, 대강 내용은 다음과 같다.

유가 범상한 재주로써 각별히 심복의 위임을 받아 군사들을 거느리고 있는 터에, 감히 고굉의 힘을5) 다해 은혜를 갚지 않을 수 있겠나이까? 어찌 삶과 죽음을 헤아리며 목숨의 길고 짧음을 헤아릴 수 있겠나이까. 저는 어리석어 뜻을 펴지 못하고 죽사오니, 그 한이 끝이 없습니다! 지금 바야흐로 조조가 북방에 있어서 변경이 조용하지 못하고, 유비 또한 곁에 있어서 마치 호랑이를 키우고 있는 정황입니다. 천하의 일이 전혀 예측할 수 없습니다.

이때는 조정과 신하들이 모두 몸을 돌보지 않고 일 해야 할 때이옵고,6) 주공께서는 깊이 생각하셔야 할 때입니다. 노숙은 충렬한 사람이어서 일에 임해서는 소홀히 하지 않으니, 저의 임무를 대행할 수 있을 것입니다. '사람은 죽으려 할 때가 되어서야 그 말이 착하다'7) 하였습니다.

저의 청원을 용납하신다면 죽어도 썩지 않을 것입니다.

---

5) 고굉의 힘[股肱之力]: 임금이 믿고 의지할 만한 힘. 「고굉지신」(股肱之臣). [史記 太史公 自序]「輔拂**股肱之臣**配焉 忠信行道 以奉主上」. [書經 禹書篇 益稷]「帝曰 臣作朕**股肱**耳目」.

6) 신하들이 모두 몸을 돌보지 않고 일 해야 할 때이옵고[旰食之秋]: '간식'은 '한식'(旰食)의 원말임. '임금이 정사에 바빠서 날이 저문 뒤에야 식사를 함'의 뜻임. [左傳 昭公 二十年]「楚君大夫其**旰食**乎」. [漢書 張湯傳]「日**旰**天子忘**食**」.

7) 사람은 죽으려 할 때가 되어서야 그 말이 착하다: 원문에는 '**人之將死 其言也善**'으로 되어 있음. [論語 泰伯篇]「鳥之將死 其鳴也哀 **人之將死 其言也善**」.

손권은 주유의 편지를 보고나서, 곡하며

"공근은 뛰어난 재주 가졌으나8) 이제 단명으로 죽으니, 내 누구를 의지해야 할까? 이미 유서에 특별히 자경을 천거하였으니, 내 어찌 저의 뜻을 따르지 않으랴?"

하고, 그날로 곧 명하여 노숙을 도독을 삼아 모든 병마를 거느리게 하였다. 한편으로는 주유의 영구를 회장(回葬)하도록 분부하였다.

이때, 공명도 형주에 있으면서 밤에 천문을 보니 장성 하나가 땅에 떨어지는지라, 웃으며 '주유가 죽었구나.' 생각하였다. 새벽이 되자 현덕에게 알렸다. 현덕은 사람을 보내 탐지하게 하니, 과연 주유가 죽었다는 것이었다.

현덕은 공명에게 말하기를,

"주유가 죽었다 하니 장차 일이 어찌 되겠소이까?"

고 하자, 공명이 대답하기를

"주유 대신에 병권이 틀림없이 노숙에게 넘어갈 것입니다. 제가 천문을 보건데 장성(將星)들이 동방에 모여 있습니다. 제가 당장에 조상을 핑계삼아 강동에 가서 저들을 만나보고, 어진 선비를 찾아 주공을 보좌하게 하겠습니다."

하거늘, 현덕이 말하기를

"그러나 오나라의 장수들이 해를 가하지나 않을까 걱정됩니다."

하매, 공명이 묻기를

"주유가 살아 있을 때에도 제가 오히려 두려워하지 않았는데, 이제 저가 이미 죽었는데 어찌 걱정하겠습니까?"

---

8) 뛰어난 재주 가졌으나[王佐之才] : 임금을 도울 만한 재주. [漢書 董仲舒傳]「劉向稱董仲舒 有王佐之材 雖伊呂亡以加 管晏之屬 伯者之佐 殆不及也」. [後漢書 王允傳]「郭林宗 嘗見允而奇之曰 王生一日千里 王佐才也」.

한다. 이에 조운과 함께 5백의 군사들을 이끌고 제례를 갖추고 배를 타고 파구로 문상을 떠났다.

그러나 가는 길에 알아보니, 손권은 이미 노숙을 도독으로 삼고 주유의 영구가 시상으로 돌아갔다 한다. 공명이 시상에 이르자 노숙이 예를 갖추어 영접하였다. 주유의 부장들이 다 공명을 죽이려 하였으나, 조운이 칼을 차고 뒤를 따르니 감히 손을 쓰지 못하였다. 공명이 영전에 제물을 차려 놓고 직접 술잔을 드리며 꿇어 앉아 제문을 읽었다. 제문의 내용은 다음과 같다.

오호 공근이여! 불행히도 그대 요사(夭死) 하셨구려!

인명은 하늘에 달렸다 하나 사람이 어찌 슬퍼하지 않으리오. 내 마음 실로 아파서 한 잔 술을 올리오이다. 그대 영혼이 있으면 내 드리는 잔을 맛보시구려! 그대 어렸을 때에 백부(伯符)와 사귀셨지요. 의를 베풀고 재물을 아끼지 않고 집까지 내주어 살게 하셨지요. 그때 약관에도9) 대붕처럼 만 리를 나시고, 패업의 기초를 세우셔 강남에 자릴 잡으셨습니다. 그대의 씩씩하고 굳센 힘을 조상하니 멀리 파구를 진압했을 때 경승은 두려워하셨으나, 백부께서는 역도들을 물리칠 것을 걱정하지 않으셨소이다. 그때 뛰어난 풍채 소교(小喬)와 짝하시어, 한조의 사위가 되어 조정에 나시니 부끄러울 것이 없었습니다.

장하신 그 기개를 애달파 하나이다. 처음에는 날개를 펴지 않으

---

9) **약관(弱冠)**: 남자가 스무 살 된 때를 일컫는 말. 남자는 스무 살 때 관례(冠禮 : 아이가 어른이 되는 의식)를 한다는 데서 이르는 말임. [禮記 曲禮 上篇]「人生 十年日幼學 二十日**弱冠** 三十日壯有室 四十日强而仕」. [三國 魏志 夏候玄傳]「玄 字太初 少知名 **弱冠**爲散黃門侍郎」.

시더니 끝내는 분연히 날아오르셨구려. 그대 파양(鄱陽)에 있을 때를 애달파 하오이다. 장간(蔣幹)이 달래러 왔으나 내키는 대로 술을 마시며 높은 뜻을 굽히지 않으셨지요. 또 그대의 큰 재주는 문무지략을 겸하시어 화공으로 적을 격파하여, 강한 적을 약하게 하셨소이다.

그때의 영명하고 영특하던 그대를 생각하면서, 그대 일찍 세상 떠남을 땅에 엎드려 피눈물을 흘리오이다. 충의지심·영명한 기개는 삼십에[10] 조사하셨지만, 그대의 그 이름은 백 대에 남아 전하리이다. 그대를 애통해 하는 정은 창자가 끊어지고 간담이 끊어질 뿐이외다. 하늘은 빛을 잃고 삼군도 창연해 하고 있소이다. 주군도 슬피 눈물을 흘리고 벗들 또한 눈물을 드리고 있소이다.

내 재주 없었으나 계교를 구하실 때, 오후를 도와 조조를 물리쳐서 한실을 돕고 유비를 안정되게 하려 했소이다. 기각지세를 이루고 서로가 도우면 일을 이룰 줄 알았는데…… 만약에 같이 살고 같이 죽는다면 무슨 염려가 있으오리까?

오호라 공근이여! 생사 영 이별이구려! 그 충성 굳게 지키고 영영 가셨구려.

혼이 만일 영처럼 있으시다면 내 심정을 살피소서. 천하에 다시 나를 알아줄 사람 그 누구리오!

오호 통재라! 복유상향(伏惟尙饗)!

공명이 제를 지내고 땅에 엎드려 목 놓아 우는데, 눈물이 샘 솟듯하

---

10) 삼십[三紀]: 서른 살. '기'는 '대'(代)를 나눈 것임. 본래는 '지질시대를 나누는 단위의 하나'임. [廣韻]「紀 十二年日紀」. [正字通]「紀 十二年爲一紀 取歲星 一周天之義」.

며 애통해 마지않았다.

여러 장수들이 말하기를,

"사람들이 모두 공근과 공명이 서로 불목하였다더니, 이제 제를 드리는 정성을 보니 그게 다 거짓이구나."

하였다.

노숙은 공명이 이토록 슬퍼하는 것을 보고 또한 비감해 하였다. 그리고 스스로 생각하기를,

"공명이 이처럼 정이 많은 사람이거늘, 공근은 마음이 좁아서 스스로 죽음을 자취하였구나!"

하였다.

후세 사람이 이를 한탄한 시가 있다.

와룡선생 남양서 낮잠이 채 깨지도 않았거늘
빛나는 뭇별이 서성에 또 내렸구나.
臥龍南陽睡未醒
又添列曜下舒城.

하늘은 이미 공근을 내셨으면서
진세 간에 무엇 때문에 공명을 내셨는가?
蒼天旣已生公瑾
塵世何須出孔明?

노숙은 연회를 베풀어 공명을 환대하였다. 연회가 끝나자 공명이 인사를 하고 돌아가려고 막 배를 타려 하는데, 강가에서 한 사람이 도포에 죽관을 쓰고 검은 신과 소복을 입은 사람이 보였다.

그는 한 손으로 공명의 소맷자락을 잡고 크게 웃으면서, 말하기를

"자네가 주랑의 화를 돋우어 죽게 하더니, 또 와서 조문을 하는구나. 동오에 사람이 없음을 밝히려는 것이오?"

한다. 공명이 급히 그 사람을 보니 봉추선생 방통이라. 공명 또한 큰 소리로 웃었다. 두 사람이 손을 잡고 배에 올라서 각자의 심회를 털어놓았다.

공명이 이에 편지 한 통을 방통에게 주면서, 부탁하기를

"내 생각에는 손중모가 필시 족하를 중용하지 않으리라 생각되니, 여의치 않거든 형주로 와서 현덕을 도와주게. 그는 사람이 인이 넓고 덕이 두터워서, 반드시 공이 평생 배운 바를 헛되게 하지 않을 것일세."

하니, 방통이 허락하고 헤어졌다.

공명은 방통과 헤어져 형주로 돌아왔다.

한편, 노숙은 주유의 영구를 호송해 무호(蕪湖)에 이르자, 손권은 맞아서 앞에서 곡하며 고향에서 후히 장사지내라고 하였다. 주유는 두 아들과 딸 하나를 두었는데, 장남은 순(循)이고 둘째가 윤(胤)이었다. 손권은 그들을 잘 대우해 주었다.

노숙이 말하기를,

"제가 재주가 없는데 공근께서 중한 자리에 천거한 것은 잘못된 일입니다. 사실 맡은 바 직무를 행하지 못하겠사오니, 원컨대 한 사람을 주공을 도울 수 있게 허락해 주옵소서. 이 사람은 위로는 천문에 통하고 아래로는 지리에 밝으며, 지모와 책략은 관중과 악의에 못지않습니다.

또 추기는[11] 손무나 오기와 같습니다. 지난 날 주공근께서도 그의 말을 많이 받아들이셨고, 공명 또한 그의 지모에 깊이 탄복한 바 있습

니다. 지금 강남에 있는데 어찌 저를 쓰지 않으십니까?"

하자, 손권이 매우 기뻐하며 곧 그 사람의 이름을 물었다.

노숙이 말하기를,

"이 사람은 양양사람으로 성은 방, 이름은 통이라 하고 자는 사원이라 하는데 도호를 봉추선생이라 합니다."

하자, 손권이 대답한다.

"내 또한 그 이름을 들은 지 오래이외다. 지금 와 있다 하니 곧 저를 청해 만나보겠소이다."

한다.

이에 노숙이 방통을 청해 손권을 만나게 하였다.

인사가 끝나자 손권이 그의 짙은 눈썹과 들창코, 그리고 검은 얼굴에 짧은 수염의 기괴한 외모를 보고는 마음에 차지 않아 하며,

"공이 평생 동안 배운 것은 무엇이 주가 되오?"

하거늘, 방통이 말하기를

"어느 하나에 얽매이지 않고 임기응변에 따릅니다."

하니, 손권이 또 묻기를

"공의 재주와 학문은 공근과 비해 어떻소?"

한다.

방통이 웃으면서 대답하기를

"제가 배운 것은 공근과 크게 다르지 않습니다."

하자, 손권은 평생 주유를 가장 좋아하던 터에 방통이 저를 대수롭지 않게 여기는 것을 알고, 마음속으로 더욱 좋아하지 않았다.

---

11) **추기(樞機)** : 몹시 중요한 사물 또는 중요한 부분. [易經 繫辭 上傳]「言行 君子之樞機 樞機之發 榮辱之主也」. [淮南子 人間訓]「知慮者 禍福之門戶也 動靜者 利害之樞機也」.

이에 방통에게 말하기를,

"물러가 계시오. 공이 필요하면 다시 부르겠소이다."

하매, 방통이 탄식하며 나왔다.

노숙이 묻기를,

"주공께서는 어찌해서 방사원을 쓰시지 않으십니까?"

하자, 손권이 도리어 묻기를

"저는 미친 사람입니다. 저를 써서 무엇에 도움이 되겠습니까?"

하거늘, 노숙이 대답하기를

"적벽대전 때에 이 사람이 일찍이 연환계를[12] 드려서 가장 큰 공을 이뤘습니다. 주공께서는 잘 생각해 보시면 그것을 아실 것입니다."

손권이 말하기를,

"그때는 조조가 스스로 배를 묶은 것이지, 반드시 저의 공은 아닙니다. 나는 맹세코 저를 기용하지 않을 것입니다."

하였다.

노숙이 나와 방통에게 이르기를,

"제가 족하를 천거하지 않는 게 아니고, 오후께서 공을 쓰려 않으시니 어찌합니까? 공은 인내심을 가지고 기다려 주시구려."

하자, 방통이 고개를 떨구고 길게 탄식하며 말이 없었다.

노숙이 말하기를,

"공은 동오에 계실 생각이 없으시군요?"

---

12) **연환계(連環計)** : 계략 가운데서 짜낸 계략. 세작을 적진에 보내서 저들에게 어떤 꾀를 내통하는 것처럼 말하게 하고, 자기는 그 사이에서 승리를 거두는 계책. 곧 한 가지 계책이 아니라 몇 가지가 함께 진행될 때를 이르는 말. [戰國策 齊策]「秦昭王嘗遣使者遣君王后玉連環 曰齊多智 而解此環否」. [莊子 天下]「今日適越而昔來 連環可解也」.

하고 물었으나, 방통은 대답하지 않았다.

　노숙이 묻기를,

　"공은 나라를 바로 잡아 건져줄 만한 재주를13) 지녔으니, 어디에 간들 뜻을 이루지 못하겠소이까? 어디로 가시고자 하는지 저에게 대답을 주실 수 없습니까?"

하니, 방통이 대답하기를

　"나는 조조에게 갈까 합니다."

하거늘, 노숙이 권유하기를

　"이는 명주를 어둠 속에 던져버리는 꼴입니다.14) 형주의 유황숙께 가면 필이 중용할 것입니다."

하자, 방통이 대답하며,

　"내 생각도 실은 그렇소이다. 전에 한 말씀은 농담입니다."

한다.

　노숙이 권유하기를,

　"내 마땅히 편지를 써서 천거해 드리겠소이다. 공이 현덕을 보좌하면 손씨와 유비 두 집안은 서로 싸울 일이 없을 것입니다. 그렇게 되면 힘을 합쳐 조조를 격파할 수 있을 것이외다."

하니, 방통이 말하기를

---

13) 나라를 바로 잡아 건져줄 만한 재주[匡濟之才] : 나라를 바로 잡아 건저 줄만한 재주. [後漢書 袁紹傳]「將何以匡濟之乎」. [三國志 魏志 趙儼傳].「必能匡濟華夏」.

14) 이는 명주를 어둠 속에 던져버리는 꼴입니다[明珠暗投] : 귀한 물건이 그 가치를 알지 못하는 사람의 수중에 들어간다는 뜻으로, '좋은 사람이 나쁜 무리에 끼어드는 것'을 비유함. [史記 鄒陽傳]「臣聞明月之珠 夜光之璧 以暗投人於道路 人無不按劍相眄者 何則無因而至前也」. [書言故事 事物譬類]「一不遇識者 明珠暗投」.

"이것은 내가 평생 뜻하던 바입니다."

하고, 노숙의 편지를 받아가지고 곧 형주로 가서 현덕을 만났다.

이때, 공명은 4군을 돌아보고 아직 돌아오지 않고 있었다. 문지키는 관리가 강남의 명사 방통이 투신해 왔다고 전했다. 현덕은 전부터 방통의 이름을 듣던 터라 곧 청해 들여서 만나 보았다. 방통은 현덕을 보자 장읍만 하고 절을 하지 않았다. 현덕은 방통의 외모가 비루한 것을 보고 심중에 또한 기뻐하지 않았다.

이에 그에게 묻기를,

"족하께서는 멀리 오시기 쉽지 않았을 것입니다?"

하자, 방통이 곧장 노숙의 편지를 현덕에게 드리지 않고

"황숙께서 현사를 초모하여 받아들이고 있다는 말을 듣고, 특히 와서 찾아뵌 것입니다."

한다.

이에 현덕이 말하기를,

"형주와 초주를 정한 지 얼마 되지 않아서 실제로는 자리가 없습니다. 여기서 동북의 1백 30리 떨어진 곳에 뇌양현(耒陽縣)이란 곳이 있는데, 그 현의 현령이 비어 있소이다. 우선 그곳에 가서 계시면 다른 곳에 자리가 나는 대로 곧 중용하겠습니다."

한다.

방통은, '현덕이 나를 어찌 생각하고 이리 박대하는가?' 하였다. 그는 재주와 학식으로써 저를 경동해 볼 생각을 하였으나, 공명이 자리에 있지 않기에 애써 참으며 작별하고 뇌양현으로 갔다.

방통이 현에 이르러 정사를 돌보지는 않고 종일토록 술을 마시고 가무만 즐겼다. 한번은 전량에 관한 송사가 있었으나 그것도 다스리지 않았다. 그러자 현덕에게, 방통이 현의 일들을 전폐했다는 보고를

한 사람이 있었다.

현덕이 노하며 말하기를,

"더벅머리 선비가 어찌 감히 내 법도를 어긴단 말인가!"

하고는, 장비에게 말하기를

"종인들을 데리고 가서 형남(荊南)의 여러 현을 순시하되, 공정하지 못하고 불법을 저지른 자는 곧 심문하라.15) 그러나 일에 있어서 불명한 구석이 있을까 걱정되니, 손건과 함께 가거라."

하였다.

장비가 영을 받고 손건과 함께 먼저 뇌양현에 도착하였다. 군민과 관리들이 다 성곽 밖에 나와 영접하는데, 유독 현령은 보이질 않았다.

장비가 묻기를,

"현령은 어디에 계시냐?"

하니, 관속이 대접하기를

"방현령이 부임한 이후부터 지금까지 백여 일간 현의 일들은 전혀 묻지를 않으시고 매일같이 술을 마시는데, 아침부터 저녁까지 취해 계십니다. 오늘은 숙취가 깨지 않아서 누워계십니다."

한다. 장비는 크게 노하여 저를 잡아들이고자 하였다.

그러나 손건이 말하기를,

"방사원은 공명한 선비이니 결코 경솔히 다룰 인물이 아닙니다."

하고,

"현에 이르러 물어서 일을 체결하지 않았으면, 그때 죄를 물어도 늦지 않을 것이외다."

하자, 장비가 참고 현에 들어가 정청에 앉아서 현령을 보자 하였다.

---

15) 심문[究問] : 물음. 심문(審問). [北史 尒朱敞傳]「比**究問**知非 會日已暮 由是免」.

방통이 의관도 정제하지 않은 채 술에 취해 부축을 받아 나왔다.

장비가 노하여 묻기를,

"내 형님께서 너를 사람 대접을 하여 현령에 임명하였거늘, 네가 감히 현의 일을 전폐하고 있느냐?"

하자, 방통이 웃으면서 말하기를

"장군이 나에게 현의 일들을 전폐했다니, 도대체 무슨 일을 전폐했다는 게요?"

하거늘, 장비가 묻기를

"네가 도임한 지 백여 일이 지났거늘 하루 종일 취해 있으니, 어찌 정사를 전폐했다 않겠느냐?"

한다.

방통이 웃으면서 말하기를,

"사방 기껏 백 리 밖에 안 되는 작은 고을에서 크고 작은 일들이야 무에 그리 어렵겠소? 장군께서 잠시 앉아서 내 판결을[16] 지켜 보시구려."

하고, 곧 관리를 불러서 백여 일간 쌓인 공무를 모두 이야기하라 하였다. 관리들이 다 바삐 처리할 안건을 싸들고 청상으로 올라왔다. 그리고는 송사의 피고인들이 뜰 아래 무릎을 꿇고 들어와 앉았다.

방통이 손으로 판결문을 쓰고 입으로는 판결을 내리고, 귀로는 송사의 이야기를 들어 잘 잘못을 밝히되 털끝만치도 잘못이 없었다. 백성들이 모두 머리를 끄덕이며 절하고 엎드린다.

불과 반나절이 지나지 않아 백여 일간의 일들을 다 끝나고 나서 붓을 땅에 던지며, 장비에게 말하기를

---

16) 판결[發落] : 일을 결정하여 끝냄. [覽世名言 奪錦樓]「都齊入府堂 聽侯**發落**」. [福惠全書 刑名部 問擬]「俟批允**發落**」.

"내가 하지 않은 것이 무엇이오이까? 조조와 손권도 내가 보기에는 손바닥의 줄을 보는 듯하거늘, 이 작은 고을에서 뭐 할 일들이 있겠소 이까!"

하거늘, 장비가 크게 놀라며 자리에서 내려와

"선생은 큰 그릇이외다. 제가 실례가 많았습니다. 내 당장에 형님께 극력 천거하리다."

하자, 그때서야 방통은 노숙이 천거해 준 편지를 내어 놓았다.

장비가 묻기를,

"선생께서는 처음 형님을 만나셨을 때 왜 이 천거의 편지를 내놓지 않으셨소이까?"

하니, 방통이 말하기를

"내 굳이 추천서를 내놓았다면, 남이 써 준 천서만 가지고 만나러 온 것[17] 같았을 것 아니겠소이까."

한다.

장비가 손건을 돌아보며 말하기를,

"공이 아니었다면 큰 선비를 잃을 뻔했소 그려."

하고, 드디어 방통에게 말하고 형주로 돌아가 현덕을 보고는 방통의 재주에 관해 자세히 말하였다.

현덕은 크게 놀라면서,

"대현을 소홀히 대접한[18] 것은 모두 내 잘못이외다."

하니, 장비가 노숙이 추천서를 드렸다.

---

17) 남이 써 준 천서만 가지고 만나러 온 것[干謁] : 알현을 청함. 이권·관직을 얻기 위해 힘 있는 사람을 찾아뵘. [北史]「好以榮利干謁」.

18) **소홀히 대접한[屈待]** : 박대(薄待). 소홀하게 대접함. [三國志 吳志 胡綜傳]「綜 爲吳質作降文云 今日見待稍薄 蒼蠅之聲 緜緜不絕」.

현덕은 그것을 뜯어보니 그 내용은 대강 이렇다.

방사원은 백리지재가 아니니,[19) 치중(治中)이나 별가(別駕)와 같은 소임을 맡겨야 비로소 그 뛰어난 재주를 펼칠 수 있을 것입니다. 만일에 외모만 가지고 저를 취한다면 배운 바를 저버리게 될까 걱정됩니다. 그렇게 된다면 다른 사람에게 쓰이는 것이 될 터이니, 실로 애석한 일이 될 것입니다.

현덕은 편지를 보고나서 탄식하고 있을 때에, 문득 공명이 돌아왔다는 보고가 왔다.

현덕이 맞아들여 인사가 끝나자, 공명이 먼저 묻기를

"방통군사께서 요즘도 무강하십니까?"

하거늘, 현덕이 말하기를

"근자에는 뇌양현에 가 있는데, 술만 마실 뿐 현의 일들은 전폐하고 있답니다."

하자, 공명이 웃으면서 말하기를

"방사원은 백리지재가 아니며 가슴 속에 든 학문은 저의 10배에 가깝습니다. 제가 일찍이 사원을 천거했는데, 주공께서는 받지 못하셨습니까?"

하거늘, 현덕이 말하기를

"오늘에서야 처음 자경의 추천서를 받았고 선생의 천서는 받지 못

---

19) 백리지재가 아니니[百里之才] : 백 리쯤 되는 땅[縣]을 다스릴 만한 재주. '수완이나 국량(局量)이 보통 사람보다는 크지만, 썩 크지는 못한 사람'을 일컫는 말임. [三國志 蜀志 龐統傳]「魯肅曰 龐士元非百里之才也 使處治中別駕之任 如當展其驥足」. [三國志 蜀志 蔣琬傳]「琬 社稷之器 非百里之才」.

했소이다.”

한다.

공명이 대답한다.

“대현에게 만약 하찮은 업무를 맡기면, 왕왕 술로써 호도할 경우가 있습니다. 보는 일들이 모두 권태로울 테니까요.”

하거늘, 현덕이 대답하기를

“만약 내 아우 장비의 말이 없었다면 대현을 잃을 뻔하였소이다.”

하고는, 즉시 장비에게 명을 내려 뇌양현에 가서 방통을 청해 형주로 오라 하고는 현덕이 뜰에 내려 죄를 청하였다. 그제서야 방통은 공명의 천서를 내어놓았다. 현덕이 천서를 보니, 봉추가 가거든 곧 중용하라는 것이었다.

현덕이 기뻐하며 말하기를,

“전에 사마덕조(司馬德操)가 말하기를 ‘복룡과 봉추 두 사람 중에 한 사람만 얻게 되면 천하를 편안케 할 수 있다.’ 하였는데, 이제 나는 두 사람을 다 얻었으니 한나라를 부흥시킬 수 있을 것이라.”

하고, 드디어 방통에게 부군사 중랑장을 삼아, 공명과 함께 전략을 논의하며 군사들을 훈련시키면서 출전할 준비를 하게 하였다.

이 일을 세작들이 허창에 보고하였다. 유비에게는 제갈량과 방통이 있어서 둘을 모사로 삼고 군사들을 모으고 말을 사들이며 양초를 쌓아놓고 동오와 연계하여, 조만간에 병사들을 일으켜 북벌을 할 것이라고 말하였다. 조조는 이 소식을 듣고, 마침내 모사들을 모아놓고 남정에 관한 일을 의논하였다.

순욱이 나서며 말하기를,

“이제 주유가 죽었으니 먼저 손권을 취하시고, 그 다음에 유비를 치시는 것이 좋겠습니다."

하거늘, 조조가 대답하기를

"내가 만약에 원정을 한다면 마등이 허도를 엄습할까 걱정이외다. 전번 적벽에 있을 때에도 군사들 사이에 서량(西凉)에서 도적들이 침범해 온다는 소문이 떠돌았는데,20) 이제는 불가불 이를 방비해야 할 것이외다."

한다.

순욱이 말하기를,

"저의 어리석은 생각으로는 만약에 조서를 내려서 마등을 정남장군을 삼아 손권을 치라 하시고 경사로 저를 꾀어서 먼저 그를 제거하면, 남정을 해도 걱정이 없어질 것입니다."

하자, 조조가 크게 기뻐하여, 그날로 조서를 가지고 서량으로 가서 마등을 불러오게 하였다.

한편, 마등은 자를 수성(壽成)이라 하는데, 한나라의 북파장군 마원(馬援)의 후손이었다. 아비의 명은 숙(肅)인데 자는 자석(子碩)으로서 환제 때에 천수(天水) 난간현위가 되었다. 그는 후에 관직을 잃고 농서에 떠돌면서 오랑캐들과 섞여 살다가 드디어 강(姜)씨족의 여자에게서 마등을 낳았다. 마등은 신장이 8척이고 몸이 웅장하였으나 성품이 온화하고 어질어서 사람들이 다 그를 존경하였다.

영제 말년에는 강인들이 여러 번 반란을 일으켰으나, 마등이 민병을 모아 그들을 진압하였다. 또 초평(初平) 중년에는 적을 토벌한 공으

---

20) 소문이 떠돌았는데[訛言] : 와어(訛語). 사실과 달리 잘못 떠도는 말. [詩經 小雅篇 正月]「民之訛言 亦孔之將」. [後漢書 馬嚴傳]「時京師訛言 賊從東方來」. 「유언」(流言). [書經 周書篇 金縢]「武王旣喪 管叔及其群弟 乃流言於國曰 公將不利於孺子」. [詩經 大雅篇 蕩]「流言以對」. [荀子 致士篇]「流言流說 流事流謀」.

로 정서장군이 되었으며, 진서장군 한수(韓遂)와 형제의 의를 맺었다.

그날 조서를 받들고 큰 아들 마초와 의논하기를,

"내 일찍이 동승과 함께 의대조를 받은 이래 유현덕과 함께 적을 토벌하자고 약속했으나, 불행하게도 동승은 이미 죽었고 현덕은 계속 패하고 있다. 나 또한 궁벽한 서량에 있어서 현덕을 도울 수도 없다. 이제 들으니 현덕이 이미 형주를 얻었다 하니, 내가 정말 지난 날의 뜻을 펴고 싶으나 조조가 도리어 나를 부르니, 이를 어쩌면 좋으냐?"

하니, 마초가 대답하기를

"조조는 천자의 명을 받들어 아버님을 부르고 있습니다. 지금 만약에 가지 않으시면, 저는 필시 칙명을 어긴 책임을 우리에게 돌릴 것입니다. 마땅히 부를 때에 가시지요? 아주 경사로 가셔서 중간의 형편을 보아 일을 취하신다면, 지난 날의 뜻을 펼 수도 있지 않겠습니까."

한다.

마등의 형의 아들 마대가 간하기를,

"조조는 마음속을 헤아리기 어려운 인물입니다. 숙부께서 만약에 가신다면 조조에게 해를 입을까 걱정됩니다."

하니, 마초가 묻기를

"제가 서량의 군사들을 모두 이끌고 아버님을 따라 허창에 들어가, 천하의 해가 되는 조조를 제거하면 안 되겠습니까?"

한다.

마등이 대답하기를,

"너는 강병들을 이끌고 서량을 지키거라. 내 둘째 마휴(馬休)와 마철(馬鐵), 그리고 조카 마대(馬岱)에게 나를 따르게 하겠다. 조조는 네가 서량에 있다는 것과 또 한수가 함께 돕고 있으니, 감히 나를 해치려 하지는 못할 것이다."

하거늘, 마초가 말하기를

"아버님께서 가시고자 한다면 절대 가벼이 경사에 들어가지 마시고, 수기응변하셔서[21] 동정을 살피시기 바랍니다."

하매, 마등이 대답하기를

"내 스스로 있을 곳이 있으니 너무 염려 말거라."

한다.

이에 마등은 서량의 군사 5천을 이끌고 마휴·마철로 전부를 삼고 마대에게 뒤에 남아 접응하게 하고 멀리 허창을 바라고 떠났다. 허창에서 20여 리 떨어진 곳에서 군사들을 주둔시켰다.

조조는 마등이 왔다는 소식을 들어 알고, 문화시랑 황규(黃奎)를 불러 분부하기를

"오늘 마등이 남정하게 되었소이다. 내 자네를 행군참모를 삼을 터이니 먼저 마등의 영채로 가서, 피로한 군사들을 위로하고 마등에게 말을 전해 주게. 서량은 길이 멀어서 양초를 운반하기 어려워, 많은 인마를 이끌고 갈 수 없을 것이라. 내 대병을 내어주어 함께 가게 할 것이다. 내일 저가 입성하면 임금을 뵙게 하고 내가 양초들을 마련해 주겠다 전하오."

하였다. 황규가 영을 받들고 마등을 보러 갔다. 마등은 술을 내어 대접하였다.

황규가 술이 취하자 말하기를,

"내 아비 황완이 이각과 곽사의 난 때 죽었소이다. 그래서 늘 마음에 통한해 하고 있습니다. 그런데 오늘 또 임금을 속이는 적을 만날 줄은 생각도 못했소이다."

---

21) 수기응변(隨機應辯) : 「임기응변」(臨機應變). 그때 그때의 기회를 따라 변화에 맞게 처리함. [桃花扇 修札] 「**隨機應變**的口頭 *左衡右擋的齊力*」.

하거늘, 마등이 묻기를

"누가 임금을 속이는 도적이란 말이오?"

하자, 황규가 말하기를

"임금을 속이는 자는 조조입니다. 공은 어찌해서 저를 알지 못하시고 나에게 물으십니까?"

한다.

　마등은 조조가 사람을 시켜 탐지하러 온 줄 알고, 급히 저를 제지하며

"귀와 눈이 가까이 있습니다. 그런 말은 함부로 하지 마세요."

하자, 황규가 꾸짖기를

"공은 벌써 의대조를 잊으셨소이까?"

한다.

　마등은 저의 말이 마음속에서 우러난 줄을 알고, 은밀히 사실대로 말하였다.

　황규가 대답하기를,

"조조가 공에게 성 안으로 들어와 천자를 뵈라는 것은, 기필코 좋은 뜻은 아닐 터이니 공은 가벼이 들어가서는 아니될 것이옵니다. 내일 마땅히 병사들을 성 아래 머물게 하였다가 조조가 성에서 나와 점고할 때를 기다려, 저를 죽이면 대사가 이루어질 것이외다."

하였다.

　두 사람의 의논을 정하고 황규는 집으로 돌아갔으나, 조조에 대한 한은 가시지 않았다. 그의 아내가 재삼 물었지만 황규는 끝내 말하지 않았다. 그의 첩 이춘향(李春香)은 황규의 처남인 묘택(苗澤)과 사통하고 있었다. 묘택은 춘향과 살고 싶어 했으나 딱히 좋은 방도가 없었다.

　그의 첩은 황규가 분과 한을 품고 있음을 보고, 마침내 묘택에게 말하기를

"황시랑이 오늘 군사들에 관한 일을 의논하고 돌아와서는 아주 분해하고 있으나, 누구에 대한 일인지 알 수 없나이다."

하니, 묘택이 대답하기를

"자네가 말을 걸어 '사람들 모두가 유황숙은 인덕이 있고 조조는 간웅이라고들 하는데 어찌 생각하오' 하고 물으면, 저가 그 말을 듣고 무어라 하나 보게나."

하였다. 그날 밤 황규는 과연 춘향의 방에 이르렀다.

그때 첩은 묘책이 시키던 대로 그 말을 꺼냈다.

황규는 취중에 말하기를,

"너는 일개 여자로서도 오히려 옳고 그름을 아는데 하물며 나이겠느냐? 내가 한하는 것은 조조를 죽이고자 할 뿐이다."

하니, 첩이 묻기를

"만약에 저를 죽이고자 한다면 어떻게 처치할 것인가요?"

하거늘, 황규가 대답하기를

"내 이미 마장군과 약속을 해 두었다. 내일 성 밖에서 군사들의 점고가 있는데, 그때 그를 죽일 것이다."

하였다.

첩이 묘택에게 이를 고하자 묘택은 이 사실을 조조에게 알렸다. 조조는 곧 은밀하게 조홍과 허저에게 이리이리 하라고 분부하였다. 또한 하후연·서황 등을 불러 이리이리 하라고 하였다. 모두가 영을 받고 나갔다. 한편으로는 먼저 장수를 보내 황규 일가를 잡아들였다.

다음 날 마등은 서량의 군사들을 거느리고 성 가까이 이르렀다. 앞에 홍기가 꽂혀 있고 승상기가 꽂혀 있었다. 마등은 조조가 군사들을 점고하러 온 줄만 알고 말을 박차 앞으로 나갔다. 갑자기 호포소리가 들리더니 홍기가 꽂혀 있던 곳에서 화살이 일제히 날아왔다.

앞에선 장수는 조홍이었다. 마등이 급히 말머리를 돌리려 하는 순간, 양쪽에서 함성이 또 일어났다. 왼편에는 허저가 오른편에선 하후연이 짓쳐 왔다. 후면에서는 또 서황이 병사들을 이끌고 짓쳐 오며 서량의 군마들을 막아섰다. 마등 부자 등 세 사람도 꼼짝없이 포위되었다.

마등은 포위망을22) 뚫으려 애썼으나 뾰족한 수가 없음을 보고 죽을 힘을 다해 짓쳐 나갔다. 마철이 먼저 적의 화살에 맞아 죽었고, 마휴는 마등을 따라 좌충우돌하였으나23) 벗어날 수가 없었다. 두 사람이 중상을 입었고, 게다가 타고 있던 말이 화살에 맞아 주저앉자 적에게 잡히고 말았다. 조조는 황규와 마등 부자를 묶어들이라 하였다.

그때, 황규가 부르짖기를,

"나는 죄가 없다."

고 외치자, 조조는 묘택과 대질시켰다.

마등이 크게 꾸짖으면서,

"못난 선비들이 내 대사를 그르쳤구나! 내가 나라를 위해 도적을 죽이지 못하고 잡혔으니 이는 하늘의 뜻이다."

하거늘, 조조가 명하여 끌어내게 하였다. 마등은 계속 꾸짖기를 그치지 않았다. 그의 아들 마휴 및 황규 등은 모두 죽임을 당했다.

후세 사람이 이 일을 한탄한 시가 있다.

---

22) 포위망을[困在垓心] : 적에게 포위되어 처지가 몹시 어려움. [水滸傳 第八三回]「徐寧与何里竒搶到**垓心**交战 兩馬相逢 兵器并擧」. [東周列國志 第三回]「鄭伯**困在垓心**……全无俱怯」. [中文辭典]「謂在圍困之中也 項羽被圍垓下 說部中所用**困在垓心**語 或卽本此」.

23) 좌충우돌(左衝右突) : 「동충서돌」(東衝西突). 이리저리 닥치는 대로 마구 찌르고 치고받고 함. [桃花扇 修札]「**隨機應辯**的口頭 **左衝右擋**的膂力」.

부자 모두 꽃다운 충렬이여!
그 충정 일문에 빛나누나.

　父子齊芳烈

　　忠貞著一門.

목숨 버려 국난을 극복하려 하고
죽음으로 군은에 답하였구려.

　捐生圖國難

　　誓死答君恩.

입술을 깨물어 피로써 맹세했던 말
간신을 베자던 말 의장에 있네.

　嚼血盟言在

　　誅奸義狀存.

서량에선 명문으로 꼽히던 집안24)
복파의 후손됨이 부끄럽잖네!

　西凉推世胄

　　不愧伏波孫!

묘택이 조조에게 말하기를,

"상금을 원치 않습니다. 다만 이춘향을 정실이 되게 해 주십시오."
하니, 조조가 웃으면서 대답하기를

---

24) **서량에선 명문으로 꼽히던 집안**[世胄] : 세가(世家). 대대로 녹을 이어 받는
　가문. [孟子 滕文公篇 下]「仲子齊之**世主**」. [漢書 食貨志]「**世主**子弟富人」.

"네가 한 여자로 하여 너의 매부의 집안을 해하였으니, 어찌 이 의리 없는 놈을 살려두랴."

하고는, 곧 묘택과 이춘향, 그리고 황규의 집안 모두를 저자에서 참하라 하였다. 그 모습을 보고 탄식하지 않는 사람이 없었다.

후세 사람이 이 일을 한탄한 시가 있다.

묘택이 사욕을 채우려다 자신을 해하니
춘향을 얻지도 못하고 도리어 죽었도다.
苗澤因私害藎臣
春香未得反傷身.

간웅 또한 저들을 용서하지 않았으니
옳지 않은 일 꾀하다 저만 소인 되었구나.
奸雄亦不相容恕
枉自圖謀作小人.

조조는 서량의 군사들을 안돈하는 유시에서 말하기를,

"마등 부자의 모반은 너희들과 무관한 일이다."

하고는, 한편으로 사람을 시켜 애구를 굳게 지키며 마대가 달아나지 못하게 하라 하였다.

이때, 마대는 직접 1천의 군사를 이끌고 후미에 있었는데, 허창성 밖에서 도망 나온 군사들을 통해 이 일을 알게 되었다. 마대는 크게 놀라 군사들을 버리고 상인 차림새로 밤을 도와 달아났다. 조조는 마등 등을 죽이고 곧 남정하기로 결심하였다.

그때, 문득 보고가 들어왔는데

"유비가 군마를 조련하고 병장기를 손질하며 서천을 취하려 한다."
하였다.

조조는 놀라면서 묻기를,

"만약에 유비가 서천을 얻게 되면 날개를 다는 격이 될 터이니, 이를 어찌 도모하면 좋겠소이까?"
한다.

말을 마치기 무섭게 계하에서 한 사람이 나서며,

"제게 한 가지 계책이 있습니다. 유비와 손권이 서로 돕지 않게만 하면, 강남과 서천 모두가 승상께 돌아올 것입니다."
한다.

이에,

서량의 호걸들이 방금 다 죽었는데
남국의 영웅들 또한 재앙을 받는가.
西川豪傑方遭戮
南國英雄又受殃.

계책을 드린 자는 누구인가 알 수 없다. 하회를 보라.

제58회

마맹기는 군사를 일으켜 원한을 풀고
조아만은 수염을 베고 전포를 벗어버리다.
　　馬孟起興兵雪恨
　　曹阿瞞割鬚棄袍.

　한편, 계책을 드린 사람은 치서시어사 진군(陳群)이니, 그는 자를 장
문(長文)이라 하였다.

　조조가 묻기를,

　"진장문께서 무슨 양책이 있소이까?"

하자, 진군이 대답하기를

　"지금 유비와 손권은 입술과 이와의 관계에[1] 있습니다. 만약에 유
비가 서천을 뺏으려 한다면 승상께서는 상장들에게 명하여 군사들을
일으켜 합비의 여러 군사들과 합세해서 강남을 공략하면, 손권은 필
시 유비에게 가서 구원을 청할 것입니다.

　유비가 서천에 뜻을 두고 있다면, 손권의 구원에 냉담할 것입니다.
손권은 구원병이 없으면 힘이 달리고 병사들이 쇠진할 것이니, 강동

---

1) 입술과 이와의 관계[結爲脣齒] : 이와 잇몸처럼 얽혀 있음. [左傳 僖公五年]「晉
侯復假道於虞以伐虢 宮之奇諫曰 虢 虞之表也 虢亡 虞必從之 諺所謂輔車相依 **脣
亡齒寒**者 其虞虢之謂也」. [戰國策]「趙之於齊楚也 隱蔽也 猶齒之有脣也 **脣亡**則
齒寒 今日亡趙 則明日及齊楚」.

의 땅은 반드시 승상이 얻게 될 것입니다.

만약에 승상께서 강동을 얻게 되면, 형주는 단번에 평정하실 수 있습니다. 형주만 평정하게 되면 그 후에 서서히 서천을 도모해서, 천하를 얻으실 수 있을 것입니다."

하거늘, 조조가 말하기를

"장문의 말이 꼭 내 생각과 같구려."

하며, 즉시 대병 30만을 일으켜 강남을 정벌하기로 하고, 합비의 장료에게 명하여 양초를 준비하고 이를 공급하라 하였다.

이때 세작의 보고를 듣고서 손권이 제장들을 불러 이 일을 상의하였다.

장소가 대답하기를,

"사람을 시켜 노자경이 있는 곳에 가 형주에 급히 글을 보내게 해서, 현덕으로 하여금 힘을 합쳐 조조를 막자 하십시오. 자경은 현덕에게 은혜를 베풀고 있으니 반드시 그 말을 따를 것입니다. 또 현덕은 이미 동오의 사위가 되었으니 의리로서도 거절하지 못할 것입니다. 만약에 현덕이 와서 돕기만 한다면, 강남은 걱정할 것이 없습니다."

하자, 손권은 그 말대로 곧 사람을 노숙에게 보내 현덕에게 구원을 청하게 하였다.

노숙은 손권의 명을 받들고 곧 글을 써서 현덕에게 보냈다. 현덕은 편지를 보고나서 사자를 객관에 머물게 하고 사람을 공명에게 보냈다. 공명이 형주에 이르자 현덕은 노숙의 편지를 보여 주었다.

공명은 편지를 읽고 나서, 말하기를

"강남의 군사를 움직일 것도 없고, 그렇다고 형주의 군사들을 움직일 필요가 없습니다. 조조로 하여금 감히 동남을 넘보지 못하게 할 수 있습니다."

하고는, 곧 노숙에게 회신을 보내기를

"베개를 높이 베고 염려 마세요.2) 만약에 북병이 침범하거든 황숙께서 물리치실 방책이 있습니다."

하였다.

현덕이 묻기를,

"조조가 30만 대병을 일으키고 있고 합비의 병사들까지 합쳐서 온다는데, 선생은 무슨 묘책이 있어서 저들을 물리치려 하시오?"

하자, 공명이 대답하기를

"조조가 평소부터 걱정하는 것은 서량병입니다. 지금 조조가 마등을 죽였으나 그 아들 마초가 서량의 무리를 통일하고, 조적에게 이를 갈고3) 있음을 꼭 볼 수 있습니다. 주공께서 편지 한 통만 써서 마초와 결의를 맺으시고 저로 하여금 병사들을 일으켜 관을 들어가게만 하시면, 조조가 또 어느 결에 강남으로 내려오겠습니까?"

하였다. 현덕은 기뻐하며 곧 글을 써서 심복을 시켜 서량에 보냈다.

이때, 마초는 서량에 있으면서 밤에 꿈을 꾸었다. 꿈에 자신이 눈밭에 누워있는데 여러 호랑이들이 물려고 하였다. 놀랍고 두려워 깨어서

---

2) 베개를 높이 베고 염려 마세요[高枕無憂] : 베개를 높이 베고 근심이 없음. 「고침안면」(高枕安眠)은 '편안하게 누워서 근심 없이 지냄'의 비유임. [戰國策 齊策]「三窟已就 君姑高枕爲樂矣」. [鏡花緣 第六十回]「就只到了客店 可以安然 睡覺 叫作高枕無憂」.

3) 이를 갈고[切齒] : 분하여 이를 갊. 「절치교아」(切齒咬牙). '아주 분(忿憤)해 함을 일컫는 말'임. [吳越春秋 闔閭內傳]「伍員咬牙切齒 將一切眞情 具實奏於吳王」. [水滸傳 第六十九回]「衆多兄弟 被他打傷 咬牙切齒 盡要來殺張淸」. 「절치부심(切齒腐心)」. [史記 刺客 荊軻傳]「樊於期偏袒 搤椀而進日 此臣之日夜切齒 腐心 (注) 切齒 齒相磨切也」. [戰國策 燕策]「荊軻私見樊於期日 願得將軍之首 以獻秦王 秦王必喜而召見臣 臣左手把其袖 右手揵其胸 則將軍之仇報 而燕國見 陵之恥除矣 樊於期日 此臣之日夜切齒扼腕 乃今得聞敎 遂自刎」.

마음속에 의혹이 생겨, 수하 장수들을 모아놓고 꿈 이야기를 하였다.

그랬더니 장하의 한 사람이 소리내어 말하기를,

"이 꿈은 상서로운 징조가 아닙니다."

하거늘 여럿이 그 사람을 보니, 장전 심복인 교위로 성은 방(龐)이고 이름은 덕(德)이라 하며 자는 영명(令名)이었다.

마초가 묻기를,

"영명은 생각이 어떻소?"

하니, 방덕이 대답하기를

"눈밭에서 호랑이를 만났다는 것은 꿈의 전조로서는 아주 좋지 않은 것입니다. 혹시 노장군께서 허창에 있으신데 무슨 일이 생긴 것이 아닐까요?"

한다.

말이 미처 끝나기도 전에 한 사람이 뛰어들어와, 땅에 엎드려 울며 말하기를

"숙부님과 형제들이 다 죽었습니다!"

한다.

마초가 저를 보니 마대였다. 마초가 놀라 어찌 된 일인지를 물었다.

마대가 대답하기를,

"숙부와 시랑 황규가 함께 조조를 죽이기로 의논하였으나, 일이 새어나가 다 저자에서 참수되었는데, 그때 두 아우도 참수되었고 오직 저만이 장사꾼으로 변장하여 밤을 도와 빠져나왔습니다."

하였다. 마초가 말을 듣고 땅에 쓰러졌다. 여러 장수들이 부축하여 겨우 일어나서, 마초는 어금니를 갈며 통분해 마지 않았다.

그때, 형주에서 유황숙이 보낸 사람이 편지를 가지고 왔다. 마초가 뜯어보니, 편지의 내용은 대강 다음과 같았다.

한실이 불행함에 조조가 전권을 휘둘러 기군망상하고4) 있으며, 백성들 또한 해침을 당하고 있습니다. 내가 지난 날 그대의 아버님과 같이 의대조를 받고 이 도적을 없애기로 하였던 바가 있습니다. 지금 그대 아버님께서 조조에게 해를 입으셨으니, 이는 장군께서는 불공대천의 일이요 일월을 함께 할 수 없는 원수입니다.

만약에 서량의 군사들을 거느리고 조조의 오른편을 칠 수 있다면, 나는 형주의 군사들을 이끌고서 조조의 앞길을 막을 것이외다. 그렇게 된다면 역적 조조를 사로잡을 수 있을 것이며, 간당들을 모두 벌할 수 있을 것입니다. 원수도 갚을 수 있을 뿐만 아니라, 한실을 일으킬 수 있을 것이외다.

편지로 다 말할 수 없으니 회신을 기다리리다.

마초가 다 보고 나서 곧 눈물을 흘리며 회신을 써서 사자를 시켜 먼저 보내고, 뒤따라 곧 서량의 군사들을 일으켰다. 막 출발하려 하는데 문득 서량태수 한수가 사람을 보내 마초를 보러 왔다. 마초가 부중에 이르자 조조의 편지를 내어 보였다.

편지에는

"만약에 마초를 사로잡아서 허도로 온다면 곧 자네를 서량후에 봉하겠다."

하였다.

마초가 땅에 엎드려 말하기를,

"숙부께 청하오니 저희 두 형제를 포박하여 허창에 보내시고, 숙부

---

4) 기군망상(欺君罔上) : 임금을 속임. 원래 '속임'을 뜻하는 것은 '기망'임. 「기하망상」(欺下罔上). [中國成語]「謂欺壓在下 蒙蔽上級」. 「기심」(欺心). [原毀]「外以欺於人 內以欺於心」.

께서는 전쟁의 수고로움을 면하옵소서."5)

한다.

한수가 붙들어 일으키며 말하기를,

"내 너의 아버님과 형제의 의를 맺었는데, 어찌 차마 너희들을 해하겠느냐? 네가 만약 병사를 일으키면 내 마땅히 돕겠다."

하거늘, 마초가 배사하였다. 한수는 곧 조조의 사자를 끌어내어 참하고, 이에 수하의 팔부 군마를 점고하고 함께 진발시켰다.

팔부란 후선(侯選) · 정은(程銀) · 이감(李堪) · 장횡(長橫) · 양흥(梁興) · 성의(成宜) · 마완(馬玩) · 양추(楊秋) 등이다. 여덟 장수들은 한수를 따라 마초 수하의 방덕 · 마대와 20만 대병을 함께 일으켜 장안으로 짓쳐 들어갔다. 장안군수 종요(鍾繇)는 나는 듯이 조조에게 보고하였다.

그리고 일면 군사들을 이끌고 성에서 나가 적과 싸우며 들판에 포진하였다. 서량국의 전부 선봉인 마대가 1만 5천의 군사들을 이끌고 산과 들을 덮으며 파도처럼 밀려왔다.6) 종요는 말을 타고 나가 싸우려 하였다. 마대가 보도를 들고 나서며 싸움을 돋우며 종요와 싸웠다. 한 합이 못 되어 종요가 패해 도망하였다. 마대는 칼을 빼어 들고 급히 뒤를 쫓았다.

마초와 한수가 대군을 이끌고 와서 장안을 포위하였다. 종요는 성위에서 지키며 싸우려 나서지 않았다. 장안은 서한의 옛 도읍으로서 성곽이 견고하고 해자가 험하여 급히 공격할 수가 없었다. 열흘 동안

---

5) 전쟁의 수고로움을 면하옵소서[戈戟之勞] : 전쟁의 고통에서 벗어남. [司馬法 定爵]「弆矛守 **戈戟**助」. [隋煬帝 遺陳書]「望我寬仁 思到**戈戟**」.

6) 산과 들을 덮으며 파도처럼 밀려왔다[浩浩蕩蕩] : 썩 넓어서 끝이 없음. 거침이 없고 세참. [中庸 第三十二章]「肫肫其仁 淵淵其淵 **浩浩**其天」. [論語 泰伯篇]「**蕩蕩**乎 民無能名焉 巍巍乎其有成功也」.

포위를 하고도 격파할 수가 없었다.

방덕이 계책을 드리며 말하기를,

"장안성은 흙이 단단하고 물이 짜서 마시기 어렵습니다. 그런데다가 땔 나무마저 없습니다. 이제 성을 포위한 지 열흘이 지났으니, 성안 백성들이 굶주리고 황폐했을 것입니다. 이제 잠시 군사를 거두는 것이 좋을 듯합니다. 그리고 이리이리 하면 장안은 곧 수중에 떨어질 것입니다."

한다.

마초가 동의하면서 대답하기를,

"그 계책이 정말 묘책이외다."

하고, 즉시 '영'자 기를 각 곳에 걸게 하고 모두 군사들을 물리게 하고, 마초는 직접 퇴로를 끊고 각 부의 군마들이 물러났다. 종요는 다음 날 성 위에 올라보니 군사들이 다 물러가고 없었지만, 계교가 있을까 걱정이 되었다. 초탐병을 시켜 알아보니 과연 군사들이 멀리 가고 없었다.

그래서 겨우 마음을 놓고 군민들에게 땔감과 식수를 구해오라며 성문을 활짝 열고 나가게 했다. 닷새째 되는 날 사람들이 와서 보고하기를, 마초가 또 군사들을 이끌고 왔다고 했다. 군민들이 다투어 성으로 들어오고, 종요는 이어 성을 굳게 닫고 지키기만 하였다.

한편, 종요의 아우 종진(鍾進)은 서문을 지키고 있었는데, 3경이 가까워지자 성문 속에서 불길이 치솟기 시작하였다.

이를 보고 종진이 급히 구하러 갔을 때, 성곽 주변에서 한 사람이 칼을 들고 쫓으며 큰 소리로 꾸짖기를,

"방덕이 예 있다!"

하고 외치거늘, 종진은 활을 쏠 사이도 없이 방덕의 칼을 맞고 말에서

떨어졌다.

방덕은 수하 군교들을 시켜 성문을 쳐서 쇠줄을 끊고 마초와 한수의 군사들을 입성하게 하였다. 종요는 성을 버리고 동문을 나가 도망갔다. 마초와 한수 등은 성을 빼앗고 수고한 군사들을 시상하였다. 종요는 물러나 동관(潼關)을 굳게 지키면서 나는 듯이 이를 조조에게 알렸다. 열흘이 못 되어 장안을 잃은 것을 알고, 조조는 감히 남정(南征)을 다시 논의하지 못했다.

드디어 조홍과 서황을 불러 분부하기를,

"먼저 1만여 군마들을 이끌고 종요를 대신해서 동관을 굳게 지켜라. 열흘 안에 애구를 잃을 것 같으면 다 참하겠다. 열흘을 넘기기만 하면 너희 두 사람의 책임이 아니다. 내가 대군을 이끌고 곧 뒤따라 가겠다."

하자, 두 사람은 군사들을 거느리고 밤을 도와 곧 떠났다.

조인이 말하기를,

"조홍은 성질이 조급하여 진실로 일을 그르칠까 걱정됩니다."

하거늘, 조조가 대답하되

"너는 나와 같이 양초를 가지고 곧 뒤따라가서 호응하자."

하였다.

한편, 조홍과 서황은 동관에 이르러 종요를 대신하여 지키면서 나가서 싸우지 않았다. 마초는 군사를 영솔하고 관하에 와서 조조의 삼대를[7] 헐뜯고 욕을 해댔다. 조홍이 크게 노하며 병사들을 데리고 관에 내려가 시살하려 하였으나, 서황이 간하기를

"이것은 마초가 장군을 격동시켜서 싸우러 나오게 하려는 것이니, 일절 싸워서는 안 됩니다. 승상께서 대군을 이끌고 오실 때까지 기다

---

7) **조조의 삼대[曹操三代]** : 환관이었던 할아비 조등(曹騰)·양자로 들어간 아버지 조숭(曹嵩), 그리고 조조까지 3대를 이름.

리면, 필시 승상께서 무슨 구상이 계실 것입니다."

그러나 마초의 군사들은 밤낮으로 돌아가며 와서 욕을 하였다.

조홍은 나가서 싸우려고 하였으나 서황은 애써 이를 막기만 하였다. 제 9일이 되어 관상에서 보니 서량군사들이 모두가 말을 풀어 놓은 채 풀밭에서 앉아 있었다. 많이 피곤한지 풀밭에 누워있기도 하였다. 조홍은 곧 말을 준비하라 하고 3천의 병사들을 이끌고 하관하여 짓쳐 내려왔다. 서량의 군사들이 말과 무기를 버려 둔 채 달아나자, 조홍이 급히 그 뒤를 쫓았다.

한편, 서황은 바로 관상에 있으면서 양초를 점검하고 있었는데, 조홍이 하관하여 짓쳐 나가고 있다는 소식을 듣고 크게 놀라서 급히 병사들을 이끌고 뒤따라 내려왔다. 그러면서 큰 소리로 조홍에게 돌아오라고 외쳤다. 그때 문득 배후에서 함성이 크게 일더니, 마대가 군사들을 이끌고 짓쳐 오고 있었다. 조홍과 서황이 급히 말머리를 돌려 달아나려 할 때에 북소리가 크게 울리더니, 산 뒤의 양쪽에서 군사들이 나서서 길을 막았다. 왼쪽에는 마초이고 오른쪽에는 방덕이었다.

저들은 함께 뒤섞여서 짓쳐 왔다. 조홍은 끝내 당해내지 못하고 군사를 태반이나 잃었으며 포위망을 뚫고 도망쳐 관상에 이르렀다.

그러나 서량병들이 뒤따라 급히 쫓아와서, 조홍 등은 관을 버리고 달아났다. 방덕은 곧장 추격하여 동관을 지나 조인의 군사들과 맞닥뜨렸다. 조인은 조홍 등을 구해 주었다. 마초는 방덕과 접응하여 관에 올랐다. 조홍은 동관을 잃고 달려가 조조를 만났다.

조조가 묻기를,

"너에게 열흘의 기한을 주었는데, 어찌해서 아흐레 만에 동관을 잃었단 말이냐?"

하자, 조홍이 대답하기를

"서량의 병사들이 입에 담을 수 없는 욕을 했습니다. 그러던 중에 적들이 해이해진 틈을 타서 급히 쫓은 것인데, 적의 간계에 빠질 줄은 몰랐습니다."

하였다.

조조가 말하기를,

"너는 나이가 어리고 성질이 조급하지만, 서황 네가 알아서 일을 처리했어야 하지 않느냐!"

하자, 서황이 대답하되

"계속 여러 번 간하였으나 듣지 않았습니다. 그날도 저는 관상에서 양곡 수레를 점고하고 있었는데, 일을 알았을 때에는 소장군이 이미 하관한 뒤였습니다. 저는 일이 잘못될까 걱정되어 급히 달려갔으나, 이미 적의 간계에 빠진 뒤였습니다."

하자, 조조가 크게 노하여 조홍을 내어다 참하라 하였지만 여러 장수들의 만류로 겨우 면하였다. 조홍은 죄를 자복하고 물러 나왔다. 조조는 진병하여 곧 동관으로 가서 치려 하였다.

그때, 조인이 권유하기를

"먼저 영채를 세우시지요. 그런 뒤에 관을 쳐도 늦지 않을 것입니다."

하자, 조조는 나무들을 베어 울타리를 세우게 하고는 영채 셋을 세우게 하였다. 왼쪽 영채에는 조인이 오른쪽 영채는 하후연이 쓰게 하고, 조조 자신은 중앙에 있는 영채를 쓰기로 하였다.

이튿날 조조는 세 영채의 대소 장수들을 거느리고 관액으로 짓쳐 나갔다. 그러자 서량의 군사들과 맞닥뜨렸다. 두 진영의 양쪽에서 포진하였다.

조조는 말을 타고 문기 아래에 서서 서량병들을 보니, 군사들마다 용기가 있어 보이고 건장하고 영웅다웠다. 또한 마초를 보니 얼굴에 분칠을 했는지 희고 입술이 붉어 보였다. 허리는 가늘고 엉덩이가 넓어 보였으며, 목소리는 웅장하고 힘은 사나웠다. 흰 전포에 은빛 갑옷을 입었고, 손에는 장창을 잡고 말을 탄 채 진의 앞에 서 있었다. 위편엔 방덕이 아래편에는 마대가 서 있었다. 조조는 속으로 칭찬하며 말을 앞으로 내어 마초에게 말을 걸었다.

"너는 한조의 명장 자손이 아니냐! 어찌해서 배반을 하는가?"

하자, 마초는 어금니를 악물고 이를 갈면서8) 크게 노하여, 꾸짖기를

"이 조조 역적놈아! 기군망상도 유분수지 네 죄는 죽어 마땅하다! 또 내 아버지와 아우들을 죽였으니 불공대천의 원수다!9) 내 당장 너를 사로잡아서 네 고기를 씹어 먹겠다."

하고, 말을 마치기 무섭게 창을 꼬나들고 곧장 달려들었다.

그러나 조조의 뒤에서 우금이 나와 맞았으나, 두 말이 서로 어우러져 싸움이 8, 9합이 되자 우금이 패하여 달아났다. 장합이 나가 싸우기 20여 합 만에 또 패해 달아나고, 이통(李通)이 마초와 분전하기 두어 합이 되자, 마초의 창이 이통을 찔러 말에서 떨어뜨렸다.

마초가 뒤를 보며 창을 들자 서량병들이 일제히 짓쳐 왔다. 조조군은 대패하고 서량병들은 기세가 올라 쫓아왔다. 좌우에서 돕던 장수

---

8) 어금니를 악물고 이를 갈면서[咬牙切齒] : 분하여 이를 갊. '아주 분(忿憤)해함을 일컫는 말'임. [吳越春秋 闔閭內傳]「伍員咬牙切齒 將一切眞情 具實奏於吳王」. [水滸傳 第六十九回]「衆多兄弟 被他打傷 咬牙切齒 盡要來殺張淸」. 「절치부심(切齒腐心)」. [史記 刺客 荊軻傳]「樊於期偏袒 搤椀而進曰 此臣之日夜切齒腐心(注) 切齒 齒相磨切也」. [戰國策 燕策]「荊軻私見樊於期曰 願得將軍之首 以獻秦王 秦王必喜而召見臣 臣左手把其袖 右手揕其胸 則將軍之仇報 而燕國見陵之恥除矣 樊於期曰 此臣之日夜切齒扼腕 乃今得聞敎 遂自刎」.

9) 불공대천의 원수[不共戴天之讎] : 불공대천의 원수. 같은 하늘 아래에서 살 수 없음. 「불구대천지수(不俱戴天之讐)」. [禮記 曲禮篇 上]「父之讐 弗與共戴天 兄弟之讐 不反兵 交遊之讐 不同國」.

들도 막지를 못하였다. 마초와 방덕 그리고 마대 등은 백여 기를 이끌고 곧장 중군으로 들어와 조조를 사로잡으려 하였다.

조조는 난군 중에서 서량군이,

"홍포를 입은 자가 조조다."

라고 크게 외치는 소리를 듣고, 말 위에서 황급하게 전포를 벗어버렸다.

그러자 또 큰 소리로,

"수염이 긴 자가 조조다!"

하는 소리가 들리자, 조조는 놀라고 당황하여 차고 있던 칼로 수염을 당겨 잘라버렸다. 군사들 중에서는 조조가 수염을 자른 일에 대해서 마초에게 알렸다.

마초는 곧 사람들을 시켜서,

"수염이 짧은 자가 곧 조조다!"

하자, 조조가 들어 알고 곧 깃발의 귀퉁이를 찢어 머리를 싸면서 도망쳤다.

후세 사람의 시가 있다.

동관의 싸움에서 패하여 도망칠 때
맹덕은 너무 당황해 금포를 벗었다네.
潼關戰敗望風逃
孟德愴惶脫錦袍.

칼로 수염을 자를 땐 얼마나 간담이 떨렸을까
마초의 성가는 실로 하늘을 덮을만큼 높구나!
劍割髭髯應喪膽
馬超聲價蓋天高.

조조가 도망가고 있을 때에, 뒤에서 한 사람이 말을 타고 급히 쫓아 왔다. 머리를 돌려 보니 바로 마초였다. 조조는 크게 놀랐다. 좌우의 장수들이 마초가 급히 쫓아 오는 것을 보고는, 각자가 흩어져 달아나고 조조를 돌보는 자가 없었다.

마초가 소리를 높여 크게 외치기를,

"조조 역적놈아, 달아나지 말아라!"

하는데, 조조는 그 소리에 놀라서 채찍을 떨어뜨렸다. 급히 도망가는데 마초는 뒤를 따라 오면서 창으로 찌르려 했다. 그러나 그때 나무 사이로 도망가고 있어서 마초의 창은 나무에 꽂히고 말았다. 급히 뽑으려 하였으나 조조는 이미 멀리 달아났다.

마초는 말을 몰아 급히 쫓아 산언덕을 지나자, 한 장수가 큰 소리로

"우리 주군을 해치지 마라! 조홍이 예 있다!"

하고 소리치며, 칼을 휘두르며 말을 몰고 와서 마초를 막아선 틈에 조조는 겨우 살아 달아났다. 조홍은 마초와 어우러져 4, 50합에 이르도록 싸웠으나, 점점 도법(刀法)이 혼란에 빠지고 힘이 부쳐갔다.

그때, 하후연이 수십 기를 이끌고 도착하였다. 마초는 혼자서는 이 길 승산이 없다 생각하고 말을 돌려 돌아갔다. 하후연도 더 이상 쫓지 않았다.

조조가 영채로 돌아와 보니, 조인이 죽기로써 영채를 지키고 있어서 이로 인해 군마를 거의 잃지 않았다.

조조는 장중에 들어와 탄식하기를,

"내 만약 조홍을 죽였더라면 오늘 필시 마초의 손에 죽었을 것이다!"

하고, 마침내 조홍을 불러 상을 후히 주었다. 그러고는 대군을 수습하여 영채를 견고하게 보수하고, 구거(溝渠)를 깊이 파고 망루를 높이고는 나가 싸우게 하지 않았다. 마초는 매일같이 병사들을 이끌고 영채

앞에 와서 욕하고 꾸짖으며 싸움을 돋우었다.

그러나 조조는 군사들에게 굳게 지키기만 하도록 영을 내리고, 난동을 부리는 자는 참한다 하였다.

여러 장수들이 묻기를,

"서량의 병사들은 모두가 긴 창을 가지고 있으니, 궁노들을 뽑아 저들을 막으시면 어떻겠습니까."

하자, 조조가 말하기를

"싸우고 싸우지 않고는 다 나에게 있는 것이지, 적에게 있는 것이 아니다. 적들이 비록 긴 창을 가졌다지만, 어찌 이롭다 하겠느냐? 제공들은 굳게 지키며 저들을 보고만 있으면 스스로 물러갈 것이다."

하였다.

제장들이 각자 서로 의논하기를,

"승상께서 정벌에 나설 때에는 늘 앞장서서 나가시더니, 지금 마초에게 패하시고 나서부터 어찌하여 이토록 약해지셨는가?"

하였다.

며칠이 지나자 세작이 알려오기를,

"마초는 또 2만의 신병을 데리고 와 싸움을 돕고 있는데, 이들은 다 강인(羌人) 부락에서 왔답니다."

하거늘, 조조가 듣고는 크게 기뻐하였다.

제장들이 묻기를,

"마초가 군사들을 늘렸다는데, 승상께서는 오히려 기뻐하시니 어찌된 일입니까?"

하자, 조조가 권유하기를

"내가 이기기를 기다려라. 그때 가서 너희들에게 말해주마."

하였다. 3일 후에 또 첩보가 오기를 또 군마를 더 증강했다 한다. 조조는 또 크게 기뻐하며 장중에서 연회를 베풀고 축하연을 열었다. 제장들이 속으로 다 비웃었다.

그때, 조조가 묻기를,

"제공들은 내가 마초의 계책을 깨뜨릴 수 없다고 웃지만, 공들은 무슨 좋은 계책이 있소이까?"

하니, 서황이 나서면서 말하기를

"이제 승상께서 많은 군사들을 가지고 여기 있는데, 적들 또한 모두 관상에 주둔하고 있습니다. 이대로 간다면 하서(河西)는 필시 준비가 없을 것입니다. 만약에 일군을 은밀하게 포판진을10) 건너게 하여 먼저 적의 귀로를 차단한 다음, 승상께서는 위하(渭河)의 북쪽으로 나가 치면 적들은 양쪽이 상응할 수 없을 것이니 정세가 아주 불리해질 것입니다."

하자, 조조가 웃으면서 대답하기를

"공의 말이 내 생각과 같소."

하고, 곧 서황에게 장병 4천을 이끌고 주영(朱靈)과 같이 가서 하서를 엄습하고 산골짜기에 매복하고 있다가, 자신이 위하를 건널 때까지 기다리려서 치게 하였다. 서황과 주영은 명을 받고 먼저 4천 정예군을 이끌고 은밀하게 떠났다.

조조는 또 영을 내려 먼저 조홍에게 포판진에 가서 배와 뗏목들을 준비하게 하였다. 조인은 영채에 남아 지키게 하고 조조는 직접 군사들을 이끌고 위하를 건넜다. 세작들이 벌써 이를 마초에게 알렸다.

마초가 말하기를,

---

10) 포판진(蒲坂津) : 하동(河東)과 하서(河西)를 잇는 황하의 나루. [詩經 周南篇 魏風 疏]「地理志云 河東郡 有河北縣……蒲坂卽河東縣是也」. [讀史方輿紀要 山西 平陽府 蒲州]「蒲坂城 州東南五里 杜佑曰 秦晉戰於河曲 卽蒲坂也」.

"이제 조조는 동관을 공격하지 않고 사람을 시켜 배와 뗏목을 준비하고 있다고 하니, 하북을 건너려 함이 틀림없소이다. 이는 필시 내 뒤를 막으려는 게요. 내 당장에 일군을 이끌고 가서 북쪽 해안을 막는다면, 조조는 건너지 못할 것이외다. 불과 20여 일이 못 가서 하동의 양곡이 다할 터이니, 그리되면 조조의 군사들은 큰 혼란에 빠질 것이오. 그때 하남으로 쫓아가 저들을 공격한다면 사로잡을 수 있을 것이외다."

한다.

한수가 대답하기를,

"그렇게 할 필요까지는 없네. 어찌 병법에서 말하는 '군사들이 반쯤 건넜을 때 공격하라.'는[11] 말을 듣지 못하였는가. 조조의 군사들이 중간쯤에 이르렀을 때에, 자네가 갑자기 남안에서 저들을 공격하게. 그러면 조조의 군사들은 다 물에 빠져 죽게 될 것일세."

하자, 마초가 말하기를

"숙부님의 말씀이 옳습니다."

하고는, 곧 사람을 시켜 조조가 언제 강을 건너는지 탐청하게 하였다.

한편, 조조가 이미 정병(整兵)을 마치고 셋으로 나누어 위하를 건넜다. 전군(前軍)의 인마가 막 위하를 건너 애구에 당도했을 때 해가 올랐다. 조조는 먼저 정병을 출발시켜 북쪽 해안을 지나 영채를 세우게 했다. 그리고 자신은 직접 호위군사와 장수 1백여 명을 이끌고 칼을 안고 남쪽 언덕에 앉아, 군사들이 건너는 것을 지켜보고 있었다.

---

11) 군사들이 반쯤 건넜을 때 공격하라[兵半渡可擊] : 군사들이 물을 반쯤 건넜을 때 공격해야 함. 「군반도가격」(軍半渡可擊)은 '군사들이 강을 반쯤 건넜을 때에 공격함'의 뜻임. 「반도」(半渡)는 「도중」(途中)의 뜻. [李白 登敬亭山南望懷古贈竇主簿詩]「百歲落半途 前期浩漫漫」. [白居易 何處難忘酒詩]「還鄕隨露布 半路授旌旄」.

그때, 문득 첩보가 들어왔는데, '뒤쪽에서 백포장군(白袍將軍)이 오고 있사옵니다!' 한다. 여러 사람들이 다 저를 마초로 알고 한꺼번에 배를 에워쌌다. 물가에 있던 군사들은 다투어 배에 오르고 시끄러운 소리가 그치지 않았다. 조조는 움직이지 않고 칼을 끼고 앉아 떠들지 말라고 하였다. 사람들의 함성과 말의 우는 소리가 벌떼 소리처럼 들려왔다.

이때, 한 장수가 강 언덕으로 뛰어올라 오며 외치기를,

"적병이다. 승상께서는 배에 오르시옵소서!"

하거늘, 저를 보니 허저였다.

조조는 입속으로 중얼거리기를,

"적이 온들 어찌 막겠느냐?"

하며 머리를 돌려 보니, 마초가 이미 1백여 보 떨어진 곳에 와 있었다. 허저가 조조를 이끌고 배에 타려 할 때에, 배는 이미 한 길이나 떨어져 있었다. 허저는 조조를 업고 배 위로 뛰어 탔다. 수행하던 장사들이 거의 다 물에 빠져 뱃전을 잡고 다투어 먼저 배에 올라 목숨을 구하려 하였다.

그러나 배가 작아 장차 뒤집어지려 하매, 허저가 칼로 어지러이 찍으니 배를 잡은 손들이 물에 떨어졌다. 급히 하류 쪽을 바라보고 노를 저어 갔다. 허저는 상앗대 앞에 서서 바삐 노를 젓고, 조조는 겨우 허저의 다리 사이에 엎드려 있었다.

마초가 급히 해안을 따라왔을 때에는, 배가 이미 절반쯤 건너고 있었다. 그는 활에 화살을 먹여 장수들에게 쏘게 하니 마치 화살이 비 오듯했다. 허저는 조조가 맞을까 걱정되어 왼손으로 말안장을 들어 막았다. 마초의 화살은 빗나가는 것이 없어서 배에서 노를 젓는 군사들이 맞아서 물에 떨어졌다.

배 위에 있던 수십 명이 다 화살에 맞아 떨어졌다. 배를 지탱하는 군사들이 쓰러지자, 배는 안정을 찾지 못하고 급한 물살에 빙빙 돌기만 했다. 허저는 혼자서 분투하며 힘을 내어 양쪽 다리 사이에 키를 끼고 한 손으로는 상앗대를 잡고, 다른 한 손으로는 안장을 들어 조조를 호위하며 화살을 막아냈다.

그때, 위남(渭南)현령 정비(丁斐)가 남산 위에 있다가 마초가 조조를 급히 추격하는 것을 보고 조조의 목숨이 상할까 걱정되어, 영채에 있는 소와 마필을 우리에서 내몰아 산과 들에 흩어 놓으니 들판이 모두 우마였다. 서량병들이 그것을 보고 모두 몸을 돌려 우마를 취하느라 더 추격할 마음이 없어져, 조조는 그로 인해 겨우 위기에서 벗어날 수 있었다. 그는 북쪽 해안에 당도하자 적들이 이용할 수 없도록 즉시 배와 뗏목들을 가라 앉혔다.

여러 장수들이 조조가 배를 타고 겨우 도망했다는 소식을 듣고 급히 구하러 왔을 때에, 조조는 이미 강안에 올라 있었다. 허저는 여러 곳에 상처를 입었는데, 화살이 다 갑옷들 틈에 꽂혀 있었다. 장수들이 조조를 호위하여 영채에 이르자 모두가 나와 절하며 문안을 드렸다.

조조는 크게 웃으면서 대답하기를,

"내 오늘 몇 번이나 적들에게 곤욕을 치렀소이다!"

한다. 허저가 말하기를,

"만약에 마소를 풀어 놓아 적을 유인하지 않았다면, 적은 필시 강을 건넜을 것입니다."

하자, 조조가 묻는다.

"적을 유인한 사람이 누구요?"

하니, 아는 사람이 대답하기를

"위남현령 정비입니다."

한다.

조금 있다가 정비가 들어와 조조를 뵈었다.

조조가 사례하면서,

"만약에 공의 양책이 아니었다면 나는 적들에게 사로잡혔을 것이오."

하고, 영을 내려 저를 전군교위로 삼았다.

정비가 말하기를,

"적이 비록 잠시 물러갔다 해도 내일 반드시 다시 올 것입니다. 모름지기 양책을 내어 저들을 막아내야 합니다."

한다.

조조가 대답하기를,

"내 이미 준비해 두었소이다."

하고, 제장들에게 각각 군사들을 나눠 순찰하게 하고 용도를12) 쌓게 하였다. 그리고 그 용도를 채각(寨脚)을 삼게 하였다. 만약에 적들이 올 때에는 병사들을 그 용도 밖에 진을 치게 하고, 안에는 거짓 정기를 꽂아놓아 병사들이 있는 것처럼 보이게 하라.13) 곧 강가에 참호를 파고 위장으로 울타리를 세워 강의 안쪽을 덮고 유인하면, 적들이 급히 오다가 반드시 거기에 빠질 터이니 적들이 빠지면 곧 공격하게 하라 하였다.

이때, 마초는 한수를 돌아보며,

"조조를 거의 사로잡게 되었으나 한 장수가 조조를 업고 배로 갔는

---

12) **용도(甬道)** : 흙담 양쪽을 쌓아 올려 만든 통로. [史記 高祖紀]「漢王軍滎陽 南築**甬道**」. [淮南子 本經訓]「脩爲牆垣 **甬道**相連」.

13) **정기를 꽂아놓아 병사들이 있는 것처럼 보이게 하라[疑兵]** : 적을 속이기 위해서 허장성세한 병사. [史記 淮陰侯]「信乃益爲**疑兵**」. [戰國策 秦策]「是以臣得 設**疑兵** 以持韓陣 觸魏之不意」.

데, 그가 누구인지를 모르겠습니다."

하자, 한수가 대답하기를

"내가 듣기로는 조조는 아주 건장한 장수를 선별해 장막에 두고 모시게 하는데, 저들을 '호위군(虎衛軍)'이라 부른다 한다. 전위와 허저 등이 저들을 이끌고 있으나, 전위는 이미 죽었으니 조조를 구한 사람은 허저일 것이다. 이 사람은 용기가 다른 사람보다 뛰어나서 사람들이 다 그를 '호치'(虎癡)라 부른다 하니, 저를 만나거든 가벼이 대적해서는 안 되네."

하자, 마초가 대답하기를

"나 역시 그의 이름은 들은 지 오래입니다."

하였다.

한수가 걱정하며 말하기를,

"이제 조조가 도하하였으므로 우리의 후미를 쳐올 것이니, 빨리 저들을 공격해야겠다. 그래서 새로 영채를 짓지 못하게 해야 한다. 만약에 영채를 새로 세우게 한다면 속히 깨뜨리기 어려워진다."

하거늘, 마초가 대답하기를

"저의 어리석은 생각으로는 북쪽 언덕만 막아, 저들로 하여금 도하를 못하게만 하면 상책이 될 것 같습니다."

하였다.

한수가 묻기를,

"현질이 영채를 지키고 있으면 내가 군사들을 이끌고 가, 돌면서 조조를 공격하는 것이 어떻냐?"

하니, 마초가 대답하기를

"방덕을 선봉으로 삼으소서. 저는 숙부를 따라가겠습니다."

하였다.

이에 한수와 방덕은 군사 5만을 거느리고 곧 위남으로 갔다. 조조는 영을 내려 장수들에게 용도 양쪽에서 적군을 유인하게 하였다. 방덕이 먼저 천여 명의 철기군을 거느리고 짓쳐 왔다. 함성이 이는 곳에 인마들이 함께 함마갱14) 안으로 떨어졌다. 방덕은 몸을 솟구쳐 뛰어올라 토갱에서 빠져나왔다. 그리고는 평지에 서서 선채로 수십 인을 죽이고, 걸어서 여러 겹의 포위망을15) 뚫으려 하였다.

이때, 한수는 이미 적의 포위망 속에 갇혔다. 방덕이 달려가서 한수를 구해냈다. 마침 조인의 부장 조영(曹永)과 딱 마주쳤다. 방덕은 칼로 그를 쳐 말에서 떨어뜨린 후 말을 빼앗아 타고 적들을 죽이며 혈로를 열었다. 한수를 구출하여 함께 동남쪽으로 달렸다. 뒤에서는 조조의 군사들이 급히 추격하여 왔다.

그때, 마초는 군사를 이끌고 후응에 나서 조조의 군사들을 대파시키고 군사를 거의 다 구출하였다. 그날의 싸움은 해질 무렵까지 계속되었는데, 마초가 인마들을 점고해 보니 장수로는 정은(程銀)과 장횡(張橫) 등을 잃었고 갱 중에 빠져 죽은 자가 2백여 명이었다.

마초는 한수와 의논하며,

"만약에 시일을 끌수록 조조는 하북에 영채를 세울 것이어서 졸연히 깨뜨리기 어려울 것입니다. 오늘 밤을 틈타 경기병만을 데리고 가서 야영하는 곳을 쳐야 합니다."

하니, 한수가 묻는다.

---

14) 함마갱(陷馬坑) : 말이 빠지도록 파놓은 갱도. 「마도」(馬道). [來南錄]「舟不通 無馬道」.

15) 포위망[困在垓心] : 적에게 포위되어 처지가 몹시 어려움. [水滸傳 第八三回]「徐寧与何里竒搶到垓心交战 兩馬相逢 兵器并舉」. [東周列國志 第三回]「鄭伯困在垓心……全无俱怯」. [中文辭典]「謂在圍困之中也 項羽被圍垓下 說部中所用困在垓心語 或卽本此」.

"그러면 군사들은 전후로 나누어 서로 치는 게 어떻냐?"
한다.

이에 마초는 자신이 전부를 맡고, 방덕과 마대에게 후응하게 하여 그날 밤에 곧 행동에 옮겼다.

한편, 조조는 군사들을 수습해 위북에 주둔시키게 해 놓고, 제장들을 불러 말하기를

"적들이 우리가 영채를 세우지 않고 있는 것을 업신여기고, 반드시 야영을 공격하러 올 것이외다. 사방에 복병을 깔아 놓고 중군은 비워두게 하였다가, 호포 소리가 나면 복병을 일으켜 단번에 마초를 생포하게나."
하였다. 여러 장수들이 영을 받고 나가 복병의 배치가 끝났다.

그날 밤 마초는 급히 먼저 성의(成宜)에게 30여 기만 이끌게 하여 초탐을 보냈다. 성의는 인마가 없는 것을 보고 곧장 중군으로 들어갔다. 조조의 군사들은 서량병이 이르는 것을 보고 호포를 놓았다. 그 소리를 신호로 하여 사방에 은신해 있던 복병들이 다 나와서 30여 기를 에워쌌다. 성의는 하후연에게 피살되었다.

마초는 급히 배후에서 방덕·마대와 같이 군사들을 세 길로 나누어, 벌떼와 같이 짓쳐 왔다.

이에,

복병을 깔아놓고 마초를 기다렸지만
맹장들 달려드니 어찌 저들을 당하랴?
　縱有伏兵能候敵
　怎當健將共爭先?

그 승부는 어찌 되었을까? 하회를 보라.

제59회

허저는 옷을 벗은 채 마초와 싸우고
조조는 글씨를 흐려 한수를 이간 놓다.

許褚裸衣鬪馬超
曹操抹書間韓遂.

한편, 그날 밤 양쪽은 혼전을 벌이다가 새벽이 되어서야 각각 병사를 수습하였다.

마초는 위구(渭口)에 주둔하면서 밤낮으로 군사들을 나누어 앞뒤에서 조조를 공격하였다. 조조는 위하에서 배와 뗏목들을 쇠줄로 엮어, 부교 3개를 만들어 남쪽 언덕에 연결하였다. 조인이 군사들을 이끌고 강을 끼고 영채를 세우고, 양초와 수레들을 연결해서 막아 병풍이 되게 했다. 마초는 그 이야기를 듣고 군사들에게 각자 마른 섶을 한 단씩 끼고 가게 하였다.

그리고는 한수와 함께 군사들을 이끌고 가서, 영채 앞까지 짓쳐 들어가 마른 섶을 쌓아놓고 불을 질렀다. 조조의 군사들은 막아내지 못하고 영채를 버리고 달아났다. 수레와 부교 등이 모조리 타버렸다. 서량병은 대승을 거두고 위하의 통행을 차단하였다. 조조는 새로 영채를 세우지 못하고 마음속으로 점점 두려워졌다.

순욱이 말하기를,

"위하의 모래를 취해서 토성을 쌓으면 굳게 지킬 수 있을 것입니다."

하거늘, 조조는 3만의 군사들에게 흙을 날라다 성을 쌓게 하였다.

마초는 또 방덕과 마대를 시켜서 각각 5백여 마군을 이끌고 계속 공격했다. 그럴뿐더러 모래흙은 부실해서 쌓으면 무너지곤 하여 조조는 더 이상 방법이 없었다. 때는 9월도 거의 지나 날씨가 아주 추워지고 구름이 가득 끼어서 계속 날이 흐렸다. 조조는 영채 안에서 걱정에 빠져 있었다.

그때, 문득 보고가 들어오기를

"한 노인이 와서 승상을 뵙고 계책[方略]을 말씀드리겠다 합니다."

한다.

조조가 그를 청해 들여 그를 보니 학골송자에[1] 생김새가 자못 예스러웠다. 그에게 물으니 그는 경조(京兆)사람으로 종남산에 오래 있다가 나왔는데, 성은 누(婁)이고 이름은 자백(子伯)이라 하는데 도호가 몽매거사(夢梅居士)였다.

조조는 그 노인을 예로써 대접하니, 자백이 말하기를,

"승상께서 위하 언저리에 영채를 세우려 하신 지 오래 되었으면서, 지금이 아주 좋은 때인데 왜 짓지 않으십니까?"

하거늘, 조조가 청하기를

"모래땅이기 때문에 성을 쌓을 수가 없소이다. 은사께서 무슨 양책이 있으시면 가르쳐 주시지요?"

한다.

자백이 대답하기를,

"승상께서는 용병은 귀신같으신데, 어찌 천시를 알지 못하십니까?

---

1) 학골송자(鶴骨松姿) : 학의 풍모에 송백과 같은 정정한 모습. '풍채가 고결하고 늠름함'의 비유임. [孟郊 石淙詩]「飄飄鶴骨仙 飛動鼇背庭」. [王炎 病中書懷詩]「鶴骨雞膚不耐寒 那堪癬疥更斑斕」.

요즈음 계속 짙은 구름이 끼고 찬바람이 불고 있으니, 곧 모든 게 얼어붙을 것입니다. 바람이 불고 나면 병사들에게 흙을 운반하여 쌓고 거기에 물을 뿌려둬 하룻밤이 지나면 토성이 세워질 것입니다."

하거늘, 조조가 크게 깨닫고 자백에게 후한 상을 내렸으나 자백은 받지 않고 가버렸다.

그날 마침 찬바람이 불거늘, 조조는 병사들에게 흙을 져 나르게 하고 거기에다 물을 뿌렸다. 특별히 물 담을 도구가 없어서 촘촘하게 짠 천으로 물을 담아 뿌리게 했더니 쌓는 대로 얼어붙었다. 날이 밝자 모래와 물이 얼어붙어서 토성이 되었다. 세작들이 이 일을 마초에게 보고하자 마초는 군사들을 거느리고 그것을 보고 크게 놀라며, 신조 (神助)가 있는 것이 아닌가 하고 의아해 했다. 다음 날 마초는 대군을 이끌고 북을 치며 나아갔다. 조조는 말을 타고 영채 앞에 나서고, 허저 한 사람만이 뒤에 서 있었다.

조조가 채찍을 들어 크게 외치기를,

"조맹덕이 혼자 나왔으니 너도 나와 대답하거라."

하거늘, 마초가 말을 타고 창을 꼬나들며 나섰다.

조조가 말하기를,

"너는 내가 영채를 세우지 못한다고 나를 속였지만, 오늘 하룻밤 만에 영채를 세웠다. 네 어찌 빨리 나와 항복하지 않느냐!"

하거늘, 마초가 크게 노하여 앞으로 나가 저를 사로잡고 싶었으나 조조의 뒤에서 눈을 부라리고 손에 칼을 들고 말고삐를 잡고 서 있는 사람이 있었는데, 저가 허저인 듯 싶어 채찍을 들어

"내 듣기에 너의 군중에 호후(虎侯)가 있다던데, 지금 어디에 있느냐?"

하니, 허저가 칼을 들고 큰 소리로, 말하기를

"내가 곧 초군의 허저이다!"

하는데, 눈으로는 신광을 쏘듯하고 위풍이 아주 늠름했다. 마초는 감히 움직이지 못하고 말머리를 돌렸다. 조조 또한 허저를 데리고 영채로 돌아갔다. 양쪽 군사들이 이를 보고 놀라지 않는 자가 없었다.

조조가 제장들에게 이르기를,

"적 또한 중강이 호후인 줄 아나보오?"

하였다. 이때부터, 군사들 사이에서는 허저를 다 '호후'라고 불렀다.

허저가 큰 소리로 말하기를,

"제가 내일 틀림없이 마초를 생포해 오겠습니다."

하거늘, 조조가 대답한다.

"마초는 진정 영웅이오, 가벼이 대해서는 안 되오이다."

한다.

허저가 대답하기를,

"제가 맹세코 죽기로써 싸우겠습니다!"

하고, 곧 사람을 시켜 전서를 보냈는데, 그 내용은 호후는 마초와 싸워보자는 것이었다.

마초가 편지를 받고 크게 노하여,

"어찌 제가 감히 날 이처럼 업신여기다니!"

하고, 곧 다음 날 맹세코 '호치'를 죽이리라 맹세하였다.

이튿날, 양군이 출령하여 진세를 펼쳤다. 마초는 방덕을 좌익 마대를 우익으로 그리고, 한수를 중군으로 삼았다.

그는 창을 꼬나들고 말을 몰아 진 앞에 서서 크게 외치기를,

"호치야, 빨리 나오너라!"

하였다. 조조는 문기 아래에서 중장들을 둘러보며,

"마초는 여포의 용맹에 못지 않구나."

고 말을 마치기도 전에, 허저가 말을 박차고 칼을 휘두르며 나가자 마초가 창을 꼬나들고 나와 맞았다. 싸움이 1백여 합이 이르도록 승부가 갈리지 않았다.

마필이 곤핍하자, 각자가 군중으로 돌아가 말을 바꿔 타고 다시 나와 싸웠다. 싸움이 또 백여 합에 이르렀지만 승부가 나뉘지 않았다.

허저는 성질이 나 나는 듯이 진중으로 돌아와 투구와 갑옷을 벗어 던지고, 근육질의 알몸에 칼을 들고 몸을 날려 말에 올라 나와서 마초와 싸웠다. 양쪽의 군사들이 모두 놀라움을 금치 못하였다. 두 사람이 또 30여 합이나 싸웠는데 허저가 힘을 다해 칼을 들어 마초를 찍으려 하자, 마초도 번개같이 창을 들어 허저의 심장을 찔렀다.

허저는 자신의 칼을 던지고 손으로 창을 잡았다. 두 장수가 말 위에서 창을 서로 뺏으려 실랑이를 하였다. 허저가 힘이 세어서 크게 소리를 치며 창자루를 꺾었다. 두 사람이 창의 반씩을 들고 말 위에서 마주쳤다. 조조는 허저가 실수를 할까 걱정되어서, 하후연에게 명하여 조홍을 데리고 나가서 협공하게 하였다.

방덕과 마대가 조조의 장수가 나오는 것을 보고 좌·우익 철기들을 이끌고 종횡무진 어지러이 짓쳐 나왔다. 조조의 병사들은 혼란에 빠지고, 허저는 어깨에 두 군데나 화살을 맞았다. 제장들은 황급히 영채로 돌아갔다. 마초는 곧장 짓쳐 나가 하변에 이르니, 조조의 병사들 태반이 죽거나 부상을 입었다. 조조는 할 수 없이 굳게 성문을 닫아 걸고 나가지 못하게 하였다.

마초는 위구로 돌아와 한수에게 말하기를,

"내 싸워본 중에서 허저와 같이 지독한 놈을 보지 못하였습니다. 저는 진짜 '호치'입니다."

하였다.

한편, 조조는 마초를 계책으로 깨뜨리라 생각하고, 은밀히 서황과 주영을 불러 하서로 건너가서 진을 친 후 앞뒤에서 공격하라 하였다. 하루는 조조가 성 위에서 보니, 마초가 수백 기를 이끌고 곧바로 영채 앞에 와서 오가는 것을 보았는데 그게 마치 나는 듯했다.

조조는 한동안 보다가 투구를 벗어 땅에 던지면서,

"마초가 죽지 않으면 나는 죽어도 묻힐 곳이 없구나!"

하자, 하후연이 듣고 마음속에 분노를 느꼈다.

소리를 지르며 말하기를,

"내 차라리 이곳에서 죽는다 하여도, 마초 놈을 없애고 말겠다."

하고, 본부병 천여 명을 이끌고 영채문을 활짝 열고 곧바로 쳐들어갔다. 조조가 급히 만류하려 하였으나 말릴 수 없었다. 그가 실수나 하지 않을까 하는 걱정에서 황급히 직접 말에 올라 접응하러 나갔다.

마초는 조조가 군사를 이끌고 오는 것을 보고, 이내 전군을 후대로 삼고 후대를 선봉으로 삼아 일자모양으로 벌려 놓았다. 하후연이 이르자 마초는 맞붙어서 시살하였다. 마초는 어지러운 군사들 속에서 조조를 보고, 하후연을 버려두고 곧장 조조를 취하려 하였다.

조조가 크게 놀라 말을 돌려 달아나자, 조조의 군사들은 큰 혼란에 빠졌다. 마초가 막 추격하려는데, 문득 조조의 한 떼 군사가 이미 하서에 영채를 세웠다는 보고가 들어왔다. 마초는 크게 놀라서 추격할 마음이 없어져 급히 군사들을 수습해 영채로 돌아와서, 한수와 의논하였다.

마초는 묻기를,

"조조의 군사들이 빈틈을 타 이미 하서를 건넜다 합니다. 이제 우리 군사들은 앞뒤로 적의 공격을 받게 되었으니, 이를 어쩌면 좋겠습니까?"

하자, 부장 이감(李堪)이 말하길

"제가 가서 뺏은 땅을 돌려주고 화친을 청해, 양쪽이 각기 군사들을 돌리게 하시지요. 겨울이 지나고 봄이 되어 따뜻해지면 다시 의논하는 게 어떻겠습니까?"

하니, 이 말에 한수가 대답하기를,

"이감 장군의 말이 맞소. 그 말을 따르도록 하세나."

한다. 그러나 마초는 머뭇거리며 결단을 미루고 있었다.

양추(楊秋)와 후선(侯選) 등도 와 화친을 권하였다. 이에 한수는 양추를 사신으로 곧바로 조조의 영채에 가게 하고 편지를 써서 보냈다. 편지에 땅을 나누어 화친을 하겠다고 썼다.

조조가 말하기를,

"너는 영채로 돌아가서 있거라. 내일 사람에게 회보를 하겠다."

하매, 양추가 돌아왔다.

가후가 들어와서 조조에게 말하기를,

"승상께서는 어찌 생각하십니까?"

하거늘, 조조가 묻기를

"공의 생각은 어떻소?"

하니, 가후가 대답하기를

"병불염사라2) 했습니다. 거짓 허락하고 그 후에 반간계를3) 쓰시지요. 한수와 마초가 서로 의심하게 하고 단번에 깨뜨리면 될 것입니다."

---

2) **병불염사(兵不厭詐)** : 싸움에서는 거짓말을 하기 마련임. '싸움은 어쩔 수 없이 적을 속이게 된다'는 뜻. [韓非子 難一]「舅犯曰 臣聞之 繁禮君子 不厭忠信 **兵陣之閒不厭詐僞**」. [陸以湉 冷廬雜識 論王文成公精於用兵]「凡此皆出奇制勝 所謂**兵不厭詐** 非小儒所能知也」.

3) **반간계(反間計)** : 상대에 대한 이간책. [史記 燕世家]「說王仕齊爲**反間計** 欲以亂齊」. [孫子兵法 用間篇 第十三]「故用間有五 有因間 有內間 有**反間** 有死間 有生間……**反間**者 因其敵間 而用之」. 이간책(離間策). [晉書 王豹傳]「**離間**骨肉」.

하자, 조조는 손을 비비며 크게 웃으면서

"아주 고견이외다. 서로가 합치됨이 많소. 문화(文和)의 계략이 정말 내가 생각하고 있던 일이외다."

하고는, 이에 사람을 보내 회답하기를

"우리가 서서히 퇴병하기를 기다리면, 너희에게 하서의 땅을 돌려주겠다."

하였다.

그리고 한편으로는 부교를 만들라 하고, 군사들을 물릴 의지를 보였다.

마초는 편지를 받고 한수에게 말하기를,

"조조가 비록 화친을 받아들였지만 저의 간계는 짐작하기 어렵습니다. 늘 준비하지 않으면 도리어 저들의 공격을 받을 것입니다. 저와 숙부님께서 번갈아 순회를 하시도록 하시지요. 오늘은 숙부께서 조조를 맡으시고, 저는 서황을 살펴보겠습니다. 내일은 제가 조조를 맡고 숙부께서는 서황을 맡으시지요. 이렇게 분담해서 저들을 방비한다면 저들의 간사함을 막을 수 있을 것입니다."

하니, 한수는 계획대로 시행하였다.

벌써 세작들이 이 일을 알아다가 조조에게 보고하였다.

조조는 가후를 돌아보며,

"일이 잘 되어가는구나!"

하며, 묻기를

"내일은 누가 이쪽에 온다더냐?"

하니, 그 사람이 보고하기를

"한수랍니다."

하였다.

다음 날 조조는 여러 장수들을 이끌고 영채를 나서는데 좌우에서 호위하였다. 조조는 혼자서 가운데 말을 타고 있어 두드러져 보였다. 한수의 부하들은 조조를 알지 못하는 자들이 많았다. 그래서 진 앞에 나서서 보았다.

조조가 소리를 높여 말하기를,

"여러분들은 조공을 보고 싶으시지요! 나 또한 여러분과 같은 사람이외다. 눈이 네 개 달렸거나 입이 두 개가 아니라 단지 지모가 많은 것 뿐이오."

하자, 여러 장수들이 다 두려워하는 기색이었다.

조조는 사람을 시켜 진 앞으로 나가, 한수에게

"승상께서 삼가 한장군과 이야길 나누고 싶어 하십니다."

는 말을 전하게 하였다. 한수는 곧 출진하였는데, 조조는 갑옷과 무기를 들지 않았고 가벼운 차림으로 말만 타고 나왔다. 두 말이 서로 어울려 각기 말고삐를 잡고 이야길 하였다.

조조가 묻기를,

"나는 장군의 아버님과 함께 효렴에4) 뽑혔는데, 어르신을 숙부로 뫼셨소이다. 나 또한 공과 같이 벼슬길에 나섰으나, 그것이 옛 일인 줄 모르고 지냈구려. 장군께서는 올해 몇이십니까?"

하거늘, 한수가 대답하기를

"이제 마흔입니다."

하자, 조조가 말하기를

"전에 경사에 있을 때에는 다 젊은 나이더니, 벌써 중년이 되었구

---

4) 효렴(孝廉) : 관리를 등용하던 제도. 군의 수(帥)는 효도가 지극하고 청렴한 사람을 조정에 천거하였는데, 이 천거를 받은 사람을 이름. [漢書 武帝記]「初令郡國擧**孝廉** 各一人」. [後漢書 百官志]「擧**孝廉**」.

려! 어찌해서 천하의 평정을 함께 하지 못할까요!"

하면서, 단지 옛 일만 자세히 말하고 군사들에 관한 이야긴 하지 않았다. 그리고 말을 마치고는 크게 웃었다. 서로가 한 시간 가량 이야길 하고 헤어져 각기 영채로 돌아왔다. 어느 틈에 이 일을 마초에게 보고한 사람이 있었다.

마초는 황급히 한수에게 와서 묻기를,

"오늘 조조가 진 앞에 와서 무슨 말을 하였습니까?"

하니, 한수가

"경사에 있을 때의 옛날 이야길 했다."

라고 대답하니, 마초가

"어찌 군무에 대한 이야긴 하지 않았습니까?"

하거늘, 한수가 말하기를

"조조가 말을 않는데 내 어찌 혼자서만 말할 수 있겠느냐?"

한다. 마초는 심히 의아해 하면서 더 말하지 않고 물러났다.

한편, 조조는 영채로 돌아와서 가후에게

"공은 내가 진 앞에서 말한 뜻을 아시는가?"

하거늘, 가후가 권유하기를

"그 뜻 비록 묘하나 아직도 두 사람 사이를 이간시키기에는 충분하지 않습니다. 저에게 한 가지 계책이 있습니다. 한수와 마초가 서로 원수처럼 죽이게 할 수 있습니다."

하거늘, 조조가 그 계책의 내용을 물었다.

가후가 말하기를,

"마초는 용감한 장수이나 기밀(機密)을 알지는 못합니다. 승상께서 친필 편지 한 통을 써서 한수에게 주시되, 중간 중간에 글씨를 알아볼 수 없게 하십시오. 그러면서 마초가 이 일을 알게 하십시오. 그러면 마초가 분명 받은 편지를 찾을 것입니다.

만약에 중요한 곳이 다 고쳐 쓰여진 것을 보면 한수가 아주 중요한 일을 숨겼다고 의심하며, 일을 혼자서만 알고 있다고 생각할 것입니다. 그렇게 의심하게 되면 반드시 혼란에 빠질 것입니다. 저는 곧 은밀하게 한수의 부하 장수들이 서로 이간질을 하게 할 것이니, 이렇게 되면 마초를 잡을 수 있을 것입니다.”

하거늘, 조조는 동의하면서

“아주 좋은 생각이외다.”

하고, 편지 한 통을 써서, 중요한 곳을 다 고치고 그런 다음에 봉하여 일부러 여러 사람들을 보내 영채로 가게 하였다. 과연 생각했던 대로 이 일은 마초에게 보고되었다.

마초는 마음속으로 더욱 의심이 들어, 마침내 한수에게 와서 편지를 보자 하였다. 한수는 조조의 편지를 마초에게 내어 주었다.

마초가 편지 위에 흐리고 고쳐 쓴 것을 보고, 한수에게 묻기를

“편지 속에 어찌 이렇게 고치고 애매한 글자들이 있을까요?”

한다.

한수가 대답한다.

“원래 편지가 그렇게 되어 있었다. 무슨 영문인지 알 수 없구나.”

하니, 마초가 묻기를

“어찌 편지의 초고를 보냈겠습니까? 필시 숙부께서 제가 자세히 알 것을 걱정해서 고치신 것이 아닌가요?”

하였다.

한수가 말하기를,

“조조가 초고를 잘못 보낸 것이 아닐까?”

하니, 마초가 묻기를

"저는 그것을 믿을 수 없습니다! 조조는 아주 세밀한 사람인데 어찌 착오가 있겠습니까? 나와 숙부님은 함께 조조를 없애려 하고 있는데, 어찌 갑자기 딴 마음이 생기셨습니까?"

한다.

한수가 권유하기를,

"네가 만일에 내 마음을 믿지 못한다면, 내일 내가 진전에 있을 때에 조조와 이야길 할 터이니 네가 진중에 있다가 뛰어나와 한 칼에 저를 찔러 죽이거라."

하니, 마초가 말하기를

"만약 그렇게 해 주셔서 숙부님의 진심을 보여주시기 바랍니다."

하였다. 두 사람이 약속을 하고 헤어졌다.

다음 날 한수는 후선·이감·양흥·마완·양추 등 다섯 장수들을 이끌고 출진하였다. 마초는 문 뒤의 그림자 속에 숨어 있었다. 한수가 사람을 보내 조조의 영채 앞에서 큰 소리로 말한다.

"한장군께서 승상과 대화를 하시자고 청합니다."

하자, 조조가 조홍에게 수십 기병들을 이끌고 출진하게 하여 한수를 만나게 하였다.

조홍이 너댓 걸음 떨어진 채 말 위에서 몸을 굽혀 인사를 하며, 말하기를

"어젯밤 승상께서 장군께 하신 말씀이 절대 잘못되게 해서는 안 됩니다."

하고, 말을 마치기 무섭게 곧바로 말을 돌려 돌아갔다.

마초가 듣고 크게 노하여 창을 꼬나들고서 곧바로 말을 몰아 한수를 찌르려 하였으나, 다섯 장수들이 막아서서 영채로 돌아왔다.

한수가 말하기를,

"조카는 의심하지 말게나. 나는 진정 딴마음이 없네."

해도, 마초는 믿지 않고 원망하는 마음으로 돌아갔다.

한수와 다섯 명의 장수들은 의논하기를,

"이 일을 어찌 풀면 좋겠소이까?"

하거늘, 양추가 권유하기를

"마초 장군은 무예만 믿고 늘상 주공을 속이고 능멸하더니, 조조를 이기면 주공의 위에 서려 할 것 아닙니까? 제 어리석은 생각으로는 몰래 조조에게 투항하여, 다른 날 봉후(封侯)의 지위를 잃지 않도록 해야 할 것입니다."

하였다.

한수가 묻기를,

"내가 마등과 형제간의 의를 맺었거늘, 어찌 차마 저를 배신할 수 있는가?"

하거늘, 양추가

"일이 이미 이렇게 되었으니 어쩔 수 없지 않습니까?"

하였다.

한수가 또 다시 묻는다.

"누가 이 일을 알리겠는가?"

하니, 양추가 나서면서 말하기를

"제가 가겠습니다."

하거늘, 한수가 밀서를 써서 조조의 영채에 가서 투항할 뜻을 전하게 하였다.

조조는 크게 기뻐하며 한수를 서량 장군을 삼기를 허락하였다. 그리고 양추에게는 서량태수를 봉하고 나머지에게 각기 다 관직을 내렸다. 불을 올리는 것을 신호로 하여 함께 마초를 사로잡기로 하였다.

양추가 사례하고 돌아가 한수를 만나 그 일을 자세히 이야기한 후,

"오늘 밤 불을 올려 내응하기로 약속하였습니다."

하였다. 한수가 크게 기뻐하며, 군사들에게 군중 장막 뒤에 건초를 쌓아 놓고 다섯 장수들은 각기 도검을 들고서 기다렸다. 한수는 의논이 있다며 연석을 차려놓고, 마초를 청해 그 자리에서 도모하기로 하였으나 결정하지는 못하였다.

그러나 생각지도 않게, 마초는 이미 그들의 준비 상황을 자세히 탐지하고 곧 직접 몇 사람만 데리고 칼을 들고 앞에서 나가고, 방덕과 마대에게는 후응하게 하였다. 마초가 몰래 한수의 장막에 들어가니, 다섯 장수들이 한수와 밀담을 나누고 있었다.

다만 양추가 말하기를,

"일은 늦어지면 안 됩니다. 속히 진행해야 합니다!"

하였다.

마초가 크게 노하여 칼을 휘두르며 곧장 들어가며, 큰 소리로

"이 도적들아, 어찌 감히 나를 해치려 하느냐!"

고 외치자, 모두 크게 놀랐다.

마초는 한 칼에 한수의 얼굴을 내려찍었다. 그러자 한수는 당황하며 손으로써 칼을 막으려 하다가 왼손이 잘려 바닥으로 떨어졌다. 다섯 명의 장수들은 일제히 칼을 휘두르며 나섰다. 마초는 걸어서 장막 밖으로 나가니 다섯 장수들이 둘러싸고 달려들었다. 마초는 혼자 보검을 휘두르며 다섯 명의 장수들과 싸웠다. 칼빛이 이는 곳에는 붉은 피가 튀었다. 마완이 몸을 뒤채며 쓰러지고 양홍이 칼을 맞고 넘어지자, 세 장수들은 각자 도망했다.

마초가 다시 장중에 들어가 한수를 죽이려 하였으나 이미 좌우가 데리고 달아나 숨었다. 장막 뒤에선 불길이 치솟고 각 영채의 병사들

은 다 움직이기 시작하였다. 마초는 황급히 말에 올랐다. 방덕과 마대 또한 도착하여 그들과 어울려 싸웠다.

마초가 군사들을 이끌고 나올 때에는, 이미 조조의 군사들이 사방에서 몰려들었다. 앞에는 허저 뒤에는 서황이 오고 왼편에는 하후연, 오른편에선 조홍이 달려들었다. 서량병들은 서로 얽혀 죽이고 있었다. 마초는 방덕과 마대가 보이지 않자 수백 기만 이끌고 위교 위에서 막아섰다. 날이 차츰 밝아오니 이감이 일군을 이끌고 다리 아래로 지나가려 하거늘, 마초가 창을 꼬나들고 말을 몰아 저를 쫓았다. 이감은 창을 끌며 달아났다.

때마침 우금이 마초의 뒤를 따라 뒤에서 급히 쫓아오면서, 활로 마초를 쏘았다. 마초는 뒤에서 나는 시윗소리를 듣고 급히 피하니, 이 화살은 앞에 가는 이감을 맞혀 말에서 떨어져 죽었다. 마초는 말을 돌려 우금을 죽이려 달려오자, 우금은 말을 박차고 달아났다. 마초는 그제서야 다리 위로 돌아가 군사들을 머물게 했다.

조조의 군사들이 앞뒤에서 몰려오는데, 호위군이 선두에 서서 마초를 향해 화살을 쏘아댔다. 그가 창으로 화살을 막아내니 화살들은 다 어지럽게 땅에 떨어졌다. 마초는 영을 내려 말을 타고 쫓아와서 짓쳐 나가려 하였으나, 포위망이 견고하고 두터워 빠져나갈 수가 없었다. 그는 다리 위에서 크게 소리치며 하북 쪽으로 짓쳐 나갔다. 따르던 군사들이 모두 꺾이자, 마초는 홀로 진중으로 충돌하다가 도리어 암전(暗箭)에 말이 맞아 쓰러졌다.

마초가 땅에 떨어지자 조조의 군사들이 몰려들었다. 마초가 아주 위급한 지경에 놓였는데, 갑자기 서북 모퉁이에서 일표군이 짓쳐 왔다. 그들은 방덕과 마대였다. 두 장수들은 마초를 구하여 군졸의 전마를 마초에게 주어 타게 했다. 마초는 몸을 뒤채 한 가닥 혈로를 뚫고 서북을 바라보고 달렸다.

조조는 마초가 달아난다는 소리를 듣고 제장들에게 영을 내려,

"밤낮을 가리지 말고 힘을 다해 마초를 쫓아라. 저의 수급을 가져오는 자에겐 천금 상을 주고 만호후에5) 봉하겠다. 저를 생포하면 특별히 대장군에 봉하리라."

하자, 모두가 공을 다투며 추격하였다.

마초는 인마가 지친 것을 알면서도 달아났다. 수하의 마군들이 점차 흩어지고 보병들은 달아나다가 조조군에게 거의가 다 잡혔다. 겨우 남은 30여 기와 방덕과 마대 등이 농서의 임조(臨洮)를 바라고 달아났다.

조조는 직접 추격하여 정안(定安)에 이르러, 마초가 멀리 달아난 것을 알고 병사들을 수습하여 장안으로 돌아왔다. 그때 여러 장수들이 모여 있었으나, 한수는 왼손이 잘렸기 때문에 이미 병신이 되고6) 말았다. 조조는 장안에 와서 군사들을 쉬게 하고 서량후의 벼슬을 주었으며, 양추와 후선 등에게도 다 열후를 봉하고 위수의 어귀를 지키게 하고는 군사를 허도로 돌리도록 명하였다.

양주참군 양부(楊阜)로 자를 의산(義山)이라 하는 사람이 장안에 와서 조조를 뵈려 했다. 조조는 그 소식을 듣고 물으니, 양무가

"마초는 여포와 같은 용맹을 지닌 장수여서, 강인들이 모두 심복하고 있는 인물입니다. 이제 승상께서 승세를 타서 초멸하지7) 않으시

---

5) **만호후(萬戶侯)**: 1만 호의 백성이 사는 지역을 식읍(食邑)으로 가진 제후. 「호구」(戶口). [史記 高祖功臣年表]「故大城名都散亡 **戶口** 可得而數者 十二三」. [漢書 闞賓傳]「不屈都護 **戶口**勝兵多 大國也」.

6) **이미 병신이 되고[殘疾之人]**: 잔병꾸러기. 병치레를 많이 하여 쇠약해진 사람. '잔질'은 '병이나 탈이 남아 있음'의 뜻임. [紅樓夢 第七回]「**殘疾**在身 公務繁冗」. [水滸傳 第十三回]「恐有傷損 輕則 **殘疾** 重則致命」.

고, 다음에 힘을 길러서 회복하려 하신다면 농(隴) 주변의 여러 군은 다시 나라의 땅이 아니게 될 것입니다. 바라건대 승상께서는 회병하지 마옵소서."

하거늘, 조조가 말하기를

"내 본시 병사들을 남겨서 저를 정벌하고자 하였으나, 중원에 일이 많고 또 남방이 정해지지 않아 오래 머무를 수가 없소이다. 그대가 나를 도와 지켜주겠소이까?"

하자, 양부가 허락하였다.

그는 또 위강(韋康)을 천거하여 양주자사로 삼았다. 그리고 그와 함께 병사들을 이끌고 익성(冀城)에 주둔시켜 마초를 막게 하였다.

양부가 떠날 때에 조조에게 청하기를,

"장안은 반드시 중병(重兵)들을 머물게 해서 써 후응하도록 하십시오."

하였다.

조조가 권유하기를,

"내 이미 마음먹은 바 있으니 그대는 마음을 놓게."

하자, 양부가 인사를 하고 떠났다.

여러 장수들이 묻기를,

"처음에는 적들이 동관에 웅거하여 위수의 북쪽 길이 비어 있었는데, 승상께서는 하동에서 풍익(馮翊)으로 쳐들어가지 않으시고 오히려 동관을 지키게 하시다가, 오래 지나서야 하북으로 건너 영채를 세우시고 굳게 지키게 하시니 무슨 까닭입니까?"

하니, 조조가 대답하기를

"처음에 적들이 동관을 지키고 있을 때에 만약 내가 이르자마자 곧

---

7) 초멸[剿絕] : 초멸(剿滅) · 초제(剿除). 외적이나 도적의 무리를 무찔러 없앰.

하동을 취하려 했다면, 적들은 필시 각 영채를 나누어 여러 곳 애구를 지켰을 것이오. 그렇게 되었다면 하내를 건널 수 없었을 것이외다. 내가 그런 때문에 많은 군사들을 동관 앞에 모으고, 적들에게 남쪽만 지키게 하여 하서의 준비가 없게 한 것이오. 그러므로 해서 서황과 주영 등이 건널 수 있었던 것이외다.

나는 그런 연후에 군사들을 이끌고 하북을 건너서 수레를 잇대어 놓고 목책을 세워서 용도를8) 만들고 빙성을 쌓아, 적들에게 우리가 약하다는 것을 보여 마음을 교만하게 해 준비를 하지 못하게 한 것이외다. 내가 또 교묘하게 반간계를 써서, 병사들의 힘을 비축시키고 단번에 저들을 격파한 것이오. 이를 일러 '번개가 갑자기 치면 귀를 막을 틈이 없다.'는9) 것이외다. 병법의 변화는 오직 한 길만 있는 게 아니오."

한다.

중장들이 또 묻기를,

"승상께서는 적들이 군사들을 더 늘렸다는 소식을 들을 때마다 기쁜 표정을 지으셨는데, 그게 무엇 때문입니까?"

하거늘, 조조가 대답하기를

"관중(關中)은 멀리 떨어져 있는 변방이어서 만약 많은 적군들이 각기 험한 지형을 의지하고 항거한다면, 저들을 정벌하는데 1, 2년 이내로 평정할 수 없소이다. 지금 적들이 다 한 곳에 모여 있으나 그 수가

---

8) **용도(甬道)** : 흙담 양쪽을 쌓아 올려 만든 통로. [史記 高祖紀] 「漢王軍滎陽 南築**甬道**」. [淮南子 本經訓] 「脩爲牆垣 **甬道**相連」.

9) **번개가 갑자기 치면 귀를 막을 틈이 없다[疾雷不及掩耳]** : 번개가 치면 귀를 막을 틈도 없다는 뜻으로, '일을 번개같이 해치움'의 비유임. [六韜 龍韜 軍勢篇] 「**疾雷不及掩耳** 迅雷不及瞑目」. [淮南子 兵略訓] 「**疾雷不及塞耳** 疾霆不暇掩目」.

많다 해도 사람들의 마음은 하나가 아니니, 이간하기에 쉽고 일거에 멸할 수 있어 내가 기뻐한 것이외다."

하니, 중장들이 절하며 말하기를

"승상의 신묘한 지모는 저희들이 따를 수 없습니다!"

하거늘, 조조가 돌아보며

"또한 문무 여러분들의 도움이 없었다면 이길 수 없었을 것이외다."

하며, 제장들을 중상하였다.

그리고 하후연을 남겨 장안에 주둔하게 하고, 항복해 온 군사들을 각부에 배정하였다. 하후연이 풍익 고릉 사람을 천거하니, 성은 장(張)이고 이름이 기(旣)였다. 그는 자를 덕용(德容)이라 하였는데 조조는 그를 경조의 윤(尹)을 삼고 하후연과 같이 장안을 지키게 하고 군사들을 이끌고 허도로 회군하였다.

헌제는 난가를 타고 성 밖까지 나와 조조를 영접하였다. 그리고는 조서를 내려 찬배에서 그의 이름을 부르지 않고10) 입조할 때에 추창하지 않으며11) 칼을 차고 신발을 신은 채 전상에 오르게 하여, 마치 한나라의 재상 소하의 고사와12) 같게 하였다. 이로부터 조조의 위세

---

10) 찬배에서 그의 이름을 부르지 않고[贊拜不名] : 신하가 조회 때에 임금에게 절함. [後漢書 何熙傳]「**贊拜**殿中 音動左右」. [南史 宋武帝紀]「**入朝不趨 讚拜不名**」.

11) 입조할 때에 추창하지 않으며[入朝不趨] : 추창하지 않음. 조정에 들어갈 때에 종종걸음을 치지 않음. [南史 宋武帝紀]「**入朝不趨 讚拜不名**」.

12) 소하의 고사[蕭何故事] : 한 고조 유방(劉邦)이 개국공신인 소하에게 내렸던 특전(임금을 배알할 때 이름을 부르지 않음·입조할 때에 종종걸음으로 걷지 않음·전상에 오를 때에도 칼을 차고 신을 벗지 않음). 「소하위상 강약획일」(蕭何爲相 顆若畫一)은 소하가 재상이 되어 정사를 보는 것이 한일자(一字)를 그은 것과 같이 분명하고 정제(整齊)함을 이름. [史記 曹相國世家]「蕭何薨 參代何相 擧事無所變更 一遵何之約束 參薨百姓歌之曰 **蕭何爲相 顆若畫一** 曹參代

는 중외에 떨치게 되었다.

　이 소식이 한중(漢中)에 전해지자 제일 먼저 놀란 것은 한녕(漢寧)태
수 장노(張魯)였다. 원래 장노는 패국(沛國) 풍현(豐縣) 사람이었는데,
그 할아버지 장릉(張陵)이 서천의 곡명산(鵠鳴山) 속에서 도서(道書)를
조작하면서 사람들을 미혹케 하여, 사람들이 다 그를 존경하였다.
　장릉이 죽은 뒤에 그의 아들 장형(張衡)이 이를 대신하였다. 백성들
중에서 도를 배우려는 사람이 있으면 쌀 닷 말을 받았다. 그래서 세상
에서는 그를 '미적'(米賊)이라 하였는데, 장형이 죽은 후에는 장노가 이
를 대행하였다.
　그때, 장노는 한중에 있었는데 '사군'(師君)이라 자호하였다. 그리고
도를 배우러 오는 사람에게는 다 '귀졸'(鬼卒)이라고 부르게 하였다. 그
중에서 두목이 되는 자에게는 '좨주'라13) 하고, 많은 무리를 거느리게
되면 '치두대좨주'(治頭大祭酒)로 부르게 하였다. 이들은 성실하고 신의
를 힘써 행하는 것을 위주로 하고, 일절 남을 속이는 행위는 하지 못
하게 하였다. 병자가 있을 것 같으면 곧장 단을 쌓고 병자로 하여금
조용한 방으로 들어가, 지난날의 허물을 생각하며 참회하게14) 하고
그런 뒤에야 기도를 해 주었다.
　그런데 그 일을 주도하는 자에게는 '간령좨주'(姦令祭酒)라 부르게 하
였다. 기도하는 방법은 병자의 이름을 쓰고 죄를 자복한다는 3통의

之 守而勿失 載其淸淨 民以寧一」.

13) 좨주[祭酒] : 큰 제향(祭饗)이 있을 때, 연장자(年長者)가 먼저 술을 들어 제
　를 지내는 것을 이르는데 학덕이 높은 사람을 시켰음. [儀禮 郊陰酒禮]「坐捝
　手 遂祭酒」. [史記 淮南衡山列傳]「吳王賜號爲劉氏祭酒」.

14) 참회[陳首] : 자기의 잘못을 인정함. [三國演義 等59回 注]「自己供認 自己的
　罪狀」.

글을 쓰게 하였는데 이를 삼관수서(三官手書)라 하였다. 한 통은 산 위에 놓아 하늘에 아뢰고, 다른 한 통은 땅에 묻어 땅에 아뢰게 하였다. 그리고 또 한 통은 물에 가라앉혀서 수관(水官)에 아뢰게 하였다. 그런 뒤에야 병을 치료하게 하고 병이 나으면 쌀 닷 말로 사례하게 하였다.

또 의사(義舍)를 지어 그 집안에서 쌀밥·땔나무·고기 등을 준비해 놓고 오가는 사람들에게 필요한 양만큼 스스로 가져다 먹게 하였는데, 많이 취하는 자에게는 하늘의 벌을 받는다고 하였다. 경내에서 법을 어기는 자가 있으면 반드시 세 번은 용서하고, 그래도 고치지 않으면 형벌을 가했다.

이 일은 관장이 없을 때에는 좨주들이 모두 주관하게 하였는데, 이렇게 하면서 한중에 웅거한 지가 30년이 지난 상태였다. 나라에서는 지리적으로 멀리 있어서 정벌하기가 어려워, 장노에게 진남중랑장을 주어 한녕태수를 거느리게 하며 공물만 바치게 해 오고 있는 터였다.

그 해에 조조가 서량군을 깨뜨리고 나서부터 그 위세가 천하에 떨치고 있다는 소문을 들었다.

여러 사람과 의논하기를,

"서량의 마등이 죽임을 당하고 마초가 최근에 또 패하였으니, 조조는 필시 우리 한중을 침범해 올 것이외다. 내가 스스로 '한녕왕'이라 칭하고 조조의 군사들을 막을까 하오. 여러분들의 의향은 어떻소이까?"

하니, 염포(閻圃)가 말하기를

"한천(漢川)의 백성들이 모두 치면 10만여 호는 될 것이고, 재물이 넉넉하고 양식이 많으며 사방이 모두 험준합니다. 이제 마초가 패하여 서량병들이 자오곡을 따라 이곳으로 들어왔는데, 그들의 숫자만 해도 수만 명은 될 것입니다. 제 어리석은 생각으로는 익주(益州)의 유장이 유약하니, 먼저 서천 41주를 취하여 근본으로 삼는 것만 같지 못할 것입니다. 그런 후에 왕이라 칭해도 늦지 않을 것입니다."

한다.

장노는 크게 기뻐하며 마침내 아우 장위(張衛)와 함께 기병에 관해 의논하였다. 이 소식을 탐지한 세작들이 서천으로 들어가 보고하였다.

한편, 익주의 유장은 자를 계옥(季玉)이라 하는데, 곧 유언(劉焉)의 아들이며 한나라 노공왕(魯恭王)의 후예였다. 장제(章帝) 원화(元和) 년 중에 경릉(竟陵)에 옮겨 봉해져 그 자손들이 이곳에 살게 된 것이다.

후에 유언은 익주목사에 이르렀는데, 흥평(興平) 원년에 등창 앓다 가 죽었다. 익주태수 조위(趙韙) 등이 유장을 익주목사를 삼았다.

유장은 일찍이 장노의 어머니와 동생을 죽였기 때문에, 이 일로 인해 원수가 되었다. 유장은 방희(龐羲)를 파서(巴西)태수로 삼아 장노를 막게 하였다.

그때, 방희는 장노가 병사들을 일으켜 서천을 취하려 한다는 것을 탐지하고, 이를 급히 유장에게 알렸다. 유장은 평생 유약한 사람이었다. 이 소식을 듣고는 마음속으로 심히 걱정하고 있는 터여서, 급히 여러 관료들을 모아 의논하였다.

그때, 갑자기 한 사람이 앙연히 나서며,

"주공께서는 마음을 놓으십시오. 제가 비록 재주 없으나 세 치 혀를 놀려[15], 장노로 하여금 감히 서천을 엿보지 못하게 하겠나이다."

하였다.

이에,

---

15) 세 치 혀를 놀려[三寸不爛之舌]: 말을 아주 현란하게 함. 삼촌설(三寸舌)은 '세 치의 길이에 지나지 아니하는 사람의 혀'를 가리킴. [史記 平元君傳]「今以 三寸舌 爲帝者師 又毛先生以三寸之舌 强於易萬之師」.

촉나라 땅 모사가 앞으로 나서게 되매
형주의 호걸들이 나오게 되는구나.
只因蜀地謀臣進
致引荊州豪傑來.

이 사람이 누구인지 알 수가 없다. 하회를 보라.

제60회

장영년은 도리어 양수를 힐난하고
방사원은 계책을 꾸며 서촉을 취하려 하다.
　張永年反難楊修
　龐士元議取西蜀.

　이때, 유장에게 계책을 내었던 사람은 익주별가로 성은 장(張), 이름은
송(松)이라 하며 자가 영년(永年)이다. 그의 인상은 이마가 튀어나오고
머리는 뾰족하고 코가 들창코이며 이는 뻐드렁니였다. 키는 자주 작아
5척도 못 되었으나 말씨는 동종(銅鐘)과 같이 컸다.
　유장이 묻기를,
　"별가는 무슨 고견이 있소이까. 어찌하면 장노의 위험에서 벗어날
수 있겠소?"
하니, 장송이 말하기를
　"제가 듣기로는 허도의 조조는 중원을 소탕하였답니다. 여포와 원
술·원소가 다 저에게 멸망하였습니다. 근자에 와서는 마초를 깨뜨리
고 천하무적이 되었습니다. 주공께서는 조조에게 바칠 헌물을 준비해
주시면 제가 직접 허도에 가서 조조에게 병사를 내어서 한중을 취하
고 장노를 도모하도록 하겠습니다. 그리되면 장노는 적을 막기에 겨
를이 없을 것이니, 어찌 감히 다시 촉중(蜀中)을 넘보겠습니까?"
하거늘, 유장이 크게 기뻐하며 금은 주백과 비단을 내어 헌물을 준비

하고 장송을 사자로 보냈다. 장송은 이에 은밀하게 사천지리도본(四川地理圖本)을 감추고 수기를 이끌고 허도로 가는 길을 잡았다. 세작들이 이를 형주에 알렸다. 공명은 곧 사람을 허도에 들여보내 소식을 탐지하게 하였다.

한편, 장송은 허도에 이르러 역관에 있으면서, 매일 상부에 가서 기다리며 조조를 만나려 하였다. 원래 조조는 마초를 깨뜨리고 돌아와서부터는 사람들을 오만하게 대하고, 매일 연회를 열어 밖에 나가는 일이 적었다. 국정은 대개 상부에 있으면서 처결하기 때문에, 장송은 사흘을 기다리고서야 겨우 이름을 알릴 수 있었다. 그것도 좌우에서 가까이 모시는 사람들에게 먼저 뇌물을 먹이고 나서야, 겨우 들어갈 수 있었다.

조조는 당상에 앉아 있었는데 인사가 끝나자, 조조가 묻기를

"그대의 주인 유장은 여러 해 공물을 바치지 않았으니, 도대체 무슨 연고냐?"

하거늘, 장송이 말하기를

"길이 험난하여 올 때마다 도적들에게 뺏겨 진공하지 못하였나이다."

하였다.

조조가 꾸짖는다.

"내 중원을 소탕하였는데 무슨 도적이 있느냐?"

하매, 장송이 묻기를

"남쪽에는 손권이 있고 북쪽에는 장노가 있습니다. 서쪽에는 유비가 있어서, 군사들이 적다 해도 10여 만을 되니 어찌 태평하다 하겠나이까?"

하니, 조조는 먼저 장송의 인물이 추한 것을 보고 마음속으로 반쯤은 좋아하지 않았는데, 또 그의 말이 당돌한 것을 듣고는 드디어 소매를

떨치고 일어나서 후당으로 들어가 버렸다.

좌우가 장송을 꾸짖기를,

"그대는 사자의 몸으로 어찌 그토록 예의를 모르고 함부로 말을 하시오? 다행히도 승상께서는 네가 멀리서 온 낯을 생각하여, 죄책을 하지 않으시는 것입니다. 그대는 급히 돌아가라!"

하니, 장송이 웃으며 말하기를

"우리 서천 사람은 아첨하는 이가 없소이다!"

하니, 문득 뜰 아래 한 사람이 큰 소리로 꾸짖기를

"그대가 서천 사람이라 아첨을 못한다! 우리 중원 사람은 어찌 아첨하는 사람만 있겠소이까?"

한다. 장송이 그 사람을 보니, 가는 눈썹에 눈이 작고 용모가 단아했다. 그 성명을 물으니 태위의 양표의 아들 양수(楊修)인데 자를 덕조(德祖)라 하고, 지금 승상의 문하에서 부고(府庫)를 맡아보는 주부였다.

이 사람은 아는 것이 많고 말을 잘하며 지식이 남보다 뛰어났다. 장송은 양수가 설변지사이기[1] 때문에, 한 번 마음속에 저를 힐난해 보리라 생각하였다. 양수 또한 그 재주를 믿고 선비들을 우습게 여겨 오고 있던 터였다. 장송의 말 속에 풍자의 뜻이 있음을 보고, 마침내 저를 데리고 서원으로 나왔다.

빈주가 자리를 잡고 나서 장송에게,

"촉도가 기구한데[2] 멀리서 오시느라고 수고 많으셨소이다."

---

1) **설변지사(舌辯之士)** : 말을 잘하는 사람. 「설변」은 원래는 '소설 같은 것을 읽어주는 사람'임. [夢梁錄 小說謂講經史]「說話書 謂之**舌辯**」.

2) **촉도가 기구한데[蜀道崎嶇]** : 촉의 가는 길이 매우 험난함. 이백(李白)이 촉도의 험함을 들어 현종(玄宗)의 서행(西行)을 풍자한 작품으로 「촉도난」(蜀道難)이 있고, 이에 대해 당의 육창(陸暢)이 이를 반박한 「촉도이」(蜀道易)가 있으나 이는 전하지 않음. [李白 蜀道難]「噫吁嚱 危乎高哉 **蜀道之難** 難於上靑天

하거늘, 장송이 묻기를

"주공의 명을 받드는데 비록 끓는 물이나 타는 불 속이라도,3) 어찌 사양하겠소이까?"

하였다.

양수가 묻기를,

"촉나라의 풍토는 어떻소이까?"

하거늘, 장송이 대답하기를

"촉나라는 네 군으로 되어 있는데 옛적에는 익주라 했습니다. 길은 금강이 가로막고 있어 험하고, 검각이4) 둘러싸고 있소이다. 주위가 2백 8정이고 종횡으로는 3만여 리 입니다. 닭 울음 소리와 개 짖는 소리가 연달아 들리고5) 시정과 여염이 끊어지질 않았소이다.

밭은 비옥하고 수목은 무성하여 해마다 수해와 한발에 대한 걱정

蠶叢及於鳧 開國何茫然 爾來四萬八千歲 不如秦塞通人煙……錦城雖云樂 不如早還家 **蜀道之難** 難於上靑天 側身西望長咨嗟」.

3) 비록 끓는 물이나 타는 불 속이라도[赴湯蹈火] : 끓는 물이나 뜨거운 불도 가리지 않고 밟고 간다는 뜻으로, '아주 어렵고 힘겨운 일이나 수난'을 일컫는 말. [漢書 晁錯傳]「則得其財 以富貴寶 故能使其中 蒙矢石**赴湯火**」. [新論 辯樂]「楚越之俗好勇 則有**赴湯蹈火**之歌」.「도화불열」(蹈火不熱)은 진인(眞人)은 불을 밟아도 조금도 데지 않고 자약(自若)함을 이름. [列子 黃帝篇]「列子間關尹曰 至人潛行不空 **蹈火不熱** 行乎萬物之上而不慄 請問何以至於此 關尹曰 是純氣之守也 非智巧果敢之列」.

4) 검각(劍閣) : 지금의 사천성 검각현 북쪽 대검산·소검산의 사이에 있는 곳. 여기서 잔도가 시작되는데 공중에 비각(飛閣)을 가설하여 사람이 다닐 수 있게 되었다 하며, 검문각(劍門閣)이라고도 함. [晉書 地里志]「梓潼郡 蜀直統縣 梓潼涪城 武連黃安 漢德晋壽 **劍閣**」. [水經漾水注]「**小劍**戍北西去**大劍**三十里 連山絕險 飛閣通衢 故謂之**劍閣**」.

5) 닭 울음 소리와 개 짖는 소리가 연달아 들리고[鷄鳴犬吠相聞] : [孟子 公孫丑上]「**鷄鳴狗吠相聞** 而達乎四境 而齊有其民矣」. [陶淵明 桃花源記]「土地平曠屋舍儼然 有良田美池桑竹之屬 阡陌交通 **鷄犬相聞**」.

이 없소이다. 나라가 넉넉하고 백성들이 풍족해 하며, 늘 관현의 가락이 넘치고 있소이다. 생산되는 물건들이 쌓여 있어 마치 산과 같아서 세상에 다시 이런 곳은 없을 것입니다."

한다.

양수가 묻기를

"촉나라의 인물들은 어떻소이까?"

하거늘, 장송이 대답한다.

"문에는 사마상여의6) 부(賦)가 있고 무에는 복파의 재주가7) 있으며, 의에는 중경의 의술이8) 있고 복서(卜筮)에는 군평의 오묘함이9) 있소이다. 삼교구류에10) '같은 부류 속에서 뛰어나고 한 동아리 속에

---

6) 상여(相如): 전한(前漢) 사람이었던 문사 사마상여(司馬相如). [中國人名]「漢成都人 字長卿 景帝時爲武騎常侍……與憧僕百人 錢百萬 遂委富人 武帝時 以狗監楊得意薦 召爲郎 通西南夷有功 尋拜孝文園令 居茂陵」.

7) 복파(伏波): 마등·마초의 조상으로 동한(東漢)의 군사(軍師) 마원(馬援)을 이름. 흔히 '마복파(馬伏波)·복파장군(伏波將軍)'이라 부르는데, 그가 복파장군이 되었기에 이르는 말. [後漢書 馬援傳]「璽書拜援伏波將軍 南擊交趾」. [三國志 魏志 夏後惇傳]「太祖 平河北 爲大將軍 後拒擊破 遷伏波將軍」.

8) 중경(仲景): 후한(後漢)의 명의 장기(張機). 한방의학의 고전인「상한론」(傷寒論)은 중국 의학의 최고 경전임. [中國人名]「漢 棗陽人 字仲景 學醫於張伯祖盡得其傳 靈制時學擧孝廉 官至長沙太守 著傷寒論 華佗讀而喜曰 此眞活人書也……習醫者 奉爲之寶」.

9) 군평(君平): 전한(前漢)의 복자(卜者) 엄준(嚴遵). 천문에 밝아서 성도(成都)에서 점을 쳤으며「노자」(老子)를 주석하였음. [中國人名]「漢 蜀人 名遵以字行 筮於成都市 每依著龜 與人言利害……讀老子 揚雄少從之學 益州牧李强欲界以從事 旣相見不敢言」.

10) 삼교구류(三敎九流): 유교·불교·도교 등 세 가지 가르침[三敎]과 유가·도가·음양가·법가·명가·묵가·종횡가·잡가·농가 등의 아홉 학파[九流]. [通俗編 白虎通 三敎篇]「三敎一體而分 不可單行 接其所云 三敎謂夏敎忠 殷敎敬 周敎文也」. [南史 袁粲傳]「九流百氏之言 雕龍談天之藝」. [北史 周武帝紀]「三墨八 儒

서 빼어난 사람'은 일일이 말할 수 없다 하였으니, 어찌 그 숫자를 하나하나 들겠소이까!"

한다.

양수가 다시 묻기를,

"이제 유계옥의 수하에 공과 같은 사람들이 몇이나 되오이까?"

하니, 장송이 대답하기를

"문무를 모두 갖춘 자와 지용을 겸비한 사람, 또 충의·강개지사들은 그 수가 백여 명은 될 것이오. 나와 같은 재주를 가진 부류들이야 그 수가 수레에 싣고도 남을 것이외다."[11]

하거늘, 양수가 또 묻는다.

"공은 지금 무슨 직책을 맡고 있소이까?"

하니, 장송이 말하기를

"나는 외람되게도 별가의 관직을 맡고 있으나, 정말 직책을 다하지 못하고 있소이다. 감히 공께 묻건대 당신은 조정에서 무슨 관직을 맡고 계시오?"

한다.

양수가 대답하기를,

"승상부에서 주부로 있소이다."

하거늘, 장송이 묻기를

"오래전에 들었소만 공은 대대로 명문세족이라 하던데, 어찌해서

朱紫交 懿 **九流**七略 異說相騰」.

11) 그 수가 수레에 싣고도 남을 것이외다[車載斗量]: '수레에 싣고 말로 될 정도로 많아서 셀 수 없다는 말. [三國志 吳志 吳主權傳 注]「文帝曰 吳如大夫者 幾人 咨曰聰明特達者七八十人 如臣輩**車載斗量** 不可勝數」. [故事故言 考器量]「**車載斗量**之人 不可勝數」.

묘당에 들어가 천자를 보좌하지 않고 구차스레 상부의 한 관리로 있소이까?"

하니, 양수가 듣고는 얼굴에 부끄러움이 가득하면서도, 억지로 얼굴 빛을 꾸며[12] 대답하기를

"내가 비록 하급 관리에 머물고 있지만 승상께서 군정의 전량을 위임하고 계시고, 조만간에 승상의 가르침을 받아 크게 계발할 것이기에 이 직책을 맡고 있소이다."

하였다.

장송이 웃으며 묻는다.

"제가 듣기에는 조조가 문에 있어서는 공맹의 도에 밝지 못하고[13] 무에 있어서는 손오의 기모에 미치지 못하며,[14] 억지로 무력으로써

---

12) 억지로 얼굴 빛을 꾸며[強顔] : 억지로 웃음. 후안(厚顔). [新序 雜事二]「齊有 婦人 醜極無雙 號曰 無鹽女……莫不揜口而大笑曰 此天下強顔女子也」. [蘇軾 乞 常州居住表]「強顔忍恥」.

13) 공맹의 도에 밝지 못하고[孔孟之道] : 공자의 '살신성인'(殺身成仁)의 정신과 맹자의 '인의왕도'(仁義王道)의 정신. [性理大全 道統]「孔子孟子 生而道始明 孔 孟之道 周程張子繼之道 文公朱先生又繼之 此道統五傳 歷萬世而可考也」. [文天 祥 衣帶贊]「孔孟成仁 孟曰取義 惟其義盡 所以仁至 讀聖賢已矣」.

14) 손오의 기모에 미치지 못하며[孫吳之機] : 손무와 오기의 전술·전략의 요체. 손자(孫子). 손무자(孫武子)는 제(齊)나라의 병법가인데, '孫子'는 그를 존경 하는 표현임. [中國人名]「春秋 齊 以兵法見吳王闔廬 王出宮中美人百八十人 使武 教之戰……吳王用爲將 西破强楚 北威齊晋 顯名諸侯 有兵法三篇」.
　「오기」(吳起). 전국시대 위나라 사람. 위의 문후(文候)가 어질다는 말을 듣고, 찾아가 공을 세워 진(秦)과 한(韓)을 막음. 문후가 죽자 무후(武候)를 섬겼는데 공숙(公叔)의 참소를 당하자 초나라로 가서 백월(百越)을 평정하였음. 장수가 되자 말단 군사들과 숙식을 같이 하였으며 재상이 되어서는 법령을 밝게 폈음. 강병책을 써서 귀족들의 미움을 사기도 하였으며 병법서 「吳子」 6편이 있음. [中國人名]「戰國 衛人 嘗學於曾子 善用兵 初仕魯 聞魏文候賢 往歸之 文候以爲將 拜西河守……南平百越 北郤三晋 西伐秦 諸侯皆患楚之强」.

높은 자리를 차지하고 있는데, 어찌 가르침을 줄 수 있으며 명공을 계발할 수 있겠소이까?"

하였다.

이에 양수가 대답하기를,

"공은 한낱 변방에 살고 있으니 어찌 승상의 재주를 알겠소. 내 시험 삼아 공에게 보여드리리다."

하고, 좌우를 불러 상자에서 한 권의 책을 꺼내 써 장송에게 보여주었다.

장송이 책의 제목을 보니 '맹덕신서'(孟德新書)였다. 처음부터 끝까지 훑어보니 책은 모두 13편으로 되어 있는데, 거의가 용병의 요법을 설명하고 있었다.

장송이 보고 나서 묻기를,

"공은 이 책이 무슨 책이라 생각하시오?"

하니, 양수가 묻기를

"이 책의 내용은 승상께서 고금을 참고해서 손자 13편을 모방해 지으신 것이외다. 공이 승상께서 재주가 없다 하셨는데, 이 책이야말로 후세에 전해지지 않겠소이까?"

한다.

장송이 크게 웃으며 대답하기를,

"이 책의 내용은 우리 촉나라에선 삼척동자도15) 다 외우고 있는데, 어찌 이를 '신서'라 하십니까? 이 책은 전국시대 무명씨의 저술인데 조승상이 훔쳐다가 자신의 책이라 하고 있는 것이니, 족하 같은 사람들만 속고 있는 것이외다!"

하니, 양수가 말하기를

---

15) 삼척동자[三尺童蒙] : 철모르는 어린아이. [胡銓 上高宗封事]「夫三尺童子至無知也 指犬豕而使之拜 則怫然怒」.

"승상께서 비장(秘藏)하게 여기시는 책으로, 비록 이미 완성되었지만 아직은 세상에 전해지지 않고 있소이다. 공이 촉나라의 아이들도 다 암송한다 하는데, 어찌 나를 속이려 하오?"

한다.

장송이 이르기를,

"공이 그토록 믿지 못하겠다면 내 시험 삼아 외어보리다."

하고, 맹덕신서를 처음부터 끝까지 모두 외우는데, 한 줄 한 자도 착오가 없었다.

양수가 크게 놀라면서 말하기를,

"공은 과연 한 번 보고도 잊지 않으니16) 진짜 천하의 기재(奇才)구려!"

하고, 한탄하였다.

후세 시인이 이를 예찬한 시가 있다.

그 모양은 아주 기이하지만

그 생김새가 참으로 청고하도다.

古怪形容異

清高體貌疏.

언변은 삼협의 물을 쏟는 듯하고

눈으론 단번에 열 줄을 내리 볼 수 있도다.

語傾三峽水

目視十行書.

---

16) 한 번 보고도 잊지 않으니[過目不忘] : '기억력이 아주 좋음'의 뜻. [晉書 符融載記]「符融聽辯明慧 不筆成章 耳聞則誦 **過目不忘**」. [宋史 魏恕傳]「恕字道源 少穎悟 書**過目卽成誦**」.

담은 커서 서촉의 으뜸이고
문장 또한 태허를 꿰는구나.

　膽量魁西蜀

　文章貫太虛.

제자 백가서들을
한 번 보면 다시는 더 볼 게 없도다.

　百家并諸子

　一覽更無餘.

이때, 장송이 돌아가고자 하니, 양수가 말하기를

"공이 좀 더 역관에 계시면 내 다시 승상께 품하여 공을 만나게 하
리다."

하거늘, 장송이 사례하고 물러갔다.

양수가 들어가 조조에게 묻기를,

"지난번에는 승상께서 무엇 때문에 장송을 보내셨습니까?"

하니, 조조가 말하기를

"말하는 투가 불손하여 내 저를 홀대하였소."

한다.

양수가 또 묻기를,

"승상께서는 일찍이 예형(禰衡) 같은 사람을 용납하시면서, 어찌 장
송은 받아들이지 않으십니까?"

하자, 조조는 묻는다.

"예형의 문장은 당내에 널리 알려져 있기 때문에, 내 차마 그를 죽
이지 않았소이다. 장송이 무슨 재능이 있습디까?"

한다.

양수가 말하기를,

"그의 입은 마치 물이 흐르듯 하고[17] 그의 말재주는 막힘이 없습니다.[18] 마침 제가 승상께서 편찬하신 '맹덕신서'를 저에게 보여 주었더니, 저가 그 책을 한 번 훑어보고는 곧 암송하였습니다. 이와 같이 견문이 넓고 기억력이 좋은 사람은 세상에 드물 것입니다. 장송은 이책을 전국시대 무명씨의 저술인 바, 촉나라의 어린아이들도 다 익히 알고 있다 합니다."

하였다.

조조가 다시 묻기를,

"그렇다면 고인과 내가 은연중에 생각이 같다는 것 아니겠소?"

하고는 영을 내려, 그 책을 찢어 태워버리라 했다.

양수가 말하기를,

"이 사람을 대면하셔서 조정의 위세를 보여주심이 어떠하온지요."

하니, 조조가

"내일 내가 서쪽 교련장에 가서 점군을 할 터이니, 자네가 먼저 가서 그 사람을 데리고 오게. 그로 하여금 우리의 군용이 성대함을 보여, 돌아가서 얘기를 전하게 하구려. 내 즉시 강남에 내려갔다가 곧 서천을 취하려 가겠다고 말해 주게나."

---

17) 입은 마치 물이 흐르듯 하고[口似懸河] : '말을 잘함·말이 막히지 않음'의 비유. 「현하지변」(懸河之辯)은 '쏜 살처럼 내려가는 강물같이 거침없이 유창하게 하는 말주변'의 뜻임. [晉書 郭象傳]「太尉王衍每云 聽象語 如懸河瀉水 注而不竭」. [韓愈 石鼓歌]「安能以此上論列 願借辯口如懸河」.

18) 말재주는 막힘이 없습니다[辯才無碍] : 말재주가 막힘이나 거침이 없음. 「변재천녀」(辯才天女)는 '무애(無碍)의 변재를 가지고 설법을 함'의 뜻. [華嚴經]「若能知法永不滅 則得辯才無碍法 若得辯才無碍法 則能開演無邊法」.

하자, 양수는 곧 명을 받고 물러나왔다.

다음날이 되자 양수는 장송과 같이 서교장에 이르렀다. 조조는 호위군 5만을 점검하고 교련장에 포진시켰다. 과연, 투구와 갑옷이 선명하고 입은 옷이 찬란하였다. 금고가 하늘을 진동하자 창과 방패가 햇빛에 번쩍였다. 사면팔방에서 각 분대가 대오를 이루고 깃발이 찬란하게 나부꼈다. 마치 사람과 말들이 공중에 튀어오를 듯했다. 장송은 눈으로 흘겨보았다.

한참 있다가 조조는 장송을 불러오게 하고 군의 점고를 보이면서,

"자네의 서천 군중에서는 일찍이 이런 영웅이 있는 것을 보았소?"

하거늘, 장송이 말하기를

"우리 촉나라에서는 일찍이 이런 군사들은 없고, 단지 인의로 다스리는 사람들만 있습니다."

하니, 조조가 낯빛을 변하며 저를 쳐다보았다.

그러나 장송은 전혀 두려워하는 기색이 없었다. 양수가 곁눈으로 장송을 보며 연방 눈짓을 하였다.

조조가 장송에게 묻기를,

"나는 천하의 쥐새끼의 무리들을 초개와 같이 생각하오. 대군이 이르는 곳에서 싸움에서 이기지 못할 것이 없고, 공격해서 취하지 못할 것이 없습니다.[19] 나에게 순종하는 자는 살게 할 것이고, 나를 거스르는 자는 죽을 것이오. 그대는 그것을 알고 있소?"

---

19) 싸움에서 이기지 못할 것이 없고, 공격해서 취하지 못할 것이 없다[戰無不勝攻無不取]: 한의 고조(高祖)가 용병은 잘됐다는 것을 아전인수(我田引水)로 설명한 것임. [史記 高祖紀]「高祖曰 夫運籌策惟幄之中 決勝於千里之外 吾不如子房 鎭國家撫百姓 給饋饟不絕糧道 吾不如蕭何 連百萬之軍 戰必勝攻必取 吾不如韓信」. [三國志 魏志 武帝紀]「運籌演謀」.

하였다.

　장송이 말하기를,

　"승상의 병사들이 이르는 곳마다 싸우면 반드시 이기고, 공격하면 반드시 취하는 줄은 저 또한 평소부터 알고 있습니다. 옛날 복양(濮陽)에서 여포를 공격할 때와20) 완성에서 장수와 싸우던 날이며, 적벽에서 주랑을 만나고 화용도에서 관우를 만나셨던 일이며,21) 동관에서 수염을 자르고 전포를 벗어 던지고22) 위수에서 배를 빼앗아 화살을 피하시던 일들은23) 다 천하에 적이 없음입니다!"

한다.

　이에 조조가 크게 노하여,

　"못된 선비 놈이 감히 내 아픈 곳을 들춰내다니!"

하며, 좌우를 꾸짖어 내어다 참하라 하였다.

　양수가 간하기를,

　"장송은 비록 참해 마땅하나 촉도를 통해 조공을 드리러 왔는데, 만약에 저를 참한다면 벽지 사람들의 뜻을 잃을까 걱정됩니다."

---

20) 복양에서 여포를 공격할 때와[濮陽攻呂布之時] : 조조가 복양에서 여포에게 패해 쫓기던 일.

21) 화용도에서 관우를 만나셨던 일이며[華容逢關羽] : 조조가 적벽대전에서 주유에게 패하고 달아날 때, 관우가 조조를 잡지 않고 길을 터놓아 도망가게 한 일. [魏志 注山陽公載記]「公船艦劉備所燒 引軍從華容道 步歸遇泥濘道不通 天雨大風 羸兵負草塡之騎 乃得過羸兵爲人馬所蹈 籍陷泥中死者甚多」.

22) 동관에서 수염을 자르고 전포를 벗어 던지고[割髮棄袍於潼關] : 조조가 동관에서 급한 나머지 자신의 수염을 자르고 변복하며 도망했던 일. [中國地名]「後漢置潼關 關中諸將馬超 韓遂部衆屯潼關卽此 在今陝西潼關縣東南」.

23) 위수에서 배를 빼앗아 화살을 피하시던 일들은[奪船避箭於渭水] : 조조가 위수에서 배에 뛰어올라 화살을 피했던 일. [漢書 地理志]「隴西郡 首陽縣禹貢鳥鼠同穴山 在西南渭水所出」.

하였다. 그러나 조조의 노기는 식지 않았다.

순욱 또한 나서서 간하자 조조는 그의 죽음을 면해주고, 난장(亂杖)을 쳐 끌어내게 하였다.

장송은 객사로 돌아와서 밤마다 성 밖으로 나가 서천으로 돌아가려 하였다. 장송은 스스로, '내 본래 서천군을 조조에게 헌물하러 왔는데, 저가 이와 같이 대접을 할 줄은 누가 알겠는가! 내 유장 앞에 나설 때에 큰 소리를 쳤는데, 오늘 앙앙히 빈손으로 돌아간다면 모름지기 촉중 사람들의 웃음거리가 될 것이다. 내 듣기에 형주의 유현덕은 인의가 널리 전파된 지 오랜지라, 그곳을 경유해서 돌아감만 못하리라. 시험삼아 그의 사람됨이 어떠한지 보고 나서 내 주견을 정해야 하겠다.'고 생각하였다.

이에 말을 타고 종인들을 이끌고 형주의 경계에 이르렀다. 정주(郢州)지경의 입구에서 문득 한 떼의 군마가 보였다. 대략 5백 기쯤 되어 보이는데, 앞에 선 대장은 가벼운 차림으로 말고삐를 잡고 앞에서 정중하게 묻기를,

"거기 오시는 분이 장별가 아니십니까?"

하거늘, 장송이 말하기를

"그렇소이다."

하니, 그 장수가 급히 말에서 내리더니 목소리를 낮추며

"조운이 기다린 지 오래되었습니다."

한다.

장송이 말에서 내려 답례하며 묻기를,

"상산 조자룡이 아니십니까?"

하니, 조운이 대답하기를

"그렇습니다. 제가 주군 유현덕의 명을 받들어, 먼 길 말을 달려 오시는 대부를 위해 주식(酒食)을 준비하였습니다."

말을 마치자, 군사들이 무릎을 꿇고 주식을 올리고, 조운은 그것을 공경하며 술을 드렸다.

장송이 속으로 생각하기를,

'사람들이 유현덕은 관인(寬仁)으로 객을 대한다 하더니, 지금 보니 과연 그렇구나.'

하고, 마침내 조운과 함께 서너 잔을 마시고 말에 올라 함께 갔다.

형주의 경계에 이르렀을 때에 이미 해가 저물었다. 관역의 앞에 이르자 역문 밖에 백여 명이 시립하고 서서 북을 치며 영접하는 것이 보였다.

한 장수가 말 앞에서 예를 하더니,

"형님의 명령을 받들어, 먼길 풍진에 고생하시는 대부를 위해 관우가 역관의 뜰을 치우고 편히 쉬시도록 기다리고 있었습니다."

하였다. 장송이 말에서 내려 운장·조운 등과 함께 관사에 들어가서 인사를 하고 자리에 앉았다. 조금 있으니 술자리를 마련하고 두 사람이 은근한 정으로 서로 권하였다. 술이 늦게까지 이어지고 바야흐로 자리를 펴고 하룻밤을 쉬었다.

다음 날 일찍이 아침을 마치고 말에 올라 30여 리도 못 갔는데, 한 떼의 인마가 이르렀다. 이에 현덕이 복룡·봉추 등을 이끌고 직접 영접하러 나왔다. 현덕이 멀리서 보고 말에서 내려 기다렸다. 장송 또한 황망하여 말에서 내려 서로 인사를 하였다.

현덕이 말하기를,

"오래전부터 대부의 우레와 같은 고명을 들었습니다. 산이 높고 길이 멀어 가르침을 받지 못한 것을 한탄하고 있었습니다. 이에 경사로

돌아가신다는 말을 듣고 이렇게 나와 영접하는 것입니다. 물리치지
마시고 피폐한 성이지만 잠시 쉬었다 가셔서, 우러르던 정을24) 펴게
해주시면 실로 다행이겠습니다!"
하였다. 장송이 크게 기뻐하며, 마침내 말에 올라 고삐를 나란히 하고
성으로 들어갔다. 상부의 당상에서 각기 인사를 하고 나서, 빈주가 차
례대로 자리를 잡고 앉자 잔치를 베풀어 환대하였다. 술이 도는 사이
에 현덕은 한담만 할 뿐 서천에 관한 이야길 꺼내지 않았다.

장송이 먼저 묻기를,

"지금 황숙께서 형주를 지키시면서 몇 고을이나 가지고 계십니까?"

하니, 공명이 말하기를

"형주는 잠시 동오에서 빌린 것이라 늘 사람이 와서 돌려 달라고 합
니다. 지금 우리 주군께서는 동오의 사위이시기 때문에 이곳에 안신
(安身)하고 계신 것입니다."

한다.

장송이 다시 묻기를,

"동오는 6군 81주를 거느리고 있으면서, 백성들이 강하고 나라 또
한 부한데 그래도 부족하답니까?"

하거늘, 방통이 말하기를

"우리 주군께서는 황숙인데도 도리어 주군을 점거하지 못하고 있소
이다. 그러나 나머지 모두가 한나라를 좀먹는 역적들이건만 강제로
침략하여 땅을 강점하고 있으니, 생각이 있는 사람이라면 다 불평을
할 만합니다."

하니, 현덕이 말하기를

---

24) 우러르던 정[渴仰之思] : 몹시 우러러 사모하는 생각. [法華經 壽量品]「心懷
戀慕 渴仰於佛」. [佛國記]「不見佛久 咸皆渴仰雲集」.

"두 분께서는 말씀을 마세요. 제가 무슨 덕망이 있어서 욕심을 부리겠소이까?"

하거늘, 장송이 대답하기를

"그렇지 않습니다. 명공께서는 한실의 종친이고 또 인의로 사해를 채우고 계십니다. 고을을 점거해야 한다고 말할 것이 아니라 바로 정통(正統)을 이어서 제위에 오르신다 해도, 또한 분수 밖의 일이라 말하지 못할 것입니다."

한다.

현덕이 손을 맞잡고 사례하면서,

"공의 말씀은 지나치십니다. 제가 어찌 감당할 수 있겠소이까?"

하였다.

이로부터 현덕은 장송을 머물게 하고 연 사흘동안 연회를 베풀어 대접하였다. 그러나 서천에 관한 일은 일절 꺼내지 않았다. 장송이 헤어져 갈 때에 현덕은 10여 리 떨어진 정자에 술자리를 준비하고 전송하였다.

현덕은 술잔을 장송에게 건네며,

"대부께서 저를 버리지 않으시고 3일 동안 머물러 주시다가 이제 이별을 하는군요. 지금 헤어지면 또 어느 때나 가르침을 받을지 알 수 없습니다."

하고, 말이 끝나자 눈물을 흘렸다.

장송은 '현덕이 이처럼 인애를 사랑하는데 어찌 저를 버리겠는가. 저를 설득시켜서 서천을 취하게 해야겠다.' 생각하고는,

"이 장송 역시 아침 저녁으로 뫼시고 싶다는 생각을 하면서도, 곧 방법이 없는 것을 한탄할 뿐입니다. 제가 형주를 보건대 동쪽에는 손권이 있어 늘상 호랑이처럼 버티고 있고, 북쪽에는 조조가 있어 매양

고래처럼 삼킬 듯이 있으니 오랫동안 머무를 땅이²⁵⁾ 아닙니다."
하였다.

현덕이 대답하기를,

"그런 내용을 나도 알고 있지만, 편안히 머무를 곳이 없소이다."
한다.

장송이 권유하기를,

"익주는 요새가 험준하고 기름진 땅이 넓으며 백성들이 은성[民殷]
하고 나라가 부강합니다. 지혜롭고 능력 있는 선비들이 오래전부터
황숙의 덕을 흠모해 왔습니다. 만약에 형양의 군사들을 일으켜 멀리
서쪽으로 오신다면, 패업을 이루실 수 있으며 한실을 중흥하실 수 있
을 것입니다."
하였다.

현덕이 대답하기를,

"제가 어찌 감히 이 일을 감당할 수 있겠소이까? 유익주는 또한 한
실의 종친이고 은택을 촉중에 편 지 오래이외다. 다른 사람이 어찌
얻어 동요케 하겠습니까?"
하거늘, 장송이 말하기를

"저는 주인을 팔아 영화를 구하려는 것이 아니라,²⁶⁾ 지금 명공을
만나서 간담을 피력하지 않을 수 없습니다. 유계옥은 비록 익주의 땅
이 있지만은 품성이 암약하여 현인을 받아들여 쓰지 못하고 있으며,
게다가 장노가 북쪽에 있으면서 때때로 침범하려 하고 있어서 인심이

---

25) 오랫동안 머무를 땅[久戀之地] : 오래 머물러 있을 만한 땅.
26) 주인을 팔아 영화를 구하려는 것이 아니라[賣主求榮] : 주인을 팔아 영화를
구함. 「매주」. [資治通鑑 唐記]「臣光曰 始則勸人爲亂 終則賣主規利 其死固有餘
罪」.

이미 떠나, 훌륭한 주인을 찾고 있습니다.

제가 이번에 길을 떠난 것은 오로지 조조에게 익주를 헌납하려 한 것이나, 역적 조조가 간웅의 본색을 들어내서 현사를 우습게 보기 때문에 특히 명공을 찾아온 것입니다. 명공께서는 먼저 서천을 취해 터를 삼고, 이후에 북으로 한 중을 도모하고 중원을 거두어 천조(天朝)를 바로하고 이름을 청사에 드리우면27) 그 공이 크실 것입니다. 명공께서 서천을 취할 뜻이 계시다면, 제가 자원해서 작은 힘이나마 보탤 것이며 내응을 하겠습니다. 명공의 생각이 어떠신지 알고 싶습니다."

한다.

현덕이 말하기를,

"공의 후의에 감격할 따름입니다. 다만 유계옥이 나와는 같은 동종 (同宗)이니, 만약에 저를 공격하면 천하의 질책이 두렵습니다."

하니, 장송이 대답하기를

"대장부 세상을 살아감에 마땅히 노력해서 공과 업을 세우고, 남보다 일 처리를 먼저 해야 합니다. 지금 만약에 취하지 않으시면 다른 사람이 취하게 될 것입니다. 그렇게 되면 후회해도 이미 늦습니다."

하였다.

현덕이 묻기를,

"내 듣기에 촉도는 기구해서 천산 만수에 수레마저 갈 수 없고, 말

---

27) 이름을 청사에 드리우면[名垂靑史] : 역사에 길이 이름을 남김. 「청사」(靑史). 사기(史記)를 일컫는 말. 종이가 없었던 시대에 푸른 대나무에 역사를 기록한 데서 온 말임. [范質 詩]「南史朝稱八達 千載穢靑史」. [李白 過四皓墓詩]「紫芝高 詠罷 靑史舊名傳」. 「명수죽백」(名垂竹帛). 이름이 역사에 길이 빛남. '죽백'은 옛날 종이가 없어 죽간(竹簡)이나 회백(繪帛)에 글씨를 쓴데서 온 말임. 「竹帛 : 書冊·歷史」의 뜻으로 쓰임. [淮南子 本經訓]「著於竹帛 鏤於金石 可傳於人者 其粗也」. [後漢書 鄧禹傳]「垂功名于竹帛耳」.

또한 고삐를 나란히 할 수 없다 하는데, 비록 취하고자 하지만 좋은 계책이 있어야 할 것 아니외까?"

하니, 장송이 소매 속에서 지도 한 장을 꺼내서 현덕에게 넘기면서

"저는 명공의 큰 덕에 감격하여 감히 이 지도를 드리는 것입니다. 이 지도를 보시면 곧 촉나라의 길을 아실 것입니다."

하였다. 현덕이 펴서 훑어보니, 위쪽에 땅의 길이와 일정·원근과 광협·산천의 험한 요새·부고의 전량 등이 하나하나 명확하게 그려져 있었다.

장송이 다시 권한다.

"명공께서는 속히 저를 도모하십시오. 저는 심복으로 맺은 벗이 2명이 있는데, 법정(法正)과 맹달(孟達)입니다. 이 두 사람은 반드시 명공을 도울 수 있을 것입니다. 이들 두 사람이 형주에 도착하면 마음속 일들을 같이 의논하셔도 좋습니다."

하였다.

현덕이 공수하고 사례하기를,

"청산은 늙지 않고 녹수는 오래 있으니,28) 뒤에 일이 성사되면 반드시 후히 보답하오리다."

하였다.

장송이 묻기를,

"부득이 저의 진정을 말씀드렸사오니, 어찌 감히 보답을 바라겠습니까?"

---

28) 청산은 늙지 않고 녹수는 오래 있으니[青山不老 綠水長存] : 청산과 녹수가 변치 않은 것과 같이 '후일 후사하겠다'는 뜻임. [王維 春日與裴迪過新昌里訪呂逸人不遇詩]「門外青山如屋裏 東家流水入西鄰」. [李白 烏栖詩]「吳歌楚舞歡未畢 青山欲銜半邊日」.

하고, 말을 마치고 헤어졌다. 공명은 운장 등에게 수십 리까지 저를 호송하게 하였다.

장송은 익주에 돌아가서 먼저 친구 법정을 만났다. 그는 자를 효직(孝直)이라 하였는데, 옛 부풍군 사람으로 현사 법진(法眞)의 아들이었다. 장송은 법정을 보자 유비에 관한 이야길 하였다.

"조조는 현사들을 가볍게 여기고 오만하여 함께 근심할 수는 있으나 함께 즐길 인물이 아니네. 내 이미 익주를 유황숙께서 차지할 수 있게 주선해 주겠다고 약속하고 형과 의논하려는 것이오."

하니, 법정이 묻기를

"나는 유장이 무능하여 이미 마음속에 유황숙을 생각한 지 오래오. 이렇게 마음이 같으니 더 무엇을 의심하겠소?"

한다.

조금 있다가 맹달이 왔다. 그는 자를 자경(子慶)이라 하며 법정과는 동향이었다. 맹달이 들어오자 법정과 장송이 은밀히 말을 하였다.

맹달이 말하기를,

"내 이미 두 분의 뜻을 알고 있었소이다. 장차 익주를 바치려 하십니까?"

하니, 장송이 대답하기를

"과연 그렇소. 형은 이를 시험삼아 맞춰보시오. 누구에게 바치려 하겠습니까?"

하니, 맹달이 말하기를

"유현덕이 아니면 안 됩니다."

한다. 세 사람이 손뼉을 치며 크게 웃었다.29)

---

29) 손뼉을 치며 크게 웃었다[撫掌大笑] : 손뼉을 치며 크게 웃음. 「박장대소」
(拍掌大笑). [葛長庚 凝翠詩]「凭欄拍掌呼 天外鶴來一」.

법정이 장송에게 이르기를,

"형이 내일 유장을 보면 어찌하려 하오?"

하니, 장송이 권유하기를

"나는 두 분을 사신으로 추천하여 형주에 가게 하려 하오."

하였다. 두 사람이 응낙하였다.

다음 날 장송은 유장을 만났다.

유장이 묻기를,

"갔던 일은 어찌 되었소?"

하니, 장송이 말하기를

"조조는 이미 한나라의 적이고 또 천하를 찬탈하려 하고 있어서 말을 하지 않았습니다. 그리고 저는 이미 서천을 취할 생각을 가지고 있었습니다."

한다.

유장이 다시 묻기를,

"이렇게 되었다면 어찌하는 게 좋겠소?"

하니, 장송이 대답하기를

"저에게 한 가지 계책이 있습니다. 장노와 조조로 하여금 절대로 서천을 가볍게 범하지 못하게 할 것입니다."

하였다.

유장이 묻기를,

"무슨 계책이 있소?"

하거늘, 장송이 대답한다.

"형주의 유황숙은 주공과 같은 동종이며 인자하고 관후해서, 장자의 풍모를 가지고 있습니다. 적벽대전 이후에 조조는 그 말을 듣기만 하면 간담이 서늘해지고 있다 하니, 어찌 장노 따위겠습니까? 주공께서는 어찌해서 사자를 보내서 결의를 맺지 않으십니까? 사자를 보내서 밖으로 도움을 받고 있으면, 조조와 장노를 막을 수 있습니다."
하니, 유장이 또 묻기를

"나 또한 그런 생각을 하고 있은 지 이미 오래되었소. 누구를 사신으로 보내면 좋겠소이까?"
한다.

장송이 대답하기를,

"법정과 맹달이 아니면 갈 사람이 없습니다."
하자, 유장은 곧 두 사람을 들게 하고는 편지를 써서 주며 법정을 사신으로 삼아 먼저 뜻을 전하고, 다음에 맹달에게 군사 5천을 이끌고 가서 현덕에게 서천을 도와 달라 하였다.

의논을 하고 있는 중에 한 사람이 밖에서 뛰어들어오는데 얼굴에 땀을 흘리며, 큰 소리로 외치기를

"주공께서 만약에 장송의 말을 들으신다면, 이는 곧 41주군을 다른 사람에게 주는 것이나 다름이 없습니다!"
한다.

장송이 크게 놀라 그 사람을 보니 서랑중(西闐中) 파(巴)사람으로 성은 황(黃), 명은 권(權), 자를 공형(公衡)이라 하며, 현재 유장의 휘하에 주부로 있는 사람이었다.

유장이 묻기를,

"현덕과 나는 같은 동종이어서 내 저와 인연을 맺어 도움을 받고자 하는데, 자네는 어찌 그런 말을 하고 있소?"
하였다.

황권이 말하기를,

"제가 평소 유비가 관후한 사람이라는 것을 익히 알고 있사옵니다.

부드러우면서도 강하니 영웅의 기질이 있습니다. 멀리 인심을 얻고 가까이에서는 민망(民望)을 얻고 있습니다.

게다가 제갈량이란 모사와 방통이란 지모를 갖춘 인물, 관우·장비· 조운·황충·위연 등이 우익(羽翼)을 맡고 있습니다. 만약에 촉중에 이르게 되면 부곡으로서30) 저를 대하여야 하는데, 유비가 지휘를 받을 리 없지 않습니까? 그렇다면 빈주로서 예우를 한다고 할 수 있겠으나, 이는 한 나라에 두 임금을 두듯 용납할 수 없는 일이 되옵니다. 이제 신의 말을 가납하시면 서촉을 태산처럼 평안하게 하실 수 있으나, 만약에 신의 말을 듣지 않으신다면 나라가 누란의 위기에31) 처하게 될 것입니다. 장송이 어제 형주를 지나왔는데, 필시 유비와 도모하였을 것입니다. 먼저 장송을 참하시고 그 뒤에 유비와의 관계를 끊으시면 서촉은 천만다행일 것입니다."

하였다.

유장이 묻기를,

"조조와 장노가 오면 어찌 저들을 막아내겠소?"

하니, 황권이 대답하되

"지경을 닫고 길을 끊은 후 해자를 깊게 파고 보루를 높게 쌓아서, 태평할 때까지 기다리는 것만 같지 못할 것입니다."

---

30) 부곡(部曲) : 지방의 치안을 위해 장군이나 호족들이 거느리도록 인정했던 군부대. 부(部)의 밑에 곡(曲)이 있음. [漢書 李廣傳]「廣行無**部曲**行陳 (顔注) 續漢書百官志 云將軍領軍皆有**部曲** 大將軍營五部 部校尉一人 部下有曲 曲有軍 候一人 今廣尙於簡易 故行道之中 而不立**部曲**也」.

31) 누란의 위기[累卵之危] : 아주 위험한 형세. 「누란지세」(累卵之勢). '누란'은 '쌓아 놓은 알'이란 뜻으로 '몹시 위태로운 형편'을 비유하는 말임. [可馬相如 喩巴蜀檄]「去**累卵之危** 就永安之計 豈不美與」. [三國志 魏志 黃權傳]「若客有泰 山之安 則主有**累卵之危**」.

하였다.

유장이 말하기를,

"적들이 이미 경계를 범해 눈썹에 불이 붙은 급박한 지경인데,[32] 만약 태평해지기를 기다린다면 이미 늦을 것이다."

하고, 드디어 그의 말을 듣지 않고 법정을 사신으로 보내려 하였다.

또 한 사람이 막으며 말하기를,

"안 됩니다. 안 됩니다!"

하거늘, 유장이 저를 보니 장전종사관 왕루(王累)였다.

왕루가 머리를 조아리며,

"주공께서 지금 장송의 말을 들으신다면, 스스로 화를 자초하시는 것입니다."

하거늘, 유장이 말하기를

"그렇지 않소. 내 유비와 좋은 관계를 맺어 실제로 장노를 막으려는 것입니다."

하였다.

왕루가 말하기를,

"장노가 국경을 범하는 것은 병으로 비유하면 옴을 앓는 것과 같사오나, 유비를 끌어들이는 것은 심복의 큰 환란과 같습니다. 유비는 당세의 효웅으로서 먼저 조조를 섬기다가 곧 모해하려 들었고, 뒤에는 손권을 따르다가 곧 형주를 빼앗았습니다. 심술이 이와 같은데 어찌 같이 지내겠습니까? 지금 만약에 저를 오게 한다면, 서천은 망하고 말 것입니다!"

---

32) 눈썹에 불이 붙은 급박한 지경인데[燒眉之急] : 「초미지급」(焦眉之急). 눈썹에 불이 붙은 것과 같이 위급함. [五燈會元] 「僧問蔣山佛 慧如何是急切一句 慧日 **火燒眉毛**」. [故事成語考 身體部] 「求物濟用 謂**燃眉之急**」.

한다.

유장이 노하며 꾸짖기를,

"다시는 어지러운 말을 말아라! 현덕은 나와 조상이 같은데, 저가 어찌 내 나라를 빼앗으려 하겠느냐?"

하고는, 곧 두 사람을 끌어내게 하였다.

그리고 마침내 법정에게 곧 떠나라 하였다. 법정은 익주로 떠나 곧 형주에 이르러 현덕을 만났다. 인사가 끝나자 편지를 바쳤다.

현덕이 편지를 뜯어보니, 편지의 대강은 다음과 같은 것이었다.

족제(族弟) 유장은 재배하며 현덕 종형 휘하에 글을 올립니다.

엎드려 명성을33) 들은 지 오래되었으나, 촉도가 기구하여 이제야 인사를 드리게 되어 심히 황공하고 부끄럽습니다. 제가 듣기에 '길흉에 서로 돕고 환란에 서로 구한다.' 하였으니, 친구 간에도 서로 그렇거든 하물며 동종이겠습니까! 이제 장노가 북쪽에 있어 조석으로 병사를 일으켜 저의 경계를 침범하고 있어서 심히 불안해하고 있습니다. 사람에게 짧은 편지를 보내오니 바라건대 살펴주소서.

일찍이 동종의 정을 생각하시고 수족의 의를 온전히 하시려면, 곧 군사를 일으키시어 미친 도적들을 초멸해 주옵소서. 영원한 순치의 관계를34) 맺어 스스로 보답할 수 있는 날이 있을 것입니다.

33) 명성[電天] : 권위가 빛나는 사람에 대한 존칭.
34) 순치의 관계[脣齒] : 입술과 이. '서로가 깊은 관계에 있음'의 비유. 「순망치한」(脣亡齒寒)은 입술이 없으면 이가 시리다는 뜻으로, '가까운 두 사람 중에서 한 사람이 망하면 다른 사람도 그 영향을 받음'을 비유한 말. [左傳 僖公五年]「晉侯復假道於虞以伐虢 宮之奇諫曰 虢 虞之表也 虢亡 虞必從之 諺所謂輔車相依 **脣亡齒寒**者 其虞虢之謂也」. [戰國策]「趙之於齊楚也 隱蔽也 猶齒之有脣也 **脣亡則齒寒** 今日亡趙 則明日及齊楚」.

편지로서는 자세한 말씀을 드릴 수 없사오니, 오직 출기(出騎)하시기만 바라나이다.

현덕은 편지를 읽고 나서 크게 기뻐하며, 연석을 베풀어 법정을 대접하였다.

술이 몇 순배 돌자 좌우를 물리고, 은밀하게 법정에게 이르기를

"오래전부터 효직의 영명함을 듣고 있었소이다. 장별가가 성덕을 많이 말하였습니다. 이제 만나서 가르침을 받게 되니 심히 평생 위안이 될 것입니다."

하자, 법정이 사례하며 말하기를

"저는 촉나라의 낮은 벼슬아치인데 어찌 그런 말씀을 하십니까! 듣기로는 말은 백락을 만나면 울고,[35] 사람은 지기를 만나면 죽을 수 있다 합니다. 장별가의 전날 말한 것에 장군께서 뜻을 정하셨습니까?"

하였다.

현덕이 대답하기를,

"저는 늘 남의 땅에 몸을 의탁하고 있으니, 상감(傷感)하여 탄식해 왔습니다. 일찍이 뱁새도 앉을 나뭇가지가 있고[36] 토끼도 세 개의 굴

---

35) 말은 백락을 만나면 울고[馬逢伯樂而嘶] : 옛날 말을 잘 알아보던 손양(孫陽)을 이름. '사람도 자기를 알아주는 사람을 만나면 그를 위해 목숨을 바침'의 비유. 원문에는 '馬逢伯樂而嘶'로 되어 있음. 「천리마상유백락불상유」(千里馬常有伯樂不常有)는 '뛰어난 인재가 있으나, 그들을 등용할 만한 명재상(名宰相)이 없음'을 비유하는 말임. [韓愈 雜說 四]「世有伯樂 然後有千里馬 **千里馬常有而伯樂不常有**」. 「백락일고」(伯樂一顧). [後漢書 隗囂傳]「數蒙**伯樂一顧**之價」. [戰國策 燕策]「蘇代曰……**伯樂**乃旋視之 去而**顧之** 一旦而馬價十倍」.

36) 뱁새도 앉을 나뭇가지가 있고[鷦鷯尚存一枝] : 뱁새[巧婦鳥]. [文選 張華 鷦鷯賦]「**鷦鷯**小鳥也 生於嵩萊之間」. 「초료소림불과일지」(鷦鷯巢林不過一枝)란 말이 있는데, 이는 뱁새도 머물 곳이 있다는 말로 '누구나 자기 자리를 가진다'

을 갖고 있다 하는데37) 하물며 사람이겠소이까? 촉중은 풍요로운 땅
이라 취하고자 않는 이가 없을 터인데, 유계옥은 나와의 관계가 동종
이니 차마 도모할 수 있겠소이까."

하였다.

  법정이 말한다.

"익주는 천부의 나라입니다.38) 난을 다스릴 수 있는 군주가 아니면
살 수 없는 곳입니다. 이제 유계옥은 현사를 쓸 줄 모르고 있어, 이
나라는 오래지 않아 다른 사람에게 넘어갈 것입니다. 오늘 스스로 장군
에게 드리려 하는 것이오니, 기회를 놓치지 마시기 바랍니다. 어찌 '토
끼를 쫓을 때 빠른 사람이 먼저 얻는다.'는 말을39) 듣지 못하셨습니까?
장군께서 취하고자 하시면, 저희들은 죽기로 힘을 다 하겠습니다."

하니, 현덕이 손을 맞잡고 사례하며,

"더 두고 의논하십시다."

하였다.

는 의미임. [莊子 消遙遊篇]「鷦鷯巢於深林 不過一枝 偃鼠飲河 不過滿腹」. 「초
학관경욕단」(鷽學觀脛斷)은 '자기의 형편은 생각지도 않고 자기보다 잘 사
는 사람의 행세를 따르려다가는, 따라가지도 못하고 도리어 망신만 당함'에의
비유임.

37) 토끼도 세 개의 굴을 갖고 있다 하는데[狡兎猶藏三窟] : 토끼도 굴이 세 개나
있다는 뜻으로, '몸을 의탁할 곳이 셋이나 가져 생명을 유지할 수 있음'의 비
유. [戰國策 齊策]「馮煖謂孟嘗君曰 狡兎有三窟 僅得免其死耳 今君有一窟 未得
高枕而臥也 請爲君復鑿二窟」. [宋史 錢若水傳]「不斬繼遷 開狡兎之三穴」.

38) 천부의 나라[天府之國] : 땅이 기름져서 물산이 많은 나라. [戰國策 秦策]「玉
野千里 蓄積饒多……此所謂天府 天下之雄國也」. [三國志 蜀志 諸葛亮傳]「益州
險塞 沃野千里 天府之土 高祖因之 以成帝業」.

39) 토끼를 쫓을 때 빠른 사람이 먼저 얻는다[逐兎先得] : 일이란 빨리 처리해야
한다는 말로 '빨리 결심해야 함'을 채근하는 비유임. [後漢書 袁紹傳]「沮授諫
曰 世稱萬人逐兎 一人獲之 貪者悉止 分定故也……下思逐兎分定之義」.

그날 자리가 파했다. 공명은 직접 법정을 관사로 돌려보냈다. 현덕은 침울하게 혼자 앉아 있었다.

방통이 나아가 묻기를,

"일이 응당 결정되어야 하는데, 아직도 결단을 내리지 못하고 있음은 어리석은 사람입니다. 고명하신 주공께서 어찌 이리 의심이 많으십니까?"

하거늘, 현덕이 묻기를

"공의 생각대로 권한다면 당장 어찌해야겠습니까?"

하니, 방통이 말하기를

"형주의 동쪽엔 손권이 있고 북쪽에는 조조가 있기 때문에 뜻대로 얻기 어렵습니다. 지금 익주는 호구가 백만이며, 땅이 넓어서 대업을 이룰 만한 곳입니다. 지금 다행히도 장송과 법정이 내조하고 있으니 이는 하늘이 주신 기회입니다. 무엇 때문에 의심을 가지십니까?"

하였다.

현덕이 결연히 말한다.

"지금 물과 불처럼 나와 맞서고 있는 자는 조조요. 조조가 급해하면 나는 천천히 해야 하고 사납게 하면 나는 어질게 해야 하며, 조조가 간특하게 굴면 나는 충후하게 해서 매사에 있어서 조조와는 상반되어야 하외다. 그래야만 일을 이룰 수 있소이다. 만약에 적은 이익을 가지고 천하에 의를 잃는다면, 나는 차마 그 일을 못하겠소이다."

하였다.

방통이 웃으면서 말하기를,

"주공의 말씀이 천리(天理)에 합당하다 해도, 천하가 어지러울 때에는 용병에 강수를 두어야 합니다. 진실로 도가 아니라 해도 용병에 강수를 두는 것은, 한 가지 길만 있는 게 아닙니다. 만약에 정상적인

이치만을 고집한다면 한 걸음도 가지 못합니다. 마땅히 권변이40) 있
어야 합니다. 또한 약자를 아우르고 몽매한 자를 공격하여 역으로 취
하면 지킴을 따르는 것이니, 이것이 바로 탕무지도입니다.41)

만약에 일이 결정된 뒤에 의리로써 보답하고, 큰 나라로써 봉한다
면 어찌 신의에 부담이 되겠습니까? 오늘 취하지 않으면 종국에는 다
른 이가 취할 것입니다. 주공께서는 심사숙고하셔야 합니다."
하였다.

현덕은 그제서야 확실하게 깨닫고,

"금석같은 말씀을 폐부에 새기겠습니다."
하였다. 이에 공명을 청해 병사를 일으켜 서쪽으로 갈 것을 상의하였다.

공명이 말하기를,

"형주는 요충지이니 병사를 나누어 지켜야 합니다."
한다.

현덕이 대답하기를

"나와 방사원·황충·위연은 먼저 서천으로 가고, 군사께서는 관운
장·장익덕·조자룡 등과 남아서 형주를 지키세요."
하거늘, 공명이 그렇게 하겠다고 했다.

이에 공명은 형주를 지키는 일을 총괄하고, 관우는 양양(襄陽)의 요
로에서 적군을 막으며 청니(靑泥)의 애구를 지키기로 하였다. 장비는

---

40) **권변**(權變) : 그때 그때의 형편에 따라 둘러대는 수단. [史記]「三晉多**權變**之
士」. 「임기응변」(臨機應變). [晉書 孫楚傳]「廟算之勝 **應變**無窮」. [唐書 李勣
傳]「其用兵籌算 料敵**應變** 皆契事機」.

41) **탕무지도**(湯武之道) : 상(商)의 탕왕과 주(周)의 무왕의 도. 이들은 하(夏)의
걸왕과 상(商)의 주왕을 쳐서 멸망시킴. 「탕무역취순수」(湯武逆取順守). 탕왕
과 무왕은 그들이 섬기던 임금을 내쫓고 천하를 얻었으나, 종국에는 인의(仁
義)로써 나라를 다스렸음을 이름. [史記 陸賈傳]「**湯武逆取** 而以順守之」.

4군을 거느리고 강을 순시하기로 하고, 조운은 강릉에 군사를 주둔시켜 공안(公安)을 진무하기로 하였다. 한편 현덕은 황충으로 하여금 전부가 되게 하고 위연은 후군으로 삼았다.

현덕 자신은 유봉·관평과 같이 중군이 되고, 방통을 군사로 삼아 마보병 5만을 이끌고 길을 나서 서행(西行)을 하려 하였다. 출범할 때에 홀연히 요화(廖化)가 군사들과 함께 투항해 왔다. 현덕은 곧 요화에게 관운장을 도와 조조의 군사들을 막게 하였다.

그해 동짓달에 군사들을 이끌고 서천을 향해 진발하였다. 군사들이 몇 리도 못 가서 맹달의 영접을 받았다. 그는 현덕을 보고 절을 하며, 유익주의 명을 받고 군사 5천을 이끌고 멀리까지 와서 영접하는 것이라고 설명하였다. 현덕은 사람을 익주에 보내 먼저 유장에게 알리라 하였다. 유장은 곧 편지를 써서 연도의 여러 군이 군량을 공급하게 하고, 자신이 직접 부성(涪城)에 나가 유비를 영접하고자 하였다.

그리고는 곧 명을 내려 거마·장막·정기·갑옷 등을 준비하되 화려하게 하라고 하였다.

주부 황권이 들어와 간하기를,

"주공께서 거기에 가시면 필시 유비에게 해를 입을 것입니다. 제가 녹을 먹은 지 여러 해가 되었는데, 주공께서 다른 사람의 간계에 넘어가시는 것을 차마 볼 수 없사오니, 바라건대 재삼 생각하시옵소서."

하거늘, 장송이 말하기를

"황권의 말들은 동종의 의를 이간시키고 역적의 위세를 조장하는 것이며, 주공에게는 아무런 실익이 없는 것입니다."

하였다.

유장이 이에 황권을 꾸짖기를,

"내 생각은 이미 정했으니 네 어찌 거스르려 하느냐."

하였다.

황권은 머리를 땅에 조아려 피를 흘리면서 가까이 다가가, 입으로 유장의 옷자락을 잡고 간하였다. 유장이 크게 노하여 옷자락을 잡아 채며 일어선다. 황권은 놓지 않고 있다가 앞니 2개가 부러졌다. 유장은 좌우를 꾸짖어 황권을 끌어내게 하자, 황권은 크게 울며 돌아갔다.

유장이 떠나려 할 때에, 한 사람이 부르짖으며

"주공께서는 황공형의 충언을 받아들이지 않으시고, 어찌 사지로 가려 하십니까?"

하며, 계단 앞에 엎드려 간하였다. 유장이 저를 보니 건녕(建寧)의 유원 사람이었다. 그는 성이 이(李)씨요 이름은 회(恢)라 하였다.

그는 머리를 조아리며,

"신이 듣건대 '임금에게는 쟁신(諍臣)이 있어야 하고 아비에게는 쟁자가 있어야 한다.' 하였습니다. 황공형의 충의지언은 반드시 듣고 따라야 할 것입니다. 만약에 유비를 서천에 받아들인다면, 이는 마치 호랑이를 맞기 위해 대문을 여는 것과 같습니다."

하였다.

유장이 말하기를,

"현덕은 나의 종형(宗兄)인데 어찌 나를 해치겠느냐? 다시 말하는 자가 있으면 참하리라!"

하며, 좌우를 꾸짖어 이회를 끌어내게 하였다.

장송이 말하기를,

"지금 촉나라의 문관들은 각자 자신의 처자식만을 생각하고, 주공을 위해 힘을 다하지 않으며, 여러 무장들은 공덕만 믿고 교만하여 각자가 다른 뜻을 가지고 있습니다. 유황숙을 얻지 못하면 적은 밖에서 공격해 오고, 백성들은 안에서 공격하여 반드시 패하게 될 것입니다."

한다.

유장은 그 말을 듣고 대답하기를,

"공의 계책은 나에게 틀림없이 도움이 될 것이오."

하였다.

다음 날 말에 올라 유교문(楡橋門)을 나서는데, 사람이 와서 보고하기를

"종사 왕루가 스스로 몸을 묶어 성문에 매달고서, 한 손으론 글월을 들고 한 손에는 칼을 잡고 입으로는 간하는 것을 듣지 않은 것 같으면, 스스로 묶은 것을 끊어 그 자리에 떨어져 죽겠다 합니다."

하거늘, 유장이 들고 있는 간하는 편지를 가져오게 하였다.

그 편지 대강의 내용은 다음과 같다.

익주의 종사 신 왕루는 피를 흘려 간절하게 고합니다.

신이 듣건대 '좋은 약은 입에는 쓰지만 병에는 이롭고, 충언은 귀에 거슬리나 행하면 이롭다.'[42] 했습니다. 옛날 초의 회왕은 굴원의 말을 듣지 않고[43] 무관의 회맹에 나갔다가 진나라에 잡혀 곤경에 빠졌습니다. 이제 주공께서 가벼이 대군(大郡)을 떠나서 부성에서 유비를 맞고자 하시나, 맞으러 가시던 그 길을 돌아오시지 못할

---

42) 좋은 약은 입에는 쓰지만 병에는 이롭고……[良藥苦口利於病 忠言逆耳利於行] : 좋은 약은 입에는 쓰나 병을 고치는데 이로움. [孔子家語 六本篇]「孔子曰 良藥苦口 利于病 **忠言逆耳** 利于行」. [史記 淮南王篇]「**忠言逆於耳**利於行」. [漢書 張良傳]「且**忠言逆耳利於行** 毒藥苦口利於病」.

43) 굴원의 말을 듣지 않고[不聽屈原之言] : 굴원의 간함을 듣지 않음. [辭源]「戰國時楚人 名平 別號靈均 仕楚爲三閭大夫 懷王重其才 靳尙輩讒而疏之 乃作離騷 冀王感悟 襄王時復用讒 謫原於江南 原作漁父諸篇以見志 於五月五日 沈汨羅江 而死」.

까 두렵습니다. 장송을 저자거리에서 참하시고 유비와의 약조를 끊어 버리는 것이 곧 촉나라의 노인이나 젊은이들의 바람입니다. 그렇게 하시는 것이 주공의 기업에 천만다행일 것입니다!

유장이 편지를 다 보고 나서 크게 노하며,
"내가 인의지사를 만나 지란의 친함처럼하려[44] 하려는데, 어찌 이토록 나를 모욕하는가!"
하였다.

왕누가 한 번 큰 소리를 지르고 스스로 묶은 것은 끊고 땅에 떨어져 죽었다.

후세 사람이 이를 한탄한 시가 있다.

성문에 거꾸로 매달려 간장을[45] 드리고
자신의 몸을 버려 유장에 보답했구나!
　倒挂城門捧諫章
　拚將一死報劉璋.

황권은 이가 부러졌지만 끝내는 항복하였으니
곧은 절개 그 누가 왕루와 같을소냐!
　黃權折齒終降備

---

44) **지란의 친함처럼하려[芝蘭]** : 지초와 난초. '높고 맑은 인품'의 비유. [易林萃之同人]「南山**芝蘭** 君子所有」. [孔子家語 在厄]「**芝蘭**生於深林 不以無人而不芳 君子修道立德 不爲固窮而敗節」.「지란지교」(芝蘭之交). [中文辭典]「謂君子之交也」.

45) **간장(諫章)** : 임금에게 간하는 글.

矢節何如王累剛!

　유장은 3만의 인마를 이끌고 부성으로 갔다. 그는 따르는 후 군들은 군량과 비단을 1천여 수레에 나누어 싣고 가서 현덕을 영접하였다.

　한편 현덕의 전군은 이미 점강(墊江) 가에 도착하였는데, 첫째는 서천에서 공급해 주는 것이 있고, 둘째로 현덕의 군령이 엄해 백성들에게서 한 가지 물건이라도 취하는 자는 참한다는 명령이 있어, 이들이 도착하는 곳마다 털끝만치도 범법하는 자가 없었다. 백성들은 노인들을 부축하고 어린 아이들의 손을 잡고, 길에 나와서 보면서 향을 피우며 예를 올렸다. 현덕은 모든 사람들에게 좋은 말로 위무를 하였다.

　이때, 법정이 방통에게 말하기를

　"근자에 장송이 보낸 밀서가 왔는데, 부성에서 유장과 만나기로 되어 있으니 곧 그때 저를 도모하라 하였습니다. 그 기회를 절대 놓쳐서는 안 될 것입니다."

하거늘, 방통이 권유하기를

　"이 생각은 절대 말하지 마시구려. 두 유씨[二劉]가 만나기를 기다렸다가 틈을 보아 저를 도모해야 하오. 만약에 이 일이 미리 누설되면 중간에 변고가 생길 것이외다."

하자, 법정이 이를 비밀로 하고 말하지 않았다. 부성은 성도에서 3백 60십 리나 떨어진 곳이었다. 유장은 이미 도착해서 사람을 시켜 현덕을 영접했다. 양군은 다 부강 가에 주둔시키고 있었다.

　현덕은 입성하여 유장과 만나 각기 형제의 정을 나누었다. 인사가 끝나자 눈물을 뿌리며 서로간의 충정을 호소하였다. 연회가 끝나고 각기 영채에 돌아와 쉬고 있었다.

　유장이 여러 관리들에게 말하기를,

"황권과 왕누의 무리들이 한 말이 가소롭구나. 종형(宗兄)의 마음을 모르고 망령되게도 서로 시기하고 의심하게 하다니. 내 오늘 본 바로는 현덕은 참으로 인의의 사람이었소. 내 저를 얻어 외원(外援)을 삼게 되었으니 또 어찌 조조를 염려하며 장노 따위를 걱정하겠소이까? 장송이 아니었다면 기회를 놓칠 뻔하였습니다."

하며, 이에 녹포를 벗어 황금 5백 냥과 함께 사람을 시켜 성도로 가서 장송에게 주라고 하였다.

그때, 부하 장수 유궤(劉璝)·영포(冷苞)·장임(張任)·등현(鄧賢) 등 일반 문무관들이

"주공께서는 너무 기뻐 마시옵소서. 유비는 부드러움 중에 강함이 있는 사람입니다. 그 마음을 예측할 수 없으니 마땅히 방비책을 세워야 합니다."

하거늘, 유장이 웃으며 말하되

"자네들은 너무 염려가 많구나. 나의 형님이 어찌 두 마음을 품고 있겠느냐!"

하자, 여러 사람들이 다 한탄하며 물러났다.

한편, 현덕은 영채로 돌아왔다.

방통이 들어와 묻기를,

"주공께서 오늘 자리에서 보신 유계옥의 동정은 어떠하더이까?"

하거늘, 현덕이 말하기를

"계옥이 진실로 성실한 사람이더이다."

한다.

방통이 대답하기를,

"계옥이 비록 착한 인물이라 하여도, 그의 신하 유괴와 장임 등은 다 불평한 빛이 있었습니다. 앞으로의 길흉한 일들은 직감할 수 없습

니다. 제 생각으로는 내일 연석에 계옥을 청해 그가 자리에 앉으면, 벽속 옷장에 매복시켰던 도부수 백여 명들로 하여금 주공께서 잔을 드시는 것을 신호로 하여 그 자리에서 죽이고 그 길로 성도로 몰려가면, 칼을 빼지도 않고 활에 화살을 먹이지 않고서도 앉아서 정하게 될 것입니다."

하였다.

현덕이 말하기를,

"계옥은 나와 형제간인데다가 성심으로 나를 대하고 있고, 나는 이제 막 촉에 왔기 때문에, 내가 은혜와 신의를 보이기도 전이외다. 만약에 이 일을 하게 되면 위로는 하늘이 용서하지 않을 것이고, 아래로는 백성도 또한 원망할 것이외다. 공의 이번 계책으로 내가 비록 패자(覇者)가 된다 하여도, 또한 하려 하지 않을 것이오."

한다.

방통이 대답하기를,

"이는 저의 계책이 아닙니다. 법정이 장송의 밀서를 받았는데, 일을 지체해서는 안 된다 하니 조만간에 이 일을 도모해야 한다 하였습니다."

하거늘, 말이 끝나기도 전에 법정이 들어왔다.

그리고 또 말하기를,

"이것은 저희들은 자신을 위한 것이 아니고, 곧 천명을 따르는 것입니다."

한다. 현덕이 대답하기를,

"유계옥은 나와 동종이라 차마 저를 취하지는 못하겠소."

하였다.

법정이 말하기를,

"명공께서 잘못 생각하시는 것입니다. 만약에 그렇게 하시지 않으면, 장노가 촉중에서 어미를 죽인 원수를 갚으려고 공격해 올 것입니다. 명공께서는 멀리서 산천을 넘어 군사와 말을 몰아 이미 여기까지 오셨으니, 발진(發進)하시면 공을 세울 것이고 물러서시면 아무런 이익을 얻지 못하실 것입니다.

만약에 끝내 망설이시어서[46] 시간을 끌면 끌수록 대사를 그르치게 될 것입니다. 그리되어서 기모(機謀)가 새어 나간다면 오히려 저들에게 기회를 주게 될 것입니다. 하늘과 인심이 돌아온 때를 타서 불시에 나아가[47] 일찍 기업을 세우는 것만 같지 않습니다. 이것이 진실로 상책입니다.”

하였다.

방통 또한 재삼 권하였다.

이에,

주인은 사람에게 후덕하려 애를 쓰는데
신하들은 한결같이 권모만 진언하네.

人生幾番存厚道
才臣一意進權謀.

현덕의 마음은 어떻게 되었을까. 하회를 보라.

---

46) 끝내 망설이시어서[狐疑之心] : 여우의 의심이란 뜻으로, ‘깊이 의심함’을 이르는 말임. [楚辭 離騷]「心猶豫而狐疑兮 (楚注) 且狐性多疑 故俗有狐疑之說」. [吳子 治兵]「用兵之害 猶豫最大 三軍之災 生於狐疑」.

47) 불시에 나아가[出其不意] : 상대편에서 준비되어 있지 않을 때에 공격함. [孫子兵法 計篇 第一]「攻其不備 出其不意 此兵家之勝 不可先傳也」.

찾아보기

ㅅ

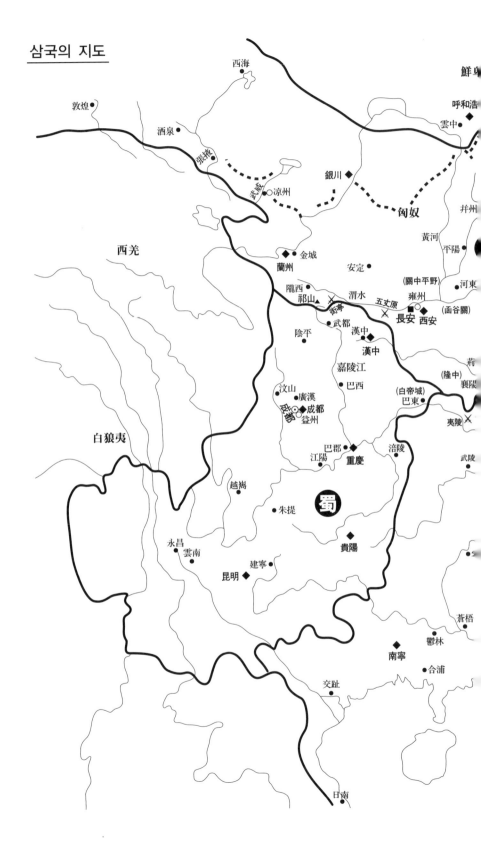

삼국의 지도

昌黎

瀋陽
玄菟
遼東

丸都

高句麗

烏丸

幽州
燕國　北京
范陽
天津

遼西
碣石山

平壤
樂浪

渤海

渤海

東萊

青州　齊國
濟南國　北海國
城陽
琅邪國

馬韓

弁韓

平原

兗州
濟陰
沛國
譙
下邳　徐州

淮水
揚州
(壽春)
盧江

建業　南京
吳郡
上海

東中國海

長江

盧江

杭州

會稽

鄱陽
豫章

臨海

臨川　建安

吳

福州

南中國海

⊙ -----	국도
■ -----	부도
○ -----	주도
● -----	군도
◆ -----	현재 도시
▲ -----	산
✕ -----	전투 지역
( ) -----	기타
——— -----	국경
▪▪▪▪ -----	만리장성

0　　100　　200　　300km

삼국의 비교

魏 (220~265)

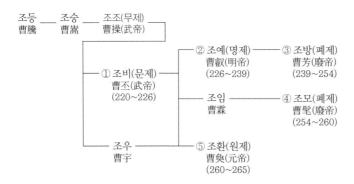

조등 ── 조숭 ── 조조(무제)
曹騰   曹嵩   曹操(武帝)

① 조비(문제)
曹丕(武帝)
(220~226)

② 조예(명제) ── ③ 조방(폐제)
曹叡(明帝)   曹芳(廢帝)
(226~239)   (239~254)

조임 ── ④ 조모(폐제)
曹霖   曹髦(廢帝)
(254~260)

조우 ── ⑤ 조환(원제)
曹宇   曹奐(元帝)
(260~265)

蜀 (221~263)

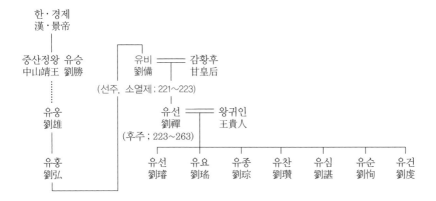

한·경제
漢·景帝

중산정왕 유승
中山靖王 劉勝

유웅
劉雄

유홍
劉弘

유비 ══ 감황후
劉備   甘皇后
(선주, 소열제 ; 221~223)

유선 ══ 왕귀인
劉禪   王貴人
(후주 ; 223~263)

유선   유요   유종   유찬   유심   유순   유건
劉璿   劉瑤   劉琮   劉瓚   劉諶   劉恂   劉虔

吳 (222~280)

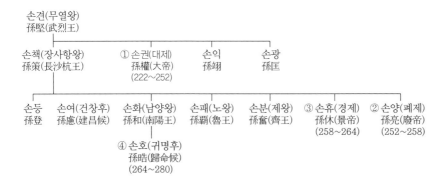

손견(무열왕)
孫堅(武烈王)

손책(장사항왕)
孫策(長沙杭王)

① 손권(대제)
孫權(大帝)
(222~252)

손익
孫翊

손광
孫匡

손등   손여(건창후)   손화(남양왕)   손패(노왕)   손분(제왕)   ③ 손휴(경제)   ② 손양(폐제)
孫登   孫慮(建昌侯)   孫和(南陽王)   孫霸(魯王)   孫奮(齊王)   孫休(景帝)   孫亮(廢帝)
                                                                    (258~264)   (252~258)

④ 손호(귀명후)
孫皓(歸命侯)
(264~280)

박을수(朴乙洙)

▸主要著書・論文

『한국시조문학전사』(성문각, 1978)

『한국시조대사전(상・하)』(아세아문화사, 1992)

『한국고전문학전집 11, 시조Ⅱ』(고려대 민족문화연구소, 1995)

『국어국문학연구의 오늘』(회갑기념논총, 아세아문화사, 1998)

『시조의 서발유취』(아세아문화사, 2001)

『한국개화기저항시가론(수정판)』(아세아문화사, 2001)

『시화, 사랑 그 그리움의 샘』(아세아문화사, 2002)

『회와 윤양래연구』(아세아문화사, 2003)

『시조문학론』(글익는들, 2005)

『만전당 홍가신연구』(글익는들, 2006)

『한국시가문학사』(아세아문화사, 2006)

『신한국문학사(개정판)』(글익는들, 2007)

『한국시조대사전(별책보유)』(아세아문화사, 2007)

『머리위엔 별빛 가득한 하늘이』(글익는들, 2007)

『삼국연의』(전9권)(보고사, 2015)

「고시조연구」(석사학위논문, 1965)

「개화기의 저항시가연구」(학위논문, 1984)

역주 삼국연의 4

2016년 1월 15일 초판 1쇄 펴냄

저 자 나관중
역 자 박을수
발행인 김흥국
발행처 보고사

책임편집 이경민
표지디자인 오동준

등록 1990년 12월 13일 제6-0429호
주소 경기도 파주시 회동길 337-15 보고사 2층
전화 031-955-9797(대표)
　　　02-922-5120~1(편집), 02-922-2246(영업)
팩스 02-922-6990
메일 kanapub3@naver.com / bogosabooks@naver.com
http://www.bogosabooks.co.kr

ISBN 979-11-5516-184-5
　　　979-11-5516-180-7 04820(세트)
ⓒ 박을수, 2016

이 도서의 국립중앙도서관 출판예정도서목록(CIP)은 서지정보유통지원시스템 홈페이지
(http://seoji.nl.go.kr)와 국가자료공동목록시스템(http://www.nl.go.kr/kolisnet)에서
이용하실 수 있습니다.(CIP제어번호: CIP2015033969)